Anne Holt
Schattenkind

PIPER

Zu diesem Buch

An einem regnerischen Nachmittag im Juli 2011 bricht für Ellen und Jon Mohr eine Welt zusammen: Ihr 8-jähriger Sohn Sander stirbt auf tragische Weise in ihrem Haus. Alle wollen an einen Unfall glauben, doch bald ist klar, dass es bei dem Tod des Jungen um ein komplexes Verbrechen geht. Deshalb soll die Kriminalpsychologin Inger Johanne Vik Klarheit schaffen. Aber sie steht den trauernden Eltern zu nah, und es ist die Hartnäckigkeit ihres jungen Kollegen, die zu ersten Erkenntnissen führt: Hat Jon Mohr vielleicht selbst seinen Sohn getötet? Während das schreckliche Massaker von Utøya Kommissar Stubøs ganze Aufmerksamkeit fordert, zwingt sich Inger Johanne, das Undenkbare zu denken. Denn die Familie ihrer Freundin Ellen war offenbar weniger harmonisch, als es immer den Anschein hatte.

Anne Holt, 1958 geboren, arbeitete lange Jahre als Rechtsanwältin und war kurz norwegische Justizministerin. Heute lebt sie als Autorin mit ihrer Familie in Oslo. Ihre vielfach preisgekrönten Kriminalromane werden in alle großen Sprachen übersetzt und machen sie zu einer der erfolgreichsten skandinavischen Autorinnen weltweit.

Anne Holt

Schatten kind

Aus dem Norwegischen
von Gabriele Haefs

Piper München Zürich

Mehr über unsere Autoren und Bücher:
www.piper.de

Von Anne Holt liegen bei Piper vor:
Das einzige Kind
Im Zeichen des Löwen (mit Berit Reiss-Andersen)
Das achte Gebot
Blinde Göttin
Selig sind die Dürstenden
In kalter Absicht
Das letzte Mahl (mit Berit Reiss-Andersen)
Die Wahrheit dahinter
Was niemals geschah
Mea Culpa
Die Präsidentin
Der norwegische Gast
Opferzahl
Kammerflimmern (mit Even Holt)
Schattenkind

FSC
www.fsc.org
MIX
Papier aus verantwortungsvollen Quellen
FSC® C083411

Ungekürzte Taschenbuchausgabe
Februar 2015

Titel der norwegischen Originalausgabe:
»Skyggedød«, Piratforlaget AS, Oslo 2012

Published by Agreement with Salomonsson Agency
Umschlaggestaltung: Cornelia Niere, München
Umschlagabbildnug: Tafari K. Stevenson-Howard/Getty Images
Satz: Kösel Media GmbH, Krugzell
Gesetzt aus der The Antiqua-B5
Papier: Munken Print von Arctic Paper Munkedals AB, Schweden
Druck und Bindung: CPI books GmbH, Leck
Printed in Germany ISBN 978-3-492-30638-6

1

Der Junge lag auf dem Schoß der Mutter und schien zu schlafen. Er war zu groß für sie, ein Brocken von einem Achtjährigen, quer über den mageren Oberschenkeln der Mutter, die ihre Arme um seinen Leib und unter den blonden Kopf gelegt hatte, um ihn zu stützen.

»Nicht«, sagte die Mutter fast unhörbar. »Nicht. Nicht. Nicht.«

Das linke Auge des Jungen war geschwollen und von geronnenem Blut bedeckt.

»Nicht«, sagte die Mutter noch einmal.

Langsam hob sie das Gesicht zur Decke und holte Atem.

»Nicht!«

Der Schrei füllte den Raum so plötzlich, dass der Vater einen Schritt zurücktrat. Er griff sich mit beiden Händen an den Kopf, eine dramatische Geste, noch gesteigert dadurch, dass er sich zur Wand umdrehte und rhythmisch mit dem Kopf gegen die helle Tapete schlug.

»Ich hätte besser aufpassen müssen«, stöhnte er.

Tock. Tock.

»Es ist meine Schuld. Alles ist meine Schuld. Aufpassen. Immer aufpassen.«

Tock. Tock. Tock.

»Nicht«, schrie die Mutter noch einmal.

Der Mann drehte sich zu ihr um.

Speichel tropfte von seinen Lippen. Blut strömte aus dem einen Nasenloch, aber das schien er nicht zu bemerken. Er ließ die Arme sinken. Er schien in dem hellgrauen Sommeranzug zu schrumpfen, er schien zu welken, wie er da stand und das Blut auf seinen roten Schlips laufen und von ihm aufsaugen ließ.

Die Mutter senkte den Kopf über das zerschundene Gesicht ihres Sohnes und versuchte, seinen linken Arm an seinen Körper zu ziehen. Das ging nicht. Der Arm war gebrochen, am Ellbogen.

Ein Turnschuh lag auf dem Boden.

Der andere hing noch immer am Fuß des Jungen, wippte über den Zehen. Der Schuh war blau und schmutzig und konnte jeden Moment herunterfallen.

Größe 37 oder so, dachte Inger Johanne Vik.

Acht Jahre alt und große Füße. Ferse und Spitze der Socke waren verschlissen.

»Nicht«, murmelte die Mutter wieder und wieder.

»Was ist passiert?«, hätte Inger Johanne gern gefragt, als sie in der Türöffnung stand und zu begreifen versuchte, was sie vor sich sah.

Ihre Stimme versagte.

Sie spürte ein schwaches Vibrieren unter ihren Füßen. Einen Stoß, wie durch ein fernes Erdbeben. Nur für einen Augenblick, dann war es wieder ruhig.

Nicht einmal die Mutter war mehr zu hören.

»Was ist passiert?«, konnte Inger Johanne endlich hervorbringen.

»Ich habe nicht aufgepasst«, sagte der Vater und hob eine schlaffe Hand zur Trittleiter, die mitten in dem großen Wohnzimmer stand.

»Du hast nicht aufgepasst«, wiederholte die Mutter mechanisch in die blutdurchtränkten Haare des Jungen.

»Seid ihr sicher, dass er …«

Inger Johanne versuchte, einen Schritt auf das Sofa zu zu machen.

»Nicht anfassen«, schrie die Mutter verzweifelt. »Fass mein Kind nicht an!«

»Dann glaube ich …«, begann Inger Johanne.

Sie hatte hier nichts zu glauben. Nichts zu glauben. Nur zu sehen: die Trittleiter unter der leeren Decke. Keine Lampe dort oben. Kein Haken. Nichts, was zurechtgerückt oder repariert werden müsste, eine hohe Trittleiter, die völlig fehl am Platze war in einem großen und aufgeräumten, eleganten Wohnzimmer, wo auf der anderen Seite der Esstisch festlich gedeckt war. Überall Blumen. Wiesenblumen und Gartenrosen in identischen Glasvasen und kleine feste Gestecke zwischen den Gedecken auf dem Tisch. Hinter der Fensterwand hing die Wolkendecke tief und einförmig. Von unten, mitten aus der Innenstadt, konnte Inger Johanne dennoch eine Rauchsäule aufsteigen sehen, dunkleres Grau vor dem dahinter liegenden Fjord.

Ein festlich geschmücktes Wohnzimmer.

Eine blaue Taschenlampe, wie sie jetzt sah, neben dem einen Bein der Trittleiter, eine dunkelblaue große Taschenlampe mit einem Bild von Lightning McQueen. Ein Bund alter Farbstifte, verschlissene und verschmutzte Wachsmalkreide auf einem Stapel.

Ein toter Junge.

Die Taschenlampe brannte.

Ohne so ganz zu wissen, warum, warf Inger Johanne einen verstohlenen Blick auf die Uhr. Die zeigte 15.28 Uhr, es war Freitag, der 22. Juli 2011.

»Ich muss die Polizei anrufen«, sagte sie leise.

»Die Polizei«, flüsterte die Frau heiser. »Was kann die Polizei denn für meinen Jungen tun?«

»Nur der Ordnung halber«, murmelte Inger Johanne hilflos. »Ich halte es für das Beste.«

Durch die offene Balkontür hörten sie in der Ferne Sirenen.

Viele Sirenen. Sie waren überall, wie es schien.

Es war ihr vierter Versuch. Inger Johanne konnte nicht begreifen, warum der Notruf an einem friedlichen Freitagnachmittag mitten in der Ferienzeit so unterbesetzt war.

»Notruf der Polizei. Worum geht es?«

Endlich.

»Hallo. Inger Johanne Vik ist mein Name.«

Ein kurzes Zögern.

»Worum geht es?«, fragte die Frau am anderen Ende der Leitung leicht gereizt.

»Ein Todesfall. Ein achtjähriger Junge, der ...«

»Im Regierungsviertel? Wo?« Die Frau am anderen Ende der Leitung wirkte gehetzt. »Sehen Sie Rettungsmannschaften in Ihrer Nähe?«, rief sie.

»Nein. Im Regierungsviertel? Ich bin in Grefsen. Bei jemandem ... ich bin bei Freunden, die ...«

»In Grefsen?«

»Ja.«

»Wo?«

»Sie wohnen im Glads vei.«

»Professor Dahls vei?«

»Nein, der liegt doch gar nicht in Grefsen.«

Inger Johanne war zum Telefonieren in die große Diele gegangen. Jetzt bereute sie das. Die Eltern dürften mit dem Kind nicht allein sein. Dürften überhaupt nicht allein sein. Langsam, als ob sie etwas Verbotenes täte, schlich sie die Treppe zum Wohnzimmer hoch und senkte die Stimme.

»Ich bin im Glads vei. G-L-A-D. Ein Kind ist … hier ist ein totes Kind. Ein Unfall, wie es aussieht, aber …«

Die Verbindung riss ab.

»Hallo?«, fragte Inger Johanne.

Keine Antwort.

An den folgenden Tagen fragte Inger Johanne sich immer wieder, wie sie es dort überhaupt ausgehalten hatte. Mehrere Male hatte sie das Ehepaar mit dem Kind im Wohnzimmer allein lassen müssen. Die Übelkeit, die sie plötzlich überkommen hatte, hatte sie immer wieder ins Gästebad getrieben, das von der Diele abging. Beim ersten Mal hatte sie zwei Finger dahin stecken müssen, wo die Zunge rau und hart ist. Danach kamen bittere Galle und die Reste eines eiligen Mittagessens hoch, wenn sie sich über die Kloschüssel beugte. Den bitteren Nachgeschmack konnte sie unmöglich hinunterspülen, und im Bad duftete es nicht mehr nach Jasmin.

Der Mann und die Frau, die soeben ihr einziges Kind verloren hatten, saßen nebeneinander auf dem Sofa. Der Junge lag noch immer auf dem Schoß der Frau. Der Vater durfte seiner Frau den Arm um die Schulter legen, aber jedes Mal, wenn er die freie Hand hob, um den Jungen zu berühren, schrie die Mutter wieder: »Nicht!«

Auf Inger Johanne achteten sie überhaupt nicht. Sie sprachen nicht mit ihr und beantworteten ihre Fragen nicht mehr. Als sie vom ersten Besuch auf der Toilette zurückkam, hatte der Mann aufgeräumt. Die Trittleiter war verschwunden. Das Blut auf dem Boden war weggewischt. Die Taschenlampe mit dem Bild von Lightning McQueen war nirgendwo zu sehen. Die Farbstifte auch nicht. Inger Johanne hätte weinen mögen, als sie die beiden noch einmal und diesmal eindringlicher daran erinnerte, dass alles unberührt bleiben müsse, bis die Polizei eintraf. Der Mann gab keine Antwort. Sah sie nicht an. Saß nur steif neben seiner Frau und starrte auf den Jungen.

Es war ohnehin zu spät.

Das Wohnzimmer war ordentlich und sauber, als ob es in wenigen Stunden fröhliche Gäste empfangen würde.

Wenn da nur nicht das tote Kind gewesen wäre.

»Nicht«, murmelte die Mutter fast unhörbar.

Es war zehn nach vier, und Inger Johanne hatte bei der Polizei noch immer niemanden erreicht.

»Yngvar«, murmelte sie und wählte seine Nummer.

Nach sechs Klingeltönen wurde sie auf die Mailbox umgeleitet.

»Ruf an«, flüsterte sie. »Du musst mich anrufen. Sofort. Sofort!«

Sie gab sich alle Mühe, sich an ihre Festnetznummer zu erinnern. Der Festanschluss wurde kaum noch benutzt. Endlich fanden ihre Finger die richtigen Ziffern.

Nach zehn vergeblichen Klingeltönen legte sie auf.

Plötzlich schrillte das iPhone im Regal über dem Kamin. Die beiden auf dem Sofa zeigten keinerlei Reaktion.

»Ist das deins?«, fragte Inger Johanne und versuchte, den Blick der Frau einzufangen.

»Nicht«, murmelte die Mutter in die Haare des Jungen.

»Ellen«, sagte Inger Johanne, »kann ich da rangehen?«

Ohne die Antwort, die ja doch nie kommen würde, abzuwarten, griff sie nach dem iPhone und berührte das Display mit dem Daumen.

»Hallo?«

»Hallo, Ellen.«

Eine Frauenstimme redete atemlos drauflos.

»Hier ist Marianne. Ich wollte nur fragen, ob es nicht besser wäre, das Fest abzusagen, jetzt, wo …«

»Hier ist nicht Ellen. Hier ist Inger Johanne.«

»Inger Johanne? Hab ich die falsche … ich dachte, wir sollten um sieben kommen.«

»Ja, schon. Ich bin hier, um … ich wollte ein bisschen helfen, und dann …«

»Aber jetzt, wo diese schreckliche Sache passiert ist, dachte ich …«

Inger Johanne drückte sich Daumen und Zeigefinger auf die Nasenwurzel.

»Ja«, sagte sie leise und kehrte den beiden auf dem Sofa den Rücken zu. »Es ist entsetzlich. Aber woher in aller Welt weißt du schon …«

»Meine Schwester ist mit einem Muslim verheiratet«, sagte Marianne am anderen Ende der Leitung. »Zwei Kinder. Zwei dunkle Kinder! Wie soll es in diesem Land jetzt weitergehen?«

Ihre Stimme versagte.

»Muslim«, wiederholte Inger Johanne verwirrt. »Ich verstehe nicht so ganz, was …«

Marianne schluckte hörbar, dann räusperte sie sich

und sagte laut: »Ich kann jetzt jedenfalls nicht kommen. Das Beste wäre, die ganze Sache abzusagen. Kannst du das Ellen einfach ausrichten? Die anderen sind sicher auch nicht in der Stimmung, um in Erinnerungen an die Schulzeit zu schwelgen, jetzt, wo so etwas in Norwegen passiert. In Oslo.«

»Natürlich wird das Essen ausfallen, aber was ...«

»In unserer Stadt, Inger Johanne, in unserer Stadt!«

»Marianne ...«

»Hast du die Bilder gesehen? Im Fernsehen? Das müssen doch viele Hundert Tote sein. Und meine Schwester ist ja ...«

»Marianne«, sagte Inger Johanne, jetzt mit schärferer Stimme. »Worüber redest du eigentlich? Was zeigen sie im Fernsehen? Was ist passiert?«

»Weißt du das nicht?«

»Nein.«

»Weißt du nicht, dass jemand die halbe Innenstadt in die Luft gesprengt hat? Eine Riesenbombe, Inger Johanne! Terroristen, heißt es, muslimische Terroristen, und was jetzt ...«

Inger Johanne hörte nicht mehr zu. Sie hörte nichts mehr.

Sie stand mit dem Rücken zum Kamin und schaute zum Sofa hinüber. Dann ließ sie den Blick zum Fenster wandern. Hinter den regennassen Rosensträuchern im Garten und den heruntergekommenen Stadtvierteln, die Grefsen vom Zentrum trennten, vor dem grauschweren Fjord, ganz weit unten, ein wenig östlich vom gedrungenen Rathausturm, war die Rauchsäule etwas größer geworden.

»Du weißt doch, wer heute Abend kommen wollte«, sagte Inger Johanne langsam.

»Ja, ich habe die Gästeliste zusammengestellt. Alle Mädchen aus der 3b, außer …«

»Ruf sie an. Sag ab.«

»Kann Ellen nicht …«

»Bitte.«

»Aber meine Schwester …«

»Ruf an, Marianne. Sag ab. Bitte. Kann ich mich darauf verlassen?«

Es knackte in der Leitung, und Inger Johanne sagte noch einmal: »Bitte, Marianne.«

»Na gut. Von mir aus.«

»Du hast nicht aufgepasst«, weinte Ellen auf der anderen Seite des Wohnzimmers.

Die Verbindung wurde unterbrochen.

»Ellen«, sagte Inger Johanne, so ruhig sie konnte, und ging einige Schritte auf das makabre Bild auf dem Sofa zu. »Ich glaube nicht, dass es etwas bringt, wenn …«

Sie wurde vom Knall einer zuschlagenden Tür unterbrochen und fuhr zusammen. Dem Klirren, mit dem ihr eigenes Telefon auf den Boden aufschlug, folgten schnelle Schritte aus der Diele und eine summende Stimme, die sich dem Wohnzimmer näherte.

»Hallo«, sagte ein Mann fröhlich und breitete die Arme aus. »Bist du so weit, Jon? Eure Klingel funktioniert nicht, nur damit ihr das wisst.«

Der Mann konnte höchstens dreißig sein. Er fuhr sich mit der Hand durch die dichten halblangen Haare, die stärker sommerlich gebleicht waren, als nach den letzten Wochen zu erwarten gewesen wäre. Das eng sitzende eisblaue T-Shirt betonte die sonnenbraune Farbe der Haut. Noch immer lächelte er strahlend und musterte Inger Johanne mit rasch abnehmendem Interesse, dann machte er zwei Schritte auf das Sofa zu.

»Hallo, Tarzan«, sagte er grinsend zu dem Jungen. »Sollen wir …«

Er unterbrach sich. »Was zum Teufel …«

»Nicht«, murmelte Ellen.

»Was zum Teufel«, sagte der Mann atemlos. »Jon! Jon, verdammt, was ist denn mit Sander los?«

»Sander ist tot«, sagte Inger Johanne. »Ich versuche schon die ganze Zeit, die Polizei anzurufen, aber die …«

»Tot? Was soll das heißen … reden Sie keinen Scheiß! Jon! Jetzt sag doch was! Was ist los mit euch? Was ist los mit …«

»Nicht«, flüsterte Ellen.

»Ich habe nicht aufgepasst«, wiederholte Jon mit monotoner Stimme.

»Die Polizei«, sagte Inger Johanne und hob ihr zerbrochenes Telefon auf. »Wir müssen die Polizei informieren, aber die sind offenbar beschäftigt mit dieser … Explosion in der Innenstadt.«

»Explosion?«, wiederholte der Mann. »Welche Explosion? Was ist mit Sander passiert und was …«

Er machte einen Schritt zum Sofa hin, überlegte sich die Sache aber anders und blieb stehen.

Inger Johanne holte tief Luft.

»Wir müssen die Polizei informieren«, sagte sie noch einmal. »Aber es gab in der Innenstadt offenbar ein … einen größeren Zwischenfall, und damit sind sie beschäftigt. Ich schlage vor, Sie …«

Sie starrte den jungen Mann an.

»Joachim«, sagte der heiser. »Ich heiße Joachim. Jon, Sander und ich wollten doch … Ich meine, Ellen hatte doch Gäste eingeladen, und wir …«

Er kam nicht weiter. Inger Johanne konnte sehen, dass sich seine blauen Augen mit Tränen füllten und dass er seinen Blick nicht von dem toten Jungen abwenden konnte.

»Du bleibst hier«, sagte sie. »Nichts anfassen. Vor allem … Sander nicht anrühren. Ich gehe nach unten in die Küche und rufe alle bei der Polizei an, die mir einfallen. Ich nehm dein Telefon, Ellen.«

Die Mutter des Jungen gab keine Antwort.

»Hierbleiben!«, sagte Inger Johanne mit scharfer Stimme zu allen zusammen, als hätte sie es mit einer Schar ungehorsamer Hunde zu tun. »Hierbleiben und nichts anfassen.«

Mit ihrem zerbrochenen Telefon in der einen Hand und Ellens iPhone in der anderen ging sie zur Tür. Ein schwacher Duft nach Rasierwasser streifte ihre Nase, als sie an Joachim vorbeikam. Es roch teuer, und über seine Schultern hatte er einen Pullover aus feinem Kaschmir gelegt.

Sie war seit fünfundfünfzig Minuten hier.

Und in der Ferne heulten die Sirenen ununterbrochen.

Die Uniform des Polizisten war zu groß für seine magere Gestalt. Seine Haare lagen dicht, blond und frisch geschnitten über einem glatten Gesicht mit kindlich roten Lippen. Der Adamsapfel hüpfte in einem Takt auf und ab, der Inger Johanne unter anderen Umständen zum Lachen gebracht hätte. Die schwarzen Schulterklappen mit dem einsamen goldenen Stern verrieten, dass er ein einfacher Beamter war. Soeben fertig mit der Polizeihochschule, vermutete Inger Johanne. Nicht gerade, was sie sich erhofft hatte, aber besser als nichts.

Oder vielleicht auch nicht.

»Was ist hier passiert?«, fragte er und sah Inger Johanne an, während sein linker Zeigefinger zweimal seinen Nasenflügel berührte, ehe er wieder eine Art Habtachtstellung einnahm.

»Das weiß ich nicht. Als ich hergekommen bin, so gegen Viertel nach drei, war der Junge tot.«

»Ach.«

Der junge Polizist starrte jetzt Joachim an, der mit vor der Brust verschränkten Armen am Kamin lehnte.

»Ich bin noch später gekommen«, sagte Joachim tonlos. »Ich weiß gar nichts.«

»Na gut«, sagte der Polizist und schluckte.

Es wurde still. Joachim hatte schon längst die Balkontür geschlossen, und die Sirenen aus der Stadt waren nicht mehr zu hören. Nur Ellens monotones Schluchzen und ab und zu ein neues »Nicht« brachen ein so drückendes Schweigen, dass Inger Johanne spürte, wie ihr zwischen den Schulterblättern der Schweiß ausbrach. Der Polizist starrte sie an, als warte er darauf, dass gerade sie das Wort ergriff, das Kommando übernahm, für Ordnung sorgte. Ihr war das unangenehm.

»Der Junge«, schlug sie leise vor und sah ihn an. »Sander heißt er. Er müsste wohl obduziert werden. Der Ordnung halber.«

Sie versuchte, sicherer zu wirken, als sie war.

»Ja«, sagte der Polizist und nickte. »Wir brauchen einen Krankenwagen.«

»Aber wenn ich das richtig verstanden habe, sind die alle im Einsatz.«

»Ja. Die Explosion, ja.«

Er nickte und starrte den Jungen an, der noch immer auf dem Schoß der Mutter lag.

Sein Adamsapfel hüpfte und hüpfte.

»Ich kann ihn fahren«, sagte Joachim zögernd. »Das wird doch im Rikshospital gemacht, nicht wahr?«

»Tja«, sagte der Polizist sehr langsam und kratzte sich dabei mit einem Zeigefinger im Nacken. »Grefsen gehört wohl eher zu Ullevål. Ich glaube, vielleicht …«

Was er glaubte, wurde nie deutlich.

Noch ein Mann betrat das Zimmer.

»Ich habe geklingelt«, sagte der Neuankömmling. »Da niemand aufgemacht hat, bin ich gleich reingekommen. Kalle Hovet.«

Er hielt dem jungen Polizisten die Hand hin, und der nahm sie zögernd.

»Polizeijurist Kalle Hovet«, erklärte er kurz. »Meine Kollegin Silje Sørensen hat mich angerufen und gebeten, hier vorbeizuschauen. Ich wohne in Kjelsås, gleich hier oben. Sie war angerufen worden. Von Ihnen, nehme ich an?«

Er schaute Inger Johanne an, und die nickte. Da sie sonst niemanden erreicht hatte und Yngvar sich nicht meldete, hatte sie die Person bei der Osloer Polizei angerufen, die sie am besten kannte. Silje war in Urlaub auf den Bahamas und wusste nichts darüber, was in der Osloer Innenstadt geschehen war, aber sie hatte offenbar herumtelefoniert.

»Unsere Beamten sind, wie Sie sich sicher denken können …«

Die riesige Faust deutete in Richtung Fenster.

»… beschäftigt. Sehr beschäftigt.«

»Was ist da unten denn passiert?«, fragte Inger Johanne leise.

»Ich weiß nicht genau. Obwohl es ja normalerweise nicht meine Aufgabe ist, zu solchen Einsätzen zu fahren …«

Wieder verstummte er. Sein Blick huschte blitzschnell durch den Raum und blieb an der kleinen Familie auf dem Sofa hängen. Er kniff die Augen zusammen, als ob er schlecht sähe.

»Gefallen?«, fragte er.

Die Eltern gaben keine Antwort.

»Ja«, sagte Inger Johanne und nickte. »Wenn ich das richtig verstanden habe, ist er von einer Trittleiter gestürzt.«

»Von welcher Trittleiter?«, fragte Kalle Hovet, ohne den Jungen aus den Augen zu lassen.

»Sie wurde … weggestellt.«

»Weggestellt?«

»Ja«, antwortete Inger Johanne kaum hörbar. »Ich fürchte, dieser Tatort ist … ist nicht ganz … es war doch offenbar ein Unfall. Sander ist ein Junge, der …«

Der grobschlächtige Mann mittleren Alters hob die Hand.

»Hören Sie«, sagte er, vor allem an den uniformierten Polizisten gerichtet. »Wir sind hier allesamt nicht gerade Experten. Nicht für solche Dinge. Ich werde versuchen, im Laufe des Abends einen Kriminaltechniker herzuschicken. Bis dahin haben alle das Zimmer zu verlassen.«

Er fuhr sich mit der Hand über den Schädel, wo sich die Geheimratsecken auf einer blanken Fläche begegneten.

»Und der Junge muss ins Krankenhaus gebracht werden«, sagte er resigniert. »Wie immer wir das …«

»Nein!«, schrie Ellen. »Nein! Nicht!«

Sie sprang vom Sofa auf, noch immer mit dem großen Achtjährigen in den Armen. Schwankend ging sie dann vorbei an dem kleinen gläsernen Couchtisch, über den hellen Teppich bis aufs Parkett, wo sie ihre Lunge mit Luft füllte und noch einmal mit schriller Stimme schrie: »Nicht! Fasst meinen Jungen nicht an!«

Ehe irgendwer ihr zu Hilfe kommen konnte, glitt der Junge langsam aus den Armen der Mutter.

Sie konnte nicht mehr.

»Nein«, flüsterte Inger Johanne, aber es war zu spät.

»Was für eine Geschichte«, sagte Kalle Hovet und zog ausgiebig an seiner Zigarette.

»Da unten oder hier oben?«, fragte Inger Johanne und trat einen Schritt zur Seite, um sich von der qualmenden Selbstgedrehten zu entfernen.

Der Polizeijurist behielt den Rauch mehrere Sekunden lang in der Lunge, dann stieß er ihn durch die Nase aus.

»Beides, kann man wohl sagen. Auch wenn ich nicht so richtig darüber informiert bin, was in der Innenstadt eigentlich passiert ist. Eine große Bombe, das habe ich noch mitgekriegt. Es ist die Rede von einem Terroranschlag. Vor dem Redaktionsgebäude von *VG* oder so. Ich kann dieses Käseblatt zwar auch nicht leiden, aber es gibt ja wohl Grenzen. Ich hatte verdammt Lust, da drinnen den Fernseher einzuschalten, aber das hätte wohl keinen guten Eindruck gemacht. Wissen Sie mehr?«

Es war inzwischen zwanzig vor sieben. Sie standen auf einer mit Steinen belegten Terrasse an der Südostseite der Villa, einige Meter von der Haustür entfernt. Der junge Polizist hatte endlich ein Bestattungsunternehmen erreicht, da kein Krankenwagen abkömmlich gewesen war. Als zwei ernste, sich zum Verwechseln ähnliche

Männer in dunklen Anzügen, kreideweißen Hemden und schmalen schwarzen Schlipsen kamen, um den zerschundenen Leichnam des acht Jahre alten Sander Mohr zum Rikshospital zu bringen, hatten sich Szenen abgespielt, die Inger Johanne schon jetzt mit aller Kraft zu vergessen versuchte. Ellen war am Ende mitgefahren, zusammengekrümmt über ihrem toten Sohn, der noch zwei Vorderzähne verloren hatte, als er ihr auf den Boden gefallen war. Joachim, offenbar ein jüngerer Kollege von Jon und der Hausfreund von Jon und Ellen, hatte sich bereit erklärt, mit ins Krankenhaus zu fahren, um Ellen später wieder nach Hause zu bringen. Falls es überhaupt möglich wäre, sie von dem Jungen loszureißen, dachte Inger Johanne. Jon starrte stumm aus dem Küchenfenster, während der Polizist auf der anderen Seite des Tisches stand und auf Verstärkung wartete. Was aber noch dauern konnte.

Inger Johanne hatte das vage und unbehagliche Gefühl, keinen festen Boden unter den Füßen zu haben.

»Nein«, sagte sie. »Ich habe keine Ahnung. Und jetzt kann ich wohl gehen.«

»Kennen Sie die beiden?«

Kalle Hovet nickte zum Haus hinüber.

»Ja. Ellen und ich waren zusammen auf dem Gymnasium.«

»Sie sind doch jung genug, um Weiterführende Schule zu sagen.«

Inger Johanne gab keine Antwort. Irgendetwas störte sie. Sie schloss die Augen und konnte sich an alles aus dem Wohnzimmer ganz genau erinnern, sogar an das Muster auf dem Silberbesteck. Die luftigen Gardinen mit dem eingewebten, fast unsichtbaren Eichblattmuster. Das Ölgemälde über dem Kamin mit dem kleinen Riss in der linken unteren Ecke, als ob es einmal zu Boden gefallen wäre. Den Seifenspender auf der Toilette, der vorhin noch bis an den Rand gefüllt gewesen war. Sie hatte das Waschbecken bekleckert, als sie sich die Hände wusch, und der schwere Blumengeruch hatte ihre Übelkeit zurückkehren lassen.

Sogar die Diele, den großen Raum, wo das Licht durch rechteckige Fenster unter der Decke im Nordosten fiel, und die Küche, wo sie sich vor allem darauf konzentriert hatte, jemanden mit polizeilichen Befugnissen zu erreichen, konnte sie sich detailliert in Erinnerung rufen.

»Oder?«, hörte sie Kalle Hovet fragen.

Es gab etwas, das ihr hätte auffallen müssen. Etwas, das sich verändert hatte, anders geworden war, das aber nichts mit der Trittleiter und der Taschenlampe zu tun hatte.

»Doch«, sagte sie und öffnete die Augen. »Ellen und ich waren zusammen auf der Weiterführenden Schule. Jon auch, aber den habe ich erst später besser kennengelernt. Aber wir sind nicht …«

Sie musste überlegen, was sie waren oder nicht waren.

»… eigentlich nicht befreundet. Nicht mehr, meine ich. Wir sehen uns wohl zwei-, dreimal pro Jahr. Gute Bekannte, könnte man sagen. Ich wollte etwas früher kommen als die anderen, um noch zu helfen, aber auch um … tja, *catch up,* sozusagen.«

»Ja, so ist das«, sagte Kalle Hovet lächelnd. »Das Leben geht dahin, und alles kommt Schlag auf Schlag, Ehe und Kinder und Karriere, und schwupp!«

Er schnippte mit den Fingern der freien Hand und tat abermals einen tiefen Zug an seiner Zigarette.

»Dann hat man kaum noch Freunde. Wenn man nicht aufpasst.«

Wenn man nicht aufpasst, dachte Inger Johanne.

»Das haben sie die ganze Zeit gesagt«, sagte sie.

»Was?«, fragte Kalle Hovet.

»Sie haben sich gegenseitig vorgeworfen, nicht auf Sander aufgepasst zu haben.«

Er ließ die Kippe auf den Boden fallen und trat sie nachdrücklich in den Kies zwischen den Schieferplatten.

»So ist das eben«, meinte er. »Wenn etwas Sinnloses passiert, machen wir uns gegenseitig Vorwürfe. Es ist dann zu schwer, die Verantwortung allein zu tragen, nehme ich an. Noch härter ist es, einzusehen, dass so was manchmal eben vorkommt. Dass das Leben keine Garantien bietet. Oh verdammt.«

Die letzten beiden Wörter hatte er geflüstert. Er richtete sich gerade auf und starrte zur Stadt hinüber.

»Ich kann mir einfach nicht vorstellen, was das für ein Gefühl ist. Ein Kind zu verlieren.«

Dann fuhr er herum und fing ihren Blick auf. Seine Augen waren goldbraun, mit schweren dunklen Augenbrauen, die über der Nasenwurzel aneinanderstießen.

»Haben Sie Kinder?«

»Ja. Zwei Töchter. Die eine ist siebzehn, die andere siebeneinhalb. Sie heißen Kristiane und Ragnhild.«

Ein plötzliches Ziehen in der Brust ließ sie kurz nach Luft schnappen.

»Sie sind mit ihrem Vater in den Ferien. Dem Vater der Älteren, meine ich. Der Vater der Jüngeren ist ein anderer ... sie sind am liebsten zusammen, die Kinder. Kristiane ist nicht ganz wie andere ... wie andere Kinder, und mein Exmann hat lieber beide ...«

Sie strich sich mit einer nervösen Geste die Haare hinter die Ohren. Warum redete sie mit diesem Mann über Dinge, die ihn nichts angingen? Er hatte irgendetwas an sich. Etwas ungewöhnlich Freundliches, Müdes, vielleicht sogar ein wenig Verbrauchtes. Er erinnerte sie an einen dänischen Schauspieler, dessen Name ihr nicht einfiel.

Sie wollte nach Hause, nach Hause in den Hauges vei, sie wollte die Kinder anrufen und feststellen, wo Yngvar steckte. Er hatte seinen freien Abend, wie er das zu ihrem Ärger nannte, nutzen wollen, um in Kristianes Zimmer neue Bücherregale anzubringen und sich eine DVD anzusehen, für die Inger Johanne nicht das geringste Interesse aufbringen konnte.

Außerdem war da also diese Explosion.

Marianne hatte sicher übertrieben, wie immer, aber die Rauchsäule hing auch jetzt noch diffus und ein wenig schräg über der Stadt. Ein Unfall, möglicherweise. Gas. Es konnte kein Anschlag sein, wie der Polizeijurist gemeint hatte. Nicht hier. Nicht in Norwegen. Ein Unfall. Vielleicht gab es trotzdem Sondersendungen im Fernsehen, da sonst ja alles so sommerstill war.

»Sie wissen schon«, sagte sie und zog ihre Schultertasche hoch, als Hinweis darauf, dass sie jetzt gehen wollte.

»Und ob ich das weiß«, sagte der Mann lächelnd. »Meine Frau und ich haben insgesamt sieben Kinder. Nur eins davon ist ein gemeinsames. Der reinste Wilde Westen, wenn am Wochenende alle bei uns sind. Ganz zu schweigen von den Ferien. Darum wüsste ich auch gern, ob es den ganzen verdammten Sommer lang regnen wird.«

Der Mann legte den Kopf schräg und warf einen Blick zum Himmel, dann schaute er sie fragend an, als ob er eine Antwort auf seine meteorologischen Überlegungen erwartete.

Inger Johanne kam das alles sehr unpassend vor. Sie plauderten wie auf einem Fest. Als ob es jeden Moment Essen gäbe und sie ihn nur aus Höflichkeit in den Garten begleitet hätte, damit er eine halb verbotene Zigarette rauchen könnte.

»Keine Sorge«, sagte Kalle Hovet gelassen.

Seine Augen sind wirklich eher gelb als braun, dachte sie.

»Wir sind beide aufgewühlt. Das ist doch nur eine Art, um ...«

Er hob die Arme, dann fuhr er sich mit beiden Händen über den Schädel.

»Furchtbar«, murmelte er. »Das da drinnen war einfach nur furchtbar. Man glaubt, alles, was gefährlich ist, unter Kontrolle zu haben. Installiert Kindersicherungen und Sperren, gibt ihnen Helme und Sicherheitsgurte und was weiß ich nicht alles. Dann kehrt man ihnen zwei Minuten lang den Rücken zu und ... eine Trittleiter. Eine verdammte blöde Trittleiter. Gibt es übrigens noch Angehörige, die wir verständigen sollten? Jemanden, der Ellen und Jon helfen könnte? Eltern, also ich meine Großeltern des Jungen?«

Inger Johanne konnte sich gut an sie erinnern. Agnes und Torbjørn Krogh waren damals Eltern gewesen, um die Ellen von ihrem ganzen Bekanntenkreis beneidet wurde. Immer stand ihre Tür offen, sie waren munter, entgegenkommend und gerade so jugendlich, dass es nicht peinlich wurde. Ellen war ein angebetetes Einzelkind, und die Beziehung schien herzlich zu sein. Aber irgendetwas war geschehen. Als Agnes und Torbjørn drei Jahre zuvor nicht zum traditionellen Sommerfest im Glads vei erschienen waren, hatte Inger Johanne Ellen gefragt, ob ihre Eltern verreist seien. Ellen antwortete nicht direkt, murmelte nur etwas darüber, dass sie nicht länger willkommen seien. Später hatte Inger Johanne den Eindruck gewonnen, es habe mit Sanders Erziehung zu tun. Ellen wollte nicht darüber reden, und Inger Johanne hatte nicht das Gefühl, ihr nahe genug zu stehen, um weiter in Dingen zu wühlen, die sie ja gar nichts angingen.

»Ellens Eltern haben wohl wenig Kontakt zu ihnen.«

Sein Telefon vibrierte fast unhörbar in der Innentasche des leichten Sommerjacketts.

»Zum zehnten Mal in einer halben Stunde«, sagte er gereizt. »Mindestens. Bei sieben Kindern ist immer verdammt viel los. Aber ich hatte nicht das Gefühl, telefonieren zu können, als der Junge da lag und die Mutter so ...«

Er zog ein Nokia hervor und öffnete eine SMS. Inger Johanne drehte sich zu der breiten Schiefertreppe um, die mit acht Stufen zum Glads vei hochführte.

»Was zum Teufel«, hörte sie ihn murmeln, als sie losging. »Was zum ...«

Als sie sich zu ihm umdrehte, war er sichtlich bleicher geworden. Die Hand mit dem Telefon zitterte, und er las die Mitteilung offenbar mehrmals. Oder vielleicht waren es auch mehrere Mitteilungen. Als er sie endlich ansah, stand sein Mund offen, und sein Blick war ungläubig, als sei er nicht imstande, mit dem Schritt zu halten, was das Gehirn zu verarbeiten versuchte. Er erinnerte Inger Johanne an ein Reh, das sie einmal in der Dunkelheit angefahren hatte, die verängstigten verwirrten Augen, in denen sich für einen Moment die Scheinwerfer spiegelten, ehe der Wagen das Tier traf und es starb.

»Was ist passiert?«, fragte sie vorsichtig und trat einen Schritt auf ihn zu.

Kalle Hovet gab keine Antwort. Er rannte los. Er hätte sie mit der Schulter fast umgestoßen, als er an ihr vorbeikam und mit drei Sätzen die Treppe hinaufsprang.

Ohne auch nur ein Wort zu sagen.

Inger Johanne hörte, wie ein Motor angelassen wurde, und Reifen, die über den Asphalt kreischten, als der Wagen auf der Straße schneller wurde und dann verschwand.

Vielleicht war diese Explosion schlimmer, als sie angenommen hatte.

Vergeblich versuchte sie, ihr zerbrochenes Mobiltelefon zum Leben zu erwecken. Sie wollte im Internet nachsehen, was eigentlich los war. Das Display leuchtete hinter der zerbrochenen Scheibe auf, zeigte aber keine Symbole. Sie steckte das Telefon seufzend wieder in ihre Handtasche und schaute zum Küchenfenster hinüber.

Jon starrte sie an. Sein Gesicht wirkte durch das Glas flach und konturenlos, als ob jemand erfolglos versucht hätte, es auszuwischen. Nur der breite Streifen aus geronnenem Blut zwischen Nase und Oberlippe war scharf und deutlich. Hinter Jon konnte sie den großen mageren Polizisten sehen, unbeweglich, während er auf jemanden wartete, der offenbar niemals kommen würde.

Sie drehte sich abrupt um und ging auf die Schiefertreppe zu, die auf beiden Seiten von niedrigen, blütenlosen Rhododendronbüschen gesäumt war. Die Stufen waren breit und tief, und auf der obersten lag ein Feuerwehrauto aus Kunststoff, vielleicht dreißig Zentimeter lang. Inger Johanne blieb mit den Füßen auf zwei verschiedenen Stufen stehen.

Es war Sulamit.

Sie hob es auf.

Natürlich war es nicht Sulamit. Das Feuerwehrauto, das Kristiane ihre ganze Kindheit hindurch gehabt und seltsamerweise wie eine geliebte Katze behandelt hatte, war längst tot. Leiter und Räder waren zuerst verschwunden, danach alle anderen losen Teile, ehe auch die Farbe verblasste und schließlich abblätterte. Als von dem Spielzeugauto nur noch ein grauer Metallklumpen übrig war, konnte darin sogar Kristiane nicht mehr ihre Pseudokatze erkennen. Jetzt lag es im Tulpenbeet am Hauges vei begraben, unter einem kleinen Holzkreuz, dessen Inschrift, »RIP Sulamit«, in jedem Frühling mit rosa Farbe erneuert wurde.

Dieses Auto sah aber genauso aus wie Kristianes einstmals liebster Besitz.

Die gleichen Augen, die um die Scheinwerfer gemalt waren, die gleiche silberne Leiter und die überdimensionalen, glänzend schwarzen Räder. Klappen auf beiden Seiten, die geöffnet werden konnten, für Schläuche und Schutzanzüge, die Inger Johanne total vergessen hatte.

»Sander«, flüsterte sie dem Auto zu, während ihre Augen sich mit Tränen füllten. »Kleiner, großer, seltsamer Sander.«

Vorsichtig stellte sie das Auto wieder auf die Treppe, an die Seite, halb versteckt unter den dicken dunkelgrünen Rhododendronblättern. Der Lack war dick und blank, und die Augen lugten schräg und munter zu ihr hoch, ein Spielzeug, das seinen Besitzer überlebt hatte.

Sie rannte los.

Auf halbhohen Absätzen lief sie nach Hause, mit dem Regenschirm unter dem Arm und einer kleinen Tasche über der anderen Schulter. Erst als sie müde wurde und sich an der einen Ferse eine Blase ankündigte, wurde sie langsamer und merkte, wie ruhig es überall war.

Kein Mensch war unterwegs. Kein angebranntes Fleisch von Terrassen und Veranden plagte ihre Nase, die Grills standen dort zum Schutz vor dem Regen unter Dachvorsprüngen, vor dem ewigen Regen, der den Sommer 2011 bald ruiniert haben würde. Die Kinder, die sie auf dem Weg zu Ellen auf Rädern und Ballspielplätzen gesehen hatte, waren verschwunden. Durch einige Fenster der Hochhäuser im Betzy Kjelsbergs vei konnte Inger Johanne Fernseher erkennen, die lautlos im feuchten Abendlicht flackerten.

Nur das dumpfe Dröhnen eines fernen Hubschraubers, den sie nicht sehen konnte, brach diese seltsame Stille über Oslo. Vielleicht waren es auch zwei. Oder drei.

Wieder rannte sie los.

Es ging auf vier Uhr zu. Der Morgen des 23. Juli graute ganz zaghaft hinter den Fenstern, nur eine knappe halbe Stunde bis zum Sonnenaufgang hinter der Wolkendecke, die noch immer tief über der Stadt hing.

»Mama«, flüsterte Inger Johanne und stupste ihre Mutter an, die am anderen Ende des Sofas unter einer blauen Wolldecke leise schnarchte. »Wach auf. Jetzt kommt eine Pressekonferenz.«

Jack, die gelbgraue Promenadenmischung der Familie Stubø/Vik, erhob sich vom Boden und drehte drei steifbeinige Runden um sich selbst, ehe er sich mit einem Seufzer wieder hinlegte.

»Warum flüsterst du?«, murmelte die Mutter und richtete sich mit steifen Bewegungen auf. »Ich habe nicht geschlafen. Hatte nur kurz die Augen zugemacht. Was hast du gesagt?«

Inger Johanne gab keine Antwort. Stattdessen griff sie nach der Fernbedienung und drehte den Fernseher lauter, ehe sie die Füße aufs Sofa zog. Die Mutter legte ihre trockene warme Hand über ihre.

»Wie schön, dass du angerufen hast«, sagte sie leise. »Das hat mich so gefreut, Schatz. Als diese schreckliche Sache anfing, habe ich mindestens zehnmal versucht, dich anzurufen. Ich konnte doch nicht wissen, dass dein Telefon zerbrochen ist. In solchen Momenten soll man nicht allein sein. Und schon gar nicht, wo noch dazu das mit dem kleinen Simon passiert ist.«

»Sander. Nicht Simon.«

Inger Johanne versuchte zu lächeln.

Als sie am Vorabend nach Hause gekommen und ihr schon nach wenigen Minuten vor dem Fernseher aufgegangen war, was sich im Regierungsviertel und danach auf Utøya zugetragen hatte, hatte sie weitere ziemlich verzweifelte Versuche unternommen, Yngvar zu erreichen. Er hatte einen fast unleserlichen Zettel auf dem Esstisch hinterlassen, dass er wegen des Terroranschlags zum Dienst müsse und nicht wisse, wann er wieder heimkommen könne. Sie begriff eigentlich nicht, was ein Kriminalinspektor, der vor allem im Büro oder im Vernehmungsraum saß, nützen sollte bei dem Verlauf, den dieser katastrophale Nachmittag und Abend nahmen. Er beklagte sich ja selbst oft darüber, vor allem nach zwei Glas Wein. Yngvar Stubø wurde immer mehr zu einer Büroratte. Früher einmal hatte er als der beste Vernehmungsleiter des Landes gegolten. Nachdem er sich dann abermals zu einer leitenden Stellung hatte überreden lassen, verschwand viel von seiner Arbeitsfreude unter Papieren und Gewerkschaftsforderungen und Etatberechnungen, und so jammerte er. Inger Johanne hatte versucht, ihn im Büro und auf dem Handy anzurufen. Außerdem hatte sie es bei fünf seiner Kollegen versucht, aber ohne auch nur einen einzigen zu erreichen.

Als sie aufgab, war die Rede von zehn Toten auf Utøya.

Sie hatte mit Isak telefoniert, dem Mann, mit dem sie in einem früheren Leben verheiratet gewesen war und der am vergangenen Sonntag mit Kristiane und Ragnhild für drei Wochen nach Sainte-Maxime gefahren war. Inger Johanne hatte kurz mit dem Gedanken gespielt, ihre Schwester anzurufen, aber sie hatten sich seit einem halben Jahr nicht mehr gesehen, und es war wohl kaum der richtige Abend für den Versuch, eine Geschwisterbeziehung zu flicken, die streng genommen schon seit ihrer Kindheit gewaltige Löcher aufwies.

Ohne wirklich darüber nachzudenken, hatte sie am Ende die Nummer der Mutter gewählt, und die hatte nach drei Klingeltönen abgenommen und ruhig erklärt, sie werde so schnell wie möglich kommen.

Ihre Mutter hatte sich wirklich verändert, seit sie vor genau einem halben Jahr in einer Januarnacht Witwe geworden war. Inger Johannes Vater hatte wie üblich ein Glas zu viel getrunken, ehe er neben seiner Frau eingeschlafen war, in Flanellschlafanzug und Bettsocken, um nach sechsundvierzig Ehejahren nicht mehr aufzuwachen.

Inger Johanne hatte immer befürchtet, die Mutter werde allein zurückbleiben. Die Vorstellung, sich um einen quengeligen Vater kümmern zu müssen, wirkte weniger abschreckend als die, ihre geschäftige Mutter könnte dann noch häufiger vor der Tür stehen. Aber schon, als sie der Tochter am Morgen von Ragnhilds siebtem Geburtstag den Todesfall gemeldet hatte, schien ihre Mutter eine andere geworden zu sein. So gefasst und vernünftig, hatte Yngvar abends gesagt. Eher betroffen und resigniert, hatte Inger Johanne erwidert. Ein bisschen tot, dachte sie, als sei die Symbiose ihrer Eltern wortwörtlich zu verstehen gewesen und die dreiundsiebzig Jahre alte Frau sei jetzt nur noch zur Hälfte am Leben.

Und das änderte sich nicht.

Inger Johannes Trauer um den Vater wich rasch dem Staunen darüber, wer ihre Mutter jetzt geworden war. Nach der Beerdigung lud Inger Johanne sie pflichtschuldig ein, bei ihnen zu bleiben. Für eine Weile, hatte sie gesagt, nur bis das Haus der Eltern nicht mehr so leer wirkte. Die Mutter lehnte entschieden ab, packte ihren Koffer und bestand darauf, mit ihrem eigenen Wagen nach Hause zu fahren.

Etwas in ihrer Mutter war erloschen, und Inger Johanne schämte sich insgeheim, weil die Mutter ihr so besser gefiel. Als der Winter verging und sich der Frühling und dann der Sommer einstellten, begann ihre Mutter ein Witwenleben zu führen, wie Inger Johanne es kaum hätte voraussagen können. Sie rief seltener an und tauchte niemals im Hauges vei auf, ohne nachdrücklich eingeladen worden zu sein. Die Mutter hatte mit den Kindern immer wunderbar umgehen können, war geduldig und liebevoll gewesen, aber jetzt schien sie sie alle wie Kinder zu behandeln. Mit einem kleinen Lächeln für alles, was früher zu endlosen, unfruchtbaren Streitereien geführt hätte. Sie beklagte sich nicht einmal mehr darüber, dass Jack haarte.

Die Mutter schüttelte eine Thermoskanne. Das leise Schwappen veranlasste sie, aufzustehen, um neuen Kaffee zu kochen.

»Wo bleibt eigentlich Yngvar?«, fragte sie.

»Das wissen die Götter«, antwortete Inger Johanne zerstreut und schob einen Zettel unter eine Zeitung. »Aber unter diesen Umständen kann ich ihm ja nicht gerade Vorwürfe machen. Jetzt haben sie diesen verdammten Terroristen gefasst und vielleicht muss er ... pst!«

Die Mutter füllte Wasser und Filterkaffee in die Maschine und kam leise zurück.

Der frischgebackene Polizeichef musste sich die Uniform in aller Schnelle besorgt haben. Soviel Inger Johanne wusste, hatte er bei Ferienbeginn seinen Posten seit höchstens einer Woche innegehabt. Seine Stimme war dunkler, als Inger Johanne es aus den Neunzigerjahren, als der Mann Politiker gewesen war, in Erinnerung hatte.

Seine Botschaft war noch düsterer.

»Achtzig«, flüsterte die Mutter und schlug die Hände vors Gesicht.

»Achtzig«, wiederholte Inger Johanne mit einem kurzen scharfen Schrei.

Inger Johanne konnte sich nicht erinnern, wann sie zuletzt vor den Augen anderer geweint hatte.

Nicht einmal bei der Beerdigung ihres Vaters hatte sie der Trauer um die verlorene Möglichkeit der Versöhnung mit einem Vater nachgegeben, dem sie so lange nur noch milde Verachtung entgegengebracht hatte. Jetzt brachen alle Dämme. Sie beugte sich halb widerwillig, halb suchend zur Mutter vor, und die legte die Arme um sie und wiegte sie vorsichtig hin und her, während sie kleine, sinnlose Trostworte flüsterte.

»Ich weine, weil ...«, flüsterte Inger Johanne, kam aber nicht weiter.

»Ich weiß«, sagte die Mutter leise. »Weine nur.«

Aber die Mutter wusste nicht. Sie ahnte nicht, dass Inger Johanne jetzt, wie gelähmt nach den Ereignissen des vergangenen Tages, eigentlich aus ganz anderen Gründen als wegen der grotesken Verbrechen im Regierungsviertel und auf Utøya die Beherrschung verloren hatte. Die Todeszahlen der Doppelkatastrophe waren noch zu unwirklich. Es war zu spät in der Nacht, zu früh am Morgen, zu viele Schicksale, um alles zu begreifen.

Stattdessen trauerte Inger Johanne nur um einen.

Sie weinte um einen Jungen, den seine Eltern nur acht Jahre hatten am Leben erhalten können. Inger Johanne weinte um Sander, den schweren, munteren, heftigen Jungen, der gerade ein Feuerwehrauto bekommen hatte, mit dem er nicht so lange hatte spielen können, bis es hinüber war.

2

»Inger Johanne, du musst aufstehen.«

Die Stimme kam ihr fern und gedämpft vor. Inger Johanne kämpfte sich aus einem so tiefen Schlaf, dass sie in den ersten Sekunden nicht begriff, wo sie war. Im Zimmer war es dunkel und kühl, und erst als sie den Geruch ihrer eigenen Bettwäsche wahrnahm, erwachte sie.

»Wie spät ist es denn?«, fragte sie gähnend und setzte sich im Bett auf.

»Halb sechs«, antwortete die Mutter aus der Türöffnung. »Wenn du noch länger schläfst, stellst du Tag und Nacht auf den Kopf.«

»Halb sechs? Halb sechs am Abend?«

Sie warf die Decke beiseite. Als sie merkte, dass sie nackt war, wickelte sie sich rasch wieder hinein, aber die Mutter war schon gegangen. Ein widerlicher Kopfschmerz presste hinter ihren Augen, als sich die Ereignisse des Vortages wieder in ihr Bewusstsein schlichen.

»Halb sechs«, wiederholte Inger Johanne leise. »Großer Gott ...«

Sie hatte mehr als neun Stunden geschlafen. Den ganzen Tag. Wenn die Mutter sie nicht geweckt hätte, wäre sie mindestens noch drei Stunden liegen geblieben, merkte sie ihrem schweren, widerwilligen Körper an, als sie sich wieder ins Bett sinken ließ. Sie war in letzter Zeit wirklich erschöpft gewesen. Müde und langsam. Vielleicht brütete sie irgendetwas aus.

Yngvar. Er musste nach Hause gekommen sein.

Die Kinder. Sie mussten angerufen haben.

Jetzt mussten sie doch angerufen haben.

»Yngvar«, rief sie laut, als sie zum zweiten Mal versuchte aufzustehen.

Für einen Moment überlegte sie, ob sie duschen sollte, dann aber fiel ihr ein, dass sie vor dem Schlafengehen lange gebadet hatte. Also nahm sie saubere Unterwäsche aus einer halb offenen Schublade, zog eine Jeans an, die auf dem Boden lag, und schnappte sich dann einen angeschmuddelten Pullover oben aus dem Wäschekorb. Ihr ging auf, dass sie wieder mit dem Training anfangen müsste. In den vergangenen zwei Wochen hatte sie zugenommen, merkte sie. Die Hose war zu eng, und der BH spannte.

»Yngvar?«

»Der ist nicht hier«, rief die Mutter aus der Küche. »Aber er hat angerufen. Er hat dich nicht erreicht und es auf dem Festanschluss probiert. Bei ihm ist alles in Ordnung.«

Natürlich ist bei ihm alles in Ordnung, dachte Inger Johanne gereizt. Sie machte sich keine Sorgen um Yngvar. Sie wollte, dass er sich um sie Sorgen machte, nach allen Mitteilungen, die sie auf seiner Mailbox hinterlassen hatte.

Aus dem Wohnzimmer roch es nach frisch aufgebrühtem Kaffee, und Inger Johanne fuhr sich mit beiden Händen durch die Haare, ehe sie barfuß hineinstapfte und die Tasse nahm, die die Mutter ihr hinhielt.

»Danke. Großer Gott, hab ich lange geschlafen.«

Reflexartig wappnete sie sich für die Zurechtweisung, die jetzt kommen würde. Ihre Mutter konnte nicht einmal die mildesten Formen von Flüchen ertragen.

»Das hat dir sicher gutgetan«, sagte die Mutter jedoch nur. »Milch? Ich hab sie warm gemacht.«

Inger Johanne schloss die Hände um die glühend heiße Tasse und ging zum Fenster.

»Nein, danke. Ich glaube, ich brauche jetzt schwarzen. Gibt's was Neues?«

Sie nickte kurz zum Fernseher hinüber, der lautlos lief.

»Jede Menge«, sagte die Mutter kurz. »Viel zu viel. Du kannst dir um sieben die Zusammenfassung in den Nachrichten ansehen.«

»Hast du denn geschlafen?«

»Ein bisschen.«

»Aber Mama, du musst ...«

»In meinem Alter braucht man fast keinen Schlaf mehr. Ich war mit Jack unterwegs, sogar ziemlich lange. Er ist noch steifbeiniger als ich, aber wir haben das gut geschafft. Ich hatte außerdem etwas zu erledigen.«

»Du warst draußen? Ich habe rein gar nichts gehört, Mama, ich muss wohl ...«

»Hier«, sagte die Mutter und reichte ihr ein Mobiltelefon.

»Wem gehört das?«

»Dir. Das alte ist ja zerbrochen.«

Die Mutter schwenkte den neuen Android.

»Nimm es schon! Der reizende junge Mann im Storsenter hat gesagt, du müsstest eigentlich selbst unterschreiben, aber diese grauenhafte Tragödie hat die Leute offenbar verändert. Also ging es auch so. Er hat die

Dingskarte aus deinem alten Telefon umgesteckt und alles bereit gemacht.«

»SIM-Karte«, sagte Inger Johanne. »Danke. Tausend Dank, Mama.«

Als sie nach dem neuen Smartphone greifen wollte, überkam sie eine entsetzliche Übelkeit. Der Schwindel ließ sie taumeln, und die Mutter konnte das Telefon gerade noch an sich reißen, ehe die noch fast volle Kaffeetasse zu Boden fiel. Inger Johanne griff sich an den Mund und stürzte ins Badezimmer.

»Ich bringe Eiswürfel und einen Lappen«, hörte sie die Mutter sagen.

»Nein«, stöhnte Inger Johanne, als ein plötzlicher Gedanke sie zwang, sich heftig zu übergeben. »Nein!«

Es ging daneben. Das Erbrochene floss über den Toilettensitz und lief nach unten auf die Fliesen, dünnflüssig und stinkend, und sie erbrach sich ein weiteres Mal. Dann war nichts mehr in ihrem Magen. Mit der einen Hand stützte sie sich an der Wand ab und erhob sich vorsichtig, um nicht in Ohnmacht zu fallen.

»Das kann einfach nicht sein«, flüsterte sie und legte die eine Hand behutsam um ihre rechte Brust.

Inger Johanne war dreiundvierzig Jahre alt und fühlte sich auch nicht jünger. Im Gegenteil: Sie staunte oft über Yngvar, der, weit über fünfzig, eine spielerische, pragmatische Herangehensweise an das Leben hatte, wenn es sich sperrig zeigte. Er war immer so viel jünger gewesen als sie. Flexibler. Inger Johanne brauchte es so, wollte es so, und jetzt, wo die Kinder heranwuchsen, wurde es immer leichter, über den Unfug zwischen ihm und den Mädchen zu lächeln, obwohl sie niemals richtig daran teilnahm. Für sie bedeuteten die Kinder Angst und Sorge und eine Liebe, so groß, dass sie ab und zu drohte, sie selbst und die anderen zu ersticken.

Es konnte einfach nicht stimmen.

»Da musste ja eine Reaktion kommen«, sagte die Mutter tröstend und schob ihr einen Eiswürfel zwischen die Lippen. »Nach so einem grauenhaften Tag. Lutsch am Eis und putz dir dann die Zähne. Das fühlt sich frisch und gut an. Bist du fertig? Dann kann ich hier sauber machen, wenn du nur …«

»Nein, Mama, das mach ich selbst.«

Ihre alte Mutter hätte sie beiseitegeschoben und sich das Recht, das Badezimmer zu putzen, erzwungen. Die neue Mutter, diese Frau, die Inger Johanne noch immer nicht richtig kennengelernt hatte, trat einen Schritt zurück, strich sich kurz über die Haare und sagte ruhig: »Ich habe für dich und deine Schwester schlimmere Dinge weggewischt. Und auch für die Enkelkinder. Aber ich will mich natürlich nicht aufdrängen. Das Angebot besteht, falls du es dir anders überlegst.«

Dann dieses Lächeln, dieses fremde, anspruchslose Lächeln, ehe sie vorsichtig die Tür zuzog und ins Wohnzimmer zurückging, noch immer ein Glas mit klirrenden Eiswürfeln in der Hand.

»Mama«, flüsterte Inger Johanne unhörbar. »Komm zurück.«

Als es halb neun Uhr abends geworden war und das nagelneue Telefon schrillte, erkannte keine von ihnen das Klingelzeichen. Sogar Jack hob den Kopf von seinem festen Platz unter dem Couchtisch und spitzte neugierig die Ohren. Erst nach vier Klingeltönen begriff Inger

Johanne, dass jemand versuchte, sie zu erreichen. Der Mann im Telefonladen hatte ihre Telefonliste nicht in das neue Android überführt, und sie erkannte die Nummer nicht.

»Hallo«, sagte sie vorsichtig.

»Du musst kommen«, weinte eine Frauenstimme.

»Hallo«, sagte Inger Johanne noch einmal. »Mit wem spreche ich?«

»Ich bin's«, schrie die Stimme am anderen Ende der Leitung. »Ellen! Du musst kommen, Inger Johanne. Die haben Jon verhaftet. Die waren hier und haben Jon verhaftet!«

Inger Johanne nahm das Telefon in die andere Hand.

»Du musst dich beruhigen«, sagte sie. »Ich verstehe rein gar nichts, wenn du nicht aufhörst zu schreien.«

Ein Schluchzen, dem ein heftiger Husten folgte, ging in gedämpftes Weinen über.

»Sie haben Jon festgenommen«, brachte Ellen mühsam heraus. »Ein Polizist war vor einigen Stunden hier und hat ihn festgenommen. Er ist bestimmt im Gefängnis, Inger Johanne. Jon, der doch nie ...«

»Er ist ganz bestimmt nicht im Gefängnis. Warum sollte ...«

»Sie glauben, dass er Sander umgebracht hat!«

»Natürlich glauben sie nicht, dass er ...«

»Doch! Der Polizist von gestern, dieser dünne hässliche Polizist von gestern, der war hier und hat einfach ...«

Der Rest ging in Schluchzern unter.

»Hör mal zu«, sagte Inger Johanne und hob die Hand zu einer beruhigenden Geste, als ob Ellen sie sehen könnte. »Jetzt beruhig dich erst mal. Ich komme gleich. Hörst du? In einer Viertelstunde bin ich da. Ist das in Ordnung?«

Noch immer war am anderen Ende der Leitung nur Weinen zu hören.

»Ist das in Ordnung, Ellen?«

Ihr Ton war jetzt schärfer.

»Ja. Schön. Danke.«

Die Verbindung wurde unterbrochen.

»Was in aller Welt war das denn?«, fragte die Mutter, die noch immer den Fernseher anstarrte, wo dieselben absurden Bilder eines Massenmörders immer wieder gezeigt wurden.

»Ellen. Sie war ziemlich hysterisch.«

»Kein Wunder. Ihren Jungen unter solchen Umständen zu verlieren, und das noch mitten in alldem ...«

Die Mutter hob die Hand in Richtung Fernseher.

»Da wäre doch jeder völlig aufgelöst.«

»Sie behauptet, Jon sei verhaftet worden.«

Endlich riss sich die Mutter vom Fernseher los und drehte sich zu Inger Johanne um.

»Verhaftet?«, fragte sie mit einem trockenen kleinen Lachen. »Das kann doch nicht sein! Erstens hat die Polizei schon genug zu tun und wird ihre Zeit nicht mit einem offenkundigen Unglücksfall verschwenden. Du hast doch selbst gesagt, dass dieser Sander ziemlich wild war. So ein ADFH-Junge, hast du gesagt.«

»ADHS«, sagte Inger Johanne.

»Außerdem kann der Obduktionsbericht unmöglich schon vorliegen. Nicht unter normalen Umständen und jetzt erst recht nicht.«

Wieder winkte sie mit der Hand in Richtung Fernseher.

»Wow«, murmelte Inger Johanne. »Was weißt du denn über Obduktionen?«

»Ich sehe auch fern, meine Liebe. Und zwar Krimiserien, etwas anderes gibt es ja nachts, wenn ich nicht schlafen kann, so gut wie nie.«

Ein Lächeln huschte über ihr Gesicht, fast als ob sie für ein ungeheuerliches Geständnis um Verzeihung bitten wollte.

Inger Johanne musterte wortlos ihr Gesicht. Ihre Mutter war in kurzer Zeit deutlich gealtert. Obwohl sie weiterhin immer gepflegt war, gab sie sich nicht mehr solche Mühe, jederzeit als die tadellose Hausfrau zu erscheinen, die sie ihr ganzes erwachsenes Leben hindurch gewesen war. Sie schminkte sich nicht mehr so stark und eher ein wenig achtlos. Ihre Haare, die, so lange Inger Johanne sich erinnern konnte, jeden Freitag von Frau Gundersen im Blåsbortvei gewaschen und gelegt worden waren und für die folgende Woche den Kopf umschlossen hatten wie ein wohlgeformter Helm, waren in sich zusammengefallen und konnten die wunde, hellrote Kopfhaut nicht mehr verbergen. Sie hatte ihr Leben lang alle Kräfte in ihr Aussehen, ihren Mann und die Kinder investiert, und zwar in dieser Reihenfolge, bis dann die Enkelkinder gekommen waren und ihr Leben einen neuen Sinn gefunden hatte.

Aber ihre Mutter war zu alt, um noch einmal Großmutter zu werden, dachte Inger Johanne.

Ich bin zu alt für eine weitere Runde, versuchte sie, nicht zu denken.

Vielleicht irrte sie sich ja auch. Es gab andere körperliche Veränderungen, die vielleicht ein wenig zu früh kamen. Und Übelkeit, wehe Brüste und Unruhe konnten auch ganz andere Ursachen haben. Vielleicht steckte ja ein Virus dahinter.

»Kann ich dein Auto leihen?«, fragte sie. »Ich glaube, ich sollte mal bei Ellen vorbeischauen. Yngvar hat den

Volvo genommen, und der alte Golf verreckt bei jeder zweiten Straßenecke.«

»Natürlich«, sagte die Mutter überrascht. »Soll ich hierbleiben?«

»Ja«, sagte Inger Johanne, ohne nachzudenken.

Sie zögerte einen Moment, dann fügte sie hinzu: »Jedenfalls bis morgen. Bis ich mehr von Yngvar gehört habe. Wenn dir das recht ist?«

»Ja. Ich habe mir heute Vormittag meine Toilettensachen und Wäsche zum Wechseln geholt, sicherheitshalber. Aber nur, wenn du das wirklich willst.«

Wieder starrte die Mutter den Bildschirm an.

»Meine Schlüssel hängen am Haken neben der Wohnungstür«, sagte sie mit schwachem Zittern in der Stimme. »Ich fange an, Sachen zu verlegen. Schlüssel und so was. Das Beste ist, alles ist an seinem Platz, das habe ich jetzt begriffen.«

Als hätte ihre Mutter nicht immer nach dem Motto »Alles an seinem Platz« gelebt, dachte Inger Johanne und ging zur Tür. Auf der Schwelle blieb sie stehen. Wegen des vagen Drucks in den Brüsten steckte sie durch den Pullover den Daumen in den BH und zog vorsichtig daran. Dabei nahm sie ihren eigenen Körpergeruch wahr, der Pullover war doch nicht so sauber, wie sie geglaubt hatte. Sie zog ihn aus, während sie zum Schlafzimmer ging, um sich einen anderen zu suchen. Jack erhob sich und kam hinter ihr her, während sein Schwanz hin und her fegte, ehe er eine schmutzige Socke vom Boden aufhob. Er hatte immer etwas im Maul, wenn sie Gassi gingen, ein Zeichen dafür, dass in seinem überaus gemischten Stammbaum auch ein Retriever vorkommen musste.

»Hierbleiben«, sagte Inger Johanne streng und zog ihm die Socke aus dem Maul. »Und nichts anfassen.«

Dasselbe hatte sie am Vorabend zu Ellen, Jon und Joachim gesagt.

Sie schlüpfte in einen flaschengrünen Pullover und erstarrte abermals. Es war wirklich etwas angerührt worden, ganz wie sie es sich gestern gedacht hatte. Entfernt, hinzugefügt oder bewegt: eine Veränderung, aber nicht groß, im Wohnzimmer, in der Diele, im Bad oder in der Küche. Nur wollte ihr nicht einfallen, was es war.

Vermutlich spielte es auch überhaupt keine Rolle, tröstete sie sich.

In einem kleinen Büro im Grønlandsleiret 44 saß Jon Mohr und starrte die Wand an. Sein schmales Gesicht wirkte geschwollen, seine Augen waren gerötet, und darunter hing schlaff die Haut. Immer wieder befeuchtete er sich die Lippen. Seine rechte Hand spielte mit einem Splitter an der Armlehne.

»Ich verstehe ja, dass das schwierig für Sie ist«, sagte der junge Polizist mit der etwas zu großen Uniform und dem einen Stern auf der Schulterklappe. »Aber bei dem Zustand, in dem Ihre Frau sich befindet, hielt ich es für besser, die Zeugenbefragung hier auf der Wache vorzunehmen. Ich glaube nicht, dass wir weit kommen würden, wenn sie dabei wäre. Und wie Sie sicher verstehen, müssen wir klarstellen, was geschehen ist.«

Jon Mohr gab keine Antwort. Noch immer starrte er einen Punkt an der Wand an, gleich oben links über dem jungen Polizisten.

»Na gut. Mal sehen. Ich bin also Henrik Holme …«

Die Finger liefen über die Tastatur des Rechners, der auf einem Beistelltisch stand.

Er wusste nicht so ganz, was er erwartet hatte. Er hatte doch noch nie jemanden vernommen, der gerade jemanden verloren hatte. Streng genommen hatte er überhaupt noch nicht viele Vernehmungen durchgeführt. Fünf vielleicht, und bei allen war es um Geschwindigkeitsüberschreitung gegangen.

Ihm war heiß.

Und er war ziemlich unsicher, wenn er es sich genau überlegte, was er allerdings zu vermeiden versuchte.

Es war schon schlimm genug gewesen, als er am Vorabend plötzlich ganz allein nach Grefsen geschickt worden war, wegen eines verdammten Unfalls. Er hatte in der Schule natürlich einiges über Trauerreaktionen gehört, aber Ellen Mohrs Hysterie übertraf doch alles, was er sich hätte vorstellen können. Sie war sicher vorher auch schon ziemlich verrückt, hatte Henrik Holme gedacht, sie schäumte und kreischte und klammerte sich an den verletzten Körper des Kindes. Den Vater heute zu vernehmen, in aller Ruhe und weit weg von ihr, war ihm zuerst als gute Idee erschienen.

In der Schule hatte er gelernt, dass alle Außenstehenden unsicher wurden, wenn sie nur die Schwelle der Polizei überschritten. Für ihn war dies ein Heimspiel, auf dem Gelände der Polizei, und eigentlich hätte er die Oberhand haben müssen. Aber es kam ihm nicht so vor, vermutlich, weil er noch nie einen Fuß in dieses geliehene Büro gesetzt hatte, und nun saß er hier und sollte als professioneller Polizist auftreten.

Aber er musste ja auch gar nicht die Oberhand haben. Trotz allem war das hier nur ein bedauernswerter Vater, der auf der anderen Seite des Schreibtisches saß, mitgenommen und verheult. Henrik Holme würde diese Sache so ordentlich und schonend wie möglich hinter sich bringen, demnächst dann den Obduktionsbericht beilegen und am Ende irgendeinen Juristen dazu bringen, den Fall als das abzuschließen, was er war: kein strafbarer Sachverhalt.

Henrik Holme wollte sich nicht mit einem Familienunfall befassen.

Er wollte bei der Katastrophe dabei sein.

»Na gut«, sagte er noch einmal und versuchte, Jons Blick einzufangen. »Zuerst die Personalien, und dann gehen wir Schritt für Schritt vor. Jon Mohr, ist das Ihr vollständiger Name?«

Der Mann im Besuchersessel nickte knapp. Leise teilte er Geburtsdatum und Adresse mit.

»Beruf?«, fragte Henrik Holme.

Jon Mohr ließ endlich die Armlehnen los und legte beide Hände in den Schoß.

»Geschäftsführer und Teilhaber bei der Mohr und Westberg AG.«

»Und das ist?«

»Ein Kommunikationshaus.«

»Also ein PR-Büro.«

»Nein. Ein Kommunikationshaus. Wir helfen Organisationen, Institutionen und Einzelpersonen beim strategischen Umgang mit jeder Art Kommunikation. Vor allem im Umgang mit Behörden. Aber auch mit Medien, ja.«

Es klang mechanisch, als ob er einen auswendig gelernten Spruch herunterleierte.

»Sieh an«, sagte Henrik Holme und ließ die Hände neben der Tastatur ruhen. »Mit anderen Worten, ein PR-Büro.«

»Nein.«

»Und der Verstorbene heißt … der vollständige Name

des Jungen ist Sander Sebastian Krogh Mohr, ist das korrekt?«

»Wir nennen ihn nur Sander, Sander Mohr.«

»Geboren am 17. Mai 2003, stimmt das?«

»Ja.«

Henrik Holme deutete ein Lächeln an.

»Geburtstag am Nationalfeiertag. Wie langweilig.«

Jon Mohr starrte noch immer die Wand hinter dem Polizisten an. Seine Augen wurden wieder feucht, und er ließ keinen Laut hören.

»Also«, sagte Henrik Holme und räusperte sich. »Dann wäre es schön, wenn Sie erzählen könnten, was geschehen ist. Mit Ihren eigenen Worten.«

Er hob auffordernd die Augenbrauen.

»Wo soll ich anfangen?«, fragte Jon Mohr kaum hörbar.

»Wo Sie anfangen sollen?«

Der Polizist biss sich auf die Unterlippe und errötete. Jon Mohr sah ihm endlich ins Gesicht. Der Polizist schluckte.

»Sie haben das noch nie gemacht«, sagte Jon Mohr.

»Was gemacht?«

»Das hier«, sagte Jon. »Eine Zeugenvernehmung durchgeführt.«

»Natürlich hab ich das schon gemacht«, sagte Henrik Holme, während sich die Röte von seinen Wangen über den Hals ausbreitete. »Schon sehr oft.«

»Mag sein. Aber nie bei einem Todesfall.«

»Das stimmt zwar, aber …«

»Sander hatte ADHS«, sagte Jon laut. »Vor allem hyperaktiv und impulsiv.«

»Aha.«

Die Finger des Polizisten eilten über die Tastatur.

»Er war außerdem ein sehr großer, kräftiger Junge, wie Sie gesehen haben. Stark, mit großem Aktionsradius. Es war eine dauernde Herausforderung. Er ist nicht immer ... Sander hat nicht immer gut auf sich aufgepasst. Das mussten wir übernehmen. Die ganze Zeit. Aufpassen. Aufpassen.«

Seine Worte wurden zu einem Flüstern.

»Aha.«

Ein gleichmäßiges Brummen von einem Fernseher oder vielleicht einem Radio war aus dem Nachbarzimmer zu hören, laut genug, um zu stören, zu leise, als dass man etwas hätte verstehen können. Henrik Holme überlegte, ob er hinübergehen und die Kollegen bitten sollte, was immer sie sich da anhörten, leiser zu stellen.

»Sander musste Medikamente nehmen«, sagte Jon Mohr laut, ehe der Polizist sich entschieden hatte. »Ritalin. Das hat ein wenig geholfen. Aber ab und zu hat er sich gedrückt. Wollte es nicht nehmen. Hat uns reingelegt. Hat die Tabletten unter der Zunge versteckt und dann ausgespuckt. Wir fanden diese kleinen Pillen immer an Stellen, wo ...«

Er holte keuchend Atem und versuchte, ein Schluchzen zu unterdrücken.

»Ich verstehe nicht ... ich kann es einfach nicht fassen. Die Medikamente haben ihm doch geholfen. Er wurde ruhiger. Konzentrierter irgendwie. Das hat das Leben für ihn und uns leichter gemacht. Vor allem für ... vor allem für Ellen.«

»Ich verstehe. Sie musste also die Last auf sich nehmen, meistens, meine ich?«

»Die Last?«

Zum ersten Mal bei dieser Vernehmung zeigte Jon Mohr Anzeichen von Irritation. Die Furchen über seiner

Nasenwurzel wurden deutlicher, und er beugte sich ein wenig vor.

»Man spricht nicht von einer ›Last‹, wenn es um das eigene Kind geht! Aber Sander war unruhig, von seiner Geburt an, und da wir nicht auf Ellens Einkommen angewiesen sind, hielten wir es beide für die beste Lösung, dass sie nicht arbeitet ...«

»Dass sie nicht arbeitet?«, fiel Holme ihm ins Wort. »Für mich klingt das aber nach ganz schön viel Arbeit, mit Sander und dem großen Haus ...«

»So war das doch nicht gemeint«, unterbrach ihn Jon Mohr.

Sein Gesicht verdüsterte sich.

»Ich mache Sie darauf aufmerksam, dass ich seit gestern Morgen um halb sechs nicht eine Sekunde geschlafen habe. Ich habe gerade mein einziges Kind durch einen entsetzlichen Unfall verloren, meine Frau ist völlig zusammengebrochen ...«

Er beugte sich auf dem Stuhl so weit vor, dass Henrik Holme seinen ein Stückchen zurückschob, obwohl der große Schreibtisch sie trennte.

»Ich glaube, kein Mensch auf der Welt kann sich das vorstellen«, fauchte Jon Mohr, und eine feine Speichelwolke verteilte sich über der Tischplatte. »Niemand kann sich vorstellen, wie es ist, das eigene Kind zu verlieren, auf so sinnlose, entsetzliche, grausame ...«

Er fand keine Worte. Langsam ließ er sich zurücksinken und umfasste mit beiden Händen so fest sein Gesicht, dass die Fingerknöchel weiß wurden.

»Tragischerweise gibt es gerade sehr viele, die sich das vorstellen können«, sagte Henrik Holme leise und starrte auf seinen Bildschirm. »Der Unterschied ist nur, dass bei den anderen der Täter bekannt ist.«

Jon Mohr ließ sein Gesicht los und starrte Holme an, ungläubig, an der Grenze zum Abscheu. Sein Mund bebte, und die Augen in dem verweinten Gesicht wurden schmal.

Henrik Holme schüttelte leicht den Kopf und hob beide Handflächen zu einer versöhnlichen Geste.

»Beruhigen Sie sich«, sagte er.

»Täter?«, fauchte Jon Mohr. »Was zum Teufel meinen Sie mit *Täter?* Sander ist von einer Leiter gefallen! Einer Trittleiter in unserem eigenen Wohnzimmer. Niemand sonst war da, als es passiert ist. *Was zum Teufel unterstellen Sie mir hier eigentlich?*«

»Nichts«, sagte Holme, so ruhig er konnte. Jetzt schwitzte er kräftig. Er räusperte sich und holte tief Luft.

»Ich gehe davon aus, dass Ihnen klar ist, dass der Tod Ihres Sohnes als verdächtiger Todesfall eingestuft werden muss. Das bedeutet nicht ...« Wieder hob er die Hände, diesmal, um nicht unterbrochen zu werden.

Jon Mohr saß sprungbereit da, und sein Gesicht war dunkelrot und feucht.

»Das bedeutet nicht, dass wir Sie in irgendeinem Verdacht haben«, sagte Holme. »Bis auf Weiteres. Wir müssen Klarheit in die Umstände bringen. Wir werden alle vernehmen, die dafür infrage kommen, wir werden einen Obduktionsbericht anfordern, und die Technikerin wird sich das, was sie heute Nacht gefunden hat, noch genauer ansehen. Wir werden einfach alle Tatsachen auswerten, die uns zugänglich sind. Am Ende, wenn das alles geschehen ist, ziehen wir unsere Schlussfolgerungen. In Ordnung?«

Jetzt war er schon zufriedener mit sich.

Der Mann im Besuchersessel wirkte ein wenig ruhiger.

Er, der sechsundzwanzig Jahre alte Anfänger Henrik

Holme, hatte es geschafft, einen verzweifelten Mann mittleren Alters zu beruhigen, kurz bevor der Kerl ihm die Augen ausgekratzt hätte.

Es lief doch ganz gut.

Seit er nur wenige Wochen zuvor die Polizeihochschule verlassen und das Glück gehabt hatte, einen Sommerjob in Oslo zu bekommen, hatte er seine Zeit vor allem mit Verkehrsdelikten vergeudet. Und auch wenn dieser Fall nicht gerade einen Meisterdetektiv verdiente, war er doch interessanter als die Aufgaben, die Holme bisher übertragen worden waren. Außerdem würde die Sache schnell erledigt sein. Holme lächelte Jon Mohr aufmunternd an, denn legte er beide Hände auf die Tischplatte und fügte hinzu: »Und falls wir nicht zu dem Schluss kommen, dass der Junge zu Tode misshandelt worden ist, wird das Krankenhaus Ihnen den Leichnam übergeben, und Sie können die Beerdigung abhalten. Es wird sicher nicht lange dauern.«

Er konnte sich gerade noch eingestehen, dass er sich nicht sehr taktvoll ausgedrückt hatte, da gab es einen Knall. Jon Mohr war so schnell aufgesprungen, dass der Stuhl umkippte und hinter ihm gegen die Wand flog. Mit einer einzigen geschmeidigen Bewegung hatte er den Schreibtisch umrundet, den Stuhl des Polizisten mit der linken Hand gepackt und die rechte Faust zum Schlag erhoben.

»Mein Junge ist tot«, schrie er. »Er ist tot, verstehen Sie? Durch einen Unfall! Einen grauenhaften, unnötigen Unfall! Wenn Sie glauben, dass ein Grünschnabel wie Sie hier so einfach unterstellen darf, dass meine Frau oder ich ...«

Die Faust schoss vor und hielt wundersamerweise zwei Zentimeter vor Henrik Holmes Kinn an.

»Begreifen Sie denn gar nicht?«, flüsterte Jon Mohr mit heiserer Stimme. »Wissen Sie denn gar nichts über Trauer und Verlust und Schmerz?«

Henrik Holme spürte den Atem des anderen an seinem eigenen Mund, harsch und bitter und mit einer Andeutung von Pfefferminz. Das riss ihn aus seinem Schock über den unerwarteten Angriff und ließ ihn seinen Stuhl zurückschieben. Blitzschnell sprang er auf und hob die Hände zu einer halb beschützenden, halb drohenden Boxhaltung.

»Setzen Sie sich!«, sagte er, so energisch er konnte.

Seine Stimme zitterte, aber der andere wirkte zu erregt, um das zu merken. Am liebsten hätte Henrik Holme um Hilfe gerufen. Überall waren Leute, es würde nur Sekunden dauern, bis jemand da wäre.

Aber es wäre ein bisschen peinlich.

Das hier war sein allererster echter Fall.

»Setzen Sie sich«, sagte er, noch einmal, diesmal lauter.

»Nein, verdammt«, sagte Jon Mohr mit zusammengebissenen Zähnen. »Mit Ihnen rede ich kein verdammtes Wort mehr.«

Er machte auf dem Absatz kehrt und ging zur Tür. Mit der Hand auf der Klinke drehte er sich dann halb um.

»Und wenn Sie vorhaben, mich wegen Gewalt gegen einen Beamten im Dienst anzuzeigen, dann können Sie das gleich vergessen. Ich habe Sie ja nicht mal berührt. Das nenne ich …«

Er schluckte hart und hob einen langen schmalen Zeigefinger.

»… das nenne ich Selbstbeherrschung«, fügte er heiser hinzu und ging.

Er ließ die Tür sperrangelweit offen, und Henrik

Holme hörte nur das Geräusch seiner eigenen hämmernden Herzschläge.

Erst nach mehreren Sekunden wagte er, die Arme sinken zu lassen.

Als Ellen K. Mohr nur Ellen Krogh geheißen hatte, war sie die gewesen, die alle wollten.

Sie war umgeben von Sternenstaub.

Ob man Ellen Krogh nahestand oder nicht, machte den alles entscheidenden Unterschied. Als Mädchen war sie keine typische Grundschulkönigin gewesen. Sie spielte die anderen nicht gegeneinander aus. Statt deren Unsicherheit auszunutzen, machte sie alle selbstsicher. Ellen Krogh herrschte nicht und schikanierte nicht, sie entschied einfach, weil ihre Umgebung das so wollte. Das zierliche hübsche Mädchen regierte ungewöhnlich lange. Als sie dann älter waren, bedeutete zu Ellen Kroghs Clique zu gehören, dass die eigenen Chancen auf dem Markt der Geschlechter stiegen. Jungen, später Männer, fühlten sich mit einer solchen Kraft zu Ellen Krogh hingezogen, dass sie sich glücklich mit einer Hofdame begnügten, wenn die Königin selbst sie nicht wollte.

Eine gute Schülerin war sie noch dazu.

Gleich nach dem Abitur begann sie Zahnmedizin zu studieren, brachte das Studium in der vorgeschriebenen Zeit hinter sich und übernahm nur drei Jahre nach dem Examen die Praxis einer Großtante. Mit achtundzwanzig Jahren besaß sie ein blühendes Unternehmen mit sechs Angestellten und verdiente mehr als eine Million Kronen im Jahr.

Das war jetzt fünfzehn Jahre her, und Inger Johanne

hätte gern gewusst, wann Ellen eigentlich vom Thron gestürzt war.

Vielleicht war die Veränderung mit dem Namenswechsel einhergegangen.

Dass am Ende Jon Mohr bei Ellen Krogh Erfolg haben sollte, hätte zu Schulzeiten niemand geglaubt. Jon war schlaksig und groß, er war ein schlechter Fußballspieler und meist mit seinesgleichen zusammen. Die, die etwas bedeuteten, bemerkten ihn eigentlich erst, als er mit siebzehn Jahren mit dem geistreichen Essay »Rubbish and b***shit – the limitation of oral communication« einen internationalen Schreibwettbewerb gewann.

Dieser Sieg brachte ihm fünfzigtausend Kronen ein, er wurde von *Aftenposten* interviewt und war damit in der Schule nachdrücklich aus der Anonymität herausgetreten. Aber das spielte keine Rolle, der Junge fühlte sich noch immer am wohlsten in dem kleinen Kreis von Gleichgesinnten, die gut in der Schule waren, Computer bauten, Pickel ausdrückten und Jens Bjørneboe lasen.

Überraschenderweise studierte er dann Jura. Irgendetwas passierte mit ihm, sowie er einen Fuß in die Universität setzte. Er war nicht mehr in der erbarmungslosen Teenagerhierarchie der letzten Schuljahre gefangen. Jon Mohr konnte ein neues Leben beginnen und ergriff diese Gelegenheit mit beiden Händen. Das Jurastudium war perfekt für ihn. Er war ein heller Kopf, gerade konservativ genug, und schon im zweiten Semester wurde er ins Studentenparlament gewählt. Er fiel den Professoren auf. Im zweiten Jahr schrieb er einen langen Essay, dem er den Titel gab: »Vierzehn Ratschläge an Studierende, die nach oben wollen, ohne sich große Mühe zu geben – oder wie man die Tatsache verbirgt, dass man rein gar nichts weiß«. Er verteilte das Heft gratis an alle, die es haben wollten. Alle wollten es, und die meisten schütteten sich aus vor Lachen. Jon Mohr war zu einem kleinen König in seinem Studienfach geworden und hatte jetzt sogar Erfolg bei den Frauen.

Aber ein fertiger Jurist wurde er dann doch nicht.

Schon im dritten Studienjahr wurde ihm ein fett bezahlter Posten in Norwegens größtem PR-Büro angeboten, und das in einer Zeit, als der Pfeil für diese Branche so steil und weit nach oben zeigte, dass kein Ende abzusehen war. Mit vier Jahren Erfahrung nahm er dann den besten Kollegen und den Löwenanteil der lukrativen Kundenkontakte der Firma mit und machte sich selbstständig.

Und traf Ellen.

Er traf sie wieder, wie er immer sagte. Seit der Grundschule war er in sie verliebt gewesen, er wie so viele andere. Der Unterschied war, dass sie ihn jetzt auch sah.

Ungefähr um diese Zeit muss sich alles verändert haben, dachte Inger Johanne, als sie den Polo ihrer Mutter vor der Doppelgarage im Glads vei abstellte. Jedenfalls muss es der Anfang des seltsamen Prozesses gewesen sein, in dem Jon aufblühte und Ellen langsam, anfangs fast unmerklich, zu einer anderen wurde.

Die Haustür war nur angelehnt.

»Hallo?«

Inger Johanne schaute in die Diele.

»Komm rein«, sagte Ellen, die aus dem ersten Stock heruntergelaufen kam.

Sie trug einen roten Pullover und Jeans, ihre bloßen Füße steckten in schwarzen Crocs. Inger Johanne wurde verlegen, als sie das leicht geschminkte Gesicht mit dem frisch aufgetragenen Lippenstift sah. Sie selbst hatte sich dieses ganze Ritual geschenkt, in der Gewissheit, dass sie einen verweinten Menschen besuchen würde, der vermutlich im Trainingsanzug herumlief.

»Ich habe noch nichts von Jon gehört!«, sagte Ellen atemlos. »Ich habe versucht, Gabriel Grossmann anzurufen, aber ich habe ihn noch nicht erreicht.«

»Moment«, sagte Inger Johanne. »Welchen Gabriel Grossmann?«

»Den Anwalt. Jons Anwalt!«

Ellen machte keinerlei Anstalten, sie willkommen zu heißen.

»Er ist wohl eher ein Wirtschaftsanwalt«, sagte Inger Johanne. »Außerdem haben sie Jon sicher nur zur Vernehmung geholt. Wenn die Polizei erst …«

»Dieser Polizist ist doch hergekommen! Hätte er nicht einfach anrufen können? Man macht doch am Samstagabend keine Vernehmungen, oder? Nicht, wenn man nicht glaubt, dass etwas wirklich Schwerwiegendes …«

Schon bekam die Fassade Risse. Ellen fing an zu weinen und verbarg für einen Moment das Gesicht hinter ihrem Unterarm, ehe sie plötzlich drei Schritte vortrat und sich Inger Johanne an die Brust warf.

»Mord«, schluchzte sie nach einigen Sekunden. »Sie glauben, dass Jon Sander umgebracht hat.«

»Natürlich glauben sie das nicht«, sagte Inger Johanne und streichelte den schmalen Rücken ihrer Freundin.

Sie duftete frisch geduscht, und ihr Rückgrat fühlte sich unter dem weichen Pullover an wie eine Holzperlenkette.

»Er wollte sicher nur …«

»Dieser verdammte Polizist hat es doch gesagt!«

Ellen ließ sie so plötzlich los, wie sie ihr um den Hals gefallen war. Sie trat schwankend zwei Schritte zurück.

Ihre Wimperntusche war verschmiert, und ihr Lippenstift hatte auf Inger Johannes Pullover Spuren hinterlassen.

»Er hat es gesagt, als Jon wissen wollte, warum die Vernehmung schon jetzt sein müsse«, weinte sie. »Er hat gesagt …«

Sie holte tief Luft und hob die Schultern in dem krampfhaften Versuch, sich zusammenzureißen.

»… er hat gesagt, in solchen Fällen können wir das doch nie wissen. Wenn ein Kind stirbt, müssen wir natürlich feststellen, ob Misshandlungen vorliegen.«

Ihre Augen wurden noch größer.

»Hör mal zu«, sagte Inger Johanne und seufzte vernehmbar. »Dieser Polizist ist noch schrecklich unerfahren. Das hast du doch gestern Abend gesehen.«

»Ich hab gestern Abend überhaupt nichts gesehen«, schrie Ellen, sank langsam in die Hocke und verschränkte die Hände im Nacken. »Ich habe nur gesehen, dass Sander tot war. Mein Junge ist tot, Inger Johanne. Er ist von einer Trittleiter gefallen, und ich …«

Das Weinen ging in ein lang gedehntes Geheul über. Inger Johanne merkte, dass sie eine Gänsehaut bekam, und sie hatte wirklich keine Ahnung, wie sie sich verhalten sollte. Ellen erschien ihr so gut wie unzurechnungsfähig, und es wäre vermutlich sinnlos, ihrer Hysterie mit Vernunft zu begegnen.

»Aber ich habe mitbekommen, was geschehen ist«, sagte sie dennoch gelassen. »Und das Auffälligste an diesem Polizisten war, dass er das erst seit sehr kurzer Zeit ist. Glaub mir. Er hat die Schule besucht und allerlei gelernt. Sie lernen eben, dass sie beim Tod eines Kindes Untersuchungen anstellen müssen, im Hinblick auf …«

Das Gejammer war nicht auszuhalten.

Inger Johanne ließ sich auf ein Knie nieder. Sie legte Ellen vorsichtig eine Hand auf die Schulter.

Als Ellen Mohr noch Ellen Krogh gewesen war, hatte ihr Körper Kurven gehabt. Mit den Jahren war sie dünn geworden und am Ende mager. Drei Fehlgeburten hatten ihr fast alle Kraft genommen, bis sie dann mithilfe einer Spezialklinik ein lebendes Kind zur Welt gebracht hatte. Sander wog 4850 Gramm, als er per Kaiserschnitt auf die Welt kam, und der Rest von Ellens einst üppigem Körper schien mit ihm verschwunden zu sein. Ellen trainierte viermal die Woche, das ganze Jahr hindurch, und sah inzwischen aus wie eine Marathonläuferin. Sehnig, stark und klapperdürr. Inger Johanne spürte ihr Schlüsselbein wie einen Stock unter ihrer Hand.

»Das ist nur Routine«, sagte sie leise und versuchte, Blickkontakt zu Ellen aufzunehmen. »Können wir nicht ins Wohnzimmer gehen und über alles reden?«

Das Geheul verstummte. Ellen richtete sich langsam und unsicher auf. Sie fuhr sich mit dem Zeigefinger über die Haut unter den Augen, aber das half nichts, die Schminke zeichnete schwarze Falten auf die hohen Wangenknochen.

Wortlos ging sie die Treppe hoch. Inger Johanne folgte ihr.

Im Wohnzimmer war aufgeräumt worden. Alle Spuren vom Vortag, als für das Fest gedeckt gewesen war, waren verschwunden. Der Esstisch war leer, abgesehen von einer gefüllten Obstschüssel aus buntem Glas. Durch die Türen einer Vitrine neben den nach Südwesten gerichteten Fenstern konnte Inger Johanne sehen, dass alle Gläser ordentlich zurückgestellt worden waren, in Reih und Glied von oben bis ins unterste Fach. Die kleinen Gestecke vom Vortag waren verschwunden. Die größeren Sträuße in den identischen Vasen waren mit Gartenrosen aufgefrischt worden und standen zu beiden Seiten des Kamins.

»Jon hat heute Nacht aufgeräumt«, sagte Ellen, als ob sie sofort bemerkt hätte, wie sehr Inger Johanne darüber staunte, dass nach den Ereignissen des Vortages jemand an solche Dinge gedacht hatte. »Wir konnten beide nicht schlafen. Ich bin nur ruhelos hin und her gelaufen, aber du kennst ja Jon.«

Eigentlich nicht, dachte Inger Johanne zu ihrer eigenen Überraschung.

»Er ist so organisiert«, sagte Ellen jetzt. »Er muss immer jede Sekunde jedes einzelnen Tages ausnutzen. Das Essen von gestern hat er eingefroren. Jon ist so ...«

Sie ließ sich in einen der beiden Sessel sinken, die vor den Fenstern standen.

»Wir haben das mit dem Terroranschlag gar nicht so richtig mitbekommen. Aber heute Morgen war dann Jons Mutter hier und hat uns alles erzählt.«

»Ist vielleicht auch besser so«, meinte Inger Johanne und setzte sich in den anderen Sessel. »Es war wirklich ein grauenhaftes Wochenende. Hast du überhaupt geschlafen?«

»Ein bisschen. Heute Vormittag. Helga, Jons Mutter, hatte Schlafmittel dabei. Sie ist so ... praktisch, diese Helga. Genau wie Jon.«

Ellen nahm das Mobiltelefon, das zwischen ihnen auf einem kleinen Beistelltisch lag. Es waren offenbar keine Nachrichten eingegangen, denn sie schüttelte den Kopf und knallte es wütend wieder auf den Tisch.

»Wenn Jon nur endlich nach Hause kommen könnte«, jammerte sie und griff sich an den Kopf. »Ich kann diese Unsicherheit einfach nicht ertragen!«

Inger Johanne versuchte, sich in dem riesigen Sessel bequemer hinzusetzen.

»Kannst du mir nicht erzählen, was überhaupt passiert ist, während wir darauf warten, dass wir von ihm hören?«, fragte sie. »Wenn du das über dich bringst, meine ich.«

»Kannst du mir versprechen, dass sie Jon nicht einsperren?«

»Versprechen?«

»Ja! Du bist doch selbst fast Polizistin, Inger Johanne. Du hast Yngvar oft bei schwierigen Fällen geholfen. Das hat sogar in der Zeitung gestanden. Du musst mir versprechen zu beweisen, dass er nichts verbrochen hat! Ich kann die Vorstellung nicht ertragen, zuerst Sander zu verlieren und dann ...«

»Ich bin wirklich alles andere als eine Polizistin«, fiel Inger Johanne ihr ins Wort, in der Hoffnung, einen neuen hysterischen Anfall zu verhindern. »Ich bin Forscherin, Ellen. Das weißt du genau. Ich kann überhaupt nichts versprechen. Aber wenn du mir sagst, was eigentlich passiert ist, kann ich jedenfalls ...«

Sie wusste nicht, was sie möglicherweise könnte. Vermutlich gar nichts. Das Wichtigste war es aber jetzt, Ellen zu beruhigen. Bald würde Jon nach Hause kommen, und Inger Johanne könnte sich wieder ihren eigenen Sorgen widmen.

»Hier war niemand«, sagte Ellen langsam.

Ihre Stimme vibrierte ein wenig, und sie kam nicht weiter.

»Hier im Wohnzimmer, meinst du, oder im Haus?«

»Jon war unten, um sich von seiner Mutter zu verabschieden.«

»Helga? Sie war gestern auch schon hier?«

»Ja. Sie ist so lieb. Wenn sie mich nicht so oft entlastet hätte, weiß ich nicht, was geworden wäre. Sie kann so gut mit Sander umgehen. Ein Fest vorzubereiten, während er in der Nähe ist, ist eine Belastung, es ist …«

Sie schlug die Hände vor die Augen.

Als ob sie sich schämte, dachte Inger Johanne überrascht.

»Ich habe Helga gesagt, dass du kommst, damit sie gehen konnte.«

»Wo warst du?«

»In der Küche. Glaube ich.«

»Glaubst du?«

»Ich meine …«

Plötzlich faltete sie die Hände im Schoß und drehte in wildem Tempo Däumchen.

»Ich weiß ja nicht, ob ich in der Küche war, als er gestürzt ist. Aber ich kam aus der Küche, als ich ihn gefunden habe. Joachim war auch gerade gegangen, er sollte …«

»Joachim? War der auch hier? So früh schon, meine ich?«

»Nein. Da stimmt meine Erinnerung nicht. Doch … nein! Er war viel früher hier, fast noch am Morgen, er wollte später zurückkommen und mit Jon und Sander ins Kino gehen. Danach wollten sie irgendwo etwas essen und zu Hause bei Joachim am Computer spielen. Er kann so gut mit Sander umgehen, Joachim, meine ich.«

Offenbar konnten sehr viele gut mit Sander umgehen, dachte Inger Johanne.

»Ich habe Jon unten in der Diele gehört, als Helga gegangen ist«, sagte Ellen.

Sie fing an, an einem langen, gepflegten Fingernagel zu knabbern.

Obwohl auch dieser Sommerabend grau war und der Himmel die ganze Zeit mit Regen drohte, war die Aussicht vor ihnen ein Erlebnis. Inger Johanne bildete sich ein, dass man an einem klaren Tag bis Dänemark sehen konnte, aber sie hatte sich immer über die Aufteilung des Hauses gewundert. Das riesige Wohnzimmer mit dem Essbereich und dahinter ein Fernsehzimmer lagen im ersten Stock. Die Küche befand sich im Erdgeschoss, im Schlafzimmergeschoss, neben der Diele. Zwar war auch die Küche groß und hatte einen Tisch für die normalen Mahlzeiten, aber sie war für Inger Johannes Geschmack doch viel zu weit vom Esszimmer entfernt.

Natürlich war es wegen der Aussicht, erkannte sie jetzt zum ersten Mal, als sie hier vor der zwölf Meter breiten Glasfläche saß.

»Ihr wart also ziemlich viele hier, in der Zeit kurz vor ... vor Sanders Tod?«

»Ja. Nein, eigentlich weiß ich es ja nicht ... Doch. Also, ich war in der Küche, Jon war in der Diele und ging dann in sein Arbeitszimmer, glaube ich, während Helga schon weg war, als ich mit den Servietten nach oben kam, der letzte Schliff sozusagen, bevor ...«

Sie verstummte und seufzte kaum hörbar. Ihre Augen waren trocken, als ob in ihr keine Körperflüssigkeit mehr übrig wäre. Sie legte die rechte Hand in einer sanften, tröstenden Bewegung an ihre Wange. Der Zeigefingernagel war fast ganz abgenagt.

Als Inger Johanne mit Anfang zwanzig in den USA gewesen war, hatte sie den Kontakt zu Ellen fast verloren. Die Freundin wusste nichts über die katastrophalen Geschehnisse, die Inger Johanne dann nach Hause getrieben hatten. Erst viele Jahre später hatte Inger Johanne gewagt, Yngvar davon zu erzählen. Ihm und niemandem sonst. Aber Ellen hatte immerhin versucht, zu ihr durchzudringen.

Ellen, die damals noch Krogh geheißen und einen fast hundert Personen großen Freundeskreis angeführt hatte. Ellen holte sie aus ihrer winzigen Wohnung in Majorstua heraus, und das manchmal so energisch, dass Inger Johanne ärgerlich wurde und sich weigerte. Aber Ellen gab nicht nach. Durch Ellen war Inger Johanne dann endlich wieder in ihrem Heimatland angekommen. Durch sie hatte sie Isak kennengelernt, den sorglosen Vater von Kristiane, einen Mann mit so sonnigem Gemüt, dass die Ehe einfach zum Scheitern verurteilt war.

Ellen war immer so gut zu ihr gewesen, ging Inger Johanne jetzt auf, bis das Leben ihr die dritte Fehlgeburt zugemutet hatte und Ellen es kaum noch schaffte, gut zu sich selbst zu sein.

Inger Johanne schaute verstohlen auf die Uhr.

»Du hast ihn also gefunden?«, fragte sie und zog, so diskret sie konnte, den Pulloverärmel darüber.

»Ja. Ich kam da hoch ...«

Mit einem ziemlich unnötigen Seitenblick auf die Treppe.

»... und habe ihn sofort gesehen. Er hat sich nicht bewegt.«

»Und die Trittleiter?«

»Die hatte er selbst geholt. Die steht sonst in einem Abstellraum hinter der Küche.«

Wieder zeigte sie in die Richtung. Diesmal mit einem kleinen Nicken, als ob Inger Johanne noch nie im Haus gewesen wäre.

»Ich vermute, er wollte die Decke bemalen. Wir waren vor drei Wochen in Rom im Petersdom, und er hat sich fast das Genick gebrochen, weil er die ganze Zeit zu den Deckengemälden hochgestarrt hat.«

Ein kleines Lächeln huschte über ihr Gesicht, das erste, das Inger Johanne seit ihrem Eintreffen hier sah.

»Du solltest mal sein Zimmer sehen. Vier Autos mit Auspuffwolken. An der Decke. Über dem Bett. Er zeichnet so gern. Es ist das Einzige, wobei er sich wirklich eine Weile konzentrieren kann.«

Inger Johanne erwiderte das Lächeln.

Dann schwiegen sie so lange, dass Inger Johanne schon dachte, Ellen sei vielleicht eingeschlafen. Ihre Augen waren geschlossen, und sie atmete langsam und regelmäßig.

»Ellen?«, fragte sie vorsichtig.

»Ich schlafe nicht.«

»Gut.«

»Er war tot. Das habe ich sofort gesehen.«

»Woran denn?«

»So was weiß man einfach.«

Eigentlich nicht, dachte Inger Johanne.

»Wirklich?«, fragte sie nach.

»So, wie er da lag. Er atmete nicht. War so still. So grauenhaft still.«

»Ich bin froh, dass du nicht allein warst«, sagte Inger Johanne.

»Was?«, fragte Ellen und riss die Augen auf.

»Dass Jon hier war. Ich gehe davon aus, dass du … geschrien hast? Dass er dich gehört hat?«

»Ja. Doch. Er war fast sofort hier. Glaube ich. Ich bin nicht ganz sicher. War er nicht in seinem Arbeitszimmer?«

»Das hast du gesagt.«

»Ja.«

Ellen fuhr sich mit beiden Händen durch die Haare, so fest, dass ihre Augen für einen Moment schräg standen.

»Ich weiß das alles nicht mehr so genau!«, sagte sie, und ihre Stimme klang fast wieder schrill. »Helga war gerade gegangen, und ich kam mit den Servietten nach oben und sah Sander tot neben … neben der verdammten Trittleiter liegen. Jon hat mich festgehalten. Er hat versucht, mich festzuhalten, und ich …«

»Er war also hier.«

»Wer?«

»Jon«, sagte Inger Johanne.

»Ja, er kam nach mir rauf, ich hab doch gesagt …«

Sie sprang auf und stellte sich vor Inger Johanne hin. Das Zimmer lag im Halbdunkel, und die Sommernacht senkte sich hinter den Fenstern herab. Das Licht einer Terrassenlampe gab Ellen einen Glorienschein, unter dem ihr Gesicht im Dunkeln lag.

»Du darfst nicht glauben, dass Jon es war! Ich war zuerst hier oben. Ich … ich schwöre, Inger Johanne, ich kam mit den Servietten rauf, und Jon muss mich schreien gehört haben, denn er kam angelaufen und hat mich festgehalten und auch mit aufgepasst und …«

»Ganz ruhig. Es ist normal, dass man sich nach einem solchen Trauma nicht an alle Details erinnern kann. So funktioniert das Gehirn eben, es …«

»Du darfst nicht zulassen, dass sie Jon einsperren«, sagte Ellen, und jetzt war ihre Stimme vom Schmerz so verzerrt, dass Inger Johanne eine Gänsehaut bekam. »Dann hab ich nichts mehr. Nichts, Inger Johanne. Kein Kind, keine Arbeit, keinen Mann, kein Geld. Nichts.«

»Du musst wirklich versuchen, dich zu beruhigen«, sagte Inger Johanne und erhob sich langsam. »Vielleicht solltest du dich hinlegen. Hast du noch welche von den Schlaftabletten?«

Ellen nickte kaum merklich.

»Er war es nicht«, murmelte sie. »Die Polizei glaubt, dass Jon es war, aber …«

Eine Tür knallte. Die Haustür, nach dem dumpfen schweren Geräusch zu urteilen.

»Jon«, brach es aus Ellen hervor wie ein Schrei.

Rasche Schritte auf der Treppe.

»Warum ist es hier so dunkel?«, fragte Joachim.

Enttäuscht sank Ellen in sich zusammen.

Neue Schritte. Diesmal schwerer.

»Jon«, flüsterte Ellen.

»Jetzt mach doch mal Licht hier«, sagte Jon verärgert. »Du sitzt ja im Dunkeln da.«

Inger Johanne räusperte sich und beugte sich im Sessel vor.

»Ach, du bist das«, sagte Jon tonlos. »Ich hab schon überlegt, wem das Auto vor der Garagentür wohl gehört.«

Er ging durch das Zimmer und griff nach einer weißen Fernbedienung. Licht strahlte von der Decke wie von einem Scheinwerfer, aber sofort dämpfte er es zu einem gelben Abendlicht und schaltete dann hier und dort eine Tischlampe ein.

»Joachim und ich müssen arbeiten«, sagte er kurz.

»Arbeiten? Aber …«

Ellen setzte sich gerade und drehte sich zu ihrem Mann um. Sie fuhr sich nervös über die Oberschenkel, wieder und wieder.

»Wie war es? Bei der Polizei?«

»Nicht gerade gut. Die haben diesen Trottel wohl von Manpower gemietet.«

»Aber du bist …«

»Der hatte bestimmt in seinem ganzen Leben noch keine Vernehmung geleitet.«

Inger Johanne war jetzt aufgestanden. Es war Viertel vor zehn, und Ellen war nicht mehr allein. Jedenfalls nicht physisch. Dennoch sah sie immer elender aus, wie sie so dasaß, offenbar kurz vor dem nächsten Zusammenbruch.

»Warum musst du jetzt arbeiten?«, fragte sie, und ihre Stimme war kaum zu hören. »Ich hatte solche Angst, und ich dachte, wir könnten …«

»Das sind komplizierte Sachen, die bis Montag geklärt sein müssen«, fiel Jon ihr ins Wort. »Die Geschäfte hören nicht auf, nur weil …«

Inger Johanne ging jetzt auf die Treppe zu. Um die beiden Männer nicht ansehen zu müssen, nahm sie ihre Brille und putzte sie mit dem Pulloverbund. Sie hätte Ellen umarmen müssen, aber die Stimmung war so düster, dass sie nur noch wegwollte.

»Danke«, hörte sie Jon sagen, und sie drehte sich doch noch um, als sie die Treppe erreichte und die Brille wieder aufgesetzt hatte.

»Wofür?«, rutschte es ihr heraus.

Jon war auf dem Weg zu Ellen. Mitten im Zimmer blieb er stehen.

»Danke, dass du zu Ellen gekommen bist. Ich gehe davon aus, dass sie dich angerufen hat, weil ich so lange weg war.«

»Ja.«

»Ich musste auf dem Weg von der Wache noch im Büro vorbei. Danke.«

Er wirkte jetzt zehn Jahre älter. Dennoch hatte er lange nicht mehr so sehr wie der Junge aus ihrer Schulzeit ausgesehen. Sein Rücken war krumm, und seine Schultern gingen in zwei viel zu lange Arme über, die schlaff herabhingen. Obwohl es eher kühl war, malte der Schweiß große Ringe unter seine Achseln.

»Wir müssen mal loslegen«, sagte Joachim. »Ich schaff es nicht, bis tief in die Nacht zu arbeiten.«

Der junge Kollege wirkte genauso frisch und gepflegt wie am Vorabend. Seine Jeans war dieselbe, meinte Inger Johanne, aber jetzt trug er ein kreideweißes, frisch gebügeltes Baumwollhemd. Das Einzige, was das Bild des perfekt aussehenden jungen Mannes störte, war, dass er zu den braunen Mokassins weiße Socken trug. Er lehnte wie am Vortag am Kaminsims und spielte mit einem großen Schlüsselbund.

Dass Jon jetzt unbedingt arbeiten musste, einen Tag nach dem Tod seines einzigen Kindes, am späten Samstagabend mitten in der Ferienzeit, war nicht zu begreifen. Auch nicht, dass er sich dazu in der Lage sah. Andererseits waren Trauerreaktionen oft unvorhersagbar. Inger Johanne schaute noch einmal zu Ellen hinüber. Sie saß zum Fenster und der dunkelgrauen Aussicht gewandt, hatte die Hände auf die Armlehnen gelegt und die Augen geschlossen.

»Klar«, sagte Inger Johanne. »Bis dann.«

Wenn irgendetwas ist, ruft einfach an, hätte sie hinzufügen müssen.

Das sagte sie nicht.

Der Todesfall hatte nicht nur die Menschen gezeichnet, die hier wohnten. Das Haus selbst hatte einen anderen Charakter angenommen. Sogar die frischen Blumen wirkten tot, allzu farbenfroh und glänzend, als wären sie aus billigem Kunststoff. Dass nirgends Spielzeug lag, war vielleicht nicht so verwunderlich, am Vortag waren ja immerhin Gäste erwartet worden. Dennoch schien das Haus bereits alle Spuren von Sander ausgelöscht zu haben. Das Fehlen von Familienbildern an den Wänden, sogar in der Küche und auf dem Gang, hatte Jon einmal damit erklärt, dass ihr Junge im täglichen Leben mehr Aufmerksamkeit als genug verlangte. Er hatte gelacht, und andere hatten mit ihm gelacht, aber Inger Johanne hatte das schon damals seltsam gefunden.

Jetzt tat das Fehlen von greifbaren Erinnerungen an Sander weh. Es kam ihr unanständig vor.

Sie winkte Ellen kurz zu und ging leise die Treppe hinunter. Die Diele war untypisch für Norwegen: ein rechteckiger Raum von etwa dreißig Quadratmetern. Die sechs Türen aus Eiche sahen alle gleich aus, bis auf die zu Sanders Zimmer. Als Inger Johanne am Vorabend die Familie Mohr verlassen hatte, stand der Name des Jungen in großen bunten Buchstaben darauf. Die waren jetzt verschwunden. Das Holz der Tür war dort, wo es acht Jahre lang vor Licht geschützt gewesen war, etwas blasser. Sanders Name war noch zu lesen, aber nur mit Mühe.

Inger Johanne blieb stehen. Aus dem ersten Stock hörte sie einen leisen Wortwechsel zwischen Joachim und Jon. Ellen sagte nichts. Vielleicht war sie nun doch eingeschlafen, sie musste vollkommen erschöpft sein.

Einem Impuls folgend, ging Inger Johanne zu Sanders Tür. Der dicke Eichenboden knarrte kein bisschen, ganz anders als das Parkett aus dem Baumarkt, das Yngvar im vergangenen Jahr verlegt hatte und das es unmöglich machte, sich irgendwohin zu schleichen.

Sie merkte, wie ihr Puls ein wenig schneller ging, als sie vorsichtig die Hand auf die Klinke legte. Auch die war gut geölt, und sie konnte die Tür lautlos öffnen. Ein schwacher Geruch, wie nach Wandfarbe, streifte ihre Nase.

Eine Nachttischlampe brannte und tunkte das Zimmer in ein warmes goldenes Licht.

Inger Johanne ließ die Klinke los, als ob sie plötzlich Strom führte.

An der einen Wand standen drei mal drei Kisten gestapelt. Laken, Bett- und Kissenbezug waren entfernt worden. Die Decke lag ordentlich zusammengefaltet am Fußende des Bettes, das aussah wie ein knallroter Formel-1-Wagen. Der große Schreibtisch unter dem Fenster war leer, bis auf einen großen, mit braunem Klebeband versiegelten Plastikkasten. Jemand hatte mit rotem Filzstift auf das Klebeband geschrieben: »Heilsarmee.«

Eine Schranktür stand einen Spalt offen. Auch der Schrank war leer.

Inger Johanne presste die Hand auf die Brust. Sie schaute zur Decke hoch. Die war weiß und frisch gestrichen, aber nur einmal. Unter dem Weiß waren noch die Konturen von vier großen gemalten Autos zu sehen, alle mit wütenden Schwänzen aus grauen Auspuffgasen.

Nach dem nächsten Streichen würden sie ganz verschwunden sein.

»Psst«, flüsterte Inger Johannes Mutter und legte den Finger an ihren Schmollmund.

Sie trug Morgenrock und Pantoffeln, obwohl es erst Viertel nach zehn war. Ihr Gesicht war blank von einer fetten Nachtcreme, und um die Schultern trug sie ein altes Katzenfell, auf dessen Wirkung sie mit unerschütterlichem Glauben schwor.

»Yngvar schläft!«

Eine tiefe Sehnsucht ließ Inger Johanne laut nach Luft schnappen, dann lehnte sie sich in dem engen Treppenhaus zu ihrer Wohnung im ersten Stock des Zweiparteienhauses in Tåsen an die Wand. Ihre Mutter hatte wohl das Auto gehört und war ihr entgegengekommen.

»Er ist total erschöpft«, berichtete die Mutter halb flüsternd. »Ich konnte ihn nur mit Mühe zum Essen bringen. Ich wollte ja nur hierbleiben, bis er gekommen wäre, aber ich hatte mich schon zurechtgemacht, und da dachte ich …«

Ihr Blick war ängstlich und fragend.

»Natürlich bleibst du bis morgen«, sagte Inger Johanne. »Was hat er denn die ganze Zeit gemacht?«

»Das wollte er nicht sagen. Er hat fast nichts gesagt. Er wirkte völlig … völlig *fertig,* sagt ihr das nicht so? Aber …«

Ihre Mutter streckte eine Hand nach ihrer Wange aus, zog sie aber rasch zurück, als Inger Johanne mit einer fast unmerklichen Kopfbewegung auswich.

»Was ist denn los mit dir, Liebes? Du bist so …«

»Es war einfach ein anstrengender Tag. Ich bin auch reichlich fertig, muss ich zugeben. Auch wenn ich fast den ganzen Tag geschlafen habe.«

Inger Johanne drückte sich an der Mutter vorbei und stieg die Treppe hoch. Sie blieb für einen Moment vor einem der zahllosen Familienbilder stehen, die vom Fuß der Treppe bis nach oben die ganze Wand bedeckten. Kristiane lächelte sie zahnlos an, schmächtig und blond mit sieben Jahren, mit einer schon ziemlich abgenutzten Sulamit in den Armen.

»Dieses Bild ist so schön«, sagte sie leise, ihre Mutter war auf der engen Treppe hinter ihr stehen geblieben.

»Ja. Aber das da ist fast noch besser. Da hat sie solche Ähnlichkeit mit dir.«

Die Mutter zeigte auf ein Bild, das erst zwei Monate alt war. Kristiane saß auf der Kante einer Gartenbank und baumelte mit den Beinen. Der ernste Ausdruck des schmalen Gesichts ließ die großen wasserblauen Augen noch größer erscheinen, und ihre Haare bildeten im Wind einen Glorienschein um ihren Kopf. Sie war siebzehn Jahre alt, aber klein wie eine zierliche Dreizehnjährige.

»Wohl kaum. Das halbe Gewicht, schätze ich mal.«

Inger Johanne ging weiter nach oben.

Ihre Mutter kam hinterher.

»Wenn du mich nicht brauchst«, sagte sie leise, »dann gehe ich jetzt lieber schlafen.«

»Ich beziehe Kristianes Bett neu«, sagte Inger Johanne.

»Ich kann ja wohl eine Nacht im Bettzeug meiner eigenen Enkelin schlafen. Gute Nacht, mein Schatz. Ich hoffe wirklich, dass du schlafen kannst.«

Diesmal wich Inger Johanne nicht aus, als die Mutter federleicht über ihre Wange strich. Im Gegenteil, sie lächelte müde und legte ihre Hand auf die der Mutter.

»Schlaf du auch gut.«

Für ein oder zwei Sekunden ließen sie ihre Blicke ineinander ruhen. Kristiane hatte ihre Augen von der Großmutter geerbt, konnte Inger Johanne gerade noch denken. Die gleiche Form und Farbe, und jetzt, im vergangenen halben Jahr, die gleichen plötzlichen Momente der Resignation.

»Ich habe dir etwas zu essen hingestellt«, sagte die Mutter. »Wenn du nichts möchtest, stell es einfach zurück in den Kühlschrank.«

Obwohl sie sich alle Mühe gab, leise zu sein, ächzte

der Boden unter ihr, als sie durch den Gang schlich. Vorsichtig öffnete sie die Tür zu Kristianes Zimmer und sog für einen Moment den Geruch von Nachtcreme und Zahnpasta ein, der noch in der Luft hing.

Danach legte Inger Johanne das Ohr an ihre eigene Schlafzimmertür.

Ein schwaches, gleichmäßiges Schnarchen war zu hören, wenn sie den Atem anhielt. Der Wunsch, Yngvar zu wecken und mit ihm über alles zu sprechen, was passiert war, wurde für einen Moment so stark, dass ihre Hand sich der Klinke näherte. Dann riss sie sich zusammen, schlich ins Wohnzimmer mit der offenen Küche und zog vorsichtig die Tür hinter sich zu.

Die Mutter hatte aufgeräumt. Jack lag unter dem Couchtisch und schlief, er bewegte kaum die Ohren, als Inger Johanne »Hallo« flüsterte. Alle Flächen waren leer und sauber, der Boden war offenbar staubgesaugt, und die Küche sah aus, als wäre sie zu einer Wohnungsbesichtigung hergerichtet worden. Inger Johanne konnte nicht begreifen, wie die Mutter das alles geschafft hatte. Sie war doch nur anderthalb Stunden weg gewesen. Das Einzige, was auf dem Tisch stand, war ein Teller mit zwei belegten Broten. Eins mit grober Leberwurst, warmen Champignons und einer kross gebratenen Scheibe Speck, das andere mit Schinken und Ananas über einem Salatblatt. Alles war ordentlich mit Frischhaltefolie überzogen, und neben dem Teller stand ein Glas Rotwein. Ebenfalls mit Folie geschützt.

»Mama«, flüsterte Inger Johanne und merkte plötzlich, wie hungrig sie war.

Das Essen schmeckte nach den Siebzigerjahren. Nach Kindheit und Samstag und Mamas Butterbroten. Sie konnte sich nicht erinnern, wann sie sich zuletzt so sehr über zwei Brote gefreut hatte, und aß mit Messer und Gabel, wie ihre Mutter das früher gewollt hätte.

Inger Johanne aß langsam und trank kleine Schlucke Wein dazwischen. Sie war noch immer ziemlich entsetzt über die Demontage von Sanders Existenz. Sie hatte gerade noch aus seinem Zimmer verschwinden können, als Joachim und Jon die Treppe heruntergekommen waren, und nur noch einen kurzen Abschiedsgruß gemurmelt, dann war sie zu ihrem Auto hinausgegangen.

Sulamit lag noch immer oben auf der Steintreppe.

Sie hatte die Versuchung verspürt, das Feuerwehrauto aufzuheben und mitzunehmen, wie in einer Art Verpflichtung, sich in aller Heimlichkeit darum zu kümmern. Aber sie hatte es nur tiefer unter die Rhododendronblätter geschoben.

Sie bohrte die Gabel in den allerletzten Brotrest.

In der nächsten Zeit würden in Norwegen so viele Kinderzimmer leer stehen, dachte sie und kaute langsam. Unberührt, erfüllt von einem verschwindenden Duft nach Kindern, die nicht mehr da waren. Mausoleen für ein Leben, das sich nie richtig entfalten durfte. Mütter und Väter würden ab und zu hineingehen, irgendeinen Gegenstand aufheben, einen Hauch von Nähe verspüren, eine Berührung von etwas, das noch hätte da sein müssen.

Sander lag in Plastikdosen und Pappkartons hinter einer schweren dunklen Eichentür, von der das Licht bald seinen Namen getilgt haben würde.

Yngvar hatte ihr erzählt, dass er die Kleider seiner verstorbenen Frau lange nicht weggeräumt hatte, nachdem sie und ihre gerade erwachsene Tochter anderthalb Jahre vor seiner ersten Begegnung mit Inger Johanne bei einem Unfall ums Leben gekommen waren. Er hatte monatelang ihren Baumwollpullover auf dem Kopfkissen liegen gehabt, bis ihr Geruch verflogen war und er den Pullover gewaschen und mit den anderen Kleidern in Kartons gepackt hatte, von denen er sich nicht trennen konnte. Selbst als er mit Inger Johanne zusammengezogen war, hatte er noch mehrere Kartons mit Elisabeths und Trines Sachen behalten.

»Die sind für Amund«, murmelte er, als er sie auf dem Dachboden verstaute. »Er war doch noch ein Baby, als seine Mutter gestorben ist. Er braucht etwas, um sich an sie zu erinnern. Und an seine Großmutter.«

Amund war inzwischen dreizehn und liebte seinen Großvater über alles, aber für Frauenkleider und Mädchenspielzeug aus den Achtzigerjahren interessierte er sich nur in Maßen. Die Kartons standen trotzdem noch da.

Inger Johanne schluckte das letzte Stück Brot hinunter und legte das Gesicht in die Hände.

Ellen konnte es nicht gewesen sein.

Ellen konnte Sander nicht weggeräumt haben. Sie war zu aufgelöst, zu niedergeschlagen. Sie konnte sich ja kaum auf den Beinen halten, konnte nicht einmal ein Gespräch führen. Das Systematische an der Beseitigung von Sanders Sachen kam ihr plötzlich geradezu bösartig vor, und Inger Johanne merkte, dass sie ihr Besteck krampfhaft umklammert hielt.

Jon konnte es auch nicht gewesen sein.

Jon hatte seinen Jungen geliebt. Da war sie sich sicher. Sie hatte die beiden so oft zusammen gesehen, und manchmal hatte es ihr einen Stich gegeben, dass Jon den Jungen immer wieder tadelte. Aber es geschah immer mit einem Lachen, nach dem der Vater dem Jungen durch die Haare fuhr. Einmal, als sie zu einem Familienfest dort gewesen waren, das war jetzt wohl zwei oder drei Jahre her, war Sander vom Trampolin gefallen. Die Grobmotorik des Jungen stand in keinem Verhältnis zu seiner Unternehmungslust, und als er einen Salto versuchte, wurde er gegen das Sicherheitsnetz geschleudert und fiel durch einen Riss auf den Boden. Jon hatte neben Inger Johanne gesessen, als es passierte. Sein Blick, die Angst, als er aufsprang und zu dem Jungen hinüberstürzte, sagte Inger Johanne mehr darüber, was Jon und Ellen durchmachten, als Ellens Klagen.

Beide Eltern liebten Sander.

Trotzdem räumten sie ihn weg.

Inger Johanne erstarrte. Sie hörte etwas, weit weg und doch sehr nah. Ihr Gehör hatte sich in siebzehn Jahren voller Angst und Sorge geschärft, und sie legte den Kopf schräg, um das Geräusch zu lokalisieren.

Jemand weinte.

Inger Johanne legte das Besteck weg und erhob sich, so leise sie konnte. Sie versuchte, nur auf die Bodenbretter zu treten, die ganz bestimmt nicht knackten, und bewegte sich in einem absurden langsamen Tanz auf das Schlafzimmer zu. Als sie mit offenem Mund und außer Atem vor der Tür stehen blieb, um zu horchen, wurde ihr eiskalt.

»Yngvar«, flüsterte sie am Ende und öffnete die Tür. »Ich bin's.«

Sie zog die Tür hinter sich zu und ging die drei Schritte bis zur Bettkante.

»Was ist denn los?«, fragte sie leise und legte unter der Decke die Hand auf seinen Rücken. Er lag auf dem Bauch und hatte sich ein Kissen über den Kopf gezogen.

Sein Weinen war fremd und beängstigend. Inger

Johanne legte sich ins Bett. Er drehte ihr den Rücken zu und vergrub sein Gesicht in den Händen, er schniefte und schluchzte leise, während sie sich in einer misslungenen Umarmung an ihn schmiegte. Er war riesig geworden. Breit und schwer krümmte er sich zusammen wie ein Kind und presste sich ein Kissen auf den Mund, bis er keine Luft mehr bekam und in einem halb erstickten Wimmern ausatmete.

»Was ist los?«, fragte sie wieder und wieder, bis sie endlich begriff, dass Yngvar es ihr nicht sagen konnte.

»Herrgott«, murmelte der ältere Mann und legte die linke Hand um seinen mageren Nacken.

Der grünen Krankenhauskleidung sah man an, dass er seit mehr als vierundzwanzig Stunden im Dienst war. Seine Brille saß ganz unten auf der schmalen krummen Nase und drohte hinunterzufallen, als er sich mit harten, groben Bewegungen massierte.

»Und das ist nur der Anfang. Haben wir genug Leute einbestellt?«

Die viel jüngere Frau, die Zivil trug und sich die blonden Haare zu einem Pferdeschwanz gebunden hatte, seufzte laut.

»Alles, was noch kriechen kann«, sagte sie. »Obduzenten, Radiologen, Röntgenassistenten, Fingerabdruckexperten. Zahnärzte. Sie haben ihren Urlaub erstaunlich bereitwillig unterbrochen.«

»Das wäre ja auch noch schöner«, sagte der Mann schnaubend. »Im Moment gibt es hierzulande Tausende von Menschen, denen es erstaunlich viel schlechter geht. Wie spät ist es?«

Die Frau warf einen Blick auf die große Uhr an der Wand hinter dem älteren Pathologen.

»Bald halb zwei«, sagte sie seufzend. »Ich habe die meisten nach Hause geschickt. Fünf Stunden Schlaf brauchen sie mindestens.«

Der Professor ließ endlich seinen Nacken los und bewegte den Kopf hin und her.

»Ich habe nie so sehr bedauert, dass ich nicht mit siebenundsechzig in Pension gegangen bin«, sagte er resigniert und lehnte sich an die weiße Wand, während er die Brille mit dem Zeigefinger ein wenig höher schob.

»Sie werden nie in Pension gehen«, sagte die Frau, ohne zu lächeln. »Sie werden uns alle quälen, bis Sie sterben.«

»Was jeden Moment passieren kann«, seufzte er. »So kommt es mir jedenfalls gerade vor. Was für eine durch und durch grauenhafte Geschichte!«

Dann wurde es still. Die Frau war gerade erst dreißig und hatte noch ein ganzes Leben vor sich, ehe sie das fachliche Niveau ihres Mentors erreicht haben würde, aber aus irgendeinem Grund hatte sie hier die Oberhand. Böse Zungen behaupteten, er sei in sie verliebt, aber seit sie ihn ein halbes Jahr zuvor mit seiner Tochter vor einem Kino gesehen hatte, wusste sie es besser. Die beiden gleichaltrigen Frauen sahen sich zum Verwechseln ähnlich. Außerdem gefiel es ihm wohl, dass sie nicht vor ihm kroch, anders als die meisten bei einer der größten Kapazitäten des gesamten Rikshospitals.

Jetzt schloss er die Augen und lehnte den Kopf an die Wand.

»Dieser Junge«, sagte die Frau nach einer Weile.

»Welcher Junge?«, fragte er, ohne seine Haltung zu ändern.

»Der gestern Abend gekommen ist. Er ist einfach liegen geblieben. Hat nichts mit den Anschlägen zu tun. Von einer Leiter gefallen, glaube ich.«

Er öffnete die Augen und starrte sie unter buschigen Brauen an.

»Ich habe eine CT gemacht«, fügte sie hinzu. »Schädelbruch. Intrazerebrale Blutung, mit Durchbruch in die Ventrikel. Dazu minimale Mittellinienverlagerung. Außerdem hatte er eine schwere Ellbogenfraktur.«

»Das alles nach einem Sturz?«

»Das weiß ich doch nicht, aber wenn er Pech gehabt hat und auf etwas Hartem gelandet ist ...«

Der Professor trat einen Schritt von der Wand vor und rollte abermals den Kopf hin und her.

»Der Junge hatte außerdem zwei Schneidezähne ausgebrochen«, sagte die Frau jetzt. »Der eine ...«

Sie räusperte sich und hielt dabei die Hand vor den Mund.

»Der lag noch drinnen. Im Mund, meine ich.«

»Machen Sie Blutproben«, befahl er. »Alles nach Vorschrift. Aber kurz und einfach. Füllen Sie den Totenschein aus, und wenn Sie nicht mehr finden als bisher, dann kreuzen Sie das Übliche für ›verdächtiger Todesfall‹ an und schicken Sie den ganzen Kram an die Polizei. Dann sollen die sehen, wie sie weitermachen.«

Ein düsteres Lächeln ließ seine Lippen schmaler werden.

»Heute haben wir nur die aus dem Regierungsviertel bekommen«, sagte er leise. »Morgen wird es schlimmer. Da ist Utøya dran. Ich will hundertprozentige Konzentration auf die ungeheure Aufgabe, vor der wir stehen. Schließen Sie den Jungen so schnell wie möglich ab.«

Der Schlaf entließ ihn ebenso brutal, wie er ihn wenige Stunden zuvor überwältigt hatte.

Es war erst sechs Uhr morgens am Sonntag, dem 24. Juli, als Jon Mohr die Augen aufschlug und merkte, dass sein Puls viel zu hoch war. Seine Ohren rauschten nach einem Traum, in dem er zusammengekrümmt in einem kleinen Raum gelegen hatte, der um ihn herum immer weiter schrumpfte. Turmhohe Metallwände waren auf ihn zugerückt, während er zu einem schwindenden Himmel hochblickte, den er nicht erreichen konnte. Als er keine Luft mehr bekam und sah, dass die Wände Stacheln hatten, erwachte er.

Er lag auf dem Rücken, die Arme an der Seite, die Beine leicht gespreizt, und grauenhafte Kopfschmerzen ließen ihn wimmern, als er sich abrupt aufsetzte. Ellen schlief tief. Sie hatte eine Schlaftablette genommen. Oder zwei, mutmaßte er, sie war so zusammengeschreckt, als er sie in dem unverschlossenen Badezimmer überrascht hatte. Jetzt lag sie friedlich auf der Seite, die Haare nach hinten gestrichen, dunkel und fettig, eingeschmiert mit einer Art Nachtbalsam, dem sie zu verdanken glaubte, dass sie mit dreiundvierzig Jahren ihre Haare als ihren größten Aktivposten verbuchen konnte. Neben dem schlanken Körper natürlich, dem durchtrainierten sehnigen Körper, auf den sie so stolz war, auch wenn die Brüste durch das Training ebenso verschwunden waren wie der einst so knackige Hintern.

Er stöhnte, als er die Füße auf den Boden stellte.

Barfuß und nackt schlurfte er aus dem Schlafzimmer. Im Bad leerte er seine Blase und musterte sich dabei in dem großen, in die Wand eingelassenen Spiegel. Er hatte kein Licht gemacht, und im Morgengrauen, das durch die mit Sandstrahl behandelten Fenster noch matter wirkte, sah er aus wie ein Wiedergänger. Trotz des vierzehntägigen Urlaubs in Italien vor erst zwei Wochen wirkte seine Haut bleich, fast bläulich. Sein Gesicht war verhärmt, die Augen blutunterlaufen, und er schnitt für sein eigenes Spiegelbild eine Grimasse.

Ohne nachzudenken, hob er die Faust. Er sah sie einen Moment an, im Spiegel, mit schrägem Blick, dann stieß er sie mit aller Kraft in die zwei Quadratmeter große Glasfläche. Der Spiegel zersprang fast geräuschlos. Die Scherben klebten fest an der Wand, aber dort, wo seine Hand aufgeschlagen war, breitete sich ein gezackter Stern aus. »Sander«, formte Jon lautlos mit den Lippen. »Sander.«

Von seiner Hand lief Blut herab.

Er griff nach dem Toilettenpapier und wickelte es um die Wunde. Es blutete so heftig, dass er fast die halbe Rolle verbrauchte, ehe er wagte, das Blut von Waschbecken und Boden zu wischen.

Das Schlimmste war eigentlich nicht seine schreckliche Angst.

Das Schlimmste war die Einsamkeit.

Nackt, bis auf das Klopapier um die rechte Hand, ging er hinaus auf den Gang, vorbei an den vielen Schränken mit der teuren Damenkleidung, in die Diele und dann, ohne zu zögern, in Sanders Zimmer.

Jemand hatte vergessen, die Nachttischlampe auszuschalten. Das goldene Licht ließ ihn die Tür hinter sich schließen. Dort in dem halb leeren Zimmer mit Sanders in Kartons und Dosen sortierten Sachen, während die blauen Vorhänge mit den Rennwagen sich vor dem einen Spaltbreit geöffneten Fenster bewegten, hatte er für einen Moment das Gefühl, alles könnte noch gut werden. Er hätte nur geträumt. Er könnte die Zeit zurückdrehen, einige Monate oder Jahre, einige Wochen, vielleicht nur einige Tage, und noch einmal von vorn anfangen.

Vorsichtig legte er sich auf das Bett und zog die nackte Decke über sich.

Das Blut war jetzt durch das Klopapier gesickert. Er riss das Papier ab und umschloss die Wunde mit dem Mund, bis der widerliche Eisengeschmack seine Zunge taub machte. Noch immer blutete die Hand, gleichmäßig und tropfend, und er gab auf. Verkroch sich unter der kalten Decke und schloss die Augen.

Er könnte Ellen wecken, dachte er, sie mit einer Tasse Kaffee vorsichtig aus dem Tablettenschlaf holen, er könnte sie wachlieben und ihr alles erzählen. Sie könnten das Geheimnis teilen, wie sie alle Geheimnisse teilten, immer. Zwischen ihnen gab es noch immer Liebe, jedenfalls Ablagerungen von alldem, was sie verbunden hatte, als er sie denen, die glaubten, sie eher zu verdienen, vor der Nase weggeschnappt hatte. Er verdiente sie noch immer. Er brauchte sie, und sie brauchte ihn. So war es einfach, und so war es immer gewesen.

Es ist zu spät, dachte er dann und richtete sich auf.

Er zog den Farbeimer unter dem Bett hervor. Der Pinsel stand in einem abgeschnittenen Milchkarton im Wasser, unten in einem der leeren Schränke. Mit den Fingern presste er die Flüssigkeit aus den Schweineborsten und tunkte den Pinsel in die weiße Farbe. Er hätte eine Rolle nehmen müssen, aber er hatte keine. Es war auch egal. Mit wütenden Pinselstrichen malte Jon Mohr die Decke an, mit der linken Hand, während er immer wieder Blut von der rechten leckte, und tilgte die letzten Spuren der Malereien seines Sohnes.

Es ist nie zu spät, dachte er, als alles weiß war und er selbst am ganzen Leib mit Farbe gefleckt. Es war nie zu spät, und Jon Mohr würde niemals aufgeben. Er war keiner, der aufgab. Er war der, der aufpasste.

Das war er immer gewesen.

Joachim Boyer hatte nicht geschlafen.

Als er um halb ein Uhr nachts von Jon und Ellen nach Hause gekommen war, war er zu erregt gewesen. Nach einer halben Stunde auf dem Rudergerät und einer Stunde Yoga, gefolgt von einem warmen Bad, hatte er endlich die richtige Bettschwere. Aber der Schlaf wollte trotzdem nicht kommen. In seinem Hirn herrschte zu großes Chaos. Lange spielte er mit dem Gedanken, wieder aufzustehen, aber sein Kopf war zu schwer und sein Körper zu träge.

Unter der Decke wurde es bald zu warm, doch er fror, sowie er sie beiseiteschlug.

Der Wecker zeigte 06.17 Uhr.

Er drehte sich auf die Seite und bereute, kein Schlafmittel mehr im Haus zu haben. Im Mai hatte er seine Schwester, die Ärztin war, um Imovane gebeten. Da er nie krank war und bisher auch nie über Schlafprobleme geklagt hatte, hatte sie sich Sorgen gemacht. Er schob alles auf die Arbeit, zu viel zu tun, und dann darauf, dass es mit Anja nicht mehr so gut lief. Das alles stimmte ja eigentlich auch. Anjas hatte er sich zwei Wochen später entledigt. Das andere war schlimmer. Vier Nächte lang hatte er vor dem Schlafengehen eine Tablette genommen. Die Trägheit und das Gefühl, nicht mehr in seinem eigenen Körper zu Hause zu sein, veranlassten ihn dann, den Rest in der Toilette zu entsorgen. Das hätte er nicht tun sollen.

Auf dem Nachttisch, neben dem Wecker, stand eine Holzfigur, die man mit viel gutem Willen ein Boot nennen konnte. Joachim erhob sich auf den einen Ellbogen und zog es vorsichtig zu sich heran. Es war vielleicht zwanzig Zentimeter lang und der Bug viel zu stumpf. Das Steuerhaus, ein aufgeleimter Betonbrocken, den Sander auf dem Schulhof gefunden hatte, saß schief und war zu groß. Der Junge war ein hervorragender Zeichner gewesen, aber sowie die Figuren dreidimensional wurden und zurechtgeschnitzt werden mussten, verfiel er in seine übliche Ungeschicklichkeit. Als er das Fahrzeug, stolz und glücklich, in der Badewanne zu Wasser ließ, drehte es sich sofort um sich selbst, um dann langsam in dem klaren Wasser zu versinken. Sander hatte geweint und war untröstlich gewesen, bis Joachim ihm versprochen hatte, mit ihm zusammen ein neues zu bauen. Dieses hier sei so schön, man müsste es eigentlich zur Zierde aufstellen, hatte ihn Joachim getröstet und das Boot geschenkt bekommen.

Es fühlte sich schwer an in seiner Hand.

Joachim roch an dem Boot.

Irgendwie roch es nach Sander: Sand und Farbe und noch etwas anderes.

Rasch stellte er das Boot wieder hin, schlug die Decke zurück und stand auf. Die Boxershorts klebten an seinen Oberschenkeln, und er riss sie sich vom Leib, ehe er ins Badezimmer ging und in der Dusche den Kaltwasserhahn aufdrehte.

Sander war tot, ansonsten aber würde alles gut gehen. Er war jetzt Herr der Lage. Wenn er die Uhr zurückdrehen könnte, würde Sander noch leben. Das war Joachim klar, es war ihm klar gewesen, er hätte etwas unternehmen müssen, aber im Leben gab es keine Rücklauftaste, und alles musste eben seinen Lauf nehmen. Er ließ sich von dem eiskalten Wasser wecken, bis er einen klaren Kopf hatte und sein Körper wieder das war, was er sein sollte: sein Verbündeter.

Wenn er nur nicht diese verdammte Angst gehabt hätte.

Nach der großen Katastrophe hatte Henrik Holme das Gefühl, gar nicht mehr richtig bei der Polizei zu sein. Als der Terrorist am Freitagabend festgenommen wurde und es sich herausstellte, dass er in Oslo wohnte, wurde Henrik Holme zu dem reduziert, was er ja auch war: eine unerfahrene Sommeraushilfe. Er gehörte zu keiner Abteilung, außer der, die ihm diese dünne Akte über einen Todesfall beschert hatte, für den sich kein Arsch interessierte. Die zuständige Juristin stand auf dem Deckel. Vermutlich hatte die Frau bisher noch keine Ahnung von dem Fall.

Streng genommen war es wohl auch gar kein Fall.

Obwohl Jon Mohr sich in der knappen halben Stunde, die die Vernehmung am Vorabend gedauert hatte, wie ein Verrückter aufgeführt hatte, konnte Henrik Holme ihm eigentlich keinen Vorwurf machen. Wenn er ehrlich sein sollte, so ganz für sich hinter dem Schreibtisch, hatte der Mann doch ganz recht. Jon Mohr hatte ihn nicht angefasst. Hatte ihm nur Angst gemacht, und teilweise war Henrik Holme selbst daran schuld. Seine Worte waren nicht gerade taktvoll gewesen. Es musste eine grauenhafte Belastung sein, ein Kind zu verlieren, und wenn es dann auch noch zu Hause passierte, machte man sich bestimmt schreckliche Vorwürfe.

Die grüne Mappe enthielt wohl gar keinen Fall.

Aber es war Henrik Holmes Fall, der einzige, den er hatte.

Jetzt saß er in diesem tristen, anonymen Büro und begriff nicht ganz, warum er überhaupt hergekommen war. Es war Sonntagmorgen, und wenn auch viele andere in dem großen geschwungenen Gebäude im Grønlandsleiret aus den Ferien oder der Freizeit zurückgerufen worden waren, galt das offenbar nicht für ihn. Niemand hatte seit Freitagnachmittag mit ihm auch nur ein Wort gesprochen.

Henrik Holme öffnete die Flasche Cola light und trank einen großzügigen Schluck. Er hatte sich an einem Kiosk eine Tüte mit Schokoladenbrötchen gekauft. Zwei hatte er bereits verzehrt, das dritte sah unappetitlich flach gequetscht aus, als er es aus dem Rucksack zog. Die Schokolade, die teilweise geschmolzen war und am Papier klebte, erinnerte an etwas sehr Unschönes. Er musterte das klägliche Backwerk für einen Moment, dann presste er es zusammen und warf die Tüte in den leeren Papierkorb.

Der Aktendeckel des Ordners diente auch als Dokumentenliste.

Das passte alles nicht so ganz. Er hatte keinen Verdächtigen, den er dort eintragen könnte. Auch für die Rubrik *Zur Anzeige gebrachter Sachverhalt* hatte er nichts. Vielleicht hatte er einen Fehler gemacht? Es gab vielleicht eigene Mappen für Fälle wie diesen, für verdächtige Todesfälle, die nur von der Polizei registriert und dann als *Kein strafbarer Sachverhalt* abgehakt werden sollten.

Verdächtige Todesfälle war ohnehin nur eine Überschrift für vieles, das wusste er, und oft waren sie nicht einmal verdächtig. Überdosis. Selbstmord. Ertrinken. Solche Dinge. Vielleicht hatte er das falsche Formular ausgesucht.

Plötzlich wurde Henrik Holme sehr unsicher und fing an, tief in der Nase zu bohren.

Auf der Mappe gab es die Rubriken *Personalien, Sachbearbeiter von der Staatsanwaltschaft* und *Ermittler*. Außerdem freie Felder für Nummerierung und Beschreibung von einzelnen Dokumenten zu dem Fall, mit Datumsvermerk und Verfasser.

Dokument 00 war die Mappe selbst.

Dokument 01 war eine Vernehmung des »Zeugen Jon Mohr«, verfasst von Henrik Holme.

Und das war's.

Bald würde er die Papiere von der Rechtsmedizin erhalten, hoffte er. Das würde dann immerhin ein Dokument 02 ergeben.

Ziemlich dünn, das Ganze.

Verwandte Fälle, hieß eine Rubrik weiter oben. Die Spalten waren leer.

Er könnte im *Strasak* nachsehen, dem polizeilichen Register für strafbare Fälle, und sei es nur zum Spaß. Es war ja nicht wahrscheinlich, dass der Mann mit der riesigen Villa in Grefsen und den zwei Autos in der Garage noch andere Straffälle am Laufen hatte.

Rasch loggte er sich im *Strasak* ein und gab Jon Mohrs Namen und sein Geburtsdatum an.

Jon Mohr war registriert als Verdächtiger in einer laufenden Ermittlung, las er und schluckte so laut, dass er es selbst hörte.

Verdacht auf Verstoß gegen WpHG § 3-3, vgl. §§ 2-2 und 17-3, 1. Abs. WpHG? Wertpapierhandelsgesetz, natürlich, dachte er.

Henrik Holme prägte sich die Paragrafen ein und klickte sich blitzschnell aus dem *STRASAK* hinüber zu den Gesetzen. Seine Augen huschten über den Text, bis er das Gesuchte fand, dann lehnte er sich triumphierend zurück.

Insiderhandel!

Jon Mohr war ein Verbrecher. Ein Schurke, gegen den ermittelt wurde, weil er sich auf kriminelle Weise Geld angeeignet hatte. Zwar sagte das *STRASAK* nichts darüber, wie weit die Ermittlungen gediehen waren oder worum es überhaupt ging, aber Henrik Holme wusste genug über Insiderhandel, um zu begreifen, dass jemand in Jon Mohrs Stellung immer über Informationen verfügen würde, die an der Börse einen erklecklichen Ertrag einbringen könnten. Vor einigen Jahren hatte es einen ähnlichen Fall gegeben, fiel ihm jetzt ein, mit einem Mann aus einem PR-Büro. Der Mann war verurteilt worden, weil er einem Kumpel Firmengeheimnisse zugespielt und dieser dann Aktien gekauft und später ordentlich daran verdient hatte, nicht ohne dem PR-Mann mit einem hübschen Sümmchen zu danken.

Zwischen Wirtschaftskriminalität und Kindermord bestand nicht unbedingt ein Zusammenhang, gab Henrik Holme widerwillig zu. Andererseits konnte diese Insidergeschichte Jon Mohr gereizt, nervös und ungeduldig gemacht haben. Das hatte er am Vorabend ja nachdrücklich unter Beweis gestellt. Er ging doch sofort hoch. Dass ein Junge von acht Jahren eine Prüfung sein konnte, wusste Henrik Holme nur zu gut. Er hatte einen Cousin in diesem Alter. Manchmal würde er den Bengel am liebsten an die Wand hängen und festnageln.

Der dünne Hefter auf dem Schreibtisch wirkte plötzlich ein wenig interessanter.

Vielleicht enthielt er ja doch einen Fall.

Und dann wäre es ein großer Fall, einer, in dem es um Mord und Tod ging. Und es war sein Fall, Henrik Holmes Fall, er allein ermittelte.

Er leerte seine Flasche auf einen Zug und schluckte einen Rülpser hinunter.

Zuerst wollte er einen Bericht schreiben. Das würde der Akte ein wenig mehr Gewicht geben, im doppelten Sinn. Morgen wollte er die Unterlagen der Rechtsmedizin verlangen. Je nachdem, was darin stand, würde er die Polizeijuristin bitten, weitermachen zu dürfen. Mehr in die Tiefe gehen. Er würde sich nicht von einer hysterischen Mama und einem Papa mit teurem Anzug und Porsche aufhalten lassen. Bei Kindermorden gab es eine große Dunkelziffer, das wusste er, und wenn er einen solchen Fall aufklären könnte, er als unleugbarer Anfänger, würde das ein großer Schritt fort von Geschwindigkeitsüberschreitungen und Fahren ohne Führerschein sein.

»Sander Mohr«, flüsterte er und trommelte mit der leeren Plastikflasche leicht auf dem Tisch.

3

Als Inger Johanne am Dienstag, dem 26. Juli, erwachte, fühlte sie sich überraschend ausgeruht. Yngvar war längst aufgebrochen, und sie blieb noch eine Weile liegen und lauschte der ungewohnten Stille. Ihre Mutter war wie abgemacht am Sonntag nach Hause gefahren. Die Kinder würden noch fast zwei Wochen in Frankreich bleiben. Die Leute aus dem Erdgeschoss waren in Urlaub, und Jacks Schnarchen neben ihr im Bett war das Einzige, was die vollkommene Stille störte.

»Runter«, murmelte sie und versuchte, ihn wegzuschieben.

Jack drehte sich auf den Rücken und bewegte leicht die Vorderbeine, dann schlief er wieder ein.

Ein schwacher Geruch nach Druckerschwärze brachte sie dazu, sich aufzusetzen und sich drei Kissen in den Rücken zu stopfen. Yngvar hatte frische Zeitungen auf den Nachttisch gelegt. Daneben standen eine Thermoskanne und ein leerer Becher. Inger Johanne schenkte sich glühend heißen Kaffee ein und machte es sich bequem.

Irgendetwas war anders als sonst. Etwas an dem Licht, das im Zimmer pulsierte, wenn der Luftzug durch das halb offene Fenster ein wenig mit dem Vorhang spielte. Sie beugte sich zur Seite und schob einen Vorhang weg.

Sonne.

Draußen war Sommer. Als Inger Johanne aufstand und die Vorhänge aufriss, überflutete blendendes Licht das Schlafzimmer. Sie faltete die Hände vor der Brust und schaute hinaus. Alles war knallgrün und hell und himmelblau.

Ihre Brüste schmerzten, als sie sie berührte.

Ihre Stimmung sank. Noch glaubte sie an die Möglichkeit, dass sie sich irrte. Am Vortag hatte sie sich in eine Apotheke gewagt und einen Schwangerschaftstest gekauft. Sie versuchte, diesen Einkauf als Vervollständigung ihres Medizinschränkchens zu tarnen, und begrub den Test im Einkaufskorb unter Schmerzmitteln, Pflaster, Zahnpasta, Jod und sterilen Kompressen. Zu Hause hatte sie alles eingeräumt, bis auf den Test, der jetzt ungeöffnet unten im Korb für die schmutzige Wäsche lag.

Yngvar wusste noch immer nichts. In der Nacht zum Sonntag war nichts anderes möglich gewesen, als einfach nur da zu sein. Ihr riesiger Mann hatte sich endlich in den Schlaf geweint, um sich dann am frühen Sonntagmorgen wieder zum Dienst zu begeben. Zum ersten Mal in den elf Jahren, in denen sie sich jetzt kannten, weigerte er sich, ihr etwas über seine Arbeit zu erzählen. Sie hatte nicht einmal direkt gefragt, nur eine halb fragende Bemerkung fallen lassen, bei dem fast stummen Frühstück, das ihnen die Mutter hingestellt hatte, ehe sie in aller Stille ihre Sachen packte und verschwand. Yngvar hatte nur den Kopf geschüttelt.

Sie wusste es dennoch. Er war ja Vernehmungsexperte. Einer der Allerbesten, hatte es früher geheißen.

Gegen Mitternacht kam er zurück, ruhiger, aber noch immer gequält und stumm. Nachts um drei hatte er sich in der Dunkelheit an sie geschmiegt, ohne etwas zu sagen, hatte sie an sich gedrückt, bis sie keine Luft mehr bekam und sich vorsichtig aus seinen Armen befreite.

Erst am Montagabend hatte sie ihm von Sander erzählen können. Er hatte zugehört. Hatte zwei Fragen gestellt, mitfühlend den Kopf geschüttelt und sein Besteck hingelegt.

»Solche Dinge passieren«, sagte er und stand auf. »Unfälle passieren. Kinder sterben.«

Er wollte nicht die Fernsehnachrichten sehen und keine Zeitung lesen. Er wollte auch nur über Belanglosigkeiten sprechen. Am Sonntagabend hatte er kurz nach den Kindern gefragt. Nachdem Inger Johanne ihm versichert hatte, dass es ihnen an der Riviera gut ging, hatte er sie nicht mehr erwähnt.

Yngvar hatte sich auf irgendeine Weise ausgeschaltet. Sie erkannte ihn nicht mehr. Ihm zu sagen, dass sie ein Kind erwarteten, war unmöglich.

Außerdem stand es ja noch gar nicht fest.

Sie wollte mit dem Schwangerschaftstest noch einige Tage warten. Jedenfalls bis morgen, dachte Inger Johanne und beschloss, das Zeitunglesen ausfallen zu lassen.

Eigentlich hätten sie jetzt in den Bergen sein sollen, Yngvar und Inger Johanne, zum ersten Mal seit vielen Jahren allein. Normalerweise legten sie und Isak eine Patience, die damit aufging, dass die Kinder im Sommer immer von irgendeinem Elternteil befreit wären. Dafür mussten sie dann ihre eigenen Ferien mit den Kindern verbringen, doch in diesem Jahr war Kristiane für zwei Wochen in einem Sommerlager gewesen. Die Großmutter war für diese Zeit mit Ragnhild auf die Hütte gefahren, und Inger Johanne und Yngvar war es wie ein kleines Wunder erschienen, dass sie eine Wohnung in Finse mieten konnten, während die Kinder in Frankreich waren. Zwölf Tage Wandern und Zweisamkeit, Inger Johanne hatte sich seit März darauf gefreut. Sie hätten am Vortag fahren sollen, fiel ihr zu ihrer Überraschung ein, als sie die Dusche aufdrehte. Die Ereignisse hatten sie gar nicht mehr an die Reise denken lassen, und natürlich konnten sie jetzt nicht fahren. Ihr aufflackernder Ärger wurde rasch verdrängt von der Scham, die ihre Wangen glühen ließ.

Das Wasser war zu heiß, aber sie genoss den prickelnden Schmerz im Rücken. Die Muskeln entspannten sich nach und nach, und sie lehnte die Stirn an die Fliesen und ließ das Wasser schäumen. Ein freier Tag, dachte sie. Keine Pläne, keine Verpflichtungen. Sie hatte seit vierundzwanzig Stunden nicht mehr ferngesehen. Konnte die vielen Bilder nicht ertragen, die Zahlen, die Berichte der Augenzeugen, die verängstigten Kinder, die Eltern mit den toten Augen. Ellen hatte auch seit Samstag nichts mehr von sich hören lassen. Sanders Tod war nicht Inger Johannes Problem. Sie hatte Urlaub. Nicht einmal um die Kinder brauchte sie sich zu kümmern.

In dem befreienden Gefühl, einmal ganz für sich zu sein, richtete sie sich gerade auf und hielt das Gesicht ins Wasser. Als sie den Hahn schließlich abdrehte, fühlte sie sich sauber, klar und wach.

Sie legte sich die Hand auf den Bauch. Er war ein wenig geschwollen.

Vielleicht war es ein Junge.

Es gibt so viele schöne Jungennamen, dachte sie und fuhr sich mit der Hand über die straffe Haut.

Tarjei, an den Namen hatte sie immer gedacht. Sanft und stark zugleich.

In ihrem Leben war kein Platz für ein weiteres Kind.

Sie waren zu alt. Sie hatten die Kinder, die sie brauchten. Sie verdrängte den Gedanken an den schönen Namen und wickelte sich ein Handtuch um den Leib, dann ging sie ins Wohnzimmer.

Auf ihrem Handy war eine SMS eingegangen.

Noch immer hatte sie ihre Kontaktliste nicht aktualisiert, aber diese Nummer war ihr wirklich unbekannt. Stirnrunzelnd las Inger Johanne die Mitteilung zweimal.

Liebe Inger Johanne Vik. Ich wäre sehr froh, wenn ich so bald wie möglich mit Ihnen sprechen könnte. Am liebsten noch heute. Ellen und Jon brauchen Hilfe. Könnten Sie mich wohl anrufen, damit wir uns verabreden können? MfG, Helga Mohr (Jons Mutter, wir sind uns 2009 auf dem Sommerfest begegnet).

Jack war ins Wohnzimmer gekommen und leckte das Wasser auf, das sich um ihre Füße sammelte. Inger Johanne blieb mit dem Telefon in der Hand bewegungslos stehen. Sie wusste nicht, was sie am meisten überraschte. Der Inhalt der Mitteilung oder dass eine Frau von weit über achtzig eine perfekte SMS geschickt hatte.

Sie warf das Telefon aufs Sofa, weil sie nicht in Versuchung geraten wollte, zurückzurufen.

»So schnell?«, fragte Polizeijuristin Tove Byfjord und warf einen Blick auf die Unterlagen, die Henrik Holme eifrig vor ihr auf den Tisch gelegt hatte. »Es dauert sonst immer viel länger bei solchen Berichten.«

»Ja«, antwortete er und stand noch immer, obwohl sie auf den Besuchersessel gezeigt hatte. »Ich habe gestern einen ziemlich energischen Ton angeschlagen. Solche Dinge dürfen nicht zu lange herumliegen.«

Tatsächlich hatte er am Vortag erfahren, dass der Bericht des Rechtsmedizinischen Instituts fertig war und er ihn sich, wenn es eilte, einfach holen konnte. Was er natürlich getan hatte.

»Aha«, sagte Tove Byfjord und sah ihn an. »Und was steht darin?«

»Schädelbruch«, antwortete Henrik Holme triumphierend. »Armbruch. Zwei ausgebrochene Zähne. Ja, das mit den Zähnen war später, also, als ich da war und …«

»Schädelbruch passt doch absolut zu einem Sturz von einer hohen Leiter«, fiel Tove Byfjord ihm ins Wort. »Vor allem, wenn er auf diese …«

Sie schnippte mit den Fingern der rechten Hand.

»Taschenlampe«, sagte Henrik Holme.

»Ja. Wenn er darauf gefallen ist. Ich sehe, Sie haben einen ziemlich ausführlichen Bericht geschrieben. Ganz schön gründlich, das muss man Ihnen lassen.«

Ihr Lächeln reichte nicht bis zu den Augen, und er fragte sich, ob sie sich über ihn lustig machte. Unsicher trat er von einem Fuß auf den anderen.

»Das Haus haben Sie ja sehr genau beschrieben«, sagte sie jetzt. »Unter anderem betonen Sie, dass die Räume ungewöhnlich hoch sind. Ist das ein altes Haus?«

»Alt?«

Er trat noch immer von einem Fuß auf den anderen.

»Ja. Alte Häuser haben oft hohe Räume, nicht wahr?«

»Ach, so. Nein.«

»Nein was?«

»Das Haus ist nicht sehr alt. Es muss wohl so …«

Er schloss die Augen und versuchte, sich das Haus im Glads vei vorzustellen.

»Ich kenne mich mit Architektur nicht so gut aus«,

sagte er langsam. »Aber es war nicht so ein altes Haus mit Türmchen und Erkern.«

Jetzt war ihr Lachen echt. Sie schob die Akte ein Stück von sich weg und rückte ihre Brille gerade.

»Richtig alte Häuser haben in der Regel keine Türmchen.«

»Nein«, antwortete er. »Aber ich glaube jedenfalls, dass dieses Haus ziemlich neu ist. Zehn, zwanzig Jahre vielleicht? Die Zimmer sind vielleicht drei Meter hoch, das passt irgendwie zu dem ... Luxus. Das Wohnzimmer ist riesig, sehr viel größer als ...«

»Drei Meter ist ziemlich hoch für einen Achtjährigen.«

»Ja, aber ...«

»Es gibt nichts, absolut nichts in diesem Fall, das auf etwas anderes als das Offenkundige hinweist. Der Junge ist unglücklicherweise von einer Leiter gefallen, mit dem Kopf auf eine große Taschenlampe aufgeprallt und gestorben. Tragisch und brutal. Schrecklich für die Eltern. Sie schreiben hier ja selbst ...«

Wieder griff sie zu seinem Bericht, den er am Vortag in der Hoffnung geschrieben hatte, irgendwen zu überzeugen.

»Die Mutter wirkte hysterisch«, las sie vor. *»Fast nicht imstande, zu erfassen, was vor sich ging. Sie klammerte sich an das tote Kind. Der Vater hatte verweinte Augen, blieb stumm und erlitt einen Anfall heftigen Zitterns.«*

Sie hob den Blick und nagelte damit den von Henrik Holme fest.

»Ziemlich passendes Verhalten nach einem solchen Unfall, oder?«

»Schon. Aber ...«

»Und wir haben absolut nichts, was auf frühere Gewaltanwendung hindeutet wie Krankenhausaufenthalte des Jungen oder Besuche beim Notarzt, irgendein Hinweis, dass bei der Familie etwas im Argen lag?«

Henrik Holme richtete sich auf und holte tief Luft.

»Nein«, rief er fast. »Aber wir können das doch nicht mit Sicherheit sagen, so lange wir es nicht untersucht haben, verdammt noch mal!«

Die Polizeijuristin ließ den Bericht los und lehnte sich zurück. Sie musterte den jungen Beamten von Kopf bis Fuß. Er gab sich alle Mühe, nicht rot zu werden.

»Entschuldigen Sie«, murmelte er, als sie weiterhin schwieg. »Ich hätte nicht fluchen dürfen.«

»Nein«, sagte sie. »Aber ich bin es, die um Entschuldigung bitten muss. Sie haben ja ganz recht. Das Problem ist nur, dass diese Tatsache in einer Zeit wie dieser untergeht, wo wir es mit unglaublichen Herausforderungen zu tun haben, Tag und Nacht arbeiten und …«

Resigniert, fast hilflos fuhr sie sich mit der Hand durch die Haare.

»Das hier ist keine sozial schwache Familie im Wohnwagen«, sagte sie überraschend leise. »Wir reden von einem erfolgreichen Ehepaar mit einem allem Anschein nach ersehnten Kind an einer von Oslos angesagtesten Adressen. Bestimmt mit einem guten Netzwerk, keine finanziellen Probleme …«

Henrik Holme fiel ihr ins Wort.

»Das ist …«, sagte er, noch immer zu laut, »das ist ein umgekehrtes Vorurteil. Als ob Reiche ihre Kinder nicht misshandelten. Als ob eine vornehme Adresse garantieren würde, dass es den Kindern in der Familie gut geht. Ich sehe ja ein, dass ich grün und neu und unerfahren bin und dass Sie …«

Als sie beide Handflächen hob, verstummte er abrupt.

»Ich habe Ihnen schon recht gegeben«, sagte sie mit

scharfer Stimme. »Ich wollte Sie nur darauf aufmerksam machen, dass wir gerade in Arbeit ertrinken. Also erst mal sind Sie allein. Schreiben Sie auf, wie Sie vorgehen wollen, und kommen Sie dann damit zurück. Irgendwann müssen wir jemand finden, der Sie anleitet, aber vorläufig …«

Wieder maß sie ihn mit Blicken. Sein Kopf war zu groß für den dünnen langen Hals. Seine Augen unschuldsblau mit Wimpern, um die sie ihn beneidete. Die Arme wirkten zu lang. Henrik Holme sah so unfertig aus wie ein Zehnjähriger.

»Vorläufig müssen Sie eben Ihr Bestes tun«, sagte sie dann. »Aber alles läuft über mich. Okay? Machen Sie einen Plan. Aber unternehmen Sie nichts, ohne sich bei mir grünes Licht zu holen.«

»Natürlich nicht«, sagte er schnell und drehte sich zur Tür, um seine roten Wangen zu verbergen. »Bin in einer Stunde wieder da.«

Seine Wangen glühten. Er hatte mit keinem Wort erwähnt, dass wegen Insiderhandels gegen Jon Mohr ermittelt wurde. Der ältere Fall ging vor, glaubte er zu wissen, und Henrik Holme wollte nicht riskieren, dass ihm irgendwer vom Wirtschaftsdezernat seine wohlverdiente Akte wegnahm. Die andere Untersuchung lief zudem erst seit wenigen Tagen, und in all dem Chaos nach dem Anschlag würde an der Wirtschaftsfront so schnell nichts passieren.

Aber das war noch nicht alles.

Er zog die Tür hinter sich zu, ohne sich umzudrehen.

Am Vortag hatte er Sanders Großmutter ein wenig ausgehorcht. Er hatte niemanden um Erlaubnis gebeten, und das Gespräch war auch nicht gerade ein Erfolg gewesen.

Ganz im Gegenteil, musste er zugeben.

Aber das brauchte er der Polizeijuristin ja wirklich noch nicht zu verraten.

Als Inger Johanne sich dem Wohnblock in Vinderen näherte, bereute sie ihren Entschluss längst. Sie hätte machen können, was sie wollte, überall hinfahren, den freien Tag am Strand oder im Wald genießen oder den Vormittag ganz einfach mit einem guten Buch auf dem Balkon verbringen. Sie hätte Mut für den verdammten Test sammeln können. Wenn sie in dieser Angelegenheit noch Entscheidungsfreiheit haben wollte, musste sie sich so schnell wie möglich Gewissheit verschaffen. Inger Johanne hatte einen ganzen unbenutzten Tag für sich, aber sie hatte Helga Mohrs Mitteilung nicht verdrängen können. Die SMS hatte sie nervös und neugierig gemacht.

Der Block war niedrig, neu und anonym. Die Adresse klang teuer, und der bockige Golf fühlte sich offenbar fehl am Platze, als Inger Johanne am Zaun zwischen einem Audi TT und einem BMW 528 hielt.

Sie hatte den richtigen Eingang bald gefunden und drückte auf den Klingelknopf. Eine in die Wand eingelassene Linse verriet ihr, dass sie beobachtet wurde, und dann bat eine metallische Stimme sie hereinzukommen, während die Tür sich mit einem Klicken öffnete.

Im Treppenhaus roch es nach Zitrone. Hier und dort waren die Stufen noch nicht trocken. Der Fahrstuhl war aufgrund einer Reparatur außer Betrieb, erklärte ein handgeschriebener Zettel auf schlechtem Norwegisch. Aber Helga Mohr wohnte ohnehin im ersten Stock.

Sie hatte die Wohnungstür bereits geöffnet.

Helga Mohr passte perfekt zu ihrer Umgebung. Gepflegt und neutral, diskret gekleidet auf eine Weise, die zu jeder Frau zwischen sechzig und neunzig gepasst hätte. Sie war schlank, wie ihr Sohn, und die fast weißen Haare umschlossen kurz und füllig das schmale Gesicht. Sie könnte auch eine alte Dame aus der britischen Oberschicht sein, dachte Inger Johanne. Dieser Eindruck wurde noch verstärkt, als die eisblauen Augen sie mit einem kurzen Unbehagen musterten, worauf Inger Johanne für einen Moment bereute, sich nicht eleganter angezogen zu haben. Die Hand der älteren Frau fühlte sich fest und trocken an, als sie Inger Johanne begrüßte.

»Kommen Sie herein«, sagte sie und führte Inger Johanne durch einen engen Gang ins Wohnzimmer, wo sie ihr mit einer Handbewegung einen Platz anbot.

Auf einem Glastisch zwischen zwei weißen Sofas stand ein silbernes Kaffeeservice. Heller, fast unsichtbarer Dampf stieg aus der Tülle der Kanne. Ohne zu zögern, goss Helga Mohr Kaffee in zwei hauchdünne Porzellantassen.

»Milch? Zucker?«

»Nein, danke.«

»Einen Keks?«

Die ältere Frau schob die Schale mit etwas, das amerikanischen Schokocookies ähnelte, näher zu ihr hin. Inger Johanne bekam plötzlich Lust auf Zucker, mochte jedoch nicht das Risiko eingehen, Krümel auf das kreideweiße Sofa zu streuen. Das ganze Zimmer sah aus wie ein Ausstellungsraum, mit Glas, Blumen und zerbrechlichen Gegenständen überall. Ihr war warm, und sie schüttelte kurz den Kopf.

»Dann komme ich sofort zur Sache«, sagte Helga Mohr.

Sie saß aufrecht da wie eine Königin, die Beine elegant übereinandergeschlagen und die Kaffeetasse in der Hand.

»Danke, dass Sie gekommen sind. Ich wusste nicht, an wen ich mich sonst wenden könnte. Ellen und Jon haben mir von Ihrem Beitrag zur Lösung der Fälle erzählt, an denen Ihr Mann arbeitet. Ellen sagt, dass Sie fast selbst als Polizistin gelten könnten.«

Inger Johanne öffnete den Mund, um zu protestieren, aber Helga Mohr hob ein klein wenig die Stimme und ließ keinen Einwand zu.

»Ich weiß es natürlich besser. Sie sind Forscherin. Kriminologin und Psychologin. Ihr Mann dagegen ist bei der Polizei. Kriminalpolizei, nicht wahr?«

Das war eigentlich keine Frage. Deshalb wartete sie auch nicht auf eine Antwort.

»Gestern hat mich ein junger Mann aufgesucht«, sagte sie und stellte die Tasse weg.

Das leise Klirren der Untertasse ließ Inger Johanne zögern, ihre eigene Tasse abzustellen.

»Ein Dilettant«, erklärte Helga Mohr energisch. »Aufgetakelt als Polizist, was er ja offenbar auch war, wenngleich wohl eher theoretisch.«

Inger Johanne konnte sich denken, von wem hier die Rede war.

»Ein Jüngelchen«, sagte Helga Mohr mit einem winzigen Schnauben. »Aber ein sehr unangenehmes Exemplar dieser Art. Er behauptet, im Fall von Sanders Tod zu ermitteln.«

Zum ersten Mal, seit Inger Johanne gekommen war, bemerkte sie bei der anderen eine gewisse Unsicherheit. Helga Mohrs Gesicht fiel in sich zusammen. Ihre

Stimme zitterte ein wenig, als sie hinzufügte: »Als ob es da etwas zu ermitteln gäbe. Sander ist von einer Leiter gefallen. Tragisch und entsetzlich, natürlich, aber …«

Sie strich sich ein unsichtbares Haar aus der Stirn. Ihre Unterlippe bebte ein wenig, dann riss sie sich zusammen, räusperte sich und holte tief Luft.

»Jon ist ein Nachkömmling«, sagte sie unvermittelt und lächelte unerwartet strahlend. »Das wissen Sie doch sicher?«

Auch diese Frage lud nicht zu einer Antwort ein.

»Bei seiner Geburt war ich einundvierzig. Meine Töchter waren schon zwölf und dreizehn. Jon war in vieler Hinsicht …«

Wieder strich die Hand über die perfekte Frisur.

»Er war ein Geschenk. Wilhelm, mein Mann …«

Ihr Blick streifte ein Ölgemälde über dem Gasflammenkamin, das Porträt einer kräftigen, fast majestätischen Gestalt vor einem dunklen Hintergrund aus schweren Portieren. Es passte nicht in das sonst so helle Zimmer, während zugleich die ganze Wohnung um den autoritären Blick arrangiert wirkte, der eher in einen Salon im viktorianischen England gepasst hätte.

»… hatte sich natürlich immer einen Sohn gewünscht.«

Inger Johanne versuchte, die Tasse an den Mund zu heben, aber sie merkte, dass ihre Hände zitterten.

»Wilhelm hatte leider nicht sehr lange Freude an Jon. Er starb, als unser Sohn erst zehn Jahre alt war. Aber das wissen Sie ja alles. Ihr wart ja zusammen auf dem Gymnasium, Sie und Jon. Sie waren gute Freunde, hat er mir erzählt. Ich kann mich daran zwar nicht erinnern, aber damals haben wir ja noch in dem Haus in Smestad gewohnt. Und ihr jungen Leute habt da meistens den Kellereingang genommen.«

Inger Johanne hatte nie einen Fuß in das Haus in Smestad gesetzt. In der Schule hatte sie keine Ahnung gehabt, wer Jon war, bis er dann den internationalen Essaywettbewerb gewonnen hatte. Aber auch danach nahm sie ihn kaum wahr, bis er nach seiner Metamorphose wiederauftauchte, als bevorzugter Verehrer von Ellen Krogh.

»Das ist jetzt ziemlich lange her«, sagte Helga Mohr langsam.

»Ja.«

»Ich bin jetzt vierundachtzig.«

Inger Johanne hätte nicht kommen dürfen. Die Fassade der alten Frau bekam immer häufiger Risse. Der Lippenstift, der noch vor zehn Minuten den Mund samtig und ein wenig voller hatte erscheinen lassen, klebte jetzt matt und glanzlos an den trockenen Lippen. Ihre Augen waren feucht geworden, und die Schatten darunter wurden deutlicher, wenn sie nicht redete.

»Womit kann ich Ihnen behilflich sein?«, fragte Inger Johanne und wagte endlich, ihre Tasse abzustellen. »Was wollen Sie denn eigentlich von mir?«

»Dieser Polizist«, begann Helga Mohr.

»Ja«, sagte Inger Johanne aufmunternd, als dann nichts mehr kam.

»Er hat gemeint, dass Jon Sander umgebracht haben könnte.«

»Hat er das gesagt?«

»Nein. Nicht direkt.«

»Aber indirekt?«

»Warum hätte er mich sonst fragen sollen, ob es in der Vorgeschichte …«

Ihr Mund wurde noch schmaler, als ob sie trotzig ein Wort zurückhielte, das sich ihr aufdrängte.

»Verletzungen gab«, schlug Inger Johanne gelassen vor. »Mehr oder vielleicht größere oder häufigere, als temperamentvolle Jungen sie normalerweise haben.«

Helga Mohrs Augenbrauen waren mit dem Alter verschwunden. Sie hatte sie nachgezogen, ohne der Versuchung zu erliegen, zwei dünne, scharfe Linien zu zeichnen. Jetzt hoben sich die braunen wohlgeformten Bögen leicht arrogant, oder vielleicht nur überrascht.

»Ja«, sagte sie. »Genau das hat er gefragt. Eine idiotische Frage.«

»Warum das?«

»Wer kann denn sagen, was für einen temperamentvollen Jungen typisch ist? Sie haben Sander doch selbst gekannt und wissen, dass er für alle eine ziemliche Herausforderung war. Er hat sich mindestens zweimal den Arm gebrochen. Er klettert, springt, robbt, kriecht und lässt sich von allem fallen, was hoch ist. Sander hatte ADHS, und natürlich kann man nicht sagen, ob er seltener oder häufiger ärztliche Hilfe brauchte als andere Kinder, mit denen man ihn vergleichen könnte.«

In der Küche klingelte ein Telefon. Helga Mohr machte keine Anstalten, hinzugehen.

»Sie haben Sander doch selbst gekannt«, sagte sie noch einmal und starrte in die Luft, als ob sie in der Zeit zurückschaute.

»Nicht sehr gut«, sagte Inger Johanne vorsichtig. »Ich habe ihn einige Male gesehen, aber ich könnte nicht behaupten, dass ich …«

»Sie haben selbst Kinder?«

»Ja.«

»Ein kleines Mädchen, soviel ich weiß, und noch eine Ältere? Ein etwas verwirrtes Kind, nicht wahr?«

Inger Johanne hatte viele Beschreibungen ihrer älteren Tochter gehört: Autistin. Asperger. Anders. Geistig zurückgeblieben. Seltsam.

Sie ertappte sich bei einem Lächeln. Das Telefon in der Küche quengelte nicht mehr.

»Ja«, sie nickte. »Etwas verwirrt ist manchmal eine gute Beschreibung. Nicht ganz wie andere Siebzehnjährige jedenfalls.«

»Verletzt sie sich oft?«

»Nein. So gut wie nie. Kristiane ist eine sehr vorsichtige junge Dame. Körperlich zurückhaltend, könnte man sagen.«

»Da sehen Sie!«, sagte Helga Mohr und hob vor lauter Eifer den Zeigefinger. »Alle Kinder sind verschieden. Dieser … dieser leptosome Lümmel von Polizist hat gebohrt und gefragt, als ob er genau wüsste, wie oft ein Kind von unter zehn Jahren zum Notarzt gebracht werden darf.«

Wieder schnaubte sie, diesmal so empört, dass sie ein Taschentuch aus dem Ärmel der hellrosa Strickjacke ziehen musste.

»Aber ich habe ihn vor die Tür gesetzt. Das können Sie mir glauben, ich habe ihm die Tür gewiesen und ihm gesagt, dass er sich nie wieder hier blicken lassen soll.«

Inger Johanne konnte nicht begreifen, wieso dieser ungeschickte junge Polizist in diesem Fall überall herumtrampeln durfte. Natürlich konzentrierten sich die meisten Kapazitäten der Polizei gerade auf die Terroranschläge, aber es wäre doch besser, den Fall Sander einige Wochen liegen zu lassen, bevor man auf diese Weise alles verdarb.

»Ich glaube, Sie können ganz beruhigt sein«, sagte sie. »Das Ganze ist nur Routine.«

»Das glaube ich nicht.«

»Wieso nicht?«

»Er wirkte so überzeugt. Mein Mann hat mir einmal gesagt, dass es auf dieser Welt nichts Gefährlicheres gibt als einen überzeugten Polizisten.«

Inger Johanne blinzelte und versuchte, ihre Überraschung zu verbergen, indem sie sich neuen Kaffee einschenkte. Die Kanne war leichter, als sie erwartet hatte, und ihre jähe Bewegung führte dazu, dass sie kleckerte.

»Entschuldigung.«

Helga Mohr beugte sich vor, nahm zwei Servietten aus der Keksschale und wischte den Kaffee weg.

»Sie waren lange hinter ihm her«, fügte sie hinzu. »Die Polizei, meine ich. Damals hatten die Behörden beschlossen, alle zu ruinieren, die dieses Land aufgebaut hatten. Reksten und Jahre. Und viele andere. Auch meinen Mann. Wobei sie nicht sehr weit gekommen sind.«

»Aber was wollen Sie denn nun von mir?«, rief Inger Johanne. »Ich kann ja verstehen, dass Sie außer sich sind, und es tut mir schrecklich leid für Ihre Familie, aber ...«

»Sie müssen beweisen, dass mein Sohn unschuldig ist.«

Inger Johanne ließ sich auf dem Sofa zurücksinken. Die Kissen waren so weich, dass sie in dem großen weißen Nichts verschwand, ehe sie sich wieder hochkämpfen konnte.

»Niemand hat behauptet, dass er schuldig ist«, sagte sie und legte zum ersten Mal ein wenig Nachdruck in ihre Stimme. »Sie machen sich wirklich viel zu früh Sorgen.«

»Vorsicht ist die Mutter der Porzellankiste«, erklärte Helga Mohr. »Übernehmen Sie den Auftrag? Am Geld soll es nicht liegen.«

Dass Inger Johanne kurz auflachte, schien die alte Frau zu beleidigen. Sie kniff den Mund zusammen und hob ein wenig das Kinn.

»Ich will wirklich nicht unhöflich sein«, sagte Inger Johanne. »Aber erstens kann ich Ihnen nicht helfen, und wenn ich es könnte, würde ich natürlich kein Geld dafür nehmen. Aber zweitens, und das ist viel wichtiger, glaube ich, dass dieser Fall als das ad acta gelegt wird, was er ist. Ein entsetzliches Unglück. Und jetzt muss ich wirklich machen, dass ich weiterkomme.«

»Gut«, sagte die andere Frau kurz. »Ich habe Ihre und meine Zeit vergeudet.«

Sie erhob sich, jetzt mit deutlich steiferen Bewegungen als zuvor. Ihr Körper war ein wenig gebeugt, und als sie durch das Zimmer zum Flur ging, musste sie einen Schritt zur Seite machen, um nicht das Gleichgewicht zu verlieren. An der Wohnungstür blieb sie für einige Sekunden mit dem Rücken zu Inger Johanne stehen.

»Da ist noch eine Kleinigkeit«, sagte sie leise und drehte sich halb um.

»Ja?«

»Kann ich mich auf Ihre absolute Verschwiegenheit verlassen?«

Inger Johanne zögerte einen Augenblick.

»Es kommt natürlich darauf an, was Sie mir sagen wollen«, antwortete sie. »Aber wenn Sie mich fragen, ob ich ein Geheimnis für mich behalten kann, dann ist meine Antwort: Ja.«

Die Augen der alten Frau wirkten glasig, und ihre Nasenflügel vibrierten ängstlich. Das war nicht mehr die selbstsichere Gastgeberin, die versuchte, Inger Johanne als Privatdetektivin anzuheuern. Selbst die fülligen grauweißen Haare schienen in sich zusammengefallen zu sein. Sie hob den Kopf und starrte auf Inger Johannes Knie.

»Jon ist nicht Sanders wirklicher Vater.«

»Was sagen Sie da?«

»Ellen war … Sie wissen, nach all den Fehlgeburten. Sie sind in diese Klinik gegangen. In Finnland. Da wurde so eine … Sie wissen schon …«

Sie legte sich die schmale Hand über die Augen, als ob sie sich schämte.

»… Spende.«

»Samenspende?«

Inger Johanne versuchte, Ordnung in ihre Gedanken zu bringen, ohne allzu verwirrt auszusehen.

»Ja. Es klappte ja einfach nicht. Mit Ellen und Jon. Deshalb … Ellen weiß nicht, dass ich es weiß. Jon hat es mir erzählt. Eines Abends im vorigen Sommer. Sander hatte eine Katze gefangen. Sander ist kein grausames Kind. Er denkt nur nicht nach, bis es zu spät ist. Er hat die Katze an einen Fallschirm von so einem Kriegsspielzeug gehängt und ist im Glads vei aufs Dach geklettert. Ohne den Fallschirm hätte die Katze wohl überlebt.«

»Er hat … Sander hat die Katze vom Dach geworfen?«

»Ja.«

Jetzt ließ sie endlich die Hand sinken, hob aber nicht den Blick.

»Das Tier hat sich das Rückgrat gebrochen, das arme. Es hatte sich in den Fallschirmschnüren verheddert und konnte nicht auf allen vieren landen, wie Katzen das ja eigentlich können. Ich war später an dem Abend zum Babysitten dort. Nie in meinem Leben hatte ich Jon so wütend erlebt. Ellen musste allein zu dem Fest gehen, wo sie eingeladen waren, Jon tobte, er hatte getrunken …«

Sie schwankte, aber als Inger Johanne intuitiv die Hand ausstreckte, um sie zu stützen, schlug die alte Frau ihre Hand weg.

»Er hat es mir erzählt. Er hat erzählt, dass Sander nicht sein Sohn war. Als ob Sander nicht immer sein Junge gewesen wäre, es spielte ja wohl keine Rolle, ob …«

Mit einer Kraftanstrengung richtete sie sich gerade auf und schob ihr Kinn vor.

»Für meinen Mann hätte das eine Rolle gespielt. Für mich nicht. Sander gehörte zu uns, ganz bestimmt. Das habe ich auch zu Jon gesagt. Er war nur so betrunken. Ich habe ihn nie so gesehen, vorher nicht und nachher nicht. Er ist vorsichtig mit Alkohol, mein Jon.«

Damit hatte sie eigentlich recht, dachte Inger Johanne überrascht. In ihrer Schulzeit hatte Jon gar nicht getrunken, und als Erwachsener nippte er nur an allem, statt es hinunterzukippen. Wenn jemand leise protestierte, weil Jon seine Hand über das Glas gelegt hatte, statt sich nachschenken zu lassen, sagte er in der Regel, er müsse noch arbeiten.

»Am nächsten Tag hat er alles entsetzlich bereut«, sagte Helga Mohr. »Ich musste schwören, niemandem etwas zu verraten. Niemals.«

»Aber jetzt verraten Sie es mir. Warum?«

»Weil …«

Sanders Großmutter schaute auf ein Foto an der Wand. Ein Schulbild. »1a« stand in Kreideschrift an der Tafel im Hintergrund, Sander in blauem Pullover mit Bleistift in der Hand an seinem Tisch.

»Ich habe über solche … Misshandlungsfälle gelesen. Vor allem über diesen letzten, wissen Sie.«

Inger Johanne nickte ganz leicht.

»Stiefväter«, flüsterte Helga Mohr. »Ich habe den Eindruck, man hat mehr Grund, einen Mann zu verdächtigen, wenn er nicht der leibliche Vater des Kindes ist.«

Ihre Augen liefen über.

»Jon war Sanders Vater«, sagte Inger Johanne langsam. »Juristisch und sozial. Ich kann Ihnen versichern, dass alle Studien zeigen, dass …«

»Aber was, wenn sie es erfahren?«, schluchzte Helga Mohr und presste sich die Hände auf die Brust. »Was, wenn die Polizei erfährt, dass Sander nicht Jons Sohn war? Sie werden ihn doch nie in Ruhe lassen.«

Inger Johanne hatte keine Ahnung, was sie sagen sollte. Sie konnte der vor Angst vergehenden alten Frau, die noch immer die Tür versperrte, nicht in die Augen sehen, und sie wollte mit der ganzen Sache nichts zu tun haben. Also starrte sie das Foto von Sander an. Er sah seltsam verlegen aus, mit frisch geschnittenen Haaren, sommerlich brauner Haut und einem Mäppchen mit dem Bild eines Dinosauriers. Ihr ging auf, dass es das erste Foto von Sander war, das sie jemals gesehen hatte. Sein Lächeln war vorsichtig, fast verletzlich.

Als ob er Angst hätte, jemand könnte es ihm wegnehmen.

Ellen Mohr lag noch im Bett, obwohl es auf zwölf Uhr zuging. Von dem Schlafmittel, das ihre Schwiegermutter ihr mitgebracht hatte, war nichts mehr übrig. Im Krankenhaus, wo sie am Ende mit Gewalt von Sander weggerissen worden war, hatte jemand erwähnt, dass sie ihr ein Beruhigungsmittel mitgeben wollten. Aber dann hatten sie es vergessen. Ab und zu versank sie in einen trägen Zustand mit beängstigenden, wirklichkeitsnahen Träumen, aber nach wenigen Minuten erwachte sie dann mit hämmerndem Puls und Eisengeschmack im Mund.

Die Leere im Haus war plötzlich unerträglich.

Jon war von frühmorgens bis spätabends bei der Arbeit. Das sagte er jedenfalls. Wieso es mitten in der Ferienzeit so viel Arbeit geben konnte, war unbegreiflich, aber er ließ nicht mit sich reden.

Es gab auch nicht viel zu sagen.

Sie sah ihn nachts, mit halb geschlossenen Augen, wenn er still neben ihr lag. Ihre Hände schmerzten vor Sehnsucht danach, unter der Decke den Weg zu finden zu seiner Haut, nach der Wärme, die er ihr verweigerte, indem er ihr den Rücken zukehrte und die ganze Nacht am Rand des Bettes liegen blieb, mit einem Atem, der verriet, dass auch er kaum schlief.

Es gab nichts mehr zu sagen.

Nicht einmal über die Beerdigung.

Am Vortag hatte sie Henrik Holme angerufen, um zu fragen, wann sie Sander zurückbekommen könnten. Es hatte sie all ihre Kraft gekostet. Nach dem ergebnislosen Gespräch hatte sie eine Flasche Rotwein geöffnet und in einer halben Stunde geleert. Der Alkohol machte sie nicht müde, wie es geplant gewesen war. Er jagte sie stattdessen umher, auf der Suche nach einer Möglichkeit, aus dem Haus zu fliehen, das sie inzwischen schon hasste. Aber sie wollte in diesem Zustand nirgendwo hingehen. Im Badezimmer zupfte sie dann die Scherben aus dem zerbrochenen Spiegel. Eine große, geformt wie ein Pferdekopf, schnitt ihr tief in den Daumen. Der Schmerz kam ihr seltsam befreiend vor, und sie bohrte die Scherbe so tief, dass sie glaubte, gegen den Knochen zu stoßen. Schockiert über sich selbst riss sie die Scherbe so rasch heraus, dass die Wunde noch größer wurde. Mit drei Kompressen und einem großen Verband hatte sie die Blutung endlich zum Stillstand bringen können. Als sie wieder nüchtern wurde, öffnete sie noch eine Flasche.

Jetzt lag sie im Bett und spürte den Puls in ihrem verletzten Daumen. Ein Streifen grelles Sonnenlicht fiel durch den Vorhangspalt und teilte das Zimmer in zwei Teile.

In Sanders Zimmer war sie noch nicht wieder gewesen.

Irgendwer hatte seine Buchstaben abgenommen.

Plötzlich schlug sie die Decke zurück und stand auf.

Die Stille im Haus machte das Atmen schwer.

Viele wussten, dass Sander tot war. Einige von Ellens alten Klassenkameradinnen hatten am Samstagvormittag angerufen, um zu fragen, ob das abgesagte Essen vielleicht später im Sommer nachgeholt werden könnte. Jon hatte düstere Antworten gegeben, und die Gespräche hatten nur dreißig Sekunden gedauert.

Als Ellen vierzig geworden war, hatte Jon ein sündhaft teures Fest arrangiert. Auf der Gästeliste standen hundertfünfzig Freunde und Bekannte, dabei hatte sie schon so streng ausgewählt, dass manche beleidigt gewesen waren. Und das war nur drei Jahre her.

Jetzt herrschte Stille.

Es waren zwar Blumen gekommen, einige große Sträuße mit steifen Beileidsworten, aber seit Samstag hatte niemand mehr angerufen. Nicht einmal Inger Johanne hatte sich seit Samstagabend gemeldet.

Wenn sie nur bald die Beerdigung abhalten könnten. Dann würden sie kommen. Natürlich würden sie sich einfinden, Freunde und Bekannte, sie würden ihre Ferien unterbrechen und selbst von weit weg herkommen, um

Abschied von dem geliebten, ersehnten Jungen zu nehmen, der nur acht Jahre alt geworden war. Die Freunde würden zusammenströmen, um bei Sanders letzter Reise dabei zu sein und Jon und Ellen den Weg zurück ins Leben zu erleichtern.

Sie musste eine Todesanzeige aufgeben, ging ihr nun auf. Sie musste etwas unternehmen, ehe die Leere sie ganz aushöhlte. Die Kleider vom Vortag lagen auf einem Haufen vor der Tür, und sie zog sich an, so schnell das mit der zerschnittenen Hand ging. Ihr eigener Laptop war unbrauchbar, seit Sander ihn in der Toskana mit ins Schwimmbecken genommen hatte, aber Jon hatte ein MacBook. Er wusste nicht, dass sie es ab und zu auslieh, aber er war ja vor drei nie zu Hause, und sie hatte es noch nicht geschafft, sich einen neuen Computer zu kaufen.

Ellen wollte eine Todesanzeige verfassen und sich an die dunkel gekleideten Männer wenden, die diskret eine Broschüre auf die Kommode in der Diele gelegt hatten, als sie Sander holen gekommen waren. Eine schöne Todesanzeige wollte sie gestalten, mit einer Taube oben oder einem Engel.

In der Diele fiel ihr ein, dass sie ein Datum brauchten, ehe sie die Anzeige aufgeben konnten. Ein Datum für die Beerdigung, oder genauer gesagt, für die Beisetzung. Ellen hatte nie begreifen können, wie man jemanden mit unversehrtem Körper unter sechs Fuß Erde begraben und wehrlos den Angriffen von Würmern und Insekten preisgeben konnte. Sander sollte eingeäschert werden, in einem weißen Sarg, bedeckt mit Blumen, die Ellen selbst zusammenstellen wollte.

Das Bestattungsunternehmen würde da sicher helfen können. Sie konnten gegenüber der Polizei mit einer anderen Autorität auftreten als Ellen selbst.

Aber sie konnte die Anzeige ja schon einmal entwerfen.

Jon wollte nicht, dass sie sein Arbeitszimmer betrat. Für Sander war es völlig tabu gewesen, und sogar die polnische Putzfrau schien sich unwohl zu fühlen, wenn sie dort jeden Freitag in aller Eile staubsaugte. Das Arbeitszimmer war Jons Refugium, und Ellen hatte insgeheim den Verdacht, dass er sich dort ab und zu einschloss, um in Ruhe fernzusehen oder ganz einfach auf dem weichen Sofa an der Querwand ein Nickerchen zu machen.

Die Tür war jedenfalls nicht abgeschlossen.

Sie öffnete sie vorsichtig, als ob sie nicht ganz sicher wissen könnte, ob nicht doch jemand dort war. Im Zimmer roch es nach Mann, nach Rasierwasser und ein wenig nach Zigarre. Auf dem großen Schreibtisch stand der iMac, umgeben von Ordnern und Ringbüchern. Das Sofa war von weiteren Unterlagen bedeckt. Auf der Fensterbank stand ein Bild von Ellen, von früher, als sie noch Krogh geheißen hatte, als sie Zahnärztin gewesen war, zwölf Kilo mehr gewogen und die ganze Zeit gelacht hatte. Der Laptop war nirgends zu sehen.

Für einen Moment spielte sie mit dem Gedanken, danach zu suchen, aber Jon hatte ein Elefantengedächtnis, und wenn sie etwas berührte, würde er es später sofort bemerken. Sie schloss die Tür so langsam, wie sie sie geöffnet hatte.

Als sie sich umdrehte, versuchte sie, nicht zu Sanders Zimmer hinüberzuschauen. Stattdessen fiel ihr Blick auf die Kommode in der Diele. Eigentlich war es ein großer altmodischer Sekretär, ein wertvolles Erbstück aus der Familie Mohr. Auf jeder Seite der mit Leder überzogenen Schreibplatte, die jetzt nur zum Sortieren der eingegangenen Post benutzt wurde, gab es fünf übereinander angebrachte Schubladen. Der untere Teil des Möbelstückes enthielt drei Schrankfächer, und die Türen wurden mit reich verzierten Messinggriffen in der Mitte geöffnet. Die eine Tür war nur angelehnt, wie Ellen jetzt sah. Das Holz hatte sich ein wenig verzogen, sodass sie, vor allem bei feuchtem Wetter, schwer zu schließen war. Ellen bückte sich, um die Tür zuzudrücken, und dabei sah sie etwas silbern aufleuchten.

Dort lag das MacBook, wie so oft.

Sie hatte es vergessen. Es war, als ob Teile ihres Gehirns ausgeschaltet wären, sie konnte sich an die alltäglichsten Dinge nicht erinnern.

Sie nahm den Laptop heraus und ging in die Küche. Der vage Duft von frischem Brot gab ihr ein Gefühl im Zwerchfell, das an Hunger erinnerte. Sie war so erschöpft, dass die Vorstellung, etwas zu essen, abstoßend wirkte, und so trank sie stattdessen ein großes Glas Wasser.

Dann schaltete sie den Computer ein. Automatisch wurde Aftenposten.no aufgerufen. Der Massenmörder lächelte sie unergründlich an, er trug eine kuriose Uniform, die er offenbar selbst zusammengestellt hatte.

Ellen wollte ihn nicht sehen. Sie hatte sich seit Sanders Tod geweigert, Nachrichten zu schauen. Der Terroranschlag betraf sie nicht. Die Welt dort draußen konnte von ihr aus durch einen verrückten Extremisten aus den Angeln gehoben werden, Ellen hatte mit ihrer eigenen Katastrophe genug zu tun.

Gereizt versuchte sie, die Zeitungswebsite zu entfernen. Der große Verband um ihre rechte Hand machte es schwer, die Maus zu bedienen, und der Cursor traf das kleine Buchsymbol für die Lesezeichen.

Sie wusste nicht mehr genau, wo das Programm bei einem Mac zu finden war.

»Wo in drei Teufels Namen ist Word auf diesem …«

Verzweifelt versuchte sie, die Tränen zurückzuhalten. Der Rücken tat ihr weh, und ihre Augen brannten. Ellen ließ die Maus los, presste die Hände auf ihr Zwerchfell und versuchte, tief durchzuatmen.

Plötzlich hielt sie die Luft an.

Bewegungslos starrte sie auf den Bildschirm.

Eine Ewigkeit lang starrte sie auf drei Adressen unter dem Lesezeichen. Am Ende ließ sie die Luft aus ihrer Lunge entweichen. Das hier musste ein Fehler sein. Die Wörter mussten etwas anderes bedeuten. Sie zwang sich zu atmen. Aus und ein. Aus und ein.

Am liebsten hätte sie den Laptop ausgeschaltet und die Todesanzeige auf dem Papier entworfen. Und das hier vergessen. Alles vergessen. Es gab so viele Geheimnisse, so vieles, das nicht gesagt werden konnte, und das hier war schlimmer als alles andere, was Jon und Ellen in einer unauflöslichen Allianz des Schweigens miteinander verband.

Sie schaltete nicht aus. Stattdessen klickte sich Ellen auf drei Websites weiter. Die eine war mit einem Code gesichert. Zu den anderen hatte sie Zugang. Als sie genug gesehen hatte, ging sie systematisch alle Dokumente und Bilder durch, die auf dem MacBook gespeichert waren. Erst nach vierzig Minuten hatte sie alles durchgesehen und trank ihr Glas leer.

Jons Rechner war voll von Kinderpornos.

Die groteskesten Bilder, schlimmer als alles, was sie sich hätte vorstellen können, waren auf dem Laptop ihres eigenen Mannes gespeichert.

Ihr Daumen tat nicht mehr weh. Die Tränen waren versiegt. Ihr Kopf war leicht und leer, bis auf einen einzigen kristallklaren Gedanken: *Das hier muss weg. Die Polizei darf es niemals finden.* Ellen wusste sehr gut, dass die Polizei bei Straffällen als Allererstes die Computer beschlagnahmte. Fast unabhängig davon, was für ein Verdacht bestand, so kam es ihr vor.

Der junge Mann in der viel zu großen Uniform glaubte, Jon habe Sander umgebracht. Er würde zurückkommen. Sein Tonfall am Vortag, als sie wegen der Beisetzung angerufen hatte, ließ keinen Zweifel daran. Er hatte es sich in den Kopf gesetzt, dass Sander zu Tode misshandelt worden war, er würde nicht aufgeben. Ihre Schwiegermutter hatte einmal gesagt, das gefährlichste Tier auf dieser Welt sei ein überzeugter Polizist. Und diese grauenhaften Missbrauchsbilder auf dem Computer zu haben war an sich schon strafbar.

Jon durfte nicht festgenommen werden. Aus keinem Grund.

Ihr erster Gedanke war, alles zu löschen. Danach wollte sie das Gerät zerstören und es auf einem Recyclinghof entsorgen. Ihre Finger jagten über die Tastatur. Mitten in dieser Operation fiel ihr ein, dass der Laptop sicher irgendwo registriert war. Und sei es nur in der Buchhaltung der Firma Mohr und Westberg. Es würde Verdacht erregen, wenn er einfach verschwunden war.

Fertig.

Alles war gelöscht. Aber es gab Programme, die gelöschte Dokumente rekonstruieren konnten, das wusste Ellen. Sie musste die Elektronik zerstören. Zugleich musste der Laptop zugänglich sein, wenn die Polizei danach fragte.

Sander hatte ihr eigenes Gerät zerstört, als er es mit ins Schwimmbecken genommen hatte.

Wasser allein würde aber wohl nicht ausreichen. Nur der Apparat, nicht die Dokumente, würde zerstört werden. Aber es war ein Anfang.

Ellen ging zum Waschbecken und verschloss den Abfluss. Sie ließ Wasser ein und holte eine Flasche Salmiakgeist aus der Waschküche. Ohne zu zögern, klappte sie den Laptop auf und goss den Inhalt über die Tastatur. Die Flüssigkeit versickerte zwischen den Buchstaben, langsam und zäh. Der Gestank stieg ihr in die Nase, und als sie das Gerät ins Becken stellte, musste sie zum Fenster laufen. Sie sog die frische, sonnige Luft in langen Zügen ein, ehe sie nach einigen Minuten den Laptop aus dem Waschbecken fischte. Danach stellte sie den Backofen auf sechzig Grad und stellte das MacBook auf den obersten Rost.

Sie musste auch im iMac nachsehen.

Lautlos ging sie in Jons Arbeitszimmer und schaltete den Rechner ein. Der verlangte ein Passwort. Sie schloss die Augen, versuchte, sich zu konzentrieren. Jon hatte kürzlich darüber geklagt, dass alle Welt immer so einfache Passwörter nahm, könnten sie die üblichen Namen von Hunden, Kindern und Ehefrauen nicht ein wenig variieren? Sie rückwärts schreiben, zum Beispiel.

REDNAS, schrieb sie. Das kleine Symbol mitten auf dem Bildschirm schüttelte abweisend den Kopf.

NELLE, versuchte sie.

Auch das war falsch.

NOJNELLEREDNAS, versuchte sie verzweifelt, die Familie, hierarchisch geordnet und rückwärts geschrieben, und drückte auf die Enter-Taste.

Die Maschine hieß sie herzlich willkommen. Sie atmete flach und rasch, während sie sich die Lesezeichen ansah. Sie öffnete den Ordner für Bilder, die Dokumente.

Nichts von Interesse. Keine grauenhaften Bilder, keine Chatseiten, auf denen Aktivitäten beschrieben wurden, die jenseits ihres Vorstellungsvermögens lagen. Sie schluchzte vor Erleichterung auf, loggte sich aus und versuchte, die Maus genauso hinzulegen, wie sie sie vorgefunden hatte.

Als sie die Tür hinter sich zuzog, empfand sie nichts.

Zwanzig Minuten lang saß sie dann am Küchentisch und wartete, während ein seltsamer staubiger Geruch sich mit dem beißenden Gestank des Salmiakgeistes vermischte. Die Wunde im Daumen hatte wieder durch den Verband geblutet, aber sie verspürte keinen Schmerz. Ellen war allein in dem großen Haus, ohne irgendein Gefühl, ohne einen anderen Gedanken als den einen, alles überschattenden: Jon und sie waren auf eine Weise aneinander gebunden, die sonst niemand verstehen konnte.

Sie musste auf Jon aufpassen, so wie er immer auf sie aufpasste.

Dass er sich gern pornografische Darstellungen kleiner Kinder ansah, musste sie deshalb so schnell wie möglich vergessen. Die Bilder verschwanden auch schon aus ihrem Bewusstsein. Sie versanken langsam in einem segensreichen Nebel, den sie herbeirufen konnte, wann immer sie ihn brauchte: So hatte sie in den vergangenen Jahren alles verdrängt, mit dem sie nicht leben konnte.

Die Küchenuhr am Ofen heulte auf.

Das MacBook war gar.

Das Kommunikationshaus Mohr und Westberg war erst kürzlich in neue Räume auf Tjuvholmen gezogen. Für die fünf Partner und zweiundzwanzig Angestellten war das alte Büro hinter dem Schloss längst zu klein gewesen. Und der Umzug aus einem alten, dunklen und ehrwürdigen Stadthaus in ein neues Gebäude aus Stahl und Beton schien die Firma nicht nur äußerlich in eine neue Zeit versetzt zu haben. In den sechzehn Jahren ihres Bestehens war sie stetig gewachsen und gehörte jetzt zu den größten in Norwegen. Nach dem Umzug vor nur einem halben Jahr war die Zahl ihrer Kunden dann explodiert. Das hing natürlich nicht nur mit den neuen hellen Räumlichkeiten am Meer zusammen. Innerhalb kurzer Zeit hatte Mohr und Westberg drei ehemalige Minister, einen Staranwalt, einen seit zwanzig Jahren prominenten Fernsehmoderator und einen Musikproduzenten, der zweiunddreißig Staffeln von *Norwegen sucht den Superstar* vorweisen konnte, als Kunden gewonnen. Die hoch profilierten neuen Mitarbeiter zogen sofort neue Kundschaft an, und bei der letzten Vorstandssitzung war beschlossen worden, die Zeit sei mehr als reif für einen Namenswechsel. Mohr und Westberg klang nach einer bejahrten Steuerberaterfirma, und der Name gab auch nicht mehr die wirklichen Besitzverhältnisse wieder. Vom 1. Januar 2012 an sollte sich das gesamte grafische Profil ändern, und der Name der Gesellschaft sollte CommuniCare lauten.

Jon Mohr saß in seinem großen neuen Büro und starrte aus zusammengekniffenen Augen zum Leuchtturm Dyna Fyr hinüber. Die Nachmittagssonne schickte Lichtkaskaden über den Fjord, der aussah wie ein Stück zerknitterter Alufolie, die irgendwer mit großer Mühe wieder glatt gepresst hat. Draußen wimmelte es von kleinen Booten, und die Fähre nach Dänemark schien sich fast ihrer eigenen Größe zu schämen, während sie langsam dem weiteren Fahrwasser folgte.

»Ich begreife einfach nicht, worum es hier geht«, sagte

Jon, ohne Joachim anzusehen, der auf einem dunklen Sofa saß und eine Apfelsine von einer Hand in die andere rollen ließ. »Jetzt sind wir den ganzen Ordner der Klevstrand-Shatter-Fusion durchgegangen. Und alle Unterlagen über die Transportvereinbarung mit Heli-Core. Alle Mails, Gespräche und Notizen! Ich finde keinen Hinweis, nicht einen verdammten Hinweis ...« Er schlug mit der Faust auf den Tisch. Es war die verletzte Hand, und sein Gesicht verzog sich zu einer Grimasse, dann fügte er hinzu: »... darauf, dass irgendwas durchgesickert sein kann.«

»Jon«, erwiderte Joachim und seufzte, dann legte er die Apfelsine in eine Obstschale, die vor ihm auf dem Tisch stand. »Das liegt doch in der Natur der Sache: Wenn irgendwer in diesem Büro etwas Illegales gemacht hat, dann gibt es dazu in den Unterlagen keine Auskünfte.«

Jon starrte ihn kurz an, dann rieb er sich mit beiden Händen das Gesicht. Er sagte etwas Unhörbares, ehe er die Hände plötzlich sinken ließ, zu einem Glas Cola griff und es auf einen Zug leerte.

»Wenn die Polizei mir nur sagen könnte, worum es hier geht«, sagte er müde und unterdrückte einen Rülpser.

»Die wissen ja nicht mal, dass du etwas über den Verdacht weißt. Du hast kein Recht, auch nur das Geringste zu erfahren, bis du zur Vernehmung bestellt wirst.«

»Woher weißt du das?«

»Hab ich im Internet nachgesehen. Du hast Rechte, wenn du vernommen wirst. Vorher nicht.«

»Im Internet nachgesehen«, wiederholte Jon verächtlich. »Das macht dich dann wohl zu einem vollgültigen Anwalt, ja?«

Joachim verdrehte die Augen.

»Du machst dir immer Sorgen um ungelegte Eier, Jon. Immer. Dass du von einem alten Schulfreund bei Shatter erfahren hast, dass die Polizei da rumschnüffelt …«

»Ungelegte Eier?«

Plötzlich beugte Jon sich vor.

»Du findest wohl nicht, dass ich hier und jetzt Sorgen genug habe? Und ohne meine Fähigkeit, nach vorn zu schauen und für alle Eventualitäten zu planen, hättest du …«

Der Zeigefinger bohrte über dem Schreibtisch ein Loch in die Luft.

»… garantiert keinen Job, wo du dreimal so viel verdienst wie der Durchschnitt in deiner Altersgruppe. Und dann besitzt du noch die Frechheit, das zu wenig zu finden. Ohne meine Bereitschaft, mir um ungelegte Eier Sorgen zu machen, wärt ihr verdammt noch mal alle Mann ohne Job!«

»Sicher. Reg dich ab.«

»Ich soll mich abregen?«

Jon Mohr sprang auf und starrte Joachim an, als ob der ihm einen von Sanders Cocktails angeboten hätte. Die enthielten alles Mögliche, von großen Mengen Tabasco bis zu Katzenexkrementen aus dem Garten, aber sie konnten einladend aussehen.

»Ich soll mich abregen? Das sagst du, den ich mehrmals in Schutz nehmen musste, weil du absolut nicht imstande bist, dich ›abzuregen‹ …«

Seine Finger malten verärgert Anführungszeichen in die Luft.

»… wenn du es mit Leuten zu tun hast, die in der Hierarchie weit über dir stehen? Du, für den ich bürgen musste, wann immer einer von den wirklich großen

Jungs hier im Büro dich in die Wüste schicken wollte? Auch wenn du vielleicht am besten von uns allen voraussehen kannst, was die Medien beschäftigen wird, brauchst du ja wohl nicht …«

Er konnte nicht mehr. Die Luft entwich pfeifend aus seiner Lunge wie aus einem angestochenen Fahrradschlauch, und er ließ sich im Sessel zurücksinken.

»Tut mir leid«, sagte Joachim. »Ich bin froh, dass du Vertrauen zu mir hast.«

Schweigen breitete sich aus. Joachim nahm sich wieder die Apfelsine. Diesmal schälte er sie, mit einer zusammenhängenden Schalenspirale. Jon sah müde zu, dann drehte er den Sessel wieder dem Sommertag hinter dem Fenster zu.

»Aber bisher wissen wir doch nichts«, sagte Joachim endlich. »Nur, dass die Finanzaufsichtsbehörde angeblich ein paar Fragen stellt wegen zwei verdächtigen Aktienkäufen unmittelbar vor der Fusion von zwei Kunden. Und dass der Fall an die Polizei weitergeleitet worden ist.«

»Und das reicht nicht, findest du?«

Jon griff zu einer Fernbedienung. Die Fenster wurden dunkel, wie durch Zauberhand, bis das Büro in einem angenehmen Dämmerlicht lag.

»*Ich* habe keinen Insiderhandel betrieben«, sagte Joachim ruhig und kaute auf einem Stück Apfelsine. »Die Polizei kann gern alle meine Unternehmungen und Banktransaktionen durchgehen. Und du hast auch keinen Insiderhandel betrieben.«

Er hob am Ende des Satzes ein wenig die Stimme, als ob er eigentlich eine Frage stellen wollte.

»Natürlich nicht«, sagte Jon verzweifelt. »Sie können auch bei mir so lange suchen, wie sie wollen.«

»Dann haben wir streng genommen kein Problem. Vielleicht hat sich dein Kumpel ja auch geirrt. Vielleicht haben wir vier Tage mit der Suche nach etwas vergeudet, das es gar nicht gibt. Vier Tage, an denen du vielleicht besser zu Hause geblieben wärst, um dich um Ellen zu kümmern.«

»Vielleicht, vielleicht, vielleicht.«

»Jon«, sagte Joachim leise. »Können wir nicht einfach abwarten, ob die Polizei sich überhaupt bei dir meldet? Wir kennen die Einzelheiten jetzt auswendig. Ehe wir wissen, ob das wirklich ein Fall für die Polizei ist, können wir nicht mehr tun. Du bist müde. Du bist traurig. Du steckst mitten in einer Lebenskrise, Mann. Geh nach Hause und schlaf. Iss. Trink. Kümmere dich um Ellen.«

Jon schaute noch immer auf die Fenster. Kleine Lichtstreifen malten ein Gitter über sein Gesicht. Er schwieg.

»Es ist fünf Uhr«, sagte Joachim leise. »Es ist Sommer. Der Rest von Norwegen beschäftigt sich mit diesem schrecklichen Kerl, und wir suchen nach Gespenstern, die es wahrscheinlich gar nicht gibt. Wir sind allein hier, Jon. Reicht es für heute nicht?«

»Du kannst gehen. Ich bleibe hier.«

»Um was zu tun denn? Ehrlich gesagt, ich glaube nicht ...«

»Geh. Geh einfach.«

Joachim stand auf. Als Jon nichts mehr sagte, ging er zum Papierkorb und ließ eine halbe Apfelsine und die Schale hineinfallen.

»Nimm die mit«, sagte Jon.

»Was?«

»Nimm die mit. Das da ist ein Papierkorb, kein Mülleimer. Apfelsinenschalen stinken nach kurzer Zeit.«

Joachim spürte ein Aufflackern von Zorn, wie eine

Stichflamme, doch es war schnell wieder erloschen. Er bückte sich, hob auf, was er soeben weggeworfen hatte, und ging zur Tür. Dort blieb er stehen. Seit dem Samstag hatte er Jon nach Sander fragen wollen. Fragen, was Sander gemeint hatte, wenn er ab und zu mit unerklärlichen blauen Flecken aufgetaucht war. »Nur eine Bagatelle«, hatte er manchmal auf Joachims Fragen geantwortet. Dieser Ausdruck passte nicht zum übrigen Vokabular des Jungen. Nicht zu seinen sonstigen Antworten. In der Regel konnte Sander jede Schramme, jedes Pflaster erklären. Von der Terrasse gefallen. Wollte rückwärts Rad fahren. Hab mich mit Fredrik geprügelt, aber er hat angefangen. Aber dann, ab und zu, auf die Frage nach einem blauen Unterarm, einem geschwollenen Auge, Blutresten in der Nase, wenn Joachim mit ihm ins Kino oder baden gehen wollte:

Nur eine Bagatelle.

Joachim starrte auf die Türklinke.

Einmal hatte er reagiert. Sander hatte bei einem Restaurantbesuch Milch verschüttet. Das Glas war halb leer gewesen, der Kellner hatte gelassen reagiert. Dennoch war Jon aufgesprungen, hatte Sander am Unterarm gepackt und ihn fast vom Stuhl gerissen. Es hatte vielleicht nicht sehr wehgetan, der Junge hatte kaum einen Laut von sich gegeben. Der Vater hatte ihn außerdem losgelassen, sowie Sander neben dem Tisch stand, und war mit ihm zur Toilette gegangen, um die Milch abzuwischen. Dennoch hatte sich etwas in Joachim gesträubt, als er einige Minuten lang allein dort saß. Ein dumpfes Unbehagen, als sei er zum Zeugen einer überaus intimen Szene geworden.

Jon war ein Freund. Ein guter Freund, der sich darüber gefreut hatte, wie gut Sander und Joachim sich verstanden. Jon war außerdem sein Chef. Joachim hatte das Ganze verdrängt. Obwohl Sander meistens witzig und charmant gewesen war, wenn sie zusammen waren, wusste Joachim doch auch, welche Herausforderung der Junge sein konnte. Ein Kind fest am Arm zu packen war ja nicht gerade ein Übergriff.

Nur eine Bagatelle.

Aber jetzt, nach Sanders Tod, drängte es ihn, Jon damit zu konfrontieren. Joachim wollte wissen, was Sander eigentlich gemeint hatte, wenn er mit einem blauen Auge zu Besuch kam und es lächelnd mit »Nur eine Bagatelle« abtat.

Wenn er nicht alle seine Kraft gebraucht hätte, um sich zusammenzureißen, sich nichts anmerken zu lassen. Dann hätte er gefragt. Jetzt da Sander tot war und behauptet wurde, er sei von einer ganz normalen Trittleiter gefallen.

Von einer verdammten Trittleiter!

Wenn es nur möglich gewesen wäre, die Zeit um einige Tage zurückzudrehen. Wenn er nur den letzten seiner vielen idiotischen Fehler hätte ungeschehen machen können.

Vielleicht war es ja doch nicht zu spät.

Er öffnete die Tür.

»Dann mach's gut, Jon. So gut wie möglich.«

»Kein Tier ist so gefährlich wie ein überzeugter Polizist«, hörte er Jon murmeln, der ihm noch immer den Rücken zukehrte. »So weit darf es auf keinen Fall kommen.«

Joachim gab keine Antwort. Die Tür fiel mit einem fast unhörbaren Klicken hinter ihm zu.

»Sander war also ungefähr wie alle anderen Jungen in seinem Alter«, sagte Henrik Holme und starrte eine Gebäckschale an, die fast schon leer war.

Die Frau, die ihm gegenüber auf einem Sofa saß, hieß Haldis Grande und war seit zwei Jahren Sanders Klassenlehrerin gewesen.

»Nein«, sagte sie energisch. »Das habe ich nicht gesagt.«

Es war kurz nach fünf, und das Nachmittagslicht flutete in das kleine Haus am Waldrand im Norden von Oslo. Hinter den leichten Vorhängen war der Himmel noch immer fast weiß. Dennoch hatte Haldis Grande eine Kerze angezündet. Sie steckte in einem runden Holzleuchter, der mit Marienkäfern bemalt war. Die Flamme war in dem starken Tageslicht kaum zu sehen.

Es war großmütterlich gemütlich in dem kleinen Wohnzimmer. Stickereien und schlichte Gemälde an den Wänden, eine unglaubliche Menge Nippes und Figürchen, von Kindern gebastelt und Mitbringsel von Reisen, vor allem durch Skandinavien. Ein großes rotes Dalapferd stand bei der Küchentür. Auf dem Pferderücken balancierte ein Mumin, der sich an eine verschossene finnische Flagge klammerte. Die Vorhänge vor den halb offenen Sprossenfenstern waren hell und dünn und tanzten in dem leichten Luftzug. Auf den Fensterbänken und auf kleinen Beistelltischen drängten sich Topfblumen.

Die Einrichtung wies auf eine viel ältere Frau hin, fand Henrik Holme. Sie erinnerte ihn an seine Urgroßmutter, die mit zweiundneunzig Jahren noch immer zu Hause wohnte. Haldis Grande war dreiundsechzig. Obwohl sie arges Übergewicht hatte, oder vielleicht gerade deshalb, sah sie jünger aus. Ihre Kleidung war bunt und munter. Sie und ihr Zuhause wirkten sympathisch, passten aber auf eine seltsame Weise nicht ganz zueinander.

»Nein«, wiederholte sie vorwurfsvoll. »Das habe ich so nicht gesagt.«

Henrik Holme lächelte ein wenig verlegen.

Sie hob die Kanne und goss ihnen beiden Tee ein, langsam, als brauche sie ein wenig Zeit, um wieder zu der geduldigen, beredten Frau zu werden, die sie seit Henrik Holmes Ankunft gewesen war.

»Sander ist etwas ganz Besonderes«, sagte sie endlich. »Oder das war er. Ich kann mich noch nicht ganz daran gewöhnen, dass er nicht mehr da ist. Aber wissen Sie, jedes Kind ist einzigartig. In einer Grundschulklasse gibt es extrovertierte Kinder und Kinder, die kaum je den Mund aufmachen. Einige haben Hummeln im Hintern und können überhaupt nicht still sitzen, schon gar nicht eine ganze Schulstunde. Andere sitzen mäuschenstill da und tun alles, was ihnen aufgetragen wird. Und jetzt haben wir sie ja sogar in allen Farben.«

Die Lachgrübchen in den runden Wangen waren so tief, dass sie nie ganz verschwanden. Jetzt bildeten sich auf beiden Wangen tiefe Mulden.

»Allein der Wuchs, Herr Holme, allein der Wuchs!«

Sie hob die Tasse und spreizte dabei den molligen kleinen Finger ab, nippte an ihrem Tee und deutete ein Kopfschütteln an.

»Ich glaube, das größte Kind in der 2a ist an die zwanzig Zentimeter größer als das kleinste«, sagte sie.

»Und Sander?«, fragte Henrik Holme zögernd und blätterte nervös in dem Notizblock, den er sich aufs Knie gelegt hatte.

Bis jetzt hatte er kein einziges Wort aufgeschrieben.

Als Haldis Grande erklärt hatte, sie könne wirklich erst in der nächsten Woche auf die Wache kommen, hatte er gefragt, ob er sie besuchen dürfe. Sie habe eine kranke Katze, hatte sie am Telefon gesagt, frisch operiert und in ziemlich elendem Zustand, und sie könne das Tier nicht für mehrere Stunden allein lassen. Die Dame war sehr energisch. Henrik Holme hatte sich geschlagen gegeben und sich in die U-Bahn nach Grorud gesetzt. In der U-Bahn war er sich wie ein Idiot vorgekommen, allein, ohne die vorschriftsmäßige Mütze und mit einem kleinen roten Rucksack.

Die norwegische Polizei suchte die Leute nicht auf diese Weise auf. In amerikanischen und britischen Fernsehserien waren die Ermittler dauernd unterwegs, aber so war es in Norwegen eben nicht. Zeugen wurden einbestellt, das wusste Henrik Holme, aber er konnte nicht warten. Die Polizeijuristin hatte ihm grünes Licht für alle Vernehmungen gegeben, die er vorgeschlagen hatte, und es konnte ihr ja egal sein, wo er die durchführte. Außerdem schmeckte der Tee gut, und die Plätzchen mit dem Perlzucker waren himmlisch. Henrik Holme hatte schon fünf Stück verputzt und überlegte, ob es unhöflich wäre, auch noch das letzte aus der Schale zu nehmen.

»Sander war ein lieber Junge«, sagte Haldis Grande. »Ein lieber, witziger Junge. Das Lernen fiel ihm ein bisschen schwer, aber ich bin ganz sicher, dass er nicht dumm war.«

Ein Lächeln huschte über ihr Gesicht.

»Dumm ist ein Wort, das ich nicht gern verwende. Aber Sander war nicht das, was man als guten Schüler bezeichnen kann. Er schrieb schlecht, und seine Orthografie war phantasievoll, um es mal so zu sagen. Rechnen schien ihn schon mehr zu interessieren, aber das half bei den Ergebnissen nicht besonders viel. Es war sicher wegen dieser Unruhe in seinem Körper. Große Konzentrationsschwierigkeiten, auch wenn er schon in der ersten Klasse eine Unterrichtsbetreuerin bekommen hatte.«

»Ach was«, sagte Henrik Holme. »Eine Betreuerin? Nur für Sander?«

»Ja, das hat geholfen. Die Betreuerin, Elin Foss heißt sie, hatte eine besondere Begabung, den Jungen zu beruhigen. Es wurde besser. Für uns alle.«

»Ist so was nicht schrecklich … teuer?«

Sanders Lehrerin lächelte strahlend. Ihre Zähne waren klein, alle gleich groß und ließen sie jünger wirken. Henrik Holme nahm sich das letzte Plätzchen.

»Sicher. In den Schulen wird hart um die Mittel gekämpft, und ohne seine ungeheuer aktiven Eltern hätte Sander wohl kaum eine eigene Betreuerin bekommen. Möchten Sie noch Plätzchen?«

Sie zeigte einladend auf die leere Gebäckschale und erhob sich mit einem fast unhörbaren Stöhnen vom Sofa.

»Nein, danke«, sagte er eilig mit vollem Mund. »Verzeihung. Die sind so lecker.«

»Das freut mich doch.«

Sie ließ sich mit einem kleinen Seufzer wieder fallen.

»Unterliegt das nicht eigentlich der Schweigepflicht?«

Eine plötzliche Besorgnis zeigte sich in dem fast faltenlosen Gesicht.

»Ach, dieser schreckliche Anschlag hat mich ganz aus dem Gleichgewicht gebracht. Und dann auch noch Sanders Tod. Habe ich jetzt etwas falsch gemacht?«

Sie legte sich die Hand vor den Mund.

»Nicht doch«, beteuerte Henrik Holme, der völlig vergessen hatte, sie zu Beginn über ihre Rechte und Pflichten zu informieren – doch diese Vernehmung ähnelte ja auch eher einem gemütlichen Kaffeeklatsch. »Das ist schon in Ordnung. Ich bin doch Polizist.«

»Sind Sie ganz sicher? Ich meine, für Lehrerinnen und Lehrer gilt doch die Schweigepflicht, wenn es um die persönlichen Verhältnisse der Kinder geht.«

»Sander ist tot«, sagte Henrik Holme und beugte sich im Sessel vor. »Und ich bin von der Polizei.«

Er faltete die Hände, stützte die Ellbogen auf die Knie und versuchte, seine Stimme so dunkel wie möglich klingen zu lassen.

»Das hier ist ein reiner Routinebesuch. Ich ermittle in einem ...«

Und das Wort »Mordfall« lag ihm auf der Zungenspitze, aber er riss sich zusammen.

»... einem unklaren Todesfall.«

»Ich dachte, er ist von einer Leiter gefallen. Sie haben gesagt, er ...«

»Aber ist er von selbst gefallen? Wurde er gestoßen? Aus einer Höhe von fast drei Metern heruntergerissen? Oder ist diese Trittleiter vielleicht eine falsche Spur? Eine glatte Lüge, die sich die Eltern aus den Fingern gesogen haben, um etwas ganz anderes zu vertuschen?«

Haldis Grande starrte ihn mit offenem Mund an. Ihr Doppelkinn wurde zum Vierfachkinn. Dann fing sie an zu lachen, ein helles und befreiendes Lachen, das auch Henrik Holme ein Lächeln entlockte, obwohl er die Situation überhaupt nicht komisch fand.

»Das ist«, lachte sie und wischte sich mit ihrer molligen Hand die Augen, »das ist, mit Verlaub, der schlimmste Unfug, den ich seit Langem gehört habe. Ellen und Jon Mohr? Ellen und Jon sollen ihren Sohn umgebracht haben? Ich glaube, Sie sind völlig verwirrt, mein Junge.«

Innerhalb weniger Minuten war er von »Herr Holme« zu »mein Junge« reduziert worden. Sein Adamsapfel begann seinen enervierenden Tanz, und er setzte sich gerade und griff sich an den Hals.

»Ellen Mohr ist die hingebungsvollste Mutter, die mir je begegnet ist«, sagte Haldis Grande jetzt. »Und ich arbeite seit 1971 als Lehrerin. Was hat sie für ihren Jungen nicht alles getan. In diesen zwei Jahren war sie Elternsprecherin, hat im Elternrat gesessen, hat Ausflüge und großartige, phantasievolle Sammlungen für die Klassenkasse arrangiert. Die 2a ist die wohlhabendste Klasse der ganzen Schule, mein guter Herr Holme.«

Henrik versuchte, nicht zu schlucken. Jetzt war er immerhin wieder zu »Herr Holme« befördert worden.

»Und wie gesagt hätte Sander niemals eine Assistentin bekommen, wenn seine Eltern nicht andauernd und unbeirrbar Druck ausgeübt hätten«, fügte sie hinzu. »Seine Mutter ist bis zur Schulbehörde damit gegangen.«

»Aha«, sagte Henrik Holme und leckte sich Zuckerkrümel von den Lippen. »Sie reden vor allem von seiner Mutter. Hatten Sie also hauptsächlich zu ihr Kontakt?«

Haldis Grande lächelte noch immer. Ein schwacher Duft von Maiglöckchenparfüm war bei jeder ihrer Bewegungen wahrzunehmen. Jetzt kämpfte sie mit den Kissen, um besser zu sitzen, und ein Geruch von Blumenladen breitete sich im ganzen Zimmer aus.

»Es gibt bei uns in den Schulen nicht besonders viel Kontakt zwischen Eltern und Lehrern«, sagte sie und klopfte auf ein orangerotes Sofakissen. »Es gibt zweimal pro Jahr einen Elternsprechtag, ebenso viele Entwicklungsgespräche und die eine oder andere Veranstaltung. Ab und zu wird eine Mail verschickt, wenn etwas Besonderes anliegt. Was Sander angeht, kam es natürlich häufiger vor. Und ja, ich hatte vor allem zu seiner Mutter Kontakt. Ich habe den Eindruck, dass Jon Mohr ein viel beschäftigter Mann ist, und seine Frau ist ja nicht berufstätig, wie Sie sicher wissen.«

Henrik nickte und murmelte ein Ja. Er hatte keine Ahnung, was Ellen Mohr so machte. Dass sie nur Hausfrau war, hätte er jedenfalls nicht erwartet.

»Eigentlich seltsam«, sagte er. »Zu Hause zu sein, wenn man nur ein Kind hat, das in der Schule ist, von halb neun bis ...«

»Viertel vor neun«, korrigierte sie. »Die Schule endet jeden Tag um eine andere Zeit, aber die Aktivitätsschule geht bis Viertel vor fünf. Sander war fast immer dabei.«

»Die Aktivitätsschule?«

»Die Freizeitaktivitäten. Hier in Oslo heißt das Aktivitätsschule.«

»Dann war Sander also tagsüber nicht zu Hause, wo sie ja ganz in der Nähe wohnen, von ... vielleicht halb neun, bis um ... fünf? Achteinhalb Stunden jeden Tag. Und dann ist Ellen nicht berufstätig? Ein bisschen altmodisch, oder? Um nicht zu sagen, sehr seltsam?«

Haldis Grande sah ihn mit vorwurfsvoller Miene an, und er senkte den Blick. Sie griff zu ihrer Teetasse und schnupperte an dem leichten Dampf, dann sagte sie: »Ich finde, da steht weder Ihnen noch mir ein Urteil zu. Alle müssen sich das so einrichten, wie sie es haben wollen. Und sie hat jedenfalls alles getan, damit ihr Sohn es in der Schule gut hat.«

Haldis Grande war offenbar nicht nachtragend. Jetzt lächelte sie schon wieder strahlend.

»Und das hatte er! Trotz der mangelnden Erfolge!«

Henrik Holme blätterte in seinem leeren Notizblock.

»Was ist mit Verletzungen?«, fragte er plötzlich.

»Verletzungen? Kinder ziehen sich in der Schule doch dauernd kleinere Verletzungen zu. Sie stolpern auf der Treppe und raufen sich. Im Winter rutschen sie auf dem Eis aus, und im Frühling schürfen sie sich die Knie auf dem Kies wund. Eine große Packung Pflaster und ein Vorrat an tröstlichen Umarmungen ist im Alltag einer Grundschullehrerin so wichtig wie das ABC-Buch.«

»Aber Sander, passierte ihm mehr als den anderen?«

»Nein«, antwortete sie entschieden. »Das würde ich nicht sagen. Jedenfalls nicht, wenn ich ihn mit den wildesten Jungen in der Klasse vergleiche. Mir fällt in diesen beiden Jahren nur ein Fall ein, wo wir die Eltern dazurufen mussten.«

»Und? Was war da passiert?«

Sie konzentrierte sich, und ihre Augen wurden in dem runden Gesicht zu zwei schmalen Spalten.

»Das muss kurz vor Weihnachten gewesen sein. Im vorigen Jahr, meine ich. Die Kinder hatten hinter der Schule eine Rodelbahn angelegt. Mildes Wetter machte sie zwei Tage lang unbrauchbar, dann fror es wieder. Der Boden war spiegelglatt. Der Hausmeister sperrte die Stelle mit Holzböcken und rotem Band ab. Das half natürlich nichts, wie Sie sich denken können. Einige Jungen rissen die Sperren weg, und dann kam es, wie es kommen musste. Sander knallte gegen den Zaun, verlor das Bewusstsein und hatte eine scheußliche Wunde über der Stirn.«

»Und wurde abgeholt?«

»Ja. Seine Mutter war schon zehn Minuten später zur Stelle. Sander kam am nächsten Tag mit einem dicken Verband in die Schule.«

»Am nächsten Tag schon? Wenn er das Bewusstsein

verloren hatte, muss er doch eine Gehirnerschütterung gehabt haben. Hätte er da nicht ein paar Tage im Bett bleiben sollen?«

»Sein Vater hat ihn am nächsten Tag gebracht«, sagte Haldis Grande langsam. »Er wartete auf mich, als ich kam, und sagte etwas darüber, dass Sander an den nächsten zwei oder drei Tagen in den Pausen im Klassenzimmer bleiben sollte. Das geht ja an sich nicht, aber wo Sander doch die Betreuerin hatte ...«

»Sein Vater hat ihn gebracht«, unterbrach Henrik Holme sie. »Ist das häufig vorgekommen?«

»Dass er zur Schule gebracht wurde? Alle Kinder werden doch ...«

»Von seinem Vater. Hat er ihn oft gebracht?«

»Nein ... na ja, die Kinder sind ja meistens schon da, wenn wir Lehrerinnen in die Klasse kommen, da weiß man nicht genau, wer wen bringt. Die Eltern sind dann schon wieder weg. Ich hatte aber den Eindruck, dass seine Mutter ihn gebracht und geholt hat. Meistens.«

Es war etwas zu warm im Zimmer, obwohl die Fenster halb offen standen. Henrik Holme schwitzte, und der grobe Wollstoff des Sessels kratzte durch seine Hose.

»Hat er oft gefehlt?«

»Nein, wirklich nicht. Ich kann mich nicht erinnern, dass ...«

Als sie sich die schulterlangen graublonden Haare mit der linken Hand hinters Ohr strich, sah Henrik Holme, dass sie sogar an den Händen Lachgrübchen hatte.

»Wissen Sie«, sagte sie offenbar überrascht. »Ich glaube, Sander hat nicht einen einzigen Tag gefehlt. Das kann ich natürlich überprüfen.«

»Mmm.« Henrik nickte gleichgültig. »Aber ...«

Es juckte ihn jetzt am ganzen Körper.

»Sie liegen falsch«, sagte Haldis Grande ernst. »Sanders Eltern waren vorbildlich. Es kam zwar vor, dass er mit Pflastern, Verbänden und blauem Auge in die Schule kam. Zweimal mit dem Arm in der Schlinge. Aber so war Sander eben. Ein großer, kräftiger Junge mit ADHS und großem Tatendrang. Sein Tod war ein Unglück. Bei diesem Terroranschlag ...«

Die kleinen schmalen Augen wurden feucht.

»... bei diesen schrecklichen Ereignissen sollte man doch meinen, dass ihr bei der Polizei anderes zu tun habt, um ehrlich zu sein.«

»Das haben wir auch«, murmelte Henrik. »Aber ich habe das hier noch immer nicht ganz verstanden.«

»Was verstehen Sie denn nicht?«, fragte sie ein wenig ungeduldig. »Ich glaube, ich habe Ihnen jetzt alles über Sander gesagt, was ich weiß.«

»Sie haben eben gesagt, dass er oft verletzt war.«

»Nein! Ich habe gesagt, dass er sich nicht öfter verletzt hat als andere Jungen.«

»Nicht in der Schule, nein. Aber Sie haben gesagt, dass er häufiger mit Verletzungen in die Schule kam.«

Jetzt schwieg sie. Eine leichte Röte breitete sich in ihrem Gesicht aus. Sie blinzelte mehrmals und hob die Teetasse zum Mund. Die war fast leer, aber das hinderte sie nicht daran, den Rand an die Lippen zu pressen und ein Schlürfgeräusch hervorzubringen, ehe sie die Tasse langsam wieder auf die Untertasse stellte.

»Er hatte doch diese Krankheit«, sagte sie leise.

»Kinder in diesem Alter gehen doch so gegen halb neun, neun Uhr schlafen«, sagte Henrik Holme vage und schaute dabei aus dem Fenster. »Wir haben bereits festgestellt, dass er jeden Tag achteinhalb Stunden auf dem Schulgelände verbringt. Dort spielt er in den Pausen mit anderen Kindern, und sicher tut er das auch in der Schulfreizeit.«

»Aktivitätsschule«, korrigierte Haldis Grande.

»Er verletzte sich in diesen Stunden nicht mehr als andere Kinder«, sagte er, ohne sich ablenken zu lassen. »Zu Hause, unter Aufsicht der Eltern, ist er also dreieinhalb Stunden, ehe er schlafen geht. Dort zieht er sich Verletzungen zu.«

Jetzt starrte er Sanders Lehrerin ins Gesicht.

»Dort bricht er sich den Arm, dort holt er sich blaue Augen.«

Haldis Grande beugte sich mit großer Mühe über den Tisch vor. Als sie ihm und sich Tee einschenkte, bemerkte er, dass auch sie jetzt schwitzte. Der Maiglöckchenduft wurde unangenehm stark, fast penetrant, und das Mondgesicht glänzte.

»Das habe ich mir noch nie überlegt«, sagte sie endlich, als er ihren Blick nicht loslassen wollte.

»Haben Sie ihn je gefragt?«

»Wonach denn?«

»Wie er sich verletzt hatte.«

»Nein. Doch, natürlich, ab und zu, aber ...«

»Was hat er dann gesagt?«

»Das war unterschiedlich«, sagte sie zögernd. »Manchmal nutzte er die Gelegenheit, montagmorgens, wenn alle in der Klasse erzählen dürfen, was sie am Wochenende gemacht haben, um sich ausführlich über irgendein leicht dramatisches Ereignis zu verbreiten. Es kam aber auch vor ...«

Eine große rote Katze kam lautlos ins Zimmer. Um den Hals trug sie einen Plastiktrichter, der bei jedem Schritt ein wenig wippte. Beim Sofa warf die Mieze dem Polizisten einen eisblauen Blick zu, dann sprang sie weich und geschmeidig auf den Schoß ihrer Besitzerin. Sie wirkte absolut nicht krank, aber an der einen Seite war ein etwa zehn Zentimeter breiter Fleck glatt rasiert und teilweise von einem Pflaster bedeckt. Mit halb geschlossenen Augen machte die Katze es sich gemütlich und schaute den Gast misstrauisch an. Haldis Grande fing an, ihr den Rücken zu streicheln. Eine Zeit lang war das Schnurren der Katze das einzige Geräusch im Zimmer.

Henrik Holme legte die Faust an den Mund und räusperte sich.

»Es kam vor ...«, erinnerte er sie.

»Es kam vor, dass er einfach abwinkte.«

»Wie das? Was hat er gesagt?«

»Nur eine Kleinigkeit. Oder so ungefähr. ›Nur eine Bagatelle‹, glaube ich, hat er gesagt.«

»Hat er auch den Armbruch eine Bagatelle genannt?«

»Welchen Armbruch?«

»Er hatte sich im April den rechten Arm gebrochen.«

Diese Auskunft war eine der wenigen, die er der Großmutter des Jungen hatte entlocken können, ehe sie am Vortag wütend geworden war und ihm die Tür gewiesen hatte.

»Ja«, sagte Haldis Grande zögernd. »Das stimmt.«

»Was hat Sander darüber gesagt?«

»Das weiß ich jetzt wirklich nicht mehr. Er fand es wohl wichtiger, alle auf seinen Gips schreiben zu lassen.«

»Versuchen Sie es«, sagte Henrik leise. »Versuchen Sie, sich zu erinnern.«

»Es fällt mir einfach nicht mehr ein.«

»Meinen Sie, das kann daran liegen, dass er gar nichts gesagt hat?«

»Wie meinen Sie das?«

»Wenn er es Ihnen erzählt hat, muss es doch irgendwie dramatisch zugegangen sein. Und das würden Sie noch wissen, oder?«

Haldis Grande gab keine Antwort. Die Katze stand auf, machte einen Buckel und sprang von ihrem Schoß auf den Boden.

»Es kommt doch nicht so oft vor, dass ein Kind sich den Arm bricht«, sagte der Polizist jetzt. »Es ist doch seltsam, dass Sie sich drei Monate später an eine so dramatische Angelegenheit nicht mehr erinnern. Wenn Sander da nicht nur abgewinkt, es als Bagatelle bezeichnet hat.«

Sie gab noch immer keine Antwort. Der lange königsblaue Pullover war von Katzenhaaren übersät, und sie wischte zerstreut mit beiden Händen daran herum.

»Oder nicht?«, fragte Henrik, als das Schweigen unangenehm lang wurde.

Endlich legte sie ruhig die Hände in den Schoß und schaute auf.

»Vielleicht«, sagte sie leise. »Möglicherweise haben Sie recht.«

»Das glaube ich auch.« Er nickte. »Und jetzt lasse ich Sie in Ruhe.«

Er erhob sich, und Haldis Grande kämpfte sich vom Sofa hoch.

»Aber ich glaube noch immer nicht, dass Sie mit Ihrem Verdacht richtig liegen«, sagte sie, als sie ihn zur Tür brachte. »Wenn Sie ihn mit seinen Eltern gesehen hätten, würden Sie keinen von beiden verdächtigen. Das alles ist natürlich eine entsetzliche Tragödie, aber ich kann mir unmöglich vorstellen, dass Sander vielleicht ...«

Sie schnappte nach Luft und schüttelte den Kopf, statt den Satz zu beenden. Henrik Holme steckte den leeren

Notizblock und den Stift in den Rucksack, öffnete die Haustür und drehte sich halb zu ihr um.

»Genau deshalb passiert so was ja«, sagte er ernst. »Wir wollen es alle nicht glauben. Wir lassen es geschehen.«

Sie starrte ihn mit einem Blick an, den er nicht richtig deuten konnte. Erst als er sich höflich für Tee und Plätzchen bedankt und als sie sorgfältig die Tür hinter ihm abgeschlossen hatte, begriff er, was ihre Miene ihm gesagt hatte.

Haldis Grande bereute. Nicht das, was sie während der beiden Jahre, in denen sie jeden Tag mehrere Stunden für Sander verantwortlich gewesen war, getan oder nicht getan hatte. Sie wünschte, sie könnte ihr Gespräch mit Henrik Holme ungeschehen machen, und das machte ihn so wütend, dass er losrannte.

4

Inzwischen war Freitag, der 29. Juli, und der Sommer hatte in Ostnorwegen Fuß gefasst. Nach vier Tagen Sonne ließ die Wärme die Aussicht von den Hügeln um Oslo flimmern. Dank der vielen grauen, verregneten Wochen waren Bäume und Pflanzen tiefgrün gefärbt. Am Wegrand stand der letzte Löwenzahn des Jahres, orangegelb mit hochsommerlangen Stengeln. Viele verloren schon ihre Samen. Winzige Fallschirme tanzten im leichten Südwind und wippten dabei auf und ab. Joachim Boyer fuhr mit geöffneten Fenstern nach Grefsen und fühlte sich elend.

Eine Woche war vergangen.

Für Joachim war es sieben Tage her, dass Sander gestorben war. Für das übrige Norwegen war es eine Woche her, dass der Terrorist zugeschlagen hatte. Sogar Joachim, der nur selten Zeit oder Kraft hatte, um sich eine Nachrichtensendung anzusehen, merkte, dass etwas sich verändert hatte. Es gab jetzt eine Freundlichkeit, eine Offenheit zwischen den Menschen, in Geschäften, auf Straßen und Plätzen. Fremde begrüßten einander, was in diesem Land sonst den Wanderern vorbehalten war, und auch das nur, wenn sie mindestens zehn Kilometer Wald zwischen sich und der Stadt zurückgelegt hatten.

Am Montag hatte Anja ihn angerufen. Sie hatte sich nicht gemeldet, seit er im Frühsommer mit ihr Schluss gemacht hatte, aber jetzt wollte sie mit ihm im Rosenzug gehen. Als ob alles zwischen ihnen so wäre wie früher. Sie weinte am Telefon und redete eine Menge Blödsinn über die Zerbrechlichkeit des Lebens und darüber, dass man die Liebe bewahren müsse.

Joachim war in keinem Rosenzug mitgegangen.

Er hatte ihr nicht einmal gesagt, dass Sander tot war.

Joachim Boyer kannte keines der Opfer aus dem Regierungsviertel oder von Utøya. Das ganze Gerede von »OsLove« würde nicht lange vorhalten, das wusste er. Die Terroranschläge waren entsetzlich, und das Monster gehörte für den Rest seines Lebens hinter Gitter, aber Joachim Boyer wusste, dass die meisten zur Normalität zurückkehren würden, sowie das letzte Opfer begraben und die vielen Trauerfeiern endlich überstanden wären. Es war typisch für Norweger, sich um Frieden, Freiheit, Rosen und Demokratie zu sammeln, wenn sie einer solchen Katastrophe gegenüberstanden. Als es sich herausgestellt hatte, dass dieser Scheißschwule aus dem Westend kam, blond, blauäugig und ein Versager, war die Reaktion so vorhersagbar gewesen, dass es Joachim fast schlecht wurde, wenn er daran dachte. Der Angriff war von innen gekommen, und die Gesellschaft stand unter Schock. Hätte ein Muslim dahintergesteckt, wie zunächst alle geglaubt hatten, hätte niemand auch nur den Schatten einer blöden Rose gesehen. Joachim war in Veitvet in Groruddalen aufgewachsen, in einer Clique von Jungen aus acht verschiedenen Nationen. Er kümmerte sich kaum um Politik, das war wirklich das Einfachste, aber seine Jugendjahre hatten ihn gelehrt, dass es Arschlöcher in allen Farben gibt. So wie Menschen, auf die man sich verlassen kann. Wenn irgendwer eine Demonstration gegen den ganzen rassistischen Dreck veranstaltete, dem viele seiner Freunde ausgesetzt waren, würde er begeistert mitmarschieren. Aber nein. Obwohl die Vorstellungen des Monsters sich, nach dem wenigen, was Joachim darüber gehört hatte, durchaus mit denen Hitlers messen konnten, wagte kaum jemand, jetzt den Mund aufzumachen. Und wirklich zu sagen, was Sache war. Stattdessen standen sie da, Ministerpräsident und König und die ganze Bagage, und faselten von Liebe und Offenheit, während die Leute mit Rosen wedelten und weinten. Obwohl nur die wenigsten den wirklich Betroffenen begegnet waren. Er konnte nicht begreifen, warum sie eigentlich weinten. Er selbst war, soweit er überhaupt eine Meinung zu dem Terroristen hatte, nur wütend. Und er fand, das hätten alle sein sollen.

Anja hatte sich seinen Wutausbruch angehört, geschrien, er sei ein Zyniker, und den Hörer auf die Gabel geknallt.

Joachim bog vom Grefsenvei in den Glads vei ab. Zwei Mädchen von vielleicht zehn Jahren fuhren nebeneinander mit Tretrollern mitten auf der Straße und ließen ihn nicht vorbei. Er drückte auf die Hupe. Sie reagierten nicht sofort, zuckten nicht einmal zusammen, aber er konnte sehen, dass sie miteinander redeten. Dann sprangen sie ab, hoben ihre Roller mit der rechten Hand und zeigten ihm mit der linken den Finger, wie in einem sorgfältig einstudierten Ritual. Er presste die Handfläche auf die Mitte des Lenkrads und antwortete mit einem ewig langen Hupen, ehe er an ihnen vorbeifuhr. Im Rückspiegel konnte er sehen, dass sie sich vor Lachen krümmten.

Eigentlich interessierte er sich nicht für Kinder.

Sie nervten. Waren oft frech, vor allem Mädchen. Wenn sie noch klein waren, zwei oder drei Jahre alt, konnten sie in geringer Dosierung niedlich sein. Sander war anders gewesen. Anfangs, als Joachim zum allerersten Mal mit zu Jon gefahren war, hatte er sich ganz bewusst bei dem Jungen eingeschmeichelt. Er wollte bei seinem Chef Eindruck machen. Mit Squash hatte alles angefangen.

An einem von Joachims allerersten Arbeitstagen bei Mohr und Westberg hatte Jon gefragt, ob er Squash spiele. Joachim hatte gelogen und Ja gesagt. Squash war dermaßen Neunzigerjahre, fand er. Er selbst fuhr im Sommer Rad, machte im Winter Langlauf und stemmte das ganze Jahr Gewichte. Ab und zu traf er sich mit der alten Clique aus Veitvet zum Fußball. Squash war wie Tennis, fand Joachim, ein Spiel für Weicheier. Ein älterer Cousin aber gab ihm einen zweistündigen Einführungskurs vor seinem ersten Spiel mit Jon, und damit waren sie fast gleich gut. Sie spielten ein Jahr lang jede Woche, danach war Joachim so viel besser, dass es keinem von ihnen mehr Spaß machte.

Schon nach dem ersten Mal, dreieinhalb Jahre zuvor, hatte Jon ihn zu einem Bier zu sich nach Hause eingeladen. Joachim hatte leicht verdutzt reagiert, es wäre doch natürlicher gewesen, in eine nahe gelegene Kneipe zu gehen. Er nahm dennoch an und lernte auf diese Weise Sander kennen.

Sander war ein komischer Vogel.

Obwohl Jon also jede Woche Squash spielte, war er physisch gesehen ein hoffnungsloser Fall. Er war groß und schlaksig, mit schmalen Schultern und unbeholfener Körpersprache. Seine Kondition war schon in Ordnung, aber der Mann konnte kaum einen Ball treffen oder anderswo Rad fahren als auf Asphalt. Ganz zu schweigen von Salto schlagen, was Joachim aus dem Stand heraus schaffte. Sander war außer sich gewesen, als er das zum ersten Mal gesehen hatte. Auf dem Trampolin fiel der Salto viel höher und fast gerade aus. Der Junge war groß und ziemlich ungeschickt, aber er gab sich nie geschlagen, wenn er sich etwas in den Kopf gesetzt hatte. Mit sieben Jahren hatte er das Kunststück auf dem Trampolin dann endlich selbst geschafft. Alles andere als gerade, und meistens landete er auf dem Hintern, aber dennoch. Seine unbändige Freude darüber ließ Joachim nicht kalt. Bei dem Jungen fühlte er sich gewissermaßen gebraucht. Er entdeckte, dass Sander durchaus Geduld aufbrachte, wenn er etwas tun durfte, was ihm gefiel. Zeichnen, zum Beispiel, er konnte zwei Stunden lang ohne Pause sitzen bleiben, wenn er nur Papier und Filzstifte bekam. Diese ADHS-Diagnose, die Ellen zu den unpassendsten Gelegenheiten vorbrachte, mochte ja zutreffen, aber dann war es noch schwerer zu begreifen, warum die Eltern den Jungen um jeden Preis zu so vielen langweiligen Dingen zwingen wollten. Bei Joachim hatte Sander schwimmen gelernt, hatte sich im Frognerbad vom Fünfmeterbrett fallen lassen, war im Sommer die Slalomloipen am Grefsenkollen mit dem Fahrrad heruntergefahren und hatte außerdem Auto fahren gelernt. Das war zwar weder legal noch klug, aber sie hatten das auf einem Parkplatz in Maridalen gemacht. Joachim ertappte sich bei einem Lächeln, als er daran dachte, während er vor der Garage von Jon und Ellen hielt. Sander hatte komisch ausgesehen, ganz vorn auf dem Fahrersitz, auf einem Kissen, auf dem er gerade so die Pedale erreichte. Die Nase lugte haarscharf über das Armaturenbrett, wenn er den Hals reckte, und glücklich fuhr er so lange im Kreis, bis ihnen beiden schwindlig wurde.

Das Lächeln verschwand, als Joachim den Motor abstellte, die Handbremse zog und daran dachte, warum er hier im Glads vei war.

Am Mittwochmorgen, sobald Jon im Büro war, hatte Joachim Ellen angerufen und gefragt, ob er vorbeikommen könne. Sie wirkte abweisend, fast unfreundlich. Vielleicht kein Wunder. Wenn er bedachte, wie schwer er selbst Sanders Tod nahm, konnte er sich gut vorstellen, wie ihr zumute war. Am liebsten wäre er sofort hingefahren, aber Ellen hatte gesagt, es gehe erst am Freitag. Warum, wusste er nicht, und eine entsprechende Frage hätte sich ja nicht gerade gut gemacht. Eigentlich hatte er nie begreifen können, womit Ellen ihre Zeit verbrachte. Sander war den ganzen Tag in der Schule. Außerdem war er viel bei seiner Großmutter, und Joachim selbst holte den Jungen alle acht oder zehn Tage zu sich, oft gleich von der Aktivitätsschule, und Sander war dann bis zur Schlafenszeit bei ihm. Sander wollte immer bei ihm übernachten, und manchmal durfte er das auch. Dann lag er glücklich und zufrieden neben Joachim in dem riesigen Doppelbett, mit Batman-Schlafanzug und einem weichen grünen Plüschschwein im Arm. Das Schwein hieß Klonken, wohnte bei Joachim und war ihr Geheimnis. Zu Hause hatte Sander nur Spielzeug, seine Eltern fanden, er sei zu groß für Schmusetiere. Ab und zu, wenn Jon sich darüber beklagte, dass Sander einfach nicht einschlafen wollte, hatte Joachim sich versucht gefühlt, Klonken zu erwähnen. Bei Joachim ging Sander immer gern ins Bett.

Trotzdem sagte er nichts.

Womit Ellen ihre viele Zeit füllte, war jedenfalls ein Rätsel. Training vielleicht. So sah sie aus.

Joachim blieb für einen Moment oben auf der breiten Schiefertreppe stehen und schaute über die Stadt. Das Licht stach ihm in die Augen, obwohl er eine Sonnenbrille trug. Der Himmel war fast weiß, mit noch weißeren Gutwetterwolken im Süden. Es war schon elf. Wenn er nur nicht so viel Scheiß gebaut hätte, hätte er jetzt am Strand sein können. An seiner Bräune arbeiten, eine Stunde schwimmen, sich Frauen ansehen. Einen Kumpel anrufen, eine Runde durch die Stadt drehen, wenn die Sonne unterging, noch mehr Frauen treffen.

Er holte tief Luft und atmete mit einem leisen Pfeifen wieder aus.

Es war alles ein einziges Chaos.

Anja hatte immer behauptet, er könne nicht mit Gefühlen umgehen. Damit hatte sie auch nicht unrecht. Er wurde zwar damit fertig, wenn es sein musste, aber er hatte nie eingesehen, wozu es gut sein sollte, seine Zeit mit Grübeln zu vergeuden. Das Leben wurde einfacher, wenn man alles so nahm, wie es kam. Wenn etwas witzig war, machte er damit weiter. Wenn es langweilig wurde, hörte er auf. Als Anja zum Beispiel seine Beziehung zu Sander benutzt hatte, um anzudeuten, dass es vielleicht an der Zeit sei, zusammenzuziehen und an Kinder zu denken, hatte er nur eine Sekunde zu überlegen brauchen, um zu wissen, was für ihn richtig war. Er hatte Spaß mit Sander. Sander war ein Pluspunkt in seinem Leben, nicht nur weil der Junge ihn so sehr bewunderte, sondern auch, weil Joachim im tiefsten Herzen noch immer ein Kind war, das spielen wollte. Er brachte anderen gern etwas bei, oder »spielte es ihnen bei«, wie Sander das genannt hatte. Sander war kein Vorläufer für einen Sohn, sondern der kleine Bruder, von dem Joachim nie gewusst hatte, dass er ihn sich wünschte, ehe sie sich kennengelernt hatten.

Eigene Kinder aber wollte er nicht.

Noch nicht jedenfalls, und schon gar nicht mit Anja. Joachim Boyer war achtundzwanzig Jahre alt, und als Anja zu langweilig und quengelig wurde, hatte er sie durch eine andere ersetzt. So hatte er es gehalten, so lange er sich zurückerinnern konnte. Als Junge war er ein begabter Fußballspieler gewesen und hatte mit fünfzehn Jahren jede Woche vierzehn Stunden trainiert. Das hatte ihm gefallen, und er hatte von einer Karriere als Profi geträumt. Als er mit sechzehn zum ersten Mal nicht in die Kreismannschaft aufgenommen wurde, hörte er sofort auf. Ohne auch nur einmal zurückzublicken. Er bereute es nie. Wenn er nicht bei den Besten sein konnte, hatte es keinen Sinn. Nach der vorletzten Klasse am Gymnasium hatte er einen Sommerjob als Sportreporter bekommen. Er lieferte so viel Stoff, dass ihm eine längere Vertretung angeboten wurde. Unter dem lauten Protest seiner Eltern nahm er an und ging von der Schule ab. Drei Jahre darauf hatte er es bis zu einer Illustrierten geschafft, wo er mehr verdiente als seine Eltern zusammen, danach war er als Kriminalreporter zu einer Tageszeitung gewechselt. Blitzschnell spezialisierte er sich dann auf Wirtschaft. Nach nur acht Monaten hatte er eigenhändig drei Wirtschaftsbosse zur Strecke gebracht, zwei wegen Steuerhinterziehung und einen wegen sexueller Belästigung einer ganzen Gruppe weinender Angestellter, die in dem gut aussehenden, verständnisvollen Journalisten, der sich nicht einmal Notizen machte, sondern ihnen tröstend den Arm um die Schultern legte, endlich einen Vertrauten gefunden hatten.

Joachim Boyer hatte keine Angst davor, viel und hart zu arbeiten, aber das Leben sollte Spaß machen. Als eines Tages Jon Mohr anrief und einen Job mit doppelt so hohem Gehalt und allerlei Vergünstigungen anbot, von denen ein Journalist nur träumen konnte, hatte er unmöglich Nein sagen können. Er wusste, wie Journalisten dachten, er konnte ihr Verhalten mit größter Genauigkeit vorhersagen, und nach kurzer Zeit hatte er sich bei Mohr und Westberg mehr oder weniger unentbehrlich gemacht. Die jungen Kollegen mochten ihn, die älteren fanden ihn ein wenig zu eingebildet, und zweimal hatten sie versucht, ihn loszuwerden. Was ihnen nicht gelungen war. Vielleicht, weil das für ihn keine Katastrophe gewesen wäre. Ein Mann wie Joachim Boyer hatte immer Möglichkeiten. Er klammerte sich nirgendwo an, sondern verließ sich auf seine Fähigkeiten. Bisher hatte das immer geholfen.

Anja warf ihm oft vor, ein schlichtes Gemüt zu sein, und auch in diesem Punkt hatte sie recht. Er hatte in einer Gegend, wo ein Drittel seiner Freunde auf die schiefe Bahn geraten war, die beste Kindheit der Welt verbracht. Und das alles verdankte er seiner Fähigkeit, die Dinge leicht zu nehmen. Dem Instinkt zu folgen. Schwarz-weiß zu denken, richtig/falsch, ja/nein. Joachim *wollte* schlicht sein. Das Leben war nicht sonderlich kompliziert, wenn man nichts richtig an sich herankommen ließ.

So war es bis jetzt gewesen.

Jetzt aber hatte er sich in einem Chaos verfangen, aus dem er keinen Ausweg sah.

Als er dort stand, auf der Treppe zur Villa von Ellen und Jon, mit Oslo unter einer Gutwetterdunsthaube vor sich und weit draußen dem Fjord mit Segelbooten und

Ausflugsschiffen, sehnte er sich für einen überraschenden Augenblick zurück in die sorglosen Sommer seiner Kindheit.

Jetzt hätte er so gern so vieles ungeschehen gemacht.

Vielleicht konnte er einige seiner Dummheiten noch korrigieren.

Er nahm die Treppe mit wenigen Sprüngen. Da die Klingel defekt war, öffnete er die Haustür und steckte den Kopf hindurch, mit der Hand auf der Klinke.

»Hallo? Ellen? Bist du da?«

»Komm rein«, hörte er ihre Stimme aus der Küche.

Er ging hinein, schob sich die Sonnenbrille in die Haare und bückte sich. Der Schnürsenkel des einen Turnschuhs hatte sich gelöst.

»Hier«, rief sie noch einmal. »Ich bin hier drinnen.«

Joachim versuchte, nicht zu Sanders Zimmer hinüberzuschauen. Er gab den Schnürsenkel auf, streifte die Schuhe ab und folgte Ellens Stimme.

Die Küche war von Sonnenlicht überflutet. Ellen saß mit einer Zeitung und einer Kaffeetasse am Tisch. Joachim schnupperte und nahm einen Stuhl.

»Rauchst du neuerdings?«, fragte er und setzte sich mit dem Rücken zum Fenster.

»Nein«, antwortete sie. »Ich hatte nur kurz Besuch. Wozu noch auf das Rauchverbot pochen, jetzt, wo Sander nicht mehr da ist?«

»Dann hat dein Besuch seine Zigaretten vergessen«, sagte er und nickte zur Arbeitsfläche hinüber, wo vier Kippen in einem Aschbecher neben einer Packung Marlboro und einem Einwegfeuerzeug stanken.

»Kaffee?«, fragte sie kurz. »Du bist früh dran. Wir waren für zwölf verabredet, oder nicht?«

»Nein. Elf. Und nein danke, was den Kaffee angeht.

Hast du was Kaltes? Mineralwasser? Oder auch Leitungswasser?«

Ellen erhob sich und ging mit ihrer Tasse zum Kühlschrank. Die Tasse dampfte, dennoch öffnete Ellen die Tür und stellte die Tasse hinein, ehe sie ein Glas aus dem Schrank nahm und es mit Eiswürfeln aus einem Spender im Kühlschrank füllte.

»Du solltest nichts Warmes in den Kühlschrank stellen«, sagte Joachim und atmete noch immer in kurzen Zügen durch die Nase. Irgendetwas versteckte sich unter dem Geruch des verbrannten Tabaks.

»Natürlich nicht«, murmelte sie. »Wie dumm von mir.«

Statt die Tasse wieder aus dem Kühlschrank zu nehmen, füllte Ellen das Glas mit Leitungswasser.

»Hier. Ich fürchte, sonst habe ich nicht viel anzubieten.«

»Kein Problem«, sagte er und wusste plötzlich, was das für ein Geruch war. »Trinkst du etwa, Ellen? Es riecht nach … Schnaps.«

»Nur ein kleiner Kaffee … mit Schuss. Nennt man das nicht so? Nur für die Nerven.«

»Um elf Uhr morgens?«

Er war eher überrascht als geschockt. Schließlich ging es ihn nichts an, wie Ellen ihren Kummer betäubte. Die Tasse im Kühlschrank war offenkundig nicht die erste, die sie sich an diesem Morgen gebraut hatte. Ihr Blick war verschwommen, und ihre Hände zitterten ein wenig. Das würde es ihm vielleicht leichter machen, sein Vorhaben auszuführen.

»Wie geht es dir denn?«, fragte er leise.

»Nicht so gut.«

»Das verstehe ich.«

Und das stimmte. Er verstand sie.

Trauer war etwas, das Joachim Boyer noch nie erlebt hatte, und deshalb hatte er einige Tage gebraucht, um seine Empfindungen mit einem Namen zu belegen. Der Schock am Freitagabend, das Unbehagen angesichts des so übel zugerichteten Sander war eine Sache. Das bohrende Gefühl im Zwerchfell, das ab und zu herauswollte und seinen Blick trübte, war noch einmal etwas ganz anderes. In der Nacht hatte er Klonken hervorgeholt. Der Geruch des grünen Schweines und die samtige Weichheit des Stoffes unter seinen Fingern hatten ihn zum Weinen gebracht, richtig zum Weinen, zum ersten Mal seit seiner Kindheit. Das verwirrte ihn und machte es schwer, klar zu denken.

»Wann ist die Beerdigung?«, fragte er.

»Das gehört zu den vielen Dingen, die ich nicht weiß. Die Polizei gibt ihn erst frei, wenn …«

Sie starrte aus dem Fenster und legte die Handflächen auf den Tisch.

»Ich weiß nicht, wann wir Sander zurückbekommen«, flüsterte sie. »Ich wünschte, wir könnten es hinter uns bringen. Jetzt sitze ich nur hier, in einer Art Vakuum, ohne etwas zu tun, ohne jemanden, mit dem ich reden kann.«

»Im Moment bin ich ja hier. Und du hattest doch heute schon Besuch.«

Ihr Blick traf endlich seinen. Ihre Augen waren rot und klein. Er sah sie zum ersten Mal ganz ohne Schminke, und sie wirkte verwirrt.

»Die Zigaretten«, erinnerte er sie und nickte zur Arbeitsfläche hinüber.

»Ach, ja. Das war …«

Sie machte sich wieder an der Zeitung zu schaffen.

»Hast du dir überlegt, wie … wie ihr das machen wollt?«

Joachim beugte sich vor und stützte die Ellbogen auf den Tisch.

»Grabstein und so was? Anzeige? Ihr nehmt sicher die Grefsenkapelle, falls ihr nicht …«

»Grabstein«, wiederholte sie tonlos.

»Ja. So was dauert, also könntest du dich schon darum kümmern. Welchen Stein und welche Inschrift du willst. Ihr, meine ich. Du und Jon.«

»Jon ist nie zu Hause.«

»Das weiß ich. Viel zu tun im Büro.«

»Es ist doch Urlaubszeit.«

»Ja. Aber du weißt … die Firma expandiert heftig, neue Kunden, neue Räumlichkeiten, bald ein neuer Name und ein neues Profil … Für Jon als Geschäftsführer ist so viel zu erledigen, vor allem jetzt, wo die meisten anderen weg sind.«

Joachim war davon überzeugt, dass Jon Ellen gegenüber nichts von den möglichen Ermittlungen wegen Insiderhandels erwähnt hatte. Sie wusste überhaupt nicht viel darüber, was in der Firma vor sich ging, und darüber hatte er oft gestaunt. Joachims Eltern hatten über so gut wie alles miteinander gesprochen. Im Glads vei war das Leben geprägt von beherrschter Höflichkeit, einer Art aufgesetzter Idylle, wo man nur angesichts von Sanders wilden Ideen die Stimme hob. Joachim begriff nicht, was die beiden aneinander fanden. Jon war natürlich erfolgreich und wohlhabend, aber Ellen hatte doch einmal eine Praxis als Zahnärztin gehabt und hätte sich selbst versorgen können. Außerdem musste sie früher einmal sehr hübsch gewesen sein, dachte er und schaute in ihr schmales, verweintes Gesicht. Bisher hatte er die Ehe der beiden zur Kenntnis genommen, so wie er sich selten für Dinge interessierte, die ihn nichts angingen. Als er nun sah, wie sie die Zeitung zusammenfaltete und sich an ihrem Ehering zu schaffen machte, ging ihm auf, dass er diese Beziehung nicht begriff. Sie gingen nur selten liebevoll miteinander um. In einer größeren Gesellschaft redete fast nur Jon, und dann wandte er sich fast nie an Ellen. Ellens Aufgabe schien es zu sein, gut auszusehen. Eine Trophäe zu sein, erkannte Joachim plötzlich, auch wenn die Trophäe im Moment nicht sonderlich attraktiv wirkte.

Zugleich wollte Jon sich unbegreiflich oft um Ellen kümmern. Wie bei dem Bier nach dem Freitagssquash, das nie in der Kneipe getrunken wurde, immer zu Hause. »Damit Ellen nicht so allein ist«, sagte Jon immer. Wenn Jon und Joachim zusammen an größeren Projekten arbeiteten, verließen sie gegen drei Uhr das Büro und verbrachten den Rest des Tages in Jons Arbeitszimmer zu Hause. »Damit Ellen nicht die ganze Zeit allein ist«, sagte Jon, obwohl sie hinter verschlossener Tür saßen und die Familie nicht einmal anzuklopfen wagte. Jetzt dagegen, nach Sanders Tod, ging er offenbar höchstens noch zum Schlafen nach Hause. Vielleicht war es bei den beiden so wie bei vielen anderen: Die Kinder verbanden sie. Ohne Kinder war dann nichts mehr da. Joachim wusste es nicht, er hatte nie behauptet, ein Beziehungsexperte zu sein.

Er drehte sein Glas in den Händen.

»Vielleicht könnten wir uns zusammen Steine ansehen?«, schlug er vor. »Wenn du einen Laptop holst, können wir …«

»Meiner funktioniert nicht mehr. Sander hat ihn in Italien mit ins Schwimmbecken genommen.«

Joachim deutete ein Lächeln an.

»Hat er mit deinem Rechner gebadet?«

»Er wollte unter Wasser Fotos machen, behauptet Jon. Ich weiß es nicht.«

»Jons MacBook. Hol das, dann können wir ...«

»Das funktioniert auch nicht.«

»Was? Hat Sander ...?«

»Nein. Ich war das.«

Ellen seufzte tief und fuhr sich mit beiden Händen über die Haare.

»Er stand auf dem Küchentisch, als ich eine Flasche Salmiakgeist öffnen wollte. Der Verschluss hatte so eine Kindersicherung, und als er nicht sofort aufging, habe ich die Flasche voll über die Tastatur gekippt.«

»Bist du sicher, dass der Laptop ruiniert ist? Hast du ihn ausprobiert?«

»Zuerst habe ich ihn in Wasser gespült. ...«

»In Wasser? Du hast einen Laptop in Wasser gespült? Dein eigener ist doch gerade erst durch Wasser ruiniert worden!«

»Aber Salmiakgeist ist schlimmer, dachte ich wenigstens. Also habe ich ihn abgespült. Und danach habe ich ihn im Backofen getrocknet. Das hat aber nicht geholfen.«

»Im Backofen?«

Joachim konnte sich das Lachen nicht verkneifen.

Sie nickte resigniert, faltete die Hände und bewegte die Finger hin und her.

»Dann können wir wohl davon ausgehen, dass er nicht mehr funktioniert«, sagte Joachim.

Sie schwiegen. Das eine Fenster stand auf Kipp, und der Lärm von im Nachbargarten spielenden Kindern vermischte sich mit dem fernen Verkehrsrauschen vom

Ringvei. Auf der Fensterbank summte eine Hummel. Schwer und benommen verfehlte sie immer wieder den kleinen Spalt, der in die Freiheit führte.

»Kann ich irgendwas für dich tun, Ellen?«

Er streckte die Hand über den Tisch aus und legte sie auf ihre.

»Ich glaube nicht«, sagte sie und zog ihre Hand zurück.

Joachim setzte sich gerade.

»Machen wir einen Spaziergang?«

»Einen Spaziergang? Wieso denn?«

»Weil Sommer ist, Ellen. Es ist schönes Wetter. Du kannst nicht einfach nur hier herumsitzen.«

»Doch. Das kann ich.«

»Nur eine kleine Runde. Hier in der Nachbarschaft, oder wir können zum Solemskogen hochfahren. Bitte.«

»Nein, ich will nicht.«

Ihre Stimme war plötzlich scharf.

»Ich will hier sitzen. Ich will hier sitzen, bis dieser verdammte Polizist mir erlaubt, meinen Sohn zu bestatten. Ich will hier sitzen, bis …«

Sie schnappte nach Luft und schluckte laut.

»Entschuldige«, sagte sie dann. »Ich wollte nicht …«

»Du brauchst nicht um Entschuldigung zu bitten«, fiel Joachim ihr ins Wort. »Natürlich musst du tun, was du willst. Ich bin froh, dass du Freunde hast, die sich um dich kümmern.«

Er war eigentlich gar nicht Ellens Freund, ging ihm jetzt auf. Fünfzehn Jahre trennten sie, fast eine ganze Generation. Wenn er es sich überlegte, hatten sie in den vier Jahren ihrer Bekanntschaft kaum über etwas anderes als über Sander und Belanglosigkeiten gesprochen. Ellen Mohr war eine langweilige Frau aus dem gehobenen Mittelstand, und jetzt, wo Sander nicht mehr da war, hatten sie sich nur sehr wenig zu sagen. Joachim schaute sich verstohlen um. Vielleicht saß er zum letzten Mal in dieser Küche. Bei diesem Gedanken überkam ihn eine gewisse Wehmut, die er aber abschüttelte.

»Die, die am Freitag hier war«, sagte er, »Inger Johanne, heißt sie nicht so?«

»Inger Johanne Vik«, sagte Ellen mechanisch, sie schien sich immer weniger für ihn zu interessieren und zupfte wieder an ihrer Zeitung herum.

»Das ist die, von der Jon erzählt hat, nicht wahr? Die fast eine Art ... Detektivin ist? War sie seither noch einmal hier?«

»Nein. Obwohl ich sie um Hilfe gebeten habe.«

Jetzt flossen ihre Tränen. Sie schluchzte nicht, wischte sich die Tränen nicht ab. Sie liefen einfach nur über ihr Gesicht, unaufhaltsam, als wäre eine Dichtung durch Überbeanspruchung gerissen.

»Wobei hätte sie denn helfen sollen?«, fragte Joachim. »Vielleicht könnte ich ...«

»Die Polizei glaubt, dass Jon Sander misshandelt hat«, unterbrach sie ihn mit schriller Stimme. »Ich wollte, dass Inger Johanne beweist, dass es nicht so war!«

Joachim starrte sie an.

»Aber sie weigert sich!« Jetzt schrie Ellen fast, und sie kratzte sich am rechten Unterarm. »Sie tut alles als Unsinn ab, obwohl dieser schreckliche Polizist es ganz offen gesagt hat.«

Die Nägel zeichneten wütende Striemen auf ihre Haut, und sie nahm sich den anderen Arm vor.

»Miss... misshandelt? Jon soll ... er soll ...«

Joachim war so verwirrt, dass er stotterte. Seine Gedanken wirbelten wild durcheinander, er sah Sander vor sich, tot auf dem Schoß der Mutter, Ellens Hysterie,

Jons hilflose Verzweiflung. Er hörte Ellens wiederholtes »Nicht« gegen alles und jeden, vor allem aber gegen Jon, und für einen Moment sah er Jons stille Wut, als er Sander im Restaurant vom Stuhl gezerrt hatte. Weil der Junge ein wenig Milch verschüttet hatte.

Er wollte sie fragen.

Sein Instinkt flehte ihn an, das nicht zu tun. Das hier war nicht seine Angelegenheit. Sich nicht in Dinge einzumischen, die ihn nichts angingen, hatte ihn weit gebracht und ihm viele Probleme erspart. Aber nichts mehr war so wie früher. Alles war kompliziert geworden, und das war seine eigene Schuld. Jetzt hatte der Zufall ihn vor einem Patzer bewahrt. Obwohl Joachim auf dem Fußballplatz gelernt hatte, dass die Tüchtigsten in der Regel auch das Glück auf ihrer Seite haben, mochte er sich nicht darauf verlassen, dass dieses Glück ihn noch einmal retten würde.

»Ich glaube nicht eine Sekunde lang, dass Jon so etwas tun könnte«, sagte er langsam und versuchte, ihren Blick einzufangen. »Aber Jon konnte ein bisschen ... heftig mit Sander umgehen, findest du nicht?«

Nun hatte er immerhin Ellens Aufmerksamkeit. Ihre Augen wurden groß und rund. Die winzigen Pupillen in dem grellen Licht, die trockene, gerötete Haut und die Haare, die an diesem Tag sicher noch nicht gebürstet worden waren – kaum etwas an ihr erinnerte noch an die gepflegte, beherrschte Frau, die sie bis vor einer Woche gewesen war. Sie holte tief Luft, und ihr Mund öffnete sich wie zu einem heftigen Widerspruch.

Aber kein Laut war zu hören. Ihr Gesicht verzog sich.

»Mein Gott«, murmelte Joachim. »Stimmt etwas nicht mit dir? He, hast du ...«

Er erhob sich halb.

»Bist du verrückt?«, schrie sie so laut, dass er vor Schreck zurücksank. »Du, einer von Jons besten Freunden und Kollegen … wo du seit Jahren unser Hausfreund warst! Und da kommst du her und beschuldigst Jon, unseren Jungen … misshandelt zu haben!«

Joachim hob beschwichtigend die Hände und schüttelte energisch den Kopf.

»Nein, nein, nein! Ich dachte nur, irgendwer könnte Jon dabei gesehen haben, wie er …«

Er zögerte, und sie schrie: »Wie er was?«

Eine feine Speichelwolke flog über den Tisch, und er musste sich zwingen, sich nicht mit der Hand das Gesicht abzuwischen.

»Jon konnte manchmal mit Sander ein wenig heftig umgehen«, sagte Joachim. »Nur ein wenig. Als wir einmal im Restaurant waren, hat er Sander ziemlich hart am Arm gezogen …«

»Am Arm gezogen«, fauchte Ellen mit verächtlichem Blick, lehnte sich zurück und verschränkte die zerkratzten Arme. »Meine Güte. Ja, das nenne ich Misshandlung. Gerade du müsstest doch wissen, dass Sander manchmal einen Stein provozieren konnte, da kann man aus so was doch niemandem einen Vorwurf machen.«

Er gab keine Antwort. Er überlegte. Er versuchte zu überlegen. Am Dienstagnachmittag hätte er Jon fast nach Sanders vielen Verletzungen gefragt. Er hatte es nicht getan, aus einem Impuls heraus, um die Sache nicht noch komplizierter zu machen. Später, als er versuchte einzuschlafen, war er froh gewesen, dass er der Versuchung nicht nachgegeben hatte. Sander war ohnehin tot, und niemand konnte daran etwas ändern. Außerdem hatte er sich sicher geirrt.

Jetzt sah die Sache aber ganz anders aus.

Bei der Vorstellung, dass die Polizei Jon möglicherweise verdächtigte, Sander zu Tode misshandelt zu haben, wurde es Joachim schwindlig, und er musste sich an der Tischkante festhalten. Auf eine wachsende Wut folgte eine gewaltige Erleichterung, und er griff zu seinem Glas und leerte es langsam.

»Nein«, flüsterte er endlich. »Daraus kann man Jon keinen Vorwurf machen. Da hast du ganz recht. Entschuldige.«

Er erhob sich und blieb einen Moment mit der Hand auf der Rückenlehne stehen, als wolle er noch etwas sagen.

Ellen kam ihm zuvor.

»Wir werden dich in Zukunft wohl nicht mehr oft sehen. Jetzt, wo Sander nicht mehr da ist.«

Ihr jäher Zorn war ausgebrannt. Die erschöpfte Gestalt schien nur die Kraft zu einer kurzen und heftigen Explosion gehabt zu haben. Wieder war sie matt, fast apathisch, und sie sah ihn nicht an, als er den Stuhl an den Tisch schob und zur Tür ging.

»Pass auf dich auf«, sagte er.

Als sie keine Antwort gab, ging er hinaus in die Diele und zog vorsichtig die Tür hinter sich zu. Noch durch die solide Eichentür konnte er die Stuhlbeine schrappen hören, als sie aufstand. Als er an dem großen Möbelstück ankam, das Jon als Sekretär bezeichnete, hörte er aus der Küche Flaschenklirren. Er ging in die Hocke. Mit einer Grimasse wegen des leisen Knackens öffnete er die linke Schranktür. Dort lag das MacBook. Rasch richtete er sich auf und legte den Laptop auf die mit Leder bezogene Schreibplatte, ehe er ihn aufklappte und einschaltete.

Nichts passierte. Einfach tot.

Der Apparat roch nach Staub und Salmiak, und die matte Metalloberfläche war dunkel, fast oxidiert. Als er mit dem Finger über die Tastatur strich, wurde der grau und klebrig, und mehrere Tasten ließen sich nicht hinunterdrücken.

Der Laptop war hinüber, und er brauchte ihn nicht mitzunehmen. Keine Festplatte konnte solche Misshandlungen überleben, wie Ellen sie beschrieben hatte. Sein Problem war gelöst. Auf jeden Fall dieses eine, und als er den Apparat wieder zurückstellte und die Tür schloss, empfand er einen Hauch von Erleichterung.

In der Küche war wieder alles still.

Mit raschen Schritten ging er hinaus. Der Sommer traf ihn nach der halbdunklen kühlen Halle wie ein Hammerschlag, und er ließ die Tür hinter sich zufallen und zog die Sonnenbrille vor seine Augen.

Ein Ball unten, dachte er.

Das Problem war, dass noch viele in der Luft waren und dass er nicht so recht wissen konnte, aus welcher Richtung sie kommen würden.

»Hier«, sagte Inger Johanne atemlos und zeigte darauf. »Hier kann man sich so leicht irren.«

Yngvar Stubø bog von dem steilen Weg ab, als der gerade begann abzuflachen. Sein Hemdrücken war dunkel vor Schweiß, und er atmete schnell und hektisch. Inger Johanne lief die Böschung zur Aussichtsstelle hoch, während Yngvar die Hände zu Hilfe nehmen musste. Endlich waren beide oben.

»Ich bin in elender Form«, murmelte er. »Ist verdammt steil.«

»Du bist immerhin oben angekommen«, sagte Inger Johanne lächelnd. »Und du wolltest ja unbedingt diese Tour machen. Sieh dir doch bloß die Aussicht an!«

Yngvar war überraschend schon gegen zwei Uhr nach Hause gekommen. Er hatte etwas davon gemurmelt, dass er trotz allem Teil eines Teams sei und auch mal frische Luft brauche. Inger Johanne hatte gedacht, er meine das bildlich, aber er hatte auf einem Ausflug in den Wald bestanden. Stumm hatte er Butterbrote, eine Thermoskanne und drei Liter Wasser in einen Rucksack gepackt, ehe er noch zwei Schweinsohren für Jack dazuwarf, dann war er bereit. Im Auto hatte er auch kein Wort gesagt. Inger Johanne ließ ihn in Ruhe. Ein wenig, weil sie begriff, dass es ihm schwerfiel, über Alltäglichkeiten zu reden, wenn er über das, woran er arbeitete, kein Wort sagen konnte oder wollte. Aber vor allem, weil sie ihn hinter dieser Mauer des Schweigens nicht recht erkannte und nicht wusste, was sie sagen sollte.

Es hatte ihr trotzdem gutgetan, neben ihm durch die Schlucht oberhalb des Movassbekken, wo sie geparkt hatten, hochzusteigen. Er ließ sie seine Hand nehmen. Als sie nach zwei Kilometern vom Waldweg auf unwegsames Terrain abbiegen mussten, ließ sie ihn vor sich hergehen, damit er das Tempo bestimmen könnte.

Zum Gaupekollen, hatte er erklärt, als sie von zu Hause aufgebrochen waren. Inger Johanne hatte nicht protestiert, obwohl sie bezweifelte, dass er die Strecke schaffen würde. Die war nicht so lang, knapp sechs Kilometer in jeder Richtung, aber steil und anstrengend für einen untrainierten Mann von hundertsiebzehn Kilo. Vor allem, wenn man den Umweg über den Hansakollen machte. Dort lag ein deutsches Flugzeugwrack aus Kriegstagen, das Yngvar noch nie gesehen hatte, und aus irgendeinem Grund bestand er gerade heute darauf, es zu finden. Um auf die Westseite und zurück zu dem schmalen Karrenweg zum Gaupekollen zu gelangen, hatten sie sich die schattige Ostseite hochgekämpft, hatten sich verlaufen und einen unnötig langen Umweg gemacht.

»Diese Aussicht ist wirklich den ganzen Weg wert«, sagte Yngvar und ging weiter auf dem nackten Fels. »Hier will ich erst mal sitzen bleiben.«

Er öffnete den Rucksack, warf Jack ein Schweinsohr zu, setzte sich auf einen Felsvorsprung und nahm den Rucksack zwischen die Beine. Er legte eine Sitzunterlage neben sich und tippte kurz darauf, damit Inger Johanne sich ebenfalls setzte.

»Wie alt ist Jack jetzt?«, fragte er und versuchte, eine Wasserflasche zu öffnen.

Sein Gesicht glänzte.

»Elf? Glaube ich. Wird zu Weihnachten wohl zwölf.«

»Sieben mal elf, plus sieben extra für das erste Jahr«, rechnete Yngvar und hob die Flasche an den Mund.

»Vierundachtzig«, sagte Inger Johanne.

Yngvar trank die Flasche halb leer, verschloss sie und schüttelte den Kopf.

»Der Köter ist vierundachtzig und besser in Form als ich«, sagte er.

»Er geht ja auch jeden Tag spazieren«, sagte sie lächelnd. »Mit mir. Du könntest ja ab und zu mitkommen.«

Yngvar gab keine Antwort. Er goss Kaffee in zwei Plastikbecher, reichte ihr den einen und schaute mit zusammengekniffenen Augen nach Süden. Tief unten war Skar zu sehen, der stillgelegte Militärstützpunkt, bei dem offenbar niemand so recht wusste, was jetzt daraus werden sollte. Weiter südlich lag der Maridalsvannet wie ein leuchtender, breiter, stahlgrauer Riss in der grünen Landschaft. Das Grefsenplateau weitete sich dahinter aus und flachte dann weiter im Süden ab, in Richtung Stadt und Fjord, wo selbst die Passagierschiffe aus dieser Entfernung klein wirkten. Auch nach Westen sah man weit in die Ferne, ein blauer Gipfel hinter dem anderen, bis zu einem Berg, den Inger Johanne für den Gaustatoppen hielt. Da saßen sie nun in der Hochsommerhitze, mitten in einer Ameisenstraße, stumm, die Nachmittagssonne in den Augen, bis ihre Kaffeetassen leer waren und Jack aufstand und nach einem weiteren getrockneten Schweinsohr fiepte.

Yngvar warf ihm das letzte zu und hielt Inger Johanne eine rosa Brotdose mit einem Hello-Kitty-Bild auf dem Deckel hin. Sie nahm sich ein Brot mit Ziegenkäse und verzehrte es langsam. Ehe sie fertig war, hatte Yngvar die beiden anderen Brote verschlungen. Er wischte sich mit dem Handrücken den Mund ab, leerte die Wasserflasche und legte alles wieder in den Rucksack.

»Gehen wir?«, fragte Inger Johanne lächelnd.

Als er weder antwortete noch aufstand, lehnte sie sich an ihn. Er roch nach frischem Schweiß und fast unmerklich nach Rasierwasser, als er den Arm um sie legte und sie an sich zog.

»Ich liebe dich«, sagte er.

»Was?«

Er sah sie nicht an, aber sie sah ihn an, sein Gesicht, von der Seite, während er sie so fest an sich drückte, dass sie einen Hauch von Angst verspürte. Er war so schön, selbst jetzt, mit den vielen überzähligen Kilos, die sein Kinn noch breiter machten und die Kerbe unten so tief, dass sie den ganzen Zeigefinger darin unterbringen könnte. Noch immer hatte Yngvar für sein Alter üppiges Haar. Es war jetzt ein wenig zu sommerlang, und bei den Schläfen lockte es sich vor Feuchtigkeit. Seine Nasenflügel vibrierten ein wenig, was sie nur taten, wenn er aufgeregt war.

»Ich liebe dich und die Kinder«, sagte er und kniff in der Sonne die Augen zusammen. »Und die Tochter, die ich nur einundzwanzig Jahre lang behalten durfte. Ich liebe Elisabeth noch immer, auch wenn sie tot ist und ich dich habe. Und Amund. Und meine Eltern. So lange sie gelebt haben, haben sie mich auch geliebt.«

Es gab nichts, was Inger Johanne hätte sagen können. Yngvar war noch nicht fertig, das entnahm sie dem unverminderten Druck seines Arms.

»Ich bin die Summe dieser ganzen Liebe«, sagte er leise. »Das bin *ich*. In dieser Zusammengehörigkeit existiere ich.«

»Ja«, sagte sie. »Das bist *du*.«

Inger Johanne senkte den Blick und folgte den Ameisen, die über ihre Schuhe liefen, um den Rucksack, an Yngvars nackten, behaarten Beinen hoch, über den grauen rissigen Felsen, einige mit einer einzigen Tannennadel auf dem Rücken, alle schnell und zielstrebig, wie auf einen strikten Befehl hin, nach dem jede ihre Aufgabe hatte, ihren Platz an der Sonne.

»Diese Vernehmungen, die du jetzt durchführst«, wagte sie endlich zu flüstern.

»Pst«, sagte er sanft und legte ihr den Zeigefinger an den Mund.

»Ich will nicht, dass die dich kaputt machen.«

»Die machen mich nicht kaputt. Im Gegenteil.«

Langsam ließ er sie los und erhob sich, steif und mühsam wie ein alter Mann.

»Könntest du dir vorstellen, noch mehr Kinder zu haben, Yngvar?«

Er schüttelte den Kopf und schaute ihr in die Augen. Lachte ein wenig, legte den Kopf schräg, als ob sie eine richtig witzige Bemerkung gemacht hätte.

»Nie im Leben! Dass ich hier meinen kleinen Augenblick hatte, bedeutet nicht …«

»Aber Ragnhild wird größer«, fiel sie ihm ins Wort. »Kristiane ist fast erwachsen. Ich bin erst dreiundvierzig und ganz gesund. Viele bekommen heutzutage spät ihre Kinder. Es wäre so schön, glaube ich. Einen Jungen vielleicht?«

»Kommt nicht infrage«, sagte er entschieden, aber noch immer mit diesem Lächeln, als nähme er sie nicht ernst. »Je älter ich werde, desto unsicherer bin ich in den meisten Dingen. Aber gerade darin …«

Er beugte sich zu ihr herab und gab ihr einen leichten Kuss, dann richtete er sich auf.

»… da bin ich mir sicher: Wir haben alle Kinder, die wir haben sollten.«

Er warf sich den Rucksack auf den Rücken und schaute sie aufmunternd an, dann ging er die kleine Böschung zu dem Weg hinab, der vor langer Zeit ein Karrenweg für Holzfäller gewesen war.

Inger Johanne brachte es nicht über sich, aufzustehen. Sie hätte etwas sagen müssen, wusste aber nicht, was. Intuitiv legte sie die Hände auf ihren flachen Bauch.

»Kommst du?«, rief er.

Ihr Telefon ließ ein kurzes Piepsen hören. Vor allem, um Zeit zu schinden, zog sie es aus der Brusttasche ihres Fjällräven-Hemdes und öffnete die SMS. Nummer unbekannt, stand im Display. Eine unterdrückte Nummer. Oder aus dem Ausland.

Wenn du glaubst, dass Jon Mohr seinen Sohn nicht misshandelt haben kann, dann solltest du dich genauer informieren. Sander hat deine Aufmerksamkeit verdient.

»Was war denn?«, rief Yngvar und winkte sie zu sich.

»Nichts«, antwortete Inger Johanne nach kurzem Überlegen. »Ich komme.«

Sie las die Mitteilung noch einmal, dann löschte sie sie. Es würde nicht leicht sein, sie zu vergessen, aber sie wollte es immerhin versuchen.

Auf einem Ponton vor Aker Brygge saß Joachim Boyer mit einem Halben vor sich auf dem Tisch und einem von Norwegens bestbezahlten Fußballspielern neben sich. Der Mann hieß Christopher Robin. Seine Mutter kam aus Norwegen, der Vater war ein südafrikanischer Arzt, der in den Sechzigerjahren als Flüchtling nach Norwegen gekommen und noch vor dem neunten Geburtstag seines Sohnes gestorben war. Christopher war groß und sah ungeheuer gut aus, mit europäischen Zügen und der dunklen Hautfarbe seines Vaters. Er besaß außerdem einen linken Fuß, der zu den besten in der Premier League gehörte, aber leider nicht so viel Verstand, dass er mit dem in neun Jahren in England angehäuften Vermögen hätte umgehen können. Vor zwei Jahren war er in ein großes Immobilienprojekt geraten, das sich in die falsche Richtung entwickelt hatte. Das heißt in Richtung Skandalpresse, die sich in Details über Spielhöllen, Sexklubs, osteuropäische Mafia und Schwarzarbeit geradezu suhlte. Als der Fall drei Tage lang für Schlagzeilen gesorgt hatte, hatte sich der inzwischen verzweifelte Agent des Fußballstars Joachim Boyer eingeschaltet. Der

Medienstratege hatte zehn Stunden gebraucht, um einen Plan zu erstellen, einen Tag, um ihn in die Tat umzusetzen, und seitdem war Christopher Robin wieder der joviale, liebe, populäre Junge, den sein Name erwarten ließ. Der Mann sei übel betrogen worden, hieß es nun. Seine Dankbarkeit zeigte sich in einem ungewöhnlich dicken Honorar und einer unerschütterlichen Freundschaft.

»Was war denn das?«, fragte Christopher Robin lächelnd, als Joachim ihm das mit Diamanten besetzte Vertu-Telefon zurückgab. »Frauengeschichten?«

»So was in der Art«, sagte Joachim und lächelte ebenfalls. »Musste nur kurz eine Mitteilung von einem Telefon schicken, das man nicht so leicht identifizieren kann. Ich hab sie auch gleich gelöscht.«

»Nichts Verbotenes, hoffe ich?«

Christopher Robin grinste und steckte das Telefon lässig in die hintere Tasche seiner Jeans.

»Ich hab dich damals aus verbotenen Sachen rausgeholt«, sagte Joachim. »Da werd ich dich doch jetzt nicht in so was reinziehen. Prost.«

Sie stießen an und tranken.

Henrik Holme fand es unvorstellbar, dass er erst vor einer Woche ohne eine Ahnung, worum es ging, in den Glads vei in Grefsen geschickt worden war. Normalerweise verging die Zeit schnell, wenn er so viel zu tun hatte, aber diese Woche war unglaublich langsam dahingekrochen. Obwohl es schon nach sechs Uhr war, hatte er nicht vor, nach Hause in das winzige Mädchenzimmer zu gehen, das eine Großtante in Frogner ihm nun seit fast vier Jahren zur Verfügung stellte.

Er hatte lange gebraucht für die Berichte über die Gespräche mit Sanders Großmutter und seiner Lehrerin. Eigentlich hätte er sie als Vernehmungsprotokolle schreiben müssen. Da er aber keine Notizen von diesen Gesprächen hatte, war das unmöglich, und sicher würde die Polizeijuristin ihn deshalb zusammenstauchen. Umso wichtiger ist es, gründlich zu sein, dachte er. Tove Byfjord hatte seit Dienstag nicht mehr nach ihm gefragt und hatte auch ihr Versprechen nicht gehalten, ihn mit einem erfahreneren Ermittler zusammenzubringen. Vielleicht hatte sie es ja vergessen. Vielleicht konnte sie auch einfach keinen Kollegen auftreiben.

Henrik Holme kam sich vor wie ein bedeutungsloser Satellit im Umlauf um einen riesigen Planeten, auf dem alle nur mit einem beschäftigt waren.

Was ihm eigentlich nur recht war, überlegte er sich jetzt.

Er hatte seinen eigenen Fall, und dieser Fall wurde immer wichtiger für ihn.

Außerdem hatte er angefangen zu lesen. Zuerst hatte er im Netz nach Informationen über »Kindesmisshandlung« gesucht, aber trotz der mehr als fünfzigtausend Treffer hatte ihn das nicht viel klüger gemacht. Mit *»child abuse«* war er dann auf über drei Millionen Treffer gekommen. Einige dieser Artikel sahen interessant aus, und er versuchte, sie zu lesen, aber sein Englisch war nicht gut genug, um Forschungsberichte zu verstehen. Dennoch hatte er etliche Artikel ausgedruckt, auf Norwegisch und auf Englisch, und jetzt sah er sie aufmerksam durch, einen nach dem anderen, und markierte alles, was er für besonders wichtig hielt, mit einem gelben Stift.

Das Frustrierende bei den vielen Berichten und Artikeln war, dass sie ihm im Grunde nicht viel mehr sagten, als er sich selbst hätte denken können oder bereits auf der Polizeischule gelernt hatte. Kindesmisshandlung wurde normalerweise in vier Typen aufgeteilt, las er: physische Misshandlung, psychische Misshandlung, Fürsorgeversäumnis und sexuelle Übergriffe. Er begriff diese Einteilung nicht. Das musste sich doch überschneiden? Sexuelle Übergriffe zum Beispiel gingen immer einher mit physischer und psychischer Misshandlung, da war er sich sicher. Unter »Fürsorgeversäumnis« verstand man das »Nichterfüllen der grundlegenden physischen und psychischen Bedürfnisse des Kindes«, las er, aber er begriff nicht, wieso es nötig war, dafür eine eigene Kategorie zu schaffen. Kleine Kinder zu ficken bedeutete ja nun wirklich, auf ihre grundlegenden Bedürfnisse keinerlei Rücksicht zu nehmen!

Er kratzte sich mit beiden Händen am Kopf und schnaubte gereizt.

Einig war man sich darin, dass es in allen Kategorien hohe Dunkelziffern gab. Auch das hatte er schon gewusst. Ihm ging es um etwas anderes.

Henrik Holme suchte nach Informationen darüber, wer misshandelte. Welche Kinder Gewalt ausgesetzt waren. Er suchte nach Anhaltspunkten dafür, dass erfolgreiche Eltern mit schönem Haus, guter Stellung und großem sozialem Netzwerk ebenfalls ihre Kinder verprügeln konnten.

Aber in den Urteilen, die er gefunden hatte, sah es durchaus nicht so aus. Es gab nicht viele, aber die wenigen, die er fand, hatten mit Milieus zu tun, die vom Glads vei weit entfernt waren. Vor allem ein Fall, der jüngste und bekannteste, ein Junge, der irgendwo unten in Vestfold von seinem Stiefvater zu Tode misshandelt worden war. Das Gericht hatte es als erwiesen angesehen, dass die Misshandlungen über einen langen Zeitraum hinweg stattgefunden hatten. Die Polizei hatte die Ermittlungen mehrere Male eingestellt, vermutlich aufgrund nachlässiger Arbeit. Als die Sache dann vor Gericht gekommen und der Stiefvater zu acht Jahren Gefängnis verurteilt worden war, wirkte es unbegreiflich, dass niemand eingegriffen hatte, so lange der Junge noch am Leben gewesen war. Der Junge war im Jahr 2005 gestorben, doch das Urteil wurde erst 2008 gefällt. Erst kürzlich war beschlossen worden, auch gegen die Mutter des Jungen Anklage zu erheben. Sie hatte offenbar nichts unternommen, um der Misshandlung ein Ende zu setzen, das schien sich aus dem Urteil gegen ihren Mann zu ergeben. Der Fall war so tragisch, dass Henrik Holme die Blätter immer weiter wegschob, je mehr er las.

Der Junge war nur acht Jahre alt geworden.

Genau wie Sander.

Er hatte ADHS gehabt, genau wie Sander.

Ansonsten gab es nicht viele Ähnlichkeiten. In der Berichterstattung wirkte die Familie der Mutter durchaus nicht dysfunktional, aber offenbar hatte der Stiefvater die Familienidylle nachdrücklich durcheinandergebracht. So wie Henrik Holme die Urteilsbegründung las, war in dieser Familie wirklich alles aus dem Ruder gelaufen. Geistig verarmt, hatte seine Mutter über solche Menschen gesagt. Er selbst wusste nicht so recht, wie er das nennen sollte. Aber es lag auf der Hand, dass bei der Familie auch materiell nicht alles zum Besten stand.

Henrik hatte Hunger. Er zog einen Schokoriegel aus dem Rucksack und schlang ihn eilig hinunter. Kleine Krümel fielen auf seine Unterlagen. Als er versuchte, sie mit der Handkante wegzustreichen, zeichnete er dünne braune Schokoladenstreifen über den Text.

Familie Mohr im Glads vei litt weder unter materieller noch unter geistiger Armut, so viel stand fest. Auf der Schule hatte Henrik gelernt, dass vor dem Gesetz alle gleich seien, aber er wusste es besser. Noch nie waren vor dem Gesetz alle gleich gewesen. In keiner Hinsicht. Wer Geld und Ressourcen hatte, Kontakte und Netzwerke, war viel besser geschützt gegen Beobachtung und Verfolgung durch Polizei und Behörden.

Vielleicht vor allem in solchen Fällen, dachte er und spülte seinen Schokoriegel mit lauwarmer Cola hinunter. Es war in jeder Hinsicht leichter, sich Einblick in einen Wohnwagen zu verschaffen als in eine riesige, von einer Mauer umgebene Villa.

Die Unterlagen von Volvat, der Privatklinik, bei der Familie Mohr Mitglied war, hatte er überraschend leicht bekommen. Statt sich mit den Formalitäten um Schweigepflicht und andere Hindernisse aufzuhalten, hatte er ganz einfach Jon Mohr angerufen und um dessen Einverständnis gebeten. Zwei Stunden später hatte er in der Klinik einen Umschlag mit allen Krankenberichten abholen können. Henrik war überrascht gewesen und vielleicht ein wenig enttäuscht, als Jon Mohr sich als dermaßen kooperativ erwies. Das deutete nicht gerade auf Besorgnis darüber hin, was Sanders medizinische Geschichte möglicherweise erzählen könnte.

Dazu bestand auch kaum ein Grund, wie er jetzt wusste.

Er seufzte und öffnete den Umschlag zum dritten Mal.

Sander Mohr war seit seiner Geburt insgesamt elfmal bei Volvat gewesen. Die ersten Jahre kamen Henrik Holme uninteressant vor. Als Sander ein Baby gewesen war, hatten die Eltern wegen akuten Schlafmangels um Hilfe gebeten, sowohl für den Jungen als auch für sich selbst. Die Familie war an einen Schlaftherapeuten überwiesen worden. Beim nächsten Besuch bei Volvat war Sander zwei. Er hatte im Garten in einem Wespennest herumgestochert und war gefährlich oft gestochen worden. Er bekam ein Gegengift gespritzt und wurde danach für vierundzwanzig Stunden zur Beobachtung in ein Krankenhaus eingewiesen.

Mit drei Jahren hatte er sich die erste Verletzung zugezogen, die für Henrik Holme von einem gewissen Interesse war. Den Unterlagen zufolge war Sander rückwärts die Terrassentreppe hinuntergefallen und mit dem Kreuz auf eine Kante aufgeschlagen. Es war nichts gebrochen, aber er hatte einen breiten blaugelben Streifen quer über dem Rücken.

Henrik zögerte.

Blutergüsse zeigen sich nicht sofort, dachte er. Sein Finger, den er an den Zeilen entlangwandern ließ, während er alles noch einmal las, blieb mitten in einem Absatz stehen, und er zog mit den Zähnen die Kappe vom Marker und färbte die Stelle gelb: *Pat. vor 2 Tagen von Terrassentreppe hinuntergefallen. Er zeigte sofort durch Weinen Schmerzen an, ließ sich lt. Vater aber rasch trösten. Pat. war lt. Vater seither sehr aktiv, Pat. wirkt jetzt niedergeschlagen und antwortet nicht auf meine Fragen.*

Der Arzt hatte den Jungen zum Röntgen geschickt, und dann nach Hause, mit schmerzstillenden Zäpfchen und der Anweisung, der Junge müsse einige Tage im Bett bleiben. Keine weiteren Fragen. Nicht einmal, warum sie erst nach zwei Tagen gekommen waren.

In den Krankenberichten war außerdem eine doppelseitige Ohrenentzündung verzeichnet, weiterhin zwei

Fälle von diffusen Magenschmerzen, für die die Ärzte keine Erklärung fanden, und Windpocken, die die Eltern selbst diagnostiziert hatten, aber sie brauchten eine Krankschreibung, um die Auslagen für einen Urlaub zurückzubekommen, den sie deswegen nicht hatten antreten können.

Und eine größere Brandwunde. Sander hatte am Kamin gespielt, stand im Krankenbericht. Er war knapp über viereinhalb Jahre alt, und auf irgendeine Weise war seine Spielzeugeisenbahn im Feuer gelandet. In einem unbewachten Augenblick hatte er nach dem Zug gegriffen, und ein glühendes Holzscheit war auf seinen Arm gefallen. Die Wunde war zehn Zentimeter lang und fünf breit, mit unregelmäßigen Wundrändern, und stark nässend. Der Krankenbericht war sehr knapp gehalten, fast unvollständig, fand Henrik. Als er das Datum sah, begriff er schon eher, warum der Arzt es so eilig gehabt hatte. Der Besuch hatte am Heiligen Abend stattgefunden, kurz vor Dienstschluss.

Auch die Sache mit der Rodelbahn kam vor. Es war alles ungefähr so dargestellt, wie Haldis Grande es beschrieben hatte. Bei dem Jungen war eine leichte Gehirnerschütterung festgestellt worden, und an der Augenbraue war er mit drei Stichen genäht worden.

Bei den letzten beiden Eintragungen ging es um Armbrüche. Der erste war im September 2009 passiert, und den Unterlagen zufolge war Sander einfach zu Hause im Garten von einem Baum gefallen. Es war ein glatter, sauberer Bruch des linken Armes. Eine Operation war nicht nötig gewesen. Der Arm wurde eingegipst, und der Gips wurde sechs Wochen später entfernt, das war alles.

Als Sander dann im April 2011 abermals wegen eines

Armbruchs behandelt werden musste, diesmal am rechten Arm, tauchte im Krankenbericht erstmals die ADHS-Diagnose auf. Diese Diagnose war bereits zwei Jahre zuvor gestellt worden, aber erst jetzt schienen die Ärzte von Volvat wegen Sanders auffälligem Pech nachgefragt zu haben. Aus den kurzen Notizen glaubte Henrik entnehmen zu können, dass der Arzt sich mit der umständlichen Erklärung für diesen neuen Armbruch zufriedengegeben hatte. Am Haus im Glads vei hatte eine Leiter gestanden. Jon Mohr wollte die Dachrinne säubern. Als er zum Mittagessen ins Haus gegangen war, war Sander die halbe Leiter hochgeklettert, hatte das Gleichgewicht verloren und war abgestürzt. Der Arm, oder vielleicht der Pulloverärmel, hatte sich zwischen zwei Leitersprossen verfangen, meinte der Vater. Sander heulte furchtbar, und der Vater kam angerannt. Als er nur noch wenige Meter entfernt war, riss der Ärmel. Der Arm des Jungen war offenbar weiterhin eingeklemmt. Jedenfalls schrie Sander laut vor Schmerz, ehe er fiel. Die blauen Flecken an seinem Leib stammten vielleicht vom Zusammenstoß mit dem Vater her, der den Fall immerhin hatte abbremsen können.

Ob der Arzt wohl verlangt hatte, auch Jon Mohr zu untersuchen, um festzustellen, ob das mit den blauen Flecken stimmen konnte?

Er versuchte, die Krankenberichte nach einer Art System zu sortieren.

Einen Stapel für Krankheiten. Windpocken und Ohrenentzündungen konnten den Eltern wohl kaum zur Last gelegt werden. Nach kurzem Zögern legte er auch die Episode mit dem Wespennest und die Schlafstörungen zu den Krankheiten. Den Zwischenfall auf der Rodelbahn ebenfalls, da waren die Eltern ja nicht einmal dabei gewesen. Er steckte alle diese Berichte in einen Umschlag, den er dann an den linken Schreibtischrand legte.

Die Verletzungen kamen auf einen eigenen Stapel. Zwei Armbrüche, eine Brandwunde und ein Sturz von der Terrassentreppe. Bei den beiden Fällen von Magenschmerzen war Henrik sich nicht sicher. Er hatte als Kind oft Magenschmerzen gehabt, wenn er sich vor etwas fürchtete. Andererseits konnten Kinder sich vor so vielem fürchten. Ihm selbst hatte es vor allem vor den Tanzkursen und vor Englischklausuren in der Schule gegraust. Schnell legte er die beiden Fälle zu den Krankheiten und verstaute die Mappe in der leeren obersten Schublade des Schreibtisches.

Es klopfte an der Tür. Ein dreimaliges hartes Klopfen.

Vor Überraschung erstarrte Henrik wie auf frischer Tat ertappt.

»Herein«, brachte er endlich hervor.

Ein Mann von etwa fünfzig Jahren öffnete die Tür. Er trat mit zwei Schritten vor den Schreibtisch und streckte die Hand aus. Henrik Holme nahm sie, ohne sich zu erheben.

»Freddy Monsen vom Wirtschaftsdezernat«, sagte der Mann lächelnd und setzte sich auf den Besucherstuhl. »Sie haben versucht, mich zu erreichen.«

»Ja«, sagte Henrik und schluckte.

»Sie haben mir zwei Mitteilungen hinterlassen«, sagte Freddy Monsen fragend und hob die Augenbrauen. »Es tut mir leid, dass ich mich erst jetzt melde, aber kurz gesagt: Da draußen ist die Hölle los.«

Er schaute sich in dem kahlen stillen Büro um.

»Klar«, sagte Henrik und versuchte, ruhig zu atmen, damit die Röte sich nicht vom Hals auf sein Gesicht ausbreitete.

Er verfluchte seine Schüchternheit jeden Tag von Neuem. Als Junge war er deshalb über lange Zeit fast ohne Freunde gewesen. Erst als in der zweiten Klasse der Lehrer entdeckt hatte, dass der magere, schweigsame Junge in der letzten Bank unglaublich geschickt im Bauen von Modellen war, hatte Henrik Hilfe bei der Suche nach einer Gruppe bekommen, in der er sich zu Hause fühlen konnte. Er baute Flugzeuge und Schiffe, bekannte Gebäude und phantastische Autos. Anfangs begnügte er sich mit gekauften Bausätzen, aber mit zwölf baute er das Weiße Haus ohne andere Hilfsmittel als Balsaholz, Birkenfurnier, Plexiglas, Klebstoff und Werkzeug nach. Das Modell war so gut gelungen, dass es im Aktivitätssaal der Schule in einem Glaskasten aufgestellt wurde. Es konnte gut sein, dass es noch immer dort stand. Das Bauen machte ihn nicht weniger schüchtern, aber es brachte ihm zwei ebenso nerdige Kumpel und von den anderen so viel Respekt ein, dass er einigermaßen in Ruhe gelassen wurde.

Henrik Holme war in allen Fächern außer den Sprachen gut in der Schule, und seine Noten waren mehr als ausreichend für die Polizeischule. Bei den physischen Aufnahmebedingungen sah es nicht weniger gut aus. Er hatte sich alle Mühe gegeben, um beim Laufen gut genug in Form zu sein, und die Kraftprüfungen schaffte er mit knapper Not. Woran er beim ersten Versuch scheiterte, waren die Übungen im Wasser. Das Schwimmen an sich ging noch einigermaßen, aber nach dem verdammten Ring auf dem Beckenboden zu tauchen war ihm unmöglich.

Henrik Holme war wasserscheu. Er hatte außerdem Angst vor Spinnen. Er mochte Höhen nicht, und beim Anblick größerer Tiere hatte er ernsthafte Probleme. Es reichte, wenn sie größer waren als Katzen, aber das hatte er niemals offen zugegeben. Seine ganze Kindheit hindurch hatte er seine Phobien mit wahrer Meisterschaft verborgen. Er wusste nicht, wie viele Stunden er im Internet unterwegs gewesen war, um für sie alle Namen zu finden, und das Schlimmste war, dass er auch an einem Hauch von Anthropophobie litt.

Henrik hatte ganz einfach Angst vor der Nähe anderer Menschen. Was keine besonders gute Eigenschaft für einen Polizisten war, und seine Mutter hatte ihn gewarnt. Sie meinte, er sollte seinen Kindheitstraum wahr machen und Paläontologe werden. Niemand fürchtete sich vor den Überresten der Saurier, glaubte sie gelesen zu haben. Aber Henrik setzte sich durch.

Er wollte Polizist werden. Ermittler wollte er werden. Er fürchtete sich zwar vor vielem, aber das Modellbauen hatte ihn früh den Wert von geduldiger Genauigkeit gelehrt, eine Eigenschaft, die ihn, wie er meinte, zu einem guten Ermittler machen würde. Als kleiner Junge war er nur von seinen Eltern ernst genommen worden. In der Uniform würden die anderen ihn sehen. Es war etwas aus ihm geworden, und es würde noch viel mehr aus ihm werden.

Als Teenager bekam er seine Phobien besser in den Griff. Nachdem er eine Fernsehsendung über Konfrontationstherapie gesehen hatte, arbeitete er mit aller Härte an sich selbst. Er fing Spinnen und legte sie in sein Bett, er zwang sich, in der Badewanne den Kopf unter Wasser zu halten. Er suchte Reitschulen auf, Kühe auf der Weide, und er konnte sich in Bahnhöfe und Kinosäle setzen, einfach nur, um sich an die Nähe vieler Menschen zu gewöhnen. Und das hatte gewirkt.

Jetzt, mit sechsundzwanzig, fiel ihm das alles viel leichter. Noch immer machte er einen großen Bogen um

Insekten und Tiere überhaupt, und im Meer badete er nie. Er konnte zwar noch immer nicht gut mit Menschen umgehen, aber irgendwie ging es schon. Er hatte Freunde, ein Abend in der Stadt konnte ihm wirklich Spaß machen, aber mit Fremden ins Gespräch zu kommen war nach wie vor ein Problem.

In Situationen, auf die er sich hatte vorbereiten können, ging es meistens gut, aber das hier mit Freddy Monsen kam zu überraschend. Henrik versuchte, nicht so heftig zu schlucken. Sein verdammter Adamsapfel war zu groß und verriet ihn, sowie ihn auch nur ein Hauch von Unsicherheit überkam.

»Ich habe versucht, Sie anzurufen«, sagte sein Gegenüber. »Sie haben zwar Ihre Nummer auf meinem Anrufbeantworter hinterlassen, aber Sie sind nicht ans Telefon gegangen. Also habe ich ein bisschen rumgefragt und erfahren, dass man Sie in dieses …«

Wieder ließ er den Blick durch das Zimmer wandern, von den leeren Bücherregalen über die nackten Wände bis zum Schreibtisch, auf dem nur der eine Fall lag.

»… Kabuff gesteckt hat«, sagte er grinsend. »Was treiben Sie denn hier eigentlich?«

»Es geht um einen … einen möglichen Mordfall.«

Freddy Monsen grinste breit. Ihm fehlte ein halber Schneidezahn, und ein dicker Priem sonderte Saft ab.

»Ja, sind wir nicht alle gerade mit Mordfällen beschäftigt?«, sagte er und spuckte in die Luft. »Verdammte Scheiße, was für ein Arsch.«

»Es ist ein anderer Fall«, murmelte Henrik Holme. »Eine Art …«

»Ja, ja, ja.«

Freddy Monsen winkte ungeduldig mit seiner rechten Pranke.

»Warum wollten Sie mit mir reden?«

»Es geht um einen Insiderhandel«, sagte Henrik schnell. »Er wurde erst vorige Woche im *STRASAK* registriert.«

»Ach, der!« Monsen schlug die Beine übereinander, faltete die Hände um das Knie und schob die Oberlippe vor.

»Sie wissen, welchen Fall ich meine?«, fragte Henrik. »Einfach so?«

Er fuhr sich mit Daumen und Zeigefinger über die Mundwinkel. Er wünschte, Monsen würde das auch tun, der Tabakssaft hatte dort schwarze Halbmonde hinterlassen.

»So viele Insidersachen gibt es nun auch wieder nicht«, sagte Freddy Monsen. »In der vorigen Woche habe ich nur einen registriert. Hab mich noch nicht damit beschäftigen können. Das bisschen, was es darüber zu wissen gibt, habe ich im Kopf. Warum fragen Sie?«

»In diesem …«

Henrik riss sich zusammen. Die Angst, der Fall könnte ihm weggenommen werden, machte ihn noch unsicherer, als er ohnehin schon war.

»Ich untersuche etwas, das in Verbindung mit einem der Namen steht, die im *STRASAK* auftauchen«, sagte er deshalb nur. »Jon Mohr. Geschäftsführer bei der Mohr und Westberg AG. Nennt sich übrigens wohl geschäftsführender Direktor. So ein PR-Büro, Sie wissen schon.«

»Genau«, sagte Monsen und schnippte mit den Fingern der rechten Hand. »Er steht da, weil wir eigentlich keine Verdächtigen haben. Ein bisschen schlampig von mir, eigentlich. Wie gesagt, wir sind noch nicht richtig in Gang gekommen.«

»Keine Verdächtigen?«

»Nein, also …«

Freddy Monsen schien sich zu amüsieren. Nicht über Henrik, dessen tanzenden Adamsapfel oder die Tatsache, dass der Sechsundzwanzigjährige allein in einem leeren Büro saß und unklare Fragen zu einer Insidersache stellte, während der Rest der Welt mit ganz anderen Dingen beschäftigt war. Freddy Monsen wirkte einfach wie ein heiteres Gemüt. In seinen Augen lag ein Lachen, und er hatte die Mundwinkel zu einem ewigen Lächeln nach oben gezogen. Er war ganz einfach sympathisch, ein jovialer, angenehmer Mann, so wie Henrik Holme es immer schon hatte sein wollen.

»Die Börse, wissen Sie.«

Freddy Monsen hielt Ausschau nach einem Papierkorb, schob den Zeigefinger unter die Oberlippe und holte den Priem heraus.

»Die Börse ist immer auf der Hut. Wenn sie irgendeine verdächtige Transaktion entdecken, zum Beispiel einen Aufkauf oder einen Abverkauf unmittelbar vor einem kursverändernden Ereignis, sehen sie sich die Sache genauer an. Die Schwelle liegt ziemlich weit unten, und das bedeutet, dass in der Regel alles in schönster Ordnung ist. Wenn wir aber mit ein paar einfachen Untersuchungen nicht auf den Grund der Sache kommen, dann …«

Eine Tabaksdose drückte sich rund in den Stoff über der rechten Hosentasche. Freddy Monsen fischte nach der Dose. Sein Bauch wölbte sich breit über seinen Gürtel, und deshalb musste er seinen Körper schmerzhaft verdrehen.

»Dann wird die Sache an die Finanzaufsicht weitergereicht«, stöhnte er. »Sie haben größere Vollmachten als die Börse. Wenn sie meinen, dass von *foul play* die Rede sein kann, sind wir an der Reihe.«

»Und dieser Fall?«

»Wie gesagt, ich habe ihn mir noch nicht genau angesehen. Es geht um zwei Aktienkäufe, wenn ich das richtig in Erinnerung habe. Der eine war am Tag, ehe bekannt wurde, dass zwei große Firmen in der IT-Branche, Klevstrand und Shatter, fusionieren würden. Die Aktien schossen natürlich in die Höhe.«

Er beschrieb mit der rechten Hand eine Bewegung zur Decke hin, dann öffnete er seine Tabaksdose.

»Bei dem anderen ging es um HeliCore, glaube ich. Sie haben einen umfassenden Transportvertrag für die Nordsee an Land gezogen. Einen richtig fetten. So was treibt die Aktien ja hoch. Irgendwer hat gewittert, was da kommen würde, und, drei Stunden ehe die Sache bekannt wurde, Aktien für drei Millionen gekauft. Hat gleich danach wieder verkauft und das nette Sümmchen von 250 000 Kronen verdient.«

Er stopfte sich einen neuen Priem unter die Oberlippe und wischte sich die Hände an der Hose ab.

»Entweder eine sehr gute Nase oder illegale Infos. Das sollen wir eben herausfinden.«

»Aber was hat das mit Mohr und Westberg zu tun?«

Freddy Monsen schob mit der Zunge den Priem zurecht und lächelte noch breiter als sonst.

»Alle Firmen waren Kunden bei denen. Mohr und Westberg wussten, was passieren würde. Solche PR-Firmen wissen ungeheuer viel. Ich habe den Verdacht, dass früher verdammt viel getrickst wurde. Es kommt immer noch vor, aber die Haltung hat sich doch etwas geändert. Die Angst, erwischt zu werden, ist auch größer, glaube ich. Wir, die *good guys*, sind zudem viel tüchtiger geworden.«

Er schlug sich mit der Faust auf die Brust.

»Bedeutet das, dass Angestellte von Mohr und Westberg solche Aktien gekauft haben?«

»Nein, nein, auch die Blödheit hat Grenzen. Der Käufer kommt natürlich von außen, und unsere Aufgabe ist es, festzustellen, ob er irgendeine Verbindung zu jemandem bei Mohr und Westberg hat.«

»Es ist also nicht sicher, ob Jon Mohr etwas verbrochen hat?«

»Absolut nicht. Er ist Geschäftsführer der Firma, und aus den Unterlagen der Finanzaufsicht geht hervor, dass er persönlich mit beiden Fällen betraut war. Aber ob er sich strafbar verhalten hat, kann man noch nicht sagen. Er weiß wahrscheinlich nicht einmal, dass ermittelt wird. Und jetzt, wo das ganze verdammte Wirtschaftsdezernat nach dem Geld von diesem …«

Zum zweiten Mal, seit er das Zimmer betreten hatte, zogen seine Mundwinkel sich voller Abscheu nach unten.

»Jon Mohr hat also keine Ahnung, dass gegen ihn ermittelt wird?«, fragte Henrik Holme, ohne den Stimmungsumschwung des Kollegen zu bemerken.

»Ich habe ihm jedenfalls nichts verraten.«

Er stopfte sich die Tabaksdose wieder in die Hose, als er sich erhob, zog ein wenig an den Hosenbeinen und spuckte abermals in die Luft.

»Werd mir die Angelegenheit erst mal nicht näher ansehen können«, sagte er und ging zur Tür. »Aber die läuft ja nicht weg. Leider.«

Jetzt lächelte er wieder breit und hob die rechte Hand zum Gruß.

»Sie haben es hier ja ein bisschen trist«, sagte er. »Hängen Sie doch ein Plakat auf oder so. Viel Glück bei was immer Sie hier treiben.

»Ja«, sagte Henrik kleinlaut. »Danke.«

Die Tür fiel zu, und er war allein.

Mehr allein denn je, so kam es ihm vor. Seine Theorie, Jon Mohr könne gestresst gewesen sein, weil gegen ihn ermittelt wurde, hatte sich also erledigt. Erstens wusste der Mann nichts davon, zweitens war es alles andere als sicher, dass er eine Straftat begangen hatte.

Fehlschuss.

Zwei Armbrüche, ein zerschundener Rücken und eine Brandwunde waren alles, was Henrik Holme noch hatte. Nicht viel, um damit auf den Tisch zu hauen, jedenfalls nicht als Grundlage für den Verdacht auf Kindesmisshandlung. Natürlich müsste er sich auch beim öffentlichen Notdienst erkundigen, aber Jon Mohr hatte ja gesagt, dass sie immer zu Volvat gingen. Die Gefahr, dass er da gelogen hatte, war minimal, der Mann wirkte ja nicht gerade wie ein Idiot.

In gewisser Weise begriff er selbst nicht, warum dieser Fall ihm überhaupt so wichtig war. Während der ersten Phase, bei seinen einsamen Ermittlungen eine Woche zuvor, war er vor Angst wie gelähmt gewesen. Henrik wusste nicht, was passiert wäre, wenn die Polizeijuristin sich nicht eingeschaltet und die Sache in eine Art System gebracht hätte. Seine Enttäuschung darüber, dass er nicht an demselben Fall arbeiten durfte wie alle anderen, hatte sich allmählich gelegt. Er durfte ermitteln, zum ersten Mal in seinem Leben, und die entsetzlichen Umstände gaben ihm die Möglichkeit, alles ganz allein zu entscheiden. Es war spannend, ganz einfach. Er fühlte sich wie ein echter Polizist, und das kam nicht gerade häufig vor. Nie, wenn er ehrlich sein sollte.

Aber etwas war geschehen. Im Laufe der Tage war ihm das unangenehme Gefühl gekommen, dass an dem Verdacht, mit dem er Jon Mohr am Samstagabend auf so ungeschickte Weise konfrontiert hatte, etwas Wahres sein könnte.

Das Gespräch mit der Großmutter des Jungen hatte Henrik zwar rein gar nichts gebracht. Das Einzige, was er von seinem Besuch in Vinderen mitgenommen hatte, war ein Eindruck von Sander. Bei der alten Dame hing ein Foto im Flur, und etwas am Blick des Jungen hatte ihn berührt. Von allen Seiten hatte Henrik gehört, Sander sei munter, temperamentvoll und robust gewesen. Auf dem Bild sah er ganz anders aus. Es war etwas an seinem Lächeln, seiner Zurückhaltung, das Henrik nicht hatte deuten können. Zu Hause bei Ellen und Jon hatte es übrigens kein einziges Foto des Jungen gegeben, fiel ihm jetzt ein. Nicht einmal einen Schnappschuss am Kühlschrank.

Komisch, dachte Henrik Holme, aber wohl kaum von Bedeutung für den Fall.

Eigentlich hatte er kaum etwas, das von Bedeutung für den Fall war. Nur eine vage Unruhe, die mit einem Bild von Sander aus der ersten Klasse zusammenhing, und den widerwilligen Bericht einer Lehrerin über einen Jungen, der immer wieder mit größeren oder kleineren Verletzungen zur Schule kam.

»Nur eine Bagatelle«, hatte der Junge dann gesagt.

Manchmal hatte Sander ausführlich und spannend über die Ursachen seines Missgeschicks berichtet, hatte die Lehrerin erzählt. Aber bei seinem letzten Armbruch, einem dramatischen Sturz von einer Leiter, bei dem sein Pullover hängen geblieben war und sein Vater ihn aufgefangen hatte, wie in einem Film, hatte er nichts sagen wollen.

»Nur eine Bagatelle«, flüsterte Henrik vor sich hin.

Oder eine Lügengeschichte. Die Jon sich ausgedacht hatte. Er hatte den Jungen zum Arzt gebracht.

Mit schneller werdendem Puls öffnete Henrik die Schublade. Er zog die am wenigsten verdächtigen Krankenberichte aus dem Umschlag und merkte, dass seine Hände zitterten, als er sie überflog. Nur ein einziges Mal hatten beide Eltern den Jungen nach Volvat begleitet. Und zwar, als sie nicht schlafen konnten. Sonst hatte Ellen den Jungen gebracht, nach der Sache mit dem Wespennest und bei der Ohrenentzündung, bei den Windpocken und seinen Magenschmerzen. Und sie hatte Sander nach dem Unfall am Rodelhang zum Arzt gebracht.

Nicht Jon.

Henrik steckte die Papiere wieder in den Umschlag und griff nach dem Stapel mit den verdächtigeren Verletzungen.

Jon Mohr hatte Sander zum Arzt gebracht, als der Junge von der Terrassentreppe gefallen war. Und als er sich den Arm gebrochen hatte, beim ersten und beim zweiten Mal. Jon Mohr war mit seinem Sohn bei Volvat gewesen, als Sander eine Verbrennung zweiten Grades hatte, nachdem ihm seine Spielzeugeisenbahn in den Kamin gefallen war. Hier gab es ein Muster, endlich eine Spur, eine fast zu deutliche, und Henrik Holme schluckte.

Wenn eine Geschichte ersonnen und der Sohn angehalten werden musste zu schweigen, brachte der Vater ihn zum Arzt.

Nicht Ellen.

»Yesssss«, sagte Henrik Holme durch zusammengebissene Zähne.

Er war noch weit von einer Urteilsbegründung entfernt, meilenweit, aber das konnten keine Zufälle sein.

Endlich war Henrik Holme sich seiner Sache sicher, und Jon Mohr sollte erfahren, wie es war, an einen überzeugten Polizisten zu geraten.

Es war zehn Uhr am Freitagabend. Yngvar schlief. Als sie von ihrer Wanderung in den Maridalsbergen zurückgekehrt waren, stand in der Küche eine große Portion Kartoffeleintopf von Inger Johannes Mutter. Früher, als sie noch keine Witwe gewesen war, hätte die Mutter sich mit dem Ersatzschlüssel, den sie sich ertrotzt hatte, selbst eingelassen und auf sie gewartet. Jetzt hatte sie eine SMS geschickt, sie habe für eine ganze Kompanie gekocht und nicht genug Platz in der Tiefkühltruhe. Falls es Inger Johanne recht wäre, würde sie ihnen gern zwei Portionen bringen. Sie könnte sich ja mit ihrem Reserveschlüssel hereinlassen, während die beiden unterwegs wären.

Ehe die Mutter Witwe geworden war, hätte Inger Johanne dankend abgelehnt.

Jetzt war sie dankbar.

Yngvar aß schweigend und ohne zu bemerken, dass für Inger Johanne nichts übrig blieb. Danach duschte er den Warmwasserspeicher leer und fiel ins Bett.

Jack lag wie tot unter dem Couchtisch. Der Ausflug war auch für ihn anstrengend gewesen, und nur sein schwaches langsames Schnarchen verriet, dass er noch am Leben war.

Eben hatte Isak angerufen.

Inger Johanne hatte zehn Minuten lang mit Kristiane gesprochen. Überraschenderweise hatte Kristiane die Terrorangriffe auch jetzt nicht erwähnt, wie schon die ganze Woche nicht. Sonst konnte sie bei viel weniger schwerwiegenden Ereignissen untröstlich sein. Ein Zeitungsartikel über einen Elch, der sich auf die U-Bahnschiene verirrt hatte und erschossen werden musste, hatte sie im Frühsommer mehrere Tage in Verzweiflung gestürzt. In Kristianes fein abgestimmter Skala für traurige Geschehnisse sprengte der Doppelangriff auf Regierungsviertel und Utøya alle Dimensionen, und deshalb ignorierte sie das Ganze lieber. Isak wollte sie nicht bedrängen, und Inger Johanne war da ganz seiner Meinung. Ragnhild war zu beschäftigt im Schwimmbecken, um überhaupt mit ihrer Mutter sprechen zu können. Inger Johanne wollte schon sagen, dass die Kleine längst ins Bett gehörte, nahm sich dann aber zusammen.

Sie war so froh, dass die Kinder in Frankreich waren, in einem Haus ohne norwegisches Fernsehen und ohne Internet.

Aus einem Karton auf dem Küchentisch schenkte sie sich ein Glas Wein ein.

Der Schwangerschaftstest, fiel es ihr dann ein, und sie starrte missmutig in ihr Glas.

Sie konnte damit nicht mehr warten. Sie goss den Wein ins Spülbecken, ließ Wasser nachlaufen und stellte das Glas in die Spülmaschine. Auch wenn sie dieses Kind nicht behalten konnte, wenn sie keinen Platz dafür hatte, keine Zeit, war es ihr doch zuwider, jetzt zu trinken. Am Sonntag hatte sie zwar ein halbes Glas geleert, aber da war sie so erschöpft gewesen, dass sie nicht nachgedacht hatte.

Die ganze Woche lang hatte sie sich Entschuldigungen überlegt, um den Test nicht zu machen. Sie hatte erst vor acht Wochen zuletzt ihre Regel gehabt, es war noch immer Zeit genug, ehe die Frist für eine Abtreibung verstrichen wäre. Außerdem war die Vorstellung einer Schwangerschaft doch absurd. Sie war zu alt. Ihr Zyklus war seit mindestens einem Jahr unregelmäßig, und ihre Mutter hatte immer darüber geklagt, dass sie zu früh in die Wechseljahre gekommen sei. Solche Dinge waren erblich, meinte Inger Johanne gelesen zu haben. Sie war nicht schwanger. Ihr Körper veränderte sich nur zu einer Menopausenfigur. Frauen wie Ellen, die sich um Sinn und Verstand trainierten, wurden in diesem Alter spindeldürr. Inger Johannes physische Aktivitäten dagegen begrenzten sich auf ihre Spaziergänge mit Jack. Heute war ihr nicht einmal schlecht gewesen. Es war an der Zeit, sich den Gedanken an noch ein Kind aus dem Kopf zu schlagen. Sie schlich ins Schlafzimmer.

Yngvar schlief ungewöhnlich leise. Er lag zusammengerollt auf der Seite, in die Decke gewickelt, obwohl es im Zimmer warm und stickig war. Inger Johanne war sicher, dass er das Fenster geschlossen hatte, es gab zwischen ihnen einen ewigen Kampf darum, ob es offen stehen sollte oder nicht. Sie hob vorsichtig den Korb mit der schmutzigen Wäsche hoch und trug ihn ins Badezimmer.

Ihr Bedürfnis, die Tür abzuschließen, musste sie einfach ignorieren. Nachdem Kristiane Ragnhild zweimal ins Badezimmer eingesperrt hatte, hatte Yngvar den Schlüssel versteckt. Inger Johanne schob den Arm zwischen die schmutzigen Kleider im Korb. Ihre Finger fanden schließlich unten eine Pappschachtel, und sie zog sie heraus.

Sie hatte noch nie einen solchen Test gesehen oder gar gemacht. Bei Kristiane und Ragnhild war sie sofort zum Arzt gegangen, als sie ernsthaft hoffen konnte, schwanger zu sein. Jetzt verspürte sie vor allem eine lähmende Furcht, und sie packte den Test mit Fingern aus, die nicht ganz dasselbe wollten wie sie. Sie riss die Schachtel in Stücke und fürchtete einen Moment, auch die Gebrauchsanweisung zerstört zu haben.

Eine Viertelstunde später hatte Inger Johanne keine Angst mehr. Sie saß auf dem Klodeckel und wusste, dass sie noch ein Kind bekommen würde. Ein Junge, da war sie sich sicher, ein kleiner Junge, der Tarjei heißen könnte. Sie presste die rechte Hand auf ihren Bauch und war gewiss: Sie erwarteten einen Sohn.

Der Test lag auf dem Rand des Waschbeckens. Im Display stand: »Schwanger +3«.

Drei Wochen oder mehr.

Seit mindestens drei Wochen trug sie das in sich, was zu einem Kind werden würde. Im Kopf rechnete sie vorwärts. Ungefähr im März. Ein Frühlingskind würden sie bekommen, Yngvar und Inger Johanne. Alles würde sich finden, das wusste sie. Sie kannte Yngvar, es war dumm von ihr gewesen, ihn auf dem Gaupekollen zu überrumpeln, seine Antwort war ein Reflex gewesen, ein undurchdachtes Nein, das zu einem Ja werden würde, sowie sie ihm erzählt hatte, was ihnen bevorstand. Yngvar würde sich freuen, das wusste sie, so wie sich ihre eigene Furcht in Erwartung verwandelt hatte, als im Display das Pluszeichen aufgetaucht war.

Aber sie musste warten.

Sie starrte noch einmal das Stäbchen an, das zeigte, dass sie ein Kind bekommen würde. Sie brachte es nicht übers Herz, es wegzuwerfen. Rasch steckte sie es in die Schachtel zu dem unbenutzten Test und legte alles wieder unten in den Wäschekorb.

Sie konnte warten.

Yngvar war nicht er selbst. Nichts war wie sonst. Der

Prozess würde zwar erst im nächsten Jahr beginnen, aber früher oder später würde in Yngvars Arbeit wieder eine Art Normalität einkehren. Jetzt war es noch zu früh, es war ja erst eine Woche vergangen. In einem Monat vielleicht, wenn der Sommer vorüber wäre und Norwegen auf irgendeine Weise zu sich selbst zurückfinden musste. So wie jetzt konnte niemand weitermachen, und für einen Monat würde sie das Kind allein tragen können.

Im Wohnzimmer schrillte das Telefon.

Yngvar durfte nicht aufwachen, und sie stürzte aus dem Badezimmer.

Es war ihr Handy. Sie packte es und ließ sich aufs Sofa fallen.

»Hallo?«

»Hallo. Spreche ich mit Inger Johanne Vik?«

»Ja, Entschuldigung, ich muss nur ... ja, am Apparat.«

»Hier ist Agnes Krogh. Ich weiß nicht, ob Sie sich an mich erinnern, aber ich ...«

»Sie sind Ellens Mutter! Natürlich erinnere ich mich an Sie.«

»Es tut mir leid, dass ich so spät anrufe, noch dazu am Freitag. Es ist nur, weil ich ...«

Es rauschte, und Inger Johanne nahm das Telefon in die andere Hand und setzte sich bequemer hin.

»Das macht nichts«, sagte sie. »Ich bin ja wach und außerdem allein.«

»Danke. Ich rufe ganz einfach an, um zu fragen, ob wir uns bald treffen können. Ich würde gern mit Ihnen über etwas sprechen, das sich nicht für ein Telefongespräch eignet.«

»Ja. Natürlich können wir uns treffen.«

Inger Johanne wollte ihr schon ihr Beileid aussprechen, als ihr einfiel, dass Agnes und Torbjørn Krogh den Jungen seit drei Jahren nicht mehr gesehen hatten. Irgendeine Art von Teilnahme müsste sie ja trotzdem zum Ausdruck bringen, aber ihr fiel nichts Passendes ein. Ellens Mutter kam ihr zuvor.

»Wir wohnen jetzt in Lillehammer«, sagte sie. »Das wissen Sie vielleicht nicht.«

»Nein …«

»Als Torbjørn in Pension gegangen ist und wir nicht mehr am Leben von Ellen und Sander teilnehmen durften, haben wir das Haus verkauft und sind wieder hierhergezogen. Wir kommen doch von hier. Ursprünglich, meine ich.«

»Ach so.«

»Ich habe über Sie gelesen, Inger Johanne. In den Zeitungen und auch ein wenig im Netz. Torbjørn und ich meinen, es sei das Beste, wenn wir einmal mit Ihnen sprechen. Wir möchten nur ungern …«

Wieder dieses Rauschen. Es klang wie starker Wind.

»Ich bin auf der Hütte«, rief Agnes jetzt am anderen Ende der Leitung. »Einen Moment!«

Inger Johanne schob sich die Hand unter den Gürtel. Ihre Haut spannte. Sie öffnete den obersten Knopf und ließ ihrem Bauch mehr Raum. Es musste länger als drei Wochen her sein. Zu Mittsommer, ging ihr jetzt auf. Sie waren in Asker bei einem von Yngvars Kollegen gewesen und hatten in einem Kellerraum übernachten müssen, weil kein Taxi zu bekommen war.

»Hallo«, sagte Agnes. »Die Verbindung hier oben ist schlecht, aber so müsste es gehen. Jetzt stehe ich am Rand einer Felskuppe, hören Sie mich?«

»Ja.«

»Wie wäre es mit Montag?«

»Montag? Ja. Das müsste gehen. Meinen Sie vormittags oder …«

»Wie Sie wollen. Da das, worüber ich sprechen möchte, sehr …«

Wieder riss ein Windstoß den halben Satz mit.

»Hallo«, sagte Inger Johanne. »Können Sie das noch mal wiederholen?«

»Ich möchte über etwas sehr Vertrauliches mit Ihnen reden. Es wäre deshalb schön, wenn wir uns nicht in einem Café treffen müssten. Darf ich so frech sein und mich bei Ihnen einladen? Oder im Büro natürlich, falls Sie keinen Urlaub haben? Oder … meine Güte, sind Sie überhaupt in Norwegen?«

»Das ist in Ordnung. Ich habe Urlaub, aber ich bin in Oslo. Kommen Sie einfach her. Um zwölf, ist das okay?«

»Zwölf ist gut. Tausend Dank.«

»Darf ich fragen, worum es geht?«

»Es geht um Sander«, sagte die Anruferin. »Wir haben erst vor drei Tagen von seinem Tod erfahren. Jon hat angerufen.«

Inger Johanne glaubte, rasche, unregelmäßige Schritte zu hören, als suche Agnes Krogh in ziemlich unwegsamem Gelände nach einer Stelle mit weniger Wind. Sie atmete schwer, und Inger Johanne hielt das Telefon einen Zentimeter vom Ohr weg, um dem unangenehmen Rauschen zu entgehen.

»Können Sie mir noch mehr sagen?«, fragte sie, als es endlich still wurde.

»Nicht viel«, sagte Agnes Krogh. »Aber ich glaube, dass Sander von seinem Vater misshandelt wurde. Nein, ich glaube es nicht, ich bin mir da ziemlich sicher.«

»Eins muss ich Ihnen immerhin lassen«, sagte Polizeijuristin Tove Byfjord. »Sie sind wirklich hartnäckig. Keine schlechte Eigenschaft für einen Polizisten.«

Es ging auf Mitternacht zu. Der lang gezogene, geschwungene Koloss im Grønlandsleiret 44, wo die Osloer Polizei untergebracht war, schlief noch nicht. Aus den Bürofenstern fiel mattes Licht, und Vorübergehende konnten Leute kommen und gehen sehen, wie an einem geschäftigen Vormittag. In seinem geliehenen, fast leeren Büro saß Henrik Holme und spürte, wie das Mobiltelefon auf seinem Oberschenkel vibrierte. Er schob die Hand in die Tasche, um es so diskret wie möglich auszuschalten.

»Stellen Sie das Ding ab«, sagte die Polizeijuristin. »Ich rede mit Ihnen.«

Er gehorchte und ließ das Telefon in seinen Rucksack fallen.

»Sie haben viel geschafft«, sagte sie und versuchte, ein Gähnen zu unterdrücken. »Aber Sie haben das meiste falsch gemacht. Das Problem ist, dass Sie zu viele Krimiserien sehen. Was zum Teufel hatten Sie in Grorud bei dieser Lehrerin zu suchen? Und bei der Großmutter? Hätten Sie nicht einfach …«

Sie kratzte sich an der Stirn, während sie schwach den Kopf schüttelte. Ihre Nägel waren einige Tage zuvor rot gewesen, jetzt war der Lack zur Hälfte abgeblättert. Dadurch machte sie einen ungepflegten Eindruck.

»Idiot«, sagte sie resigniert.

»Aber ich habe ziemlich viel herausgefunden«, sagte er kleinlaut.

Sie lehnte sich zurück und legte die Hände auf die Armlehnen. Ihre knallrote Bluse spannte über den Brüsten, durch einen Spalt zwischen zwei Knöpfen sah er einen ebenso roten BH. Er schluckte.

»Meine Augen sind hier oben«, sagte sie und zeigte mit zwei ausgestreckten Fingern darauf.

Er hob den Blick zu einem Punkt an der Wand, gleich über ihrem Kopf, und versuchte, ihn dort zu halten.

»Ich bin achtundvierzig Jahre alt«, sagte sie mit einem Lächeln, das er nicht deuten konnte. »Wiege zehn Kilo zu viel und bin außerdem lesbisch. Suchen Sie sich ein passenderes Objekt.«

Sein verdammter Adamsapfel tanzte Cha-Cha-Cha. Henrik Holme hatte in seinem Leben dreimal eine Frau berührt, und in zwei von diesen Fällen war es bei der Berührung geblieben. Beim dritten war das Mädchen so betrunken gewesen, dass er machen konnte, was er wollte, und das hatte er schnell hinter sich gebracht. Tove Byfjord erinnerte ihn an die Mutter eines Klassenkameraden, eine üppige, dunkelhaarige Frau, so energisch, dass ihm die Phantasie durchging, damals wie heute. Er versuchte, an Fischauflauf und Blutpudding zu denken, beides auf einem Teller. Das half. Ihm wurde schlecht.

»Wann ist die Beerdigung?«

»Die Beerdigung?«

»Ja, sie wollen den armen Jungen doch sicher bald unter die Erde bringen.«

»Er liegt im Rikshospital, und so lange wir nicht wissen, ob eine Straftat vorliegt, können wir ihn doch nicht freigeben?«

Tove Byfjord ließ theatralisch das Kinn auf die Brust sinken und schüttelte langsam den Kopf.

»Falls Sie also mehrere Monate brauchen, um der Sache auf den Grund zu kommen, soll der Junge einfach da liegen? Glauben Sie, wir haben da oben einen Kühlraum zur Verfügung, in dem alle Leichen aus Fällen, die dauern, bis in alle Ewigkeit warten können?«

Sie atmete aus und schnaubte dabei wie ein Pferd.

»Die Obduktion ist doch gelaufen«, sagte sie dann. »Sie haben doch bereits alle Unterlagen.«

»Das schon.«

Henrik kratzte mit dem Fingernagel auf seiner Hose herum.

»Sorgen Sie dafür, dass die Formalitäten sofort erledigt werden«, fauchte sie, ehe sie sich gerade setzte und hinzufügte: »Oder nein. Vergessen Sie es. Das mache ich selbst.«

Henrik Holme schwante, was jetzt kommen würde.

»Sie müssen zugeben ...«, begann er und versuchte, seine Stimme fest klingen zu lassen. »... Sie müssen zugeben, dass es verdächtig wirkt, dass Jon Mohr Sander immer dann begleitet hat, wenn eine von diesen ›Bagatellen‹ vorlag, über die der Junge nicht reden wollte.«

Er merkte, dass ihm der Schweiß aus den Achselhöhlen lief.

»Ich habe schon ziemlich viel herausgefunden. Außerdem war der Tatortbericht total unbrauchbar. Die Kriminaltechnikerin war um drei Uhr morgens da, und sie war todmüde. Und Jon Mohr hatte schon alles weggeräumt. In dem Bericht steht nur, dass es an der Trittleiter keine Blutspuren gab, wohl aber auf dem Parkett im Wohnzimmer. Aber nur ganz leichte. Jon Mohr hatte eifrig geputzt, und das an sich weist doch schon auf ein schlechtes Gewissen hin.«

Jetzt bildeten sich Schweißperlen an seinen Schläfen.

»An der Taschenlampe gab es ebenfalls Blutspuren«, sagte er dann. »Die entscheidende Frage ist, ob Sander auf die Taschenlampe gefallen ist und sich den Schädel gebrochen hat oder ob die Taschenlampe benutzt wurde, um ihn niederzuschlagen. Mit demselben Ergebnis.«

Tove Byfjord starrte ihn ausdruckslos an. Henrik beschloss, das als Aufmunterung aufzufassen.

»Die Taschenlampe wies die Fingerabdrücke beider Eltern auf. Die deutlichsten stammten von Jon Mohr. Ich habe schon allerlei Pläne, wie es mit dieser Ermittlung weitergehen soll.«

»Das ist ganz unnötig«, sagte die Polizeijuristin und holte so tief Luft, dass er noch mehr Einblick bekam in den blutroten BH. »Dieser Fall wird nämlich jemand anderem übertragen.«

»Was?«

»Das werden Sie doch sicher verstehen«, sagte sie sanft und herablassend. Sie erinnerte ihn immer mehr an die unwiderstehliche Mutter seines Klassenkameraden.

»Trösten Sie sich damit, dass Sie mich überzeugt haben«, sagte sie. »Vielleicht haben Sie da etwas entdeckt. Sie sind über durchaus interessante Tatsachen gestolpert. Dieser Fall ist ernst, Henrik, und ich werde ihn einem erfahreneren Ermittler übertragen. Obwohl wir mit dem größten Fall in der Geschichte dieses Bezirks zu kämpfen haben, dürfen wir nicht blind für andere schwerwiegende Dinge sein. Geben Sie mir alle Unterlagen, bitte.«

»Aber ...«

»Her damit.«

Tove Byfjord war aufgestanden und streckte ihm die offene Hand entgegen. Ihre Bluse war hochgerutscht. Er nahm den vagen Parfümgeruch wahr, als sie ungeduldig die Hand schüttelte und wiederholte: »Die Unterlagen. Jetzt.«

Henrik öffnete widerwillig die oberste Schreibtischschublade und nahm die grüne Mappe heraus.

»Danke«, sagte sie und griff danach. »Und die Kopien.«

»Ich habe keine Kopien gemacht.«

»Natürlich haben Sie das«, sagte sie gereizt. »Sie wissen, dass immer Kopien gemacht werden müssen.«

»Ich habe keine Kopien gemacht«, rief er. »Glauben Sie mir!«

Sie musterte ihn forschend. Henrik versuchte, nicht mit der Wimper zu zucken. Er riss die Lider auf und blickte fest in die dunkelbraunen, skeptischen Augen unter dem Pony, aus dem einzelne graue Haare starr und widerspenstig hervorstanden.

»Nicht einmal das konnten Sie richtig machen«, sagte sie endlich verärgert, machte auf dem Absatz kehrt und war verschwunden.

Henrik öffnete die zweite Schreibtischschublade, zog die Kopien heraus und verstaute sie in seinem Rucksack.

»Der Teufel soll dich holen«, murmelte er und beschloss, nach Hause zu gehen.

5

Im Kalender stand zum ersten Mal August, und es war Montag.

Inger Johanne hatte das Wochenende mit Gartenarbeit verbracht, etwas, das sie abermals daran erinnerte, dass sie in eine Wohnung ziehen müssten. Der Rasen war eine ziemlich flache Ansammlung von Moos und Löwenzahn. Das Tulpenbeet zur Straße hin sah im Frühling für ein oder zwei Wochen schön aus. Jetzt quoll es über von Pflanzen und Blumen, die sie nicht kannte, aber schön waren sie jedenfalls nicht. Der Kiesweg zur Haustür war dermaßen von Unkraut überwuchert, dass sie ernsthaft erwog, ihn auf eigene Faust asphaltieren zu lassen.

Es hatte trotzdem gutgetan, draußen zu sein. Körperliche Arbeit zu leisten. Daran erinnert zu werden, dass die Welt sich nicht anhalten ließ, so wie die Lupinen, die sich vor einigen Jahren auf der anderen Seite des Zauns angesiedelt hatten, jetzt auf dem Vormarsch durch den Garten waren.

Inger Johanne konnte sich nicht erinnern, jemals auf diese Weise freigehabt zu haben. Keine Kinder, keine Arbeit, und Yngvar von morgens um acht bis spätabends aus dem Haus. Kein richtiger Urlaub, nur tote

Zeit. Es lag eine unangenehme Unsicherheit darin, die ganze Zeit tun zu können, was sie wollte. Inger Johanne war es nicht gewohnt, Entscheidungen zu treffen. Immer wieder ertappte sie sich dabei, dass sie auf dem Sofa saß und in die Luft starrte, ohne so richtig zu wissen, was sie jetzt machen sollte.

Es war zehn vor zwölf, und sie starrte auf die noch immer warmen Weizenbrötchen. Dass sie noch warm waren, war das einzig Verlockende daran. Mit der Hefe hatte offenbar etwas nicht gestimmt. Vielleicht war sie zu alt gewesen, sie hatte das Verfallsdatum nicht überprüft. Auf jeden Fall waren die Brötchen winzig klein und hart, und sie hatten einige Minuten zu lang im Backofen gestanden. Einige waren fast schwarz. Wenn der Golf guter Laune war, könnte sie schnell zur Tankstelle im Maridalsvei fahren und neue kaufen. Sie griff zu einem Brötchen und schnitt es in zwei Teile. Innen war es immerhin recht hell. Fast roh in der Mitte, wie sie jetzt sah.

Sie hörte die Türklingel.

»Shit«, flüsterte Inger Johanne und warf die Brötchen in den Mülleimer, ehe sie einen Schrank aufriss, eine Packung Kekse herausnahm und auf einen Teller kippte.

»Schon unterwegs«, rief sie.

Agnes Krogh kam einige Minuten zu früh. Mit ernster Miene streckte sie die Hand aus, als die Tür geöffnet wurde. Inger Johanne ignorierte die Hand, beugte sich vor und umarmte die ältere Frau. Sie blieben ein wenig zu lange so stehen, und als Inger Johanne sich losriss, konnte sie sehen, dass Agnes Krogh mit den Tränen rang.

»Ich weiß«, sagte Inger Johanne und nahm ihre Hand. »Kommen Sie rein.«

Agnes Krogh war die Frau, die Ellen hätte werden können. Die blonden Haare waren im Alter aschblond geworden, waren aber noch immer üppig und schulterlang. Sie wog einige Kilo mehr als früher. Das stand ihr und machte ihr Gesicht weicher. Ihre Zähne waren sicher gebleicht worden, sah Inger Johanne, als sie sich an den Küchentisch setzten und Agnes Krogh rasch und verlegen lächelte. Sie war sonnenbraun und hatte rote Wangen. Agnes Krogh war eine Frau, die sich gut hielt, die aber nicht um ihr Leben rannte.

»Es tut mir wirklich leid, Sie zu stören«, sagte sie. »Mitten in den Ferien und überhaupt.«

»Sie stören nicht. Im Gegenteil. Es ist schön, Sie wiederzusehen.«

Das stimmte. Inger Johanne merkte, dass sie sich über diesen Besuch freute und dass sie sich nicht einmal über ihren missratenen Backversuch ärgerte.

»Und die Kinder?«, fragte Agnes Krogh. »Geht es gut mit den Kindern?«

»Ja. Sie wachsen. Im Moment sind sie in Frankreich. Mit Isak.«

»Alle beide?«

»Ja. Kristiane ist unglücklich ohne ihre Schwester. Und Isak ist da ganz locker.«

»Ihr habt es also geschafft.«

»Was denn?«

Inger Johanne goss ihnen beiden Kaffee ein, setzte sich und schob dem Gast den Teller mit den Keksen zu.

»Ihr habt es mit der Familie geschafft. Dieses ganze moderne ›deine, meine, unsere Kinder‹.«

»Na ja. Es hat gedauert. Und dann ist es vielleicht ein Vorteil, dass Isak keine weiteren Kinder hat. Er ist außerdem so großzügig. So war er immer schon.«

»Für ihn ist es ja noch nicht zu spät. Männer können

ja bis in alle Ewigkeit Kinder bekommen. Für uns Frauen sieht es da schlechter aus.«

Inger Johanne rang sich ein Lächeln ab und hob die Kaffeetasse.

»Sie wollten über Sander sprechen?«

Agnes Krogh schien sich nicht wohl in ihrer Haut zu fühlen, als fürchte sie sich und habe geglaubt, es werde länger dauern, zur Sache zu kommen. Sie hatten einander seit Jahren nicht gesehen, und sie wirkte plötzlich unsicher. Sie blinzelte und griff nach einem Keks, den sie dann anstarrte, ohne hineinzubeißen.

»Ja«, sagte sie endlich. »Torbjørn meint, wir sollten zur Polizei gehen. Mir selbst käme es vor wie ein … Verrat, irgendwie. Obwohl Ellen nichts mehr mit uns zu tun haben will, ist sie doch immer noch unsere Tochter. Unser einziges Kind.«

Sie verstummte, legte den Keks auf ihren Teller und presste sich die rechte Hand auf die Brust.

»Ich war so verzweifelt. Zuerst, als Ellen Jon heiraten wollte. Ich habe nie verstehen können, was sie an ihm findet. Sie hätte doch jeden haben können. Einfach jeden!«

Bei diesem plötzlichen Ausbruch zerbrach Inger Johanne vor Schreck einen Keks. Sie schob, so diskret sie konnte, mit der Handkante die Krümel zusammen.

»Jon hat viele gute Seiten«, sagte sie. »Ich glaube, für Ellen war es wichtig, dass er …«

Inger Johanne hatte auch keine Ahnung, was Ellen an Jon gefunden hatte. Niemand aus dem gesamten Freundeskreis hatte das begriffen. Außer Yngvar, der meinte, es gehe um Jons Durchsetzungsvermögen. Ellen war es gewohnt, dass Männer immer taten, was sie wollte. Aber Jon hatte vom ersten Tag an das Steuer an sich gerissen.

»Ich konnte jedenfalls nichts daran ändern«, sagte Agnes Krogh, als Inger Johanne ihren Satz nicht beendete. »Torbjørn und ich haben uns alle Mühe gegeben, um mit ihm auszukommen. Und es ging einigermaßen. Jedenfalls zu Anfang.«

»Und dann?«

»Du weißt schon. Diese Fehlgeburten. Ellen und Jon wirkten völlig … völlig besessen davon, ein Kind zu bekommen. Ich habe einmal eine Adoption vorgeschlagen. Das war wohl nach der zweiten Fehlgeburt. Ellen war total erschöpft. Jon war außer sich vor Zorn.«

»Ach? Vor Zorn?«

»Jedenfalls sehr aufgebracht. Offenbar hatten sie diese Diskussion schon geführt, und er hatte gewonnen. Ellen hätte gern ein Kind adoptiert. Da bin ich mir sicher. Sie ist schließlich meine Tochter, und ich kenne sie.«

Wenn du ahntest, wie wenig Mütter eigentlich über ihre Kinder wissen, dachte Inger Johanne.

»Ja«, sagte sie und ließ die Krümel auf ihren Teller fallen.

»Nach der dritten Fehlgeburt habe ich sie fast nicht wiedererkannt. Damals hat sie dann ihre Praxis verkauft. Es ist nicht gesund für eine Frau in den besten Jahren, nichts zu tun zu haben. Sie wurde total verrückt, vor allem, als sie dann angefangen haben, zu dieser Kinderwunschklinik in Finnland zu fahren, und sie mit Hormonen vollgestopft wurde.«

»Warum hat sie eigentlich ihre Praxis verkauft?«

Inger Johanne ging auf, dass sie Ellen nie danach gefragt hatte. Bei einem Essen vor vielen Jahren war ganz einfach darauf angestoßen worden. Ellen und Jon hatten es beide als eine Befreiung dargestellt, und einen schönen Batzen Geld hatte der Verkauf ja auch erbracht.

»Es war Jons Idee«, sagte Agnes Krogh. »Er scheint Ellen die ganze Zeit unter Kontrolle haben zu wollen. Er konnte es nicht ertragen, dass sie im Grunde von ihm unabhängig war. Dieses Haus im Glads vei hätte er sich allein wohl kaum leisten können, aber es ist ja wirklich übertrieben groß. Als Ellen die Praxis verkauft hat, wurde sie … danach gehörte sie sozusagen ihm. Verstehen Sie?«

Inger Johanne nickte müde.

»Aber dann wurde Ellen schwanger. Endlich.«

Agnes schaute ins Leere.

»Alle haben sich so gefreut. Jon und Ellen und wir. Die Schwangerschaft verlief problemlos. Ellen wurde nicht einmal schlecht, oder kaum. Keine Beckeninstabilität, obwohl sie einen riesigen Bauch hatte. Sander wog bei seiner Geburt fast fünf Kilo. Wussten Sie das?«

Inger Johanne hatte keine Ahnung, wie groß er gewesen war, sie hatte ihn mit sechs Monaten zum ersten Mal gesehen. Sie nickte.

»Erst mit seiner Geburt fingen die Schwierigkeiten wieder an«, sagte Agnes jetzt. »Sander war so … wach.«

Sie lächelte rasch und fuhr sich über die Haare, dann hob sie ihre Kaffeetasse.

»Er hat wenig geschlafen. Sehr wenig. Torbjørn und ich haben angeboten, sie zu entlasten, aber wir haben damals beide noch gearbeitet, und so konnten wir das nur in Grenzen. Helga, Jons Mutter, hat auch geholfen, das weiß ich, aber in ihrem Alter ist das ja nicht mehr so leicht. Sie ist zwanzig Jahre älter als ich.«

»Viele Säuglinge sind anstrengend«, sagte Inger Johanne. »Meinen Sie, Sander war schon damals irgendwie anders?«

Agnes schien zu überlegen. Sie hielt die Tasse an den Mund, ohne zu trinken, und kniff die Augen zusammen.

»Ja. Ich denke schon. Ich hatte zwar nur ein Kind, aber ich bin doch Krankenschwester. Ich habe damals viel über Schlafprobleme gelesen und wusste daher, dass Sander ungewöhnlich schwierig war. Es half sicher auch nicht, dass sie es mit einer Therapie nach der anderen versucht haben, der Junge war doch total verwirrt.«

»Und Ellen war erschöpft.«

»Ja. Jon auch, glaube ich, das muss ich ihm lassen, aber in der Zeit zeigte sich ja deutlich, wie vorteilhaft es für ihn war, dass Ellen nicht mehr in die Praxis musste. Er hat dann oft im Gästezimmer geschlafen, das weiß ich.«

»Wie lange hat das eigentlich gedauert?«

»Es hat eigentlich nie aufgehört. Mit einem Jahr fing er zwar an, die Nacht durchzuschlafen, und das war ein großer Fortschritt. Aber das war vielleicht immer ein Zirkus, ihn zu beruhigen.«

Ihr resigniertes Lachen entlockte Inger Johanne ein Lächeln.

»Jon hat sich wirklich Mühe gegeben, ihn vor dem Schlafengehen müde zu machen«, sagte Agnes jetzt. »Sie haben gespielt und herumgetobt. Es half aber überhaupt nichts. Manchmal gab es nur eine Lösung, nämlich ihn ins Auto zu setzen und durch die Gegend zu fahren, bis er eingeschlafen war. Ihn ins Haus zu tragen, ohne dass er erwachte, war auch alles andere als leicht. Und Jon schaffte das am Ende richtig gut.«

Agnes stellte die Tasse ab und schob die Untertasse ein Stück von sich weg.

»Das Seltsame war, dass er sich bei uns immer ziemlich normal benahm. Er kam manchmal an den Wochenenden zu uns. Unruhig und unkonzentriert war er ja immer, aber ...«

Wieder wurden ihre Augen feucht.

»Bis wir ihn nicht mehr holen durften«, sagte sie leise. »Aber wir hatten dann ja einige Tricks gelernt.«

»Ja? Welche denn?«

»Ihn zeichnen zu lassen, ehe er schlafen ging. Er zeichnet so ungeheuer gern. Hat gezeichnet, meine ich. Früher. Ich weiß ja nicht …«

»Er hat immer gern gezeichnet«, sagte Inger Johanne. »Überall, scheint mir. Sehr gut zudem, nach dem wenigen, was ich gesehen habe.«

Sie dachte an die übermalten Autoumrisse an Sanders Zimmerdecke. Sie waren viel detaillierter und besser proportioniert, als ihre Kinder das geschafft hätten.

»Und dann das mit den Schmusetieren«, sagte Agnes. »Aus irgendeinem Grund haben sie ihm seinen Teddy weggenommen, als er drei Jahre alt war. Sie hatten es sich in den Kopf gesetzt, dass Jungen so was nicht länger haben dürfen. Das ist natürlich der pure Unsinn, nicht wahr? Bei uns hatte er ein braunes Kaninchen, das er liebte. Wenn er eine Stunde zeichnen durfte und wusste, dass er danach ins Bett musste, und wenn er Burre mitnehmen durfte, war das dann eigentlich kein Problem.«

»Aber Meinungsverschiedenheiten über Schmusetiere haben doch wohl nicht zu diesem dramatischen Bruch zwischen euch geführt«, sagte Inger Johanne.

»Nein. Es kam noch mehr. Nach und nach. Uns fiel dann auf, dass Sander oft kleine …«

Sie schien nicht recht zu wissen, welches Wort sie verwenden sollte.

»… Verletzungen hatte«, sagte sie endlich.

Inger Johanne wartete.

»Ein blaues Auge«, sagte Agnes nach einer kleinen Ewigkeit. »Eine Schwellung hier, einen blauen Flecken dort. Ab und zu kleine Brandwunden. Nichts Großes, deshalb haben wir anfangs nicht weiter darauf geachtet. Wir hatten keine große Erfahrung mit Jungen, und obwohl die ADHS-Diagnose noch nicht gestellt war, begriffen wir ja, dass er ein ungeheuer aktives Kind war.«

Jack hatte sich zwischen sie unter den Tisch gelegt. Seine Schnauze ruhte auf Inger Johannes Fuß. Er hatte sicher etwas Schwerverdauliches gefressen, denn die Winde, die er in regelmäßigen Abständen entweichen ließ, waren nicht zu ertragen.

»Das mit dem Hund tut mir leid«, sagte Inger Johanne und stand auf, um das nächstgelegene Fenster zu öffnen. »Er ist schon sehr alt. Jack, geh ins Schlafzimmer. Schlafzimmer!«

Das war der einzige Befehl, dem er gewöhnlich gehorchte. Es bedeutete freien Zutritt zu dem normalerweise verbotenen Bett, und er erhob sich und trottete mit über den Boden fegendem Schwanz durch den Raum.

»Haben Sie mit Ellen darüber gesprochen?«, fragte Inger Johanne und setzte sich wieder.

»Nein. Jedenfalls nicht sofort. Wir sind einfach nicht auf die Idee gekommen, dass da etwas nicht stimmen könnte. Dass Sander, unser eigener Enkel, möglicherweise ... Wer kommt denn auf eine solche Idee?«

Sie machte eine hilflose Handbewegung und starrte Inger Johanne an.

Die Frage blieb unbeantwortet. Agnes seufzte und erzählte dann weiter.

»Aber irgendwann wollte er dann nicht mehr nach Hause. Wenn er bei uns gewesen war, meine ich. Ab und zu kam er auch unter der Woche, und in den Kindergarten ging er gern. Aber sonntagabends, wenn er das ganze Wochenende bei uns verbracht hatte, wollte er eindeutig nicht wieder weg.«

»Kinder sind doch oft so gern bei ihren Großeltern«, sagte Inger Johanne und lächelte ein wenig. »Ragnhild kann ein Mordsspektakel veranstalten, wenn es bei meiner Mutter richtig schön war. Neulich hat sie auf dem ganzen Heimweg geheult, weil ich sie holen musste, ehe sie mit ihrer Oma ein riesiges Puzzle fertig hatte.«

Agnes erwiderte das Lächeln nicht.

»Ich glaube, ich kenne mich mit Kindern gut genug aus, um das unterscheiden zu können.«

»Natürlich.«

»Das hier war etwas ganz anderes. Ich glaube, er wollte nicht nach Hause, weil er Angst vor etwas hatte. Vor ... Misshandlungen. So. Jetzt habe ich es gesagt.«

Inger Johanne empfand eine wachsende Irritation, die sie nicht richtig erklären konnte. Zunächst hielt sie es für eine Reaktion auf Agnes' Erwartungshaltung, auf ihre flehenden Augen, die kleinen Zwischenfragen, mit denen sie sich überzeugen wollte, dass Inger Johanne ihr zustimmte. Dann begriff sie, dass ihr die ganze Situation einfach unangenehm war. In ihrem Urteil über Ellen konnte Agnes ja wohl kaum als unbefangen gelten, was Jon anging, erst recht nicht. Der Bruch drei Jahre zuvor war endgültig gewesen, und was immer dazu geführt haben mochte: Ellen hatte sicher ihre guten Gründe gehabt. Sich mit Agnes zu treffen war Inger Johanne als nette Abwechslung erschienen, obwohl sie wusste, dass Ellens Mutter einen grauenhaften Verdacht hegte. Aller Wahrscheinlichkeit nach war dieser Verdacht unberechtigt, und Inger Johanne hatte sich vorgenommen, sie zu trösten. Ihr zu versichern, dass Sander ein gutes Leben gehabt hatte und dass sein Tod ein tragischer Unfall war, für den niemand irgendeine Verantwortung trug.

Sie war bereit gewesen, sich anderer Leute Sorgen anzuhören, aber das hier wirkte inzwischen wie Verleumdung.

»Ich verstehe, dass Sie verzweifelt sind, weil das passiert ist«, sagte sie. »Das sind Ellen und Jon auch. Ich finde es aber dennoch ein starkes Stück, derartige Anklagen vorzubringen. Wenn Sie sich solche Sorgen gemacht haben, warum in aller Welt haben Sie nicht damals schon Alarm geschlagen? Was bringt es denn, jetzt, wo Sander tot ist, solche Beschuldigungen zu erheben? Sie wissen ja nicht mal, wie sein Leben in den vergangenen Jahren aussah.«

Inger Johanne merkte, dass sie zu laut redete. Sie war wütend und versuchte, ihrem Ausbruch die Spitze zu nehmen, indem sie ihrem Gast die trockenen Kekse zuschob.

»Ich zeig es Ihnen«, sagte Agnes tonlos.

»Was?«

Agnes zog ein Mobiltelefon aus der Handtasche. Es war ein Smartphone, ein HTC der allerersten Generation. Yngvar hatte so eines gehabt, das wusste Inger Johanne noch, aber es musste einige Jahre her sein.

»Wir haben das hier aufbewahrt«, sagte Agnes. »Es zeigt Sander, als er nach seinem letzten Besuch bei uns abgeholt werden sollte. Danach habe ich Ellen angerufen, und seither wollte sie nie wieder etwas mit uns zu tun haben.«

Ihre Stimme hatte ihre appellierende Sanftheit ganz und gar verloren. Als sie das Telefon einschaltete und etwas suchte, das, so dachte Inger Johanne, wohl ein Foto sein würde, nahm ihr Gesicht einen entschiedenen, fast gebieterischen Ausdruck an. Ihre Lippen spannten sich, und ihre Kiefermuskeln verrieten, dass sie die Zähne in einem gleichmäßigen Rhythmus zusammenbiss.

»Hier«, sagte sie und reichte das Telefon über den Tisch.

Inger Johanne hatte keine Lust, es zu nehmen.

»Trauen Sie sich nicht, es sich anzusehen?«, fragte Agnes.

Widerwillig griff Inger Johanne zu.

Es war kein Foto. Es war ein Video, und sie hörte es, ehe sie es sah. Ein Junge, der schrie. Als sie das Telefon dann in der Hand hielt, begriff sie, dass die Bilder noch schlimmer waren als der Ton. Der Film war technisch schlecht, und das Bild sprang auf und ab. Es war etwas zu dunkel in dem Raum, wo das Ganze vor sich ging, aber nicht dunkel genug.

Das hier waren nicht Trotz und Unwille. Der Ausbruch des fünf Jahre alten Sander war um Lichtjahre von kindlicher abendlicher Verweigerung entfernt, wie Ragnhild sie gezeigt hatte, wenn sie nicht bekam, was sie wollte.

Das hier war Angst. Als eine erwachsene Gestalt den Jungen dann packte und durch eine Tür mit ihm verschwand, brach der Film ab.

»Glauben Sie mir jetzt?«, fragte Agnes Krogh und nahm sich endlich einen Keks und aß ihn.

Henrik Holme saß wieder in seinem ursprünglichen Büro. Zwei Türme aus Unterlagen füllten die linke Seite des Schreibtisches. Auf der rechten Seite lag ein viel kleinerer Stapel, mit dem er fertig zu sein glaubte. Dieser Stapel war im Laufe des Tages kaum größer geworden.

Als er seinen Sommerjob angetreten hatte, hatte er die Verkehrsvergehen durchaus witzig gefunden. Die Leute brachten die unglaublichsten Entschuldigungen vor, wenn sie gegen die Verkehrsregeln verstoßen hatten. Einige wenige wurden wütend bei der Vorstellung, den Führerschein einzubüßen, aber die meisten entschieden sich für die entgegengesetzte Strategie. Sie krochen und schleimten, weinten und jammerten: Der Verlust des Führerscheins war offenbar für viele schlimmer als Gefängnis und hohe Bußgelder. Henrik Holme konnte sie gut verstehen. Er war in einem Dorf aufgewachsen, wo es kaum Busverbindungen gab. Man fühlte sich wie ein von den Eltern abhängiger Rotzbengel, bis zu dem Tag, an dem man achtzehn und von der Verkehrsbehörde als erwachsen betrachtet wurde.

Jetzt langweilte er sich.

Die Fälle unterschieden sich eigentlich kaum voneinander. Außerdem ging es meistens um ganz normale Leute. Um Steuerprüfer und Lehrer, Klempner und Rentner, die keine Schilder lesen konnten.

Henrik Holme wollte normalen Leuten nicht das Leben sauer machen. Er wollte Verbrecher verfolgen. Die kurze Woche, in der er an einem echten Fall hatte schnuppern dürfen, hatte ihn daran erinnert, warum er überhaupt zur Polizei gegangen war. Er wollte für Gesetz und Ordnung sorgen und wehrlose Opfer beschützen, schon als er sich mit zwölf Jahren für diesen Beruf entschieden hatte.

Mutlos öffnete er eine Mappe.

Mann, vierundfünfzig, auf der E16 bei Alnabru mit 147 Stundenkilometern erwischt. Das ist wild, dachte Henrik und wandte sich seinem Rechner zu, um dem Mann eine Einbestellung zur Vernehmung zu schicken.

Das Telefon auf dem Schreibtisch klingelte. Henrik starrte es einen Moment lang an, dann nahm er den Hörer ab, räusperte sich und versuchte, seine Stimme etwas dunkler klingen zu lassen.

»Holme.«

»Hallo«, sagte am anderen Ende der Leitung eine Stimme. »Hier spricht Elin Foss. Ich sollte mich bei Ihnen melden.«

Sanders Betreuerin in der Schule, fiel Henrik sofort ein. In der Leitung gab es einen leichten Widerhall, und ihre Stimme war von einem unangenehmen Pfeifton untermalt.

»Ja! Äh ... Sie hören sich aber an, als ob Sie weit weg wären.«

»Das bin ich auch. In Australien. Tut mir leid, dass ich erst jetzt anrufe, aber ich wollte warten, bis ich bei Freunden von einem Festnetzanschluss aus telefonieren könnte und ...«

Ihre Stimme verschwand im Rauschen.

»Hallo?«

»Ich bin hier im Urlaub«, schrie sie fast. »Sie haben gesagt, es geht um Sander Mohr. Was ist denn los?«

Henrik wusste nicht so recht, was er antworten sollte. Als er nach seinem Besuch bei Haldis Grande bei Elin Foss eine Nachricht hinterlassen hatte, hatte er nichts davon gesagt, dass Sander tot war. Es war ihm nicht richtig vorgekommen, das auf eine Mailbox zu sprechen. Elin Foss hatte Sander mehrere Jahre lang betreut, und vielleicht hing sie an dem Jungen. Streng genommen war es überhaupt nicht richtig von ihm, mit ihr zu reden. Er hätte sie an seinen Nachfolger verweisen müssen. Sander Mohr ging Henrik Holme nichts mehr an.

»Wo Sie bei Freunden sind – haben Sie vielleicht einen Computer mit Skype?«, fragte er.

»Ja.«

»Würden Sie mir Ihren Skypenamen nennen und sich einloggen? Ich glaube, das wäre leichter für uns beide.«

»Elinfossekall«, sagte sie und buchstabierte das zweimal.

Henrik legte auf und stellte auf seinem privaten Laptop die Verbindung her. Elin Foss sah ganz anders aus, als er sie sich vorgestellt hatte.

»Hallo«, sagte er zaghaft.

Henrik Holme hatte sich eine Betreuerin in der Schule als junge Frau ohne Ausbildung vorgestellt. Dass sie eine Rundreise durch Australien machte, hatte ihn an eine Mittzwanzigerin mit schwarz gefärbten Haaren und vielleicht einem Piercing in der Nase denken lassen.

»Jetzt möchte ich aber wirklich wissen, worum es geht«, sagte sie und lächelte in die Kamera. »Ich hab ja nicht oft mit der Polizei zu tun.«

Sie hatte die grau melierten Haare achtlos hochgesteckt. Sie war munter und schlank und sicher über fünfzig. Vielleicht noch älter. Sie trug ein rosa Trägerhemd, und an ihren Oberarmen erahnte Henrik schlaffe Haut. Außerdem war sie auffällig braun gebrannt, und die Haut an Hals und Ausschnitt war voller Altersflecken.

»Ist in Australien jetzt nicht Winter?«, fragte er.

»Ich bin in Cooktown«, sagte sie lächelnd. »Im Norden. Im Vergleich zu Norwegen ist hier Hochsommer.«

Dann hielt sie sich eine schmale Hand mit kurzen Nägeln vor den Mund.

»Hat das hier etwas mit den Anschlägen zu tun?«

Ihre Augen wurden noch größer, als sie sich zur Kamera vorbeugte.

»Nein«, sagte Henrik rasch. »Nicht das Geringste.«

Sie ließ die Hand sinken und seufzte laut.

»Es geht wie gesagt um Sander Mohr«, sagte Henrik. »Er ist tot.«

Elin Foss reagierte nicht. Rein gar nicht. Sie saß still da und starrte in die Kamera, noch immer mit einem kleinen erleichterten Lächeln.

»Sind Sie noch da?«, fragte Henrik und schwenkte kurz die Hand vor der Kamera.

»Was haben Sie gesagt?«

»Sander Mohr ist tot.«

Noch immer saß sie bewegungslos da, das Bild schien erstarrt zu sein. Henrik wollte schon die Verbindung überprüfen, doch nun schlug sie die Hände vors Gesicht.

»Das ist nicht wahr«, sagte sie mit halb erstickter Stimme. »Das kann einfach nicht wahr sein.«

»Doch. Es tut mir leid, Ihnen das so mitteilen zu müssen.«

Sie ließ die Hände sinken und schlug damit auf den Tisch. Offenbar hatte sie dabei den Laptop getroffen, denn das Bild geriet heftig ins Schwanken.

»Lassen Sie mich raten«, sagte sie viel zu laut. »Er ist von irgend so einem Scheißbaum gefallen. Oder mit dem Fahrrad umgekippt?«

Für eine Frau in reiferen Jahren, die noch dazu in der Schule arbeitete, drückte sie sich ganz schön salopp aus, fand Henrik.

»Fast richtig«, sagte er. »Er ist im Wohnzimmer von einer hohen Trittleiter gefallen. Zu Hause, meine ich.«

Die Frau in Australien fing an zu weinen. Wieder schlug sie die Hände vors Gesicht und beugte sich so weit vor, dass nur ihre Haare für Henrik zu sehen waren. Ein Dutt, sah er jetzt, eine altmodische Rolle aus grauen Haaren, die von Kämmen festgehalten wurde.

»Es tut mir wirklich leid«, sagte er und überlegte, was er sonst noch sagen könnte.

»Scheiße, Scheiße, Scheiße!«

Sie holte Luft und sprang auf.

»Das glaub ich einfach nicht!«, rief sie.

Ein Kamm hatte sich gelockert und eine dicke Locke war über das eine Ohr gefallen.

»Wie meinen Sie das?«, fragte Henrik.

»Der Junge kam doch pausenlos verletzt in die Schule. Wenn er kein Veilchen hatte, dann einen gebrochenen Arm. Einen Fuß, auf dem er kaum stehen konnte. Brandwunden an den Armen, ein geschwollenes Handgelenk ... Herrgott! Auch wenn Sander ADHS hatte, muss ein vernünftiger Mensch doch begreifen, dass es in diesem Schloss im Glads vei nicht so idyllisch zuging, wie es vielleicht aussah.«

»Jetzt komme ich nicht ganz mit ...«

»Sander Mohr hatte es zu Hause schwer, darauf können Sie Gift nehmen. Da sind Dinge passiert, die ...«

Elin Foss kam Henrik vor wie ein alter Hippie. Nicht einmal das Friedenszeichen um ihren Hals fehlte. Er versuchte, auszurechnen, wie alt sie sein musste, um damals jung gewesen zu sein. Um die sechzig. Das konnte durchaus stimmen, dachte er. Blumen, Friede, Freude und Eierkuchen für alle, Liebe zu Kindern und eine gelinde gesagt farbige Ausdrucksweise. Andererseits kam sie ihm reichlich temperamentvoll vor. Vielleicht war sie eine verblühte alte Maoistin, die den Glauben noch nicht ganz verloren hatte.

Jetzt atmete sie schwer mit offenem Mund. Henrik ergriff die Gelegenheit beim Schopfe und warf ein: »Meinen Sie, dass da auf irgendeine Weise Übergriffe …«

»Ja!«, schluchzte sie. »Dieser Junge wurde ganz bewusst verletzt, darauf wette ich alles, was ich habe. Nicht, dass das sehr viel wäre, aber dennoch. Ich hätte ja nie gedacht, dass ich der Bullerei je so was sagen würde, aber lasst den Kerl nicht ungeschoren davonkommen. Lasst nicht zu, dass der Vater des Jungen sich aus der Sache rausredet …«

»Moment mal«, unterbrach Henrik sie und hob die rechte Hand. »Sie haben den Verdacht, dass Sander schon lange misshandelt wurde?«

»Ja. Sind Sie seinem Vater begegnet?«

»Sicher«, er nickte. »Aber ich …«

»Unangenehmer Typ. Düster. Abweisend. Er konnte mich nicht ausstehen. Obwohl ich mit seiner Frau durchaus zurechtkomme, hat er mehrmals versucht, mich loszuwerden.«

»Davon hat Haldis Grande gar nichts gesagt. Im Gegenteil, sie hat gemeint, die Eltern hätten hart dafür gekämpft, dass Sander eine Betreuerin bekam.«

»Eine Betreuerin, ja! Aber als sie mich dann hatten, klang das schon anders. Außerdem …«

Sie strich sich die Locke hinter das Ohr.

»Haldis Grande«, sagte sie verächtlich.

»Was ist mit ihr?«

»Die traut doch niemandem was Schlechtes zu. Der liebste Mensch der Welt. Kann unglaublich gut mit den Kindern umgehen. Sie lieben sie. Sander auch. Das Problem an Leuten wie Haldis Grande ist, sie sind zu … naiv. Viel zu naiv.«

»Haben Sie je mit ihr über Ihren Verdacht gesprochen?«

»Das hätte nichts gebracht. Haldis Grande und ich sind fast gleichaltrig, aber ziemlich ... verschieden, könnte man sagen.«

Henrik nickte und schluckte.

»Leute wie Haldis glauben an das System«, sagte Elin Foss, mit mehr als nur einem Hauch von Verachtung in der Stimme. »Sie glaubt, dass alles funktioniert. Sie glaubt an die Sozialdemokraten und die Hierarchie in der Schule und den Nationalfeiertag, sie glaubt an ...«

Sie verdrehte die Augen und schlug sich an die Stirn.

»Nehmen Sie doch diesen Terroristen! Ich bin sicher, dass Haldis im tiefsten Herzen glaubt, dass er eigentlich weder böse noch verrückt ist. Sie sieht nicht, dass es so kommen muss, so lange wir den übelsten Rassisten überall freie Hand lassen. Er ist als Kind sicher nicht genug geliebt worden, denkt Haldis. Wurde nicht gesehen, oder so.«

Das hatte sich Henrik auch schon überlegt.

»Wäre es aber nicht doch naheliegend gewesen, mit ihr über diesen Verdacht zu sprechen?«

»Nein.«

»Nein?«

»Sie kennen sie nicht. Ich schon.«

Henrik merkte, dass seine Begeisterung für diese alternde Radikale rasch abnahm. Wenn sie die Wahrheit sagte und davon überzeugt gewesen war, dass bei Familie Mohr etwas nicht stimmte, war es nicht nur nachlässig gewesen, nicht Alarm zu schlagen. Es verstieß gegen das Gesetz.

»Deshalb bin ich lieber gleich zum Rektor gegangen«, sagte Elin Foss.

Henrik räusperte sich. Er legte den Kopf schräg.

»Was?«, fragte er verblüfft.

»Ich bin zum Rektor gegangen.«

»Womit denn?«

»Mit einer schriftlichen Mitteilung. Zweimal. Zum ersten Mal vor etwa anderthalb Jahren, gegen Weihnachten 2009. Und dann jetzt im Frühjahr. Sander kam mit dem Arm in Gips zur Schule. Ich glaube, das war im April. Als ich gefragt habe, was denn passiert sei, tat er die Sache mit seinem üblichen Schulterzucken ab.«

»Was … was hat er gesagt?«

»Ich weiß nicht mehr genau. Doch …«

Sie feuchtete sich die Lippen an. Die Übertragung ließ alle Bewegungen verlangsamt erscheinen, und beim Anblick der trägen Zungenspitze musste Henrik sich ebenfalls die Lippen lecken.

»Nur eine Bagatelle«, sagte sie. »Das hat er oft gesagt. Nur eine Bagatelle.«

»Und was hat der Rektor gemacht?«

»Nichts. Absolut gar nichts.«

»Wissen Sie das sicher?«

Sie zuckte mit den bloßen Schultern und versuchte, die lose Locke zu befestigen. Als sie die Arme hob, sah Henrik, dass sie sich unter den Achseln nicht rasiert hatte. Er versuchte, ruhig zu atmen, als er zusammenfasste: »Der Rektor hat also zwei schriftliche Mitteilungen einer seiner Angestellten erhalten und rein gar nichts unternommen?«

»Als Erstes hätte er ja wohl mit mir reden müssen. Ich habe von ihm keinen Mucks gehört. So läuft das eben, wissen Sie. Der feigste Rektor der Welt unternimmt doch nichts gegen einen Mann wie Jon Mohr. Einen Mann mit Position. Niemand unternimmt etwas gegen einen Mann mit Position. So läuft das System doch. Oder?«

Sie starrte ihn herausfordernd an, ehe sie mit einer

weichen Kreisbewegung ihres Kopfes die Haare herabfallen ließ. Danach starrte sie überrascht auf ihren eigenen Bildschirm. Der war leer.

Henrik Holme stürzte bereits aus dem Zimmer.

»Sander und Kasper waren eigentlich nicht befreundet«, sagte Marianne Kaspersen und schenkte Tee nach, der so stark nach Erdbeeren roch, dass das Aroma den ganzen Raum füllte. »Nicht richtig, meine ich. Kasper hat viele in der Klasse, die ihm viel näher stehen, aber da Ellen und ich alte Freundinnen sind, dachte ich, ich könnte nicht Nein sagen.«

»Wozu denn?«, fragte Inger Johanne.

»Dazu, dass er ab und zu hier war. Nicht oft. Vielleicht einmal im Monat.«

Von der Wand über dem Sofa in der Villa im Kapellvei lächelte der acht Jahre alte Kasper Kaspersen von einem riesigen Foto auf Inger Johanne herab. Er stand darauf mit zwei älteren Schwestern, alle drei weißblond und blauäugig, vor einem kreideweißen Hintergrund, und streckte wie in einer Art Pseudogymnastik Arme und Beine von sich, mit Blick in die Kamera. Zwischen ihnen saß ein Riesenschnauzer mit weit aufgerissenem Maul, hellroter Zunge und schräg gelegtem Kopf. Das eine Mädchen hatte eine kohlschwarze Katze auf der Schulter. Inger Johanne verspürte einen vagen Widerwillen gegen dieses Bild, diese posierende Quasi-Idylle, die vermutlich eine Sekunde später in chaotische Auflösung übergegangen war.

»Du hast vorhin gemeint, sie waren sehr verschieden«, sagte sie.

Marianne schniefte ein wenig und tupfte sich mit einer Serviette die Nase.

»Beifußallergie«, erklärte sie. »Es wird jedes Jahr schlimmer. Meine Schwester, die, die mit dem Muslim verheiratet ist, leidet unsäglich. Unter der Allergie, meine ich. Nicht unter dem Muslim.«

Sie lachte dasselbe Lachen, mit dem sie immer alles und alle begrüßt hatte. Marianne war auf der Weiterführenden Schule die schlechteste Schülerin in der Klasse gewesen, ja beinahe das, was Inger Johanne in Gedanken, aber nur dort, als dumm bezeichnet hatte. Dennoch hatte Marianne immer zur Clique um Ellen Krogh gehört. Marianne nahm das Leben, wie es kam. Sie schaffte es auf irgendeine Weise bis zum Abitur, vor allem durch ihren Charme, und heiratete mit dreiundzwanzig einen geschäftstüchtigen Elektriker. Die Ehe wirkte unerschütterlich, und Thor Kaspersen behandelte Marianne noch immer wie edles Kristall. Die beiden Töchter waren jetzt Teenager. Kasper war zur großen Freude der Familie noch nachgekommen, gleichsam zum Dessert. Der Junge war bezaubernd, gut in der Schule und bildhübsch. Alle drei hatten genetisch den Hauptgewinn gezogen: das Aussehen der Mutter und den scharfen Verstand und die geschickten Hände des Vaters.

Marianne bezeichnete ihren Schwager konsequent als den »Muslim«. Bei allen anderen hätte Inger Johanne sich provoziert gefühlt, aber jetzt lächelte sie und schüttelte kurz den Kopf.

»Was war denn der Unterschied?«, fragte sie. »Zwischen Sander und Kasper?«

»Zehn Kilo«, kicherte Marianne, dann wurde sie sofort wieder ernst und riss dramatisch die Augen auf.

»Verzeihung. Das sollte bloß ein Witz sein. Kasper ist ja eher klein geraten, wie du weißt, und Sander war doch ziemlich … groß.«

»Ja.« Inger Johanne nickte. »Er war ein großer, kräftiger Junge. Aber das hatte ich nicht gemeint.«

»Kasper ist eher … ruhig. Ich meine, klar ist er ein richtiger Junge, Gott bewahre. Viel aktiver, als Kjerstin und Kristin in dem Alter waren. Guter Fußballspieler. Aber bei Sander war das doch irgendwie anders.«

Inger Johanne fiel auf, dass eigentlich das ganze Wohnzimmer blau war. Weiße Wände, ein wenig blassrosa zwischendurch, ein Kissen und eine Kerze, aber die Sofas auf beiden Seiten des Glastisches waren eisblau, auf dem Tisch lag eine babyblaue Decke, und die drei Ölgemälde an den Wänden waren in Mitternachtsblau bis Chlorblau gehalten. Sogar die Kleider der Kinder auf dem überdimensionalen Foto waren blau. Marianne arbeitete in Teilzeit als Schwesternhelferin und hatte offenbar Freizeit genug.

»Ich begreife immer noch nicht, was an ihm so anders war«, sagte Inger Johanne und griff nach einer Flasche mit Mineralwasser. »Ich würde gern dahinterkommen, was den Jungen wirklich … charakterisiert hat. Nicht, dass er laut war. Das sind viele Kinder. Nicht, dass er sehr aktiv war. Da war er auch nicht der Einzige. Ich denke mehr an …«

Sie goss Wasser in ein schönes blaues Glas und überlegte.

»Er schien die ganze Zeit die Erwachsenen zu testen«, sagte Marianne plötzlich, und Inger Johanne schaute auf.

»Ach?«

»Alle Kinder müssen zurechtgewiesen werden«, sagte Marianne. »Meine natürlich auch. Vor allem Kasper. Alle reden darüber, wie Kinder Grenzen ausdehnen wollen, aber ich bin zu dem Schluss gekommen, dass sie eigentlich nur nach Grenzen suchen. Glaubst du nicht? Wenn die Grenzen klar sind, dann sind Kinder eigentlich ziemlich pflegeleicht. Aber Sander schien die ganze Zeit auf Hochtouren zu laufen, immer mit einem halben Auge auf die Erwachsenen, die gerade in der Nähe waren. Er schien nie so ganz zu wissen, wo die Grenzen lagen. Er hatte etwas ... Nervöses. Verstehst du?«

»Du meinst, dass er Angst hatte?«

»Angst vielleicht nicht gerade, aber auf jeden Fall war er unsicher. Als ob die Grenzen in seinem Leben mal hier gelegen hätten ...«

Sie markierte mit der rechten Hand einen Punkt in der Luft.

»... und mal dort.«

Die linke Hand zeichnete an einer ganz anderen Stelle einen Strich.

»Ich will Ellen und Jon wirklich nicht kritisieren, aber für Sander kann es nicht leicht gewesen sein. Und sein Verhalten wirkte auf andere Kinder manchmal arg verwirrend. Jedenfalls war das so bei Kasper. Es war einfach anstrengend für ihn, mit Sander zusammen zu sein.«

Inger Johanne spielte an einem Sofakissen herum. Sie hatte sich seit einer Ewigkeit nicht mehr so verwirrt gefühlt. Vor einer Woche hatte die eine Großmutter von Sander sie als Detektivin anheuern wollen, um zu beweisen, dass der Junge nicht von seinem Vater umgebracht worden war. Heute hatte die andere Großmutter den Gegenbeweis von ihr erbeten. Außerdem hatte ihr irgendwer eine anonyme Mitteilung gesendet, um ihr Interesse für den Fall zu wecken. Sie hatte keine Ahnung, wer das sein konnte, und kaum einen Gedanken an die

SMS verschwendet, bis Agnes Krogh den Hauges vei verlassen hatte und sie endlich zu dem Schluss gekommen war, dass sie etwas unternehmen musste.

Seit dem fatalen Freitag vor zehn Tagen hatte sie versucht, sich möglichst weit von Sander Mohrs Schicksal zu distanzieren. Erst an diesem Tag hatte sie eingesehen, dass das unmöglich war. Die Filmszene, die Agnes ihr gezeigt hatte, konnte man unmöglich vergessen. Jedenfalls die Geräusche. Die Bilder waren beim zweiten Durchgang nicht mehr ganz so schlimm gewesen. Der Junge war ungeheuer trotzig gewesen. Hatte sich auf den Boden fallen lassen, sich schwer gemacht. Ihn einfach hochzuheben und mitzunehmen war da nicht unbedingt die schlechteste Idee gewesen.

Mit seinen Schreien aber konnte sie nicht leben.

Sander war ein Junge, den sie gekannt hatte, wenn auch nicht besonders gut, und es gab zwischen ihnen zu viele Berührungspunkte, um der Sache jetzt den Rücken zu kehren. Die Unklarheiten rund um den Unfall ließen sie nicht mehr los. Yngvar und Inger Johanne hatten sich gut zehn Jahre zuvor bei einer polizeilichen Ermittlung kennengelernt, an der sie sich um keinen Preis hatte beteiligen wollen. Seither wehrte sie immer ab, wenn er sie abends, vielleicht nur durch einen Nebensatz, in irgendein Geheimnis einweihen wollte.

Diesmal war sie ganz allein. Ihr Widerwille war noch größer gewesen als sonst. Es hatte länger gedauert.

Mit Marianne hatte sie sich aus einem plötzlichen Impuls heraus verabredet, aber vielleicht war das gar nicht so dumm. Auf irgendeine Weise musste sie sich Sander nähern, ihn besser kennenlernen.

»Aber er konnte unglaublich gut zeichnen«, sagte Marianne.

»Das habe ich schon verstanden.«

»Das hier musst du sehen. Einen Moment.«

Marianne stand auf und lief aus dem Zimmer. Inger Johanne leerte ihr Glas. Ihr Rücken schmerzte nach der Gartenarbeit des Vortages, und das leise Ziehen im Kreuz machte ihr Sorgen.

»Sieh mal«, sagte Marianne lächelnd und setzte sich wieder, ehe sie Inger Johanne eine große Zeichnung hinhielt. »Hast du schon mal so was Schönes gesehen? Sander hat das im vorigen Herbst gemalt. Er wollte es wohl Ellen geben, aber dann ist es hier liegen geblieben.«

Es war ein DIN-A3-Blatt. Inger Johanne legte es auf ihre Knie und rückte ihre Brille gerade.

In ein großes Viereck mitten auf dem Blatt hatte Sander ein Schlafzimmer gezeichnet. In einem breiten Doppelbett mit dunkelrotem Bettzeug saß ein blonder lächelnder Junge. Auf jeder Seite des Bettes stand ein Nachttisch, detailliert wiedergegeben bis zum digitalen Wecker mit roten Zahlen, einem Spielzeugboot und ein paar Büchern. Über dem Bett hing das gerahmte Bild eines tauchenden Wals, die breite Schwanzflosse erhob sich über einer Kaskade aus Tropfen.

»Unglaublich, was?«

Marianne lächelte, legte den Kopf schräg und beugte sich vor, als könne sie von dem schönen Bild nicht genug bekommen.

»Ja«, murmelte Inger Johanne. »Das ist ... phantastisch.«

Der Junge auf der Zeichnung hielt ein Schmusetier im Arm. Es war grün und hatte große Ähnlichkeit mit einem Schwein. Obwohl das Bild natürlich eine Kinderzeichnung war, war es nicht flach und zweidimensional. Die Bücher, die auf dem Nachttisch lagen, waren mit einem Blick für das Perspektivische gezeichnet, den Inger Johanne bei einem Siebenjährigen für sehr ungewöhnlich hielt. Das Bett hatte ebenfalls Tiefe: Sander hatte es vorn breiter gemacht als hinten an der Wand.

»Er hat sogar Batman gezeichnet«, sagte Marianne und beugte sich noch weiter vor. »Er sagt, das ist sein Lieblingsschlafanzug.«

Inger Johanne nickte zerstreut.

Sie blickte nicht mehr auf die Schlafzimmerszene. Sie interessierte sich eher für den Rahmen. Das rechteckige Bild war von einem schwarzen, acht bis zehn Zentimeter breiten Feld umgeben. Hier und dort hatte Sander so fest aufgedrückt, dass im Papier Löcher entstanden waren.

»Das muss doch der Nachthimmel sein«, sagte Marianne, als sie sah, wie Inger Johannes Zeigefinger vorsichtig über die schwarze Fläche strich. »Siehst du die Löcher? Das sind sicher die Sterne. Wenn man das Bild an eine weiße Wand hängt, sieht es jedenfalls so aus.«

Sie lehnte sich zurück, schlug ein Bein über das andere und faltete die Hände vor den Knien.

»Ich muss es Ellen und Jon ja wohl irgendwann geben. Vielleicht nicht jetzt sofort, aber wenn eine gewisse Zeit vergangen ist. Sander war doch ein echter Künstler. Vielleicht hat die Welt einen neuen Edvard Munch verloren.«

Inger Johanne hörte nicht zu. Noch immer ließ sie den Finger über das breite Feld um die Zeichnung wandern. Offenbar waren unterschiedliche Stifte benutzt worden. So, wie es sich anfühlte, waren es wohl Wachsmalkreiden gewesen, aber in der schwarzen Fläche fand sie auch noch dunklere, wütende Striche, wie von einem dünnen Filzstift oder einem Kugelschreiber. Sander hatte alle schwarzen Stifte benutzt, die ihm zur Verfügung gestanden hatten, als ob er den Rahmen um das gemütliche Schlafzimmer gar nicht dunkel und düster genug hätte malen können.

»Ellen und Jon haben sicher jede Menge Zeichnungen von Sander«, sagte sie, ohne aufzublicken. »Glaubst du, ich könnte diese hier haben?«

»Du? Warum denn? Du hast Sander doch gar nicht gut gekannt, du hast doch selbst gesagt, dass du ihn nur ein- oder zweimal pro Jahr gesehen hast.«

»Ich hätte sie aber trotzdem gern. Ich kann sie ja später mal Ellen geben. Ist das okay?«

Marianne zuckte mit den Schultern.

»Wo du so nett bittest …« Sie lächelte. »Aber was willst du damit?«

Inger Johanne zog wegen ihrer Rückenschmerzen eine Grimasse und stand auf.

»Ich will sie mir nur ein bisschen näher ansehen.«

Sie ging mit der Zeichnung hinaus und hoffte, dass Marianne sie in wenigen Minuten vergessen haben würde. Sanders Bild hatte sie auf eine Weise berührt, wie es seinen Großmüttern nicht gelungen war.

»Glaubst du, wir können unser Nostalgieessen irgendwann mal nachholen?«, rief Marianne ihr nach. »Es wäre doch witzig, wenn wir Mädels uns alle mal wieder treffen könnten.«

Inger Johanne hörte es, als sie über den Kiesweg lief, ließ sich jedoch nichts anmerken. Der Schnauzer, der an einer Laufleine zwischen Fahnenstange und Haus hin und her lief, bellte ihr wütend hinterher, als sie sich ins Auto setzte und losfuhr.

»Ich habe da so ein Gerücht gehört, dass Sie ein genialer Modellbauer sind. Stimmt das?«

Henrik Holme witterte eine Fangfrage und gab keine Antwort. Er versuchte verzweifelt, still zu sitzen. Seine Schwester hatte ihm gesagt, dass er noch kindlicher wirkte, wenn er auf dem Stuhl hin und her rutschte. Außerdem zitterte immer sein rechter Oberschenkel, wenn er nervös war, und er brauchte all seine Selbstdisziplin, um ruhig zu bleiben. Tove Byfjords Stimme hatte etwas Beängstigendes. Sie war leise und beherrscht und hatte einen scharfen Unterton, bei dem ihm glühend heiß wurde. Vermutlich war sie wütend. Es wäre besser, gar nichts zu sagen, solange das nicht unbedingt nötig war.

»Stimmt das?«, fragte sie noch einmal.

Es war unbedingt nötig.

»Ja. Doch. So einigermaßen.«

Sie verzog den Mund zu etwas, das vermutlich ein Lächeln sein sollte. Die kleinen spitzen Zähne gaben ihr das Aussehen eines Raubfisches, und Henriks rechter Oberschenkel zitterte jetzt unkontrollierbar.

»Was haben Sie denn zum Beispiel gebaut?«

Henrik räusperte sich und schluckte.

»Im Moment arbeite ich am Tadsch Mahal«, flüsterte er.

»Was?«

Tove Byfjord legte die Arme auf den Schreibtisch und stützte sich darauf.

»Dem Tadsch Mahal«, wiederholte Henrik viel lauter. »Einem indischen Prachtbau aus dem siebzehnten Jahrhundert, errichtet von …«

»Ich weiß, was der Tadsch Mahal ist! Wie bauen Sie den?«

»Wie ich den baue … ich … ich brauche zuerst viele Bilder, sehr detaillierte, aus allen Blickwinkeln, auch von oben.«

Tove Byfjord winkte gereizt ab.

»Das ist mir klar. Was ich wissen will, ist, was Sie machen, wenn Sie mit dem Bauen anfangen.«

Henrik konnte nicht begreifen, was sein Hobby mit dem Fall Sander Mohr zu tun haben sollte. Er hatte Tove Byfjord aufgesucht, um ihr von seinem Gespräch mit Elin Foss zu berichten. Die Polizeijuristin hatte die Tür hinter ihm geschlossen, ihn in einen Sessel gedrückt und lange wortlos zugehört. Dann, einfach so, stellte sie diese Fragen nach seinen Modellen.

Das machte ihm größere Angst, als wenn sie ihm Vorwürfe gemacht hätte. Mit denen hatte er gerechnet, und er hatte sich darauf vorbereitet. Das hier aber konnte er nicht begreifen, und er merkte, wie in ihm Panik aufstieg. Der letzte Panikanfall war so lange her, dass er sein Gedächtnis nach Strategien durchsuchen musste, nach Regeln und Atemübungen und Tricks, an denen er während seiner ganzen Jugend herumgefeilt hatte, um Anfälle zu mildern oder zu vermeiden.

»Ich brauche eine Platte, auf der ich es bauen kann.«

Seine Stimme war kaum zu hören.

»Und eine Stelle, wo das Modell ungestört stehen kann, viele Monate, während ich daran arbeite.«

Tove Byfjord nickte kurz.

»Danach zeichne ich einen Umriss mit den genauen Proportionen. In den Umriss muss ich ein Gerüst einbauen. Eine Stütze für die Fassade, sozusagen. Ich muss alles ganz genau planen, denn wenn die Fassaden montiert werden, dürfen die Fenster ja nicht …« Er starrte auf den Tisch, aber ihr Schweigen ließ ihn aufblicken.

»Haben Sie das so gemeint? Was ich mache, wenn ich …«

»Reden Sie einfach weiter.«

»Die Fenster im fertigen Modell müssen … Wenn man in ein Fenster oder andere Öffnungen schaut, darf man das Gerüst nicht sehen.«

»Das Gerüst ist also ein wichtiger Teil der Arbeit?«

»Mm.«

Er nickte und starrte wieder die Tischplatte an, als Tove Byfjord sagte: »Wenn das Modell fertig ist, dann müssen Stützen und Gerüst so unsichtbar wie möglich sein. Das Modell soll doch die Leute beeindrucken. Aber ohne Gerüst kein Modell. Habe ich das richtig verstanden?«

»Ja.«

»Und das können Sie gut?«

»Ziemlich gut. Ich mach das schon lange. Hab mit fünf angefangen.«

»Und warum haben Sie daraus dann nichts gelernt?«

»Was?«

»Warum …«

Pause.

»… haben …«

Pause.

»… Sie in all diesen Jahren verdammt noch mal daraus nichts gelernt?«

Henrik atmete zu schnell, das merkte er jetzt. Fingerspitzen und Füße prickelten, und ihm wurde schwindlig. Sein Herz hämmerte dermaßen, dass er glaubte, er würde hier und jetzt sterben. Ihm kamen die Tränen. Eine heftige Übelkeit machte es ihm unmöglich, den zähen Schleim in seinem Hals hinunterzuschlucken.

»He«, sagte Tove Byfjord jetzt mit einer ganz anderen

Stimme, sie schien sehr weit weg zu sein. »Ist alles in Ordnung? Henrik? Henrik!«

Ehe er sich's versah, drückte er sich mit der rechten Hand eine Plastiktüte auf den Mund. Tove Byfjord hockte neben seinem Sessel und hatte eine Hand auf seine gelegt.

»Ruhig«, sagte sie wieder und wieder. »Laaaange, tiiiiiefe Atemzüge.«

Alles wurde leichter. Sein Herz nahm sich zusammen. Er konnte wieder atmen, obwohl seine Zunge ihm noch immer zu groß und viel zu trocken vorkam. Er nahm die Plastiktüte vom Mund und atmete zweimal tief durch.

»Nicht böse sein«, sagte er und spürte, dass ihm Tränen über die Wangen liefen.

Rasch wischte er sie mit dem Handrücken ab.

»Tut mir leid«, sagte sie und richtete sich auf, ohne seine Hand loszulassen. »Ich wusste ja nicht, dass Sie …«

»Man müsste hier im Haus doch miteinander reden können wie unter Kollegen«, sagte er leise. »Ich habe nie verstanden, wozu es gut sein soll …«

Sie ließ seine Hand los und ging ruhig zu ihrem Sessel zurück.

»Geht's wieder besser?«

»Ja.«

»Ich habe Sie nach Ihren Modellen gefragt, weil Sie eben eine solide polizeiliche Ermittlung beschrieben haben. Begreifen Sie das nicht? Das fertige Modell zeigen wir vor Gericht. Damit es für eine Urteilsverkündung reicht, müssen wir ein solides Fundament haben. Das kriegen wir nicht über Nacht. Es gibt Regeln dafür, wie man es bekommt. Wir müssen einen Schritt nach dem anderen machen. Stein auf Stein legen. Es kann langweilig sein, es wird nicht zu sehen sein, wenn alles fertig ist, aber es ist dennoch absolut entscheidend dafür, dass unser Bau hält.«

»Verstehe.«

»Wirklich?«

Sie wirkte eher resigniert als wütend, aber er wagte nicht, ihren Blick zu erwidern, als sie sagte: »Ohne diesen …«

Sie warf einen Blick zur Tür und zog die gespreizten Finger der rechten Hand durch ihre Haare.

»… wäre diese Ermittlung nicht so schiefgelaufen. Sie wären nie in den Glads vei geschickt worden. Sie hätten niemals Ihre wirren … Vernehmungen durchführen dürfen, falls man das überhaupt so nennen kann. Sie fahren mit der U-Bahn nach Grorud und sprechen mit einer zentralen Zeugin per …«

»Skype«, murmelte er, als sie zögerte.

»Skype«, sie nickte. »Aus Australien. Wissen Sie, wann sie zurückkommt?«

»Nein.«

»Haben Sie sie gefragt?«

»Nein. Aber ich weiß immerhin, wie ich sie erreichen kann.«

»Sie werden sie überhaupt nicht erreichen. Sie hätten gar nicht mit ihr reden dürfen. Sie können mir alle Informationen geben, die Sie haben, und den Fall dann vergessen.«

Sie beugte sich wieder zu ihm vor, aber diesmal eher mütterlich als aggressiv.

»Sie müssen loslassen, Henrik. Loslassen. Wenn sich weitere Zeugen oder Beteiligte oder Gott weiß was an Sie wenden, verweisen Sie sie weiter.«

Er saß ganz still da. Sogar seinen Oberschenkel hatte er endlich unter Kontrolle.

»Haben Sie mich verstanden?«, fragte sie eindringlich.

Er hatte verstanden.

Das Problem war, dass sie ihn nicht verstand. Tove Byfjord hatte nicht an der Wand der Großmutter ein Foto von Sander gesehen. Sie wusste wohl kaum, wie es war, ein Kind zu sein, wenn die Welt draußen gegen einen war und der einzige Ort, wo es Licht und Geborgenheit gab, der Küchentisch zu Hause, wo man Kakao trank und über Brachiosaurier plauderte und andere längst ausgestorbene und also ungefährliche Wesen. Tove Byfjord hatte einen festen Blick und eine scharfe Zunge und einen Busen, von dem er unmöglich die Augen abwenden konnte. Sie war auf dem Schulhof nie schikaniert worden. Er erkannte sie, trotz des Altersunterschieds, so wie er immer die Könige und Königinnen seiner Kindheit erkannte, die Sieger von damals, als er das Leben für eine ewige Übung in der Kunst des Ausweichens gehalten hatte, der Kunst, sich bedeckt zu halten und Tricks gegen die Angst zu finden. Tove Byfjord hatte keine Ahnung, wie sehr ein Kind sich danach sehnen konnte, abends ins Bett zu kriechen, nach der Geborgenheit, die der Arm eines starken Mannes bot, der nach Wald und ein wenig nach Schweiß roch. Sie war immer allein zurechtgekommen, diese Tove Byfjord, das konnte er sehen, denn er hatte sein Leben lang solche wie sie gesehen.

»Sander hatte es zu Hause nicht gut«, sagte Henrik trotzig. »So sollten Kinder nicht leben müssen. Wir können einen solchen Fall nicht auf sich beruhen lassen.«

»Das werden wir ja auch nicht. Das wissen Sie doch.«

Er merkte, dass sie jetzt wieder ungeduldig wurde, und stand auf.

»Na gut«, sagte er. »Aber ich hoffe, jemand wendet

sich ziemlich bald an diesen Rektor. Wenn Elin Foss die Wahrheit gesagt hat, ist das doch ein Skandal.«

»Das sehe ich auch so«, sagte sie. »Wir machen das so bald wie möglich. Aber jetzt ist Sommer, die Schulen haben Ferien, und dann ist da eben dieser …«

»Dieser andere Fall«, sagte Henrik Holme und ging, leicht erstaunt darüber, dass ihm diese spöttische Bemerkung gelungen war.

»Yngvar …«

Inger Johanne flüsterte, auch wenn sie ihn eigentlich wecken wollte. Er brummte etwas, das sie nicht verstand, und kehrte ihr den Rücken zu. Es war zwanzig vor eins. Yngvar war wie üblich nach dem Essen ins Bett gefallen, er schlief mehr, als sie bei einem Erwachsenen für möglich gehalten hätte. Meistens kam er gegen acht nach Hause, aß, duschte und ging schlafen. Alles fast ohne ein Wort. Der Schlaf war eine Flucht, vermutete Inger Johanne. Sie ließ ihn flüchten. Das Essen stand auf dem Tisch, wenn er kam, und er aß allein. Ab und zu machte sie mit Jack einen Abendspaziergang, wenn sie das Essen auf den Tisch gestellt hatte, und in der Regel war Yngvar eingeschlafen, wenn sie nach Hause kam. Sie führten parallele Leben, ohne die Kinder und alles, was sie sonst an die alltäglichen Trivialitäten band, aber seltsamerweise hatte sie sich ihm lange nicht mehr so nahe gefühlt. Es konnte ein Blick sein, den er ihr zuwarf, wenn er die Treppe hochkam, schwer und müde, eine Weichheit in seinen Händen, wenn er ihre Schultern streifte, während er an dem Sofa vorbeiging, auf dem sie in ein Buch vertieft saß, mit dem Rücken zu ihm. Er fehlte ihr, aber in diesen kleinen Zeichen lag eine unausgesprochene Dankbarkeit, eine stumme Zusammengehörigkeit, die sie beide brauchten. Jedenfalls sie selbst.

»Yngvar«, wiederholte sie ein wenig lauter. »Bitte, wach auf.«

Verwirrt versuchte er, aus dem Schlaf und dem Bettzeug aufzutauchen.

»Wie spät ist es denn?«, murmelte er matt.

»Mitten in der Nacht. Aber du musst mir helfen.«

Plötzlich wirkte er hellwach.

»Stimmt was nicht? Die Kinder … wo sind die Kinder?«

Er stand nackt mitten im Zimmer, in einem Tempo, das sie ihm niemals zugetraut hätte.

»Alles ist gut!«, rief sie. »Yngvar! Allen geht es gut!«

Jetzt wurde er richtig wach. Die Luft wich aus seiner Lunge. Seine Schultern senkten sich, der Bauch wurde schlaff, und er gähnte ausgiebig, ehe er sich setzte und sich im Bett nach hinten kippen ließ.

»Verdammt«, murmelte er. »Da hab ich wohl geträumt.«

»Ich wollte nur mit dir reden.«

»Muss schlafen. Wirklich. Ich muss schlafen.«

»Ich brauche Hilfe.«

»Wobei denn?«

Er stützte sich auf den Unterarm und griff nach dem Wasserglas auf dem Nachttisch.

»Du musst dir eine Zeichnung ansehen«, sagte sie.

Er leerte das Glas, dann drehte er sich mit irritierter Miene zu ihr um.

»Was? Du weckst mich mitten in der Nacht, damit ich mir eine Zeichnung ansehe? Es ist doch …«

»Fast eins«, sagte sie rasch. »Aber das hier ist wichtig, Yngvar. Und jetzt bist du ja ohnehin schon wach. Bitte.«

»Na gut. Was denn für eine Zeichnung?«

»Warte.«

Sie streifte die Decke ab und lief aus dem Zimmer. Als sie gleich darauf zurückkehrte, hatte Yngvar sich aufgesetzt, sich Kissen in den Rücken gestopft und die Nachttischlampe eingeschaltet.

»Hätten wir das nicht machen können, bevor ich schlafen gegangen bin?«

»Du warst nicht … im Moment ist es nicht gerade leicht, mit dir zu sprechen. Außerdem wollte ich dich nicht damit belästigen. Aber ich kann nicht schlafen, und da dachte ich, du könntest …«

Sein Gesicht öffnete sich zu einem Lächeln, das sie seit über einer Woche nicht mehr gesehen hatte.

»Du bist wunderbar«, sagte er. »Weißt du das?«

Sie reichte ihm Sanders Zeichnung und kam wieder ins Bett. Yngvar suchte auf dem Nachttisch nach seiner Lesebrille und setzte sie auf die Nase. Er hielt das Bild ins Licht und musterte es lange.

»Eine Kinderzeichnung«, sagte er endlich. »Aber nicht von einem von unseren. Ragnhild zeichnet alles flach, und die Menschen sind immer von vorn zu sehen. Aber hier sind doch …«

Er schob sich mit seinem dicken Zeigefinger die Brille höher auf die Nase.

»Dieses Kind kennt sich mit der Perspektive fast perfekt aus«, sagte er sichtlich beeindruckt. »Wer ist es?«

»Nachher«, winkte sie ab. »Ich will wissen, was du siehst.«

»Ein glückliches Kind in einem Doppelbett«, sagte er gehorsam. »Ein Plakat aus den Neunzigerjahren oder so über dem Bett, eine Walflosse, die gleich verschwinden wird. Die Wassertropfen sind wirklich gut gelungen. Es ist ein Junge, glaube ich, und er hat ein grünes Schmusetier, das ist wohl ein … Schwein? Gibt es Schmuseschweine?«

»Also, Yngvar! Was ist mit Ferkel aus *Pu?* Dussel. Was siehst du sonst noch?«

»Ist das ein Batman-Schlafanzug? Ein Schiff neben der Lampe, es ist halb neun, und die Bettwäsche ist tiefrot und hat eine Art Muster. Drei Bücher. Eins ist von …«

Er drehte die Zeichnung um und hielt sie sich dichter vor die Augen.

»Jo Nesbø.« Er lächelte. »Das andere ist von Tom Egeland. Das dritte …«

Er kniff die Augen zusammen.

»Und Jeffrey Archer ist auch ganz richtig geschrieben! Wer in aller Welt hat das hier gezeichnet?«

»Siehst du noch mehr?«

»Nein.«

»Doch. Schau gut hin.«

Er ließ den Zeigefinger an seinem Nasenrücken auf und ab wandern und schob die Unterlippe vor.

»Eigentlich schade, das mit dem Rahmen«, sagte er endlich. »Wo der Junge … das ist doch ein Junge, oder?«

Sie nickte kurz.

»Wo der Junge sich solche Mühe mit der Zeichnung gegeben hat, ist es schade, dass er sie mit dem dicken schwarzen Rand fast schon ruiniert hat. Da war er arg heftig! Schau mal, er hat so fest aufgedrückt, dass das Papier gerissen ist.«

Er hielt das Bild ins Licht. An mehreren Stellen fielen Lichtstrahlen durch das Schwarze.

»Wie würdest du das erklären?«, fragte Inger Johanne.

»Was?«, fragte er und legte die Zeichnung auf die Bettdecke. »Das Bild oder den Rahmen?«

»Beides. Alles zusammen. Die Zeichnung als Ganzes, sozusagen.«

»Du bist hier die Psychologin.«

»Und du kennst dich mit Kindern aus.«

Yngvar lächelte und küsste sie auf den Kopf.

»Es kann sich ganz einfach um einen misslungenen Rahmen handeln«, sagte er. »Der Junge hat altmodische Gemälde mit breiten, schweren Rahmen gesehen und wollte auch so einen.«

»Wäre der dann nicht eher aus Gold? Und ein so guter Zeichner würde doch sicher versuchen, die Schnitzereien zu kopieren?«

Yngvar bewegte den Kopf hin und her und schnalzte mit der Zunge.

»Tja. Vielleicht. Pechschwarze Rahmen kommen nicht gerade häufig vor.«

»Und dann?«

»Dann bleibt nur noch die einfachste Erklärung«, sagte Yngvar und legte die Brille weg. »Dieser Junge hat ein Zimmer gezeichnet, einen Ort, wo er sich sicher und glücklich fühlt. Es ist wohl kaum bei ihm zu Hause. Kinder haben ja normalerweise kein Doppelbett. Und sie lesen auch eher selten Tom Egeland und Jeffrey Archer. In diesem Zimmer ist der Junge glücklich. Die Welt draußen ist bedrohlich, düster und böse.«

Er schob die Zeichnung auf Inger Johannes Seite des Bettes hinüber.

»Und damit ist es für heute genug. Ich muss schlafen, meine Liebe. Dringend.«

Er zog ein Kissen hinter seinem Rücken hervor, knipste die Nachttischlampe aus und drehte sich von Inger Johanne weg. Sie schaltete ihre eigene Lampe ein.

»War das Sander?«, murmelte Yngvar kaum hörbar.

»Ja.«

»Ich will das nicht hören. Ich kann jetzt einfach nicht mehr ertragen. Okay?«

»Okay.«

Inger Johanne starrte die Zeichnung an, bis Yngvars Atem langsamer wurde, gleichmäßiger. Er hatte in Sanders kleinem Kunstwerk dasselbe gesehen wie sie, am liebsten hätte sie ihn wieder geweckt, mit ihm gesprochen, ihm erzählt, was geschehen war, seit sie vor zehn Tagen und einer Ewigkeit im Glads vei erschienen war.

Das Schlafzimmer auf dem Bild kam ihr maskulin vor. Die Bücher, die dunkle Tapete, das Fehlen von Fotos und Cremes auf dem Nachttisch – das konnte nicht Helga Mohrs Zimmer sein. Es entsprach auch nicht Ellens Geschmack, und Inger Johanne war sich zudem sicher, dass Jon und Ellen Hästens-Betten hatten. Sander hätte die typischen Karos gezeichnet. Dies war ein Bett mit hohen Beinen und hohem Kopf- und Fußteil.

Joachim, dachte sie und runzelte die Stirn. Ellen hatte gesagt, er könne mit Sander so gut umgehen. Es kam ihr komisch vor, dass der Junge so oft bei dem viel jüngeren Freund des Vaters übernachtet hatte. Andererseits waren Ellen und Jon auf solche Hilfe angewiesen. Agnes Krogh hatte Joachim nicht erwähnt, aber sie hatte zu ihrem Enkel ja auch seit Jahren keinen Kontakt mehr gehabt.

Joachim hatte nach Sanders Tod sehr betroffen gewirkt, das fiel ihr jetzt ein. Vielleicht hatte er den Jungen wirklich gekannt. Vielleicht gab es da außerhalb der Familie endlich einen Menschen, der Sander gern hatte und der erzählen konnte, wie dessen Leben in den vergangenen Jahren wirklich ausgesehen hatte.

Gleich morgen würde sie Kontakt zu Joachim aufnehmen. Sie wusste nicht mehr, wie er mit Nachnamen hieß, aber das würde ihr die Website von Mohr und Westberg verraten. Morgen, dachte sie, schob die Zeichnung auf den Nachttisch, legte sich hin und knipste das Licht aus.

»Wir kriegen einen kleinen Jungen«, flüsterte sie ins Dunkel.

Aber Yngvar schlief.

»Glaubst du, es kommt jemand?«, fragte Ellen Mohr leise und schenkte sich Rotwein nach.

Jon lehnte schweigend am Türrahmen und hatte die Arme vor der Brust verschränkt. Sein dunkelgrüner Seidenschlafanzug wirkte im trüben Licht der einsamen Kerze auf dem Küchentisch fast schwarz. Es war nach halb vier. Ein neuer Sommertag ließ einen feinen Streifen Himmel im Osten aufleuchten, aber der Raum lag noch im Halbdunkel. Es waren noch anderthalb Stunden bis Sonnenaufgang.

»Trinkst du schon wieder«, sagte er tonlos.

»Ich kann nicht schlafen.«

Er schaltete die Deckenlampe ein.

»Glaubst du, es kommt jemand?«, fragte sie, ohne ihn anzusehen.

»Es ist Sommer«, sagte er. »Die meisten sind verreist.«

»Ich habe um eine extragroße Todesanzeige gebeten, aber das war wohl nicht möglich, jedenfalls nicht in *Aftenposten*. Alles muss gleich groß sein. So ist das jetzt hierzulande. Sogar im Tod sollen alle gleich sein.«

Sie lachte trocken, ein angestrengtes Keuchen, und hob das Glas.

»Du lallst«, sagte er.

»Ich lalle nicht.«

»Sag: Todesanzeige.«

»Todesanzeige.«

»Da hörst du's doch.«

»Ich lalle nicht!«, schrie Ellen und schlug mit der Hand auf den Tisch. »Ich rede über die Beerdigung unseres Sohnes.«

»Du siehst unmöglich aus. Blick doch mal in den Spiegel, Ellen.«

Ihre Haare waren verfilzt, und der helle Morgenrock hatte Rotweinflecken an der Brust. Um die Lippen zog sich ein trockener bläulicher Rand, und ihre Zähne hatten sich verfärbt. Die Hände fummelten am Etikett herum, es war bereits zur Hälfte abgerissen und in Form von Kügelchen auf dem Tisch verteilt. Eine Zigarette schwelte in einer mit Kippen gefüllten Tasse. Jon ging zum Fenster und öffnete es.

»Wie viel hast du eigentlich getrunken?«

»Weiß nicht«, murmelte sie. »Ich kann nicht schlafen.«

»Kannst du nicht zum Arzt gehen?«

Sie gab keine Antwort. Jon setzte sich, ließ den Stuhl gegen die Wand kippen und legte die Beine auf den Tisch.

»Das kannst du allerdings nicht«, sagte er. »Du bist ja die ganze Zeit blau. Entweder das, oder du schläfst deinen Rausch aus.«

Ellen kippte den Wein hinunter wie Saft und schenkte nach.

»Glaubst du, es kommt jemand?«

Ihre Stimme war dünn und flehend.

»Du hast eine Million vierhundertfünfundfünfzigtausend Freunde. Da werden schon einige auftauchen.«

»Die hatte ich. Als Sander noch lebte. Wo sind sie jetzt? Warum kommt niemand? Oder ruft an? Warum will mir niemand helfen?«

»Die sind verreist«, sagte er resigniert. »Fast alle, die wir kennen, sind im Ausland. Die Anzeige ist noch nicht erschienen. Außerdem haben viele geschrieben und Blumen geschickt. Und dann ist da natürlich noch der …«

»Wenn du diesen verdammten Terroristen auch nur erwähnst …«

Ellen sank in sich zusammen. Atmete schwer, mit offenem Mund. Endlich setzte sie sich wieder gerade und bewegte den Zeigefinger über der Kerzenflamme hin und her, immer langsamer, bis sie sich verbrannte und den Finger in den Mund steckte.

»Wann erscheint die Anzeige?«, fragte Jon.

»Mittwoch. Morgen.«

»Du bringst alles durcheinander, Ellen. Morgen ist Dienstag.«

»Du bist das, der alles durcheinanderbringt. Jetzt ist Dienstagmorgen … Gott, was bin ich voll.«

Im Garten schrie eine Katze. Der Zigarettengestank war dem schweren Duft des Hochsommers gewichen, und Ellen fröstelte, als sie den Morgenrock um sich zusammenzog.

»So kann das nicht weitergehen«, sagte Jon ruhig, nahm die Beine vom Tisch und ließ den Stuhl wieder nach vorn kippen. »Wir brauchen Hilfe. So können wir nicht leben, Ellen. So kannst du nicht leben.«

»Doch. Aber für die Beerdigung werde ich mich zusammennehmen. Hab keine Angst. Ich werde die brave Ehefrau sein. Ich werde meinen toten Sohn betrauern, wie es sich gehört. Und dir keine Schande …«

Er beugte sich über den Tisch vor und versuchte, ihre

Hand zu nehmen. Sie zog die Hand so abrupt zurück, dass sie fast vom Stuhl gefallen wäre.

»Du hast nicht aufgepasst«, schrie sie und erwiderte zum ersten Mal seinen Blick.

»Versuch das ja nicht. Das ist eine Warnung, Ellen. Tu das nicht.«

Er schluckte und erhob sich halbwegs vom Stuhl.

»Was hast du mit uns gemacht!«, heulte sie und fuhr mit der linken Hand wütend durch die Luft.

Das Glas kippte um.

Jon sprang auf und schloss das Fenster.

»Reiß dich zusammen«, fauchte er und riss Küchenpapier aus einem Behälter an der Wand. »Die Nachbarn können dich hören, verdammt noch mal. Halt die Fresse!«

»Darauf scheiß ich doch! Ist mir doch egal, was die Nachbarn ...«

Jon fuhr herum. Er klatschte das Küchenpapier mit aller Kraft auf den Tisch, dass der Rotwein aufspritzte, und packte mit der linken Hand Ellens Haare. Langsam zog er ihren Kopf nach hinten und hob dabei die rechte Faust zum Schlag. Sie versuchte nicht einmal, Widerstand zu leisten.

Endlich war sie verstummt.

»Ich weiß nicht, für wen ich mich mehr schäme«, schluchzte er. »Dich oder mich. Verdammt! Aber ich tippe doch mal auf dich. Du hast aus mir einen ...«

Plötzlich ließ er ihre Haare los. Er ließ die Faust sinken. Seine Schlafanzugärmel bedeckten fast seine Hände, und die Hose war zu weit. Er trat einen unsicheren Schritt zurück, dann noch einen.

Und noch einen.

6

Joachim Boyer war ein junger Mann, den Inger Johanne nicht so richtig einordnen konnte. Seine Sprache war elaboriert und präzise, mit schwachen Resten eines Akzentes, der auf eine Kindheit im Osten der Stadt hinwies. Seine Kleidung war teuer und modisch, aber auch mit Details, die anzudeuten schienen, dass er nicht ganz so auf dem Laufenden war, wie er gern wirken wollte. Wie bei ihrer ersten Begegnung trug er Tennissocken in den braunen Schuhen, und an seinem linken Handgelenk prangte eine Rolex. Inger Johanne kannte nicht viele Menschen, die unnötig viel Geld besaßen. Die wenigen in ihrer Bekanntschaft, die sich so teure Uhren leisten konnten, kauften keine Rolex.

Sie fand ihn sympathisch.

Als sie sich in dem Café Åpent Bakeri in der Åsengate getroffen hatten, hatte er ihr nur kurz die Hand gegeben, dann hatte er sie gefragt, was sie trinken wollte, und ihr mit größter Selbstverständlichkeit einen Caffè Latte und einen Muffin geholt, um den sie gar nicht gebeten hatte. Bevor er sich die Sonnenbrille vor die Augen zog, fragte er, ob das in Ordnung sei, starkes Licht bereite ihm Probleme. Er war Ende zwanzig und gut in Form. Sein Hemd war von Philipp Plein, das sah sie an den Knöpfen, und es saß an genau den richtigen Stellen eng. Vor drei Jahren hatte sie für Yngvar ein Hemd dieser Marke gekauft. Das lag noch immer im Schrank. An ihm hatte es ausgesehen wie eine prall gestopfte Wurstpelle.

Joachim Boyer war eigentlich kein hübscher Mann. Dazu war seine Nase zu groß und das Kinn eine Spur zu klein. Aber sein Lächeln war breit, und seine Manieren überraschten sie. Dass er aufstand, als sie sich gleich darauf entschuldigte, um zur Toilette zu gehen, gehörte in eine ganz andere Zeit. Oder jedenfalls zu einem ganz anderen Alter als seinem.

»Ich muss sie etwas fragen«, sagte er, als sie zurückkam.

»Wie geht man vor, wenn man einen Kranz bestellen will? Wendet man sich dann an das Bestattungsunternehmen?«

»Das ist bestimmt möglich. Aber ich glaube, damit kennt man sich in allen Blumenläden aus.«

»Wäre es falsch von mir, einen Kranz zu bestellen? Und nicht bloß einen kleinen Blumenstrauß? Ich meine, ich gehöre ja nicht zur Familie und ...«

Er schluckte und wandte sich ab.

»Das fände ich absolut richtig«, sagte Inger Johanne.

»Ich war noch nie auf einer Beerdigung. Ich graule mich richtig.«

»Es kann auch schön sein«, sagte sie. »Ein würdiger Abschluss sozusagen.«

»Aber Sander war ein Kind. Da dürfte es so einen Abschluss gar nicht geben.«

Seine Stimme bekam einen scharfen, fast aggressiven Unterton. Seine linke Hand umschloss locker die Kaffeetasse, während er die rechte auf dem Oberschenkel zur Faust ballte.

»Im Moment gibt es zu viele von diesen Beerdigungen«, sagte Inger Johanne. »Alle genauso absurd.«

»Stimmt. Aber die anderen habe ich nicht gekannt. Sander schon.«

Sie saßen draußen, es war noch immer warm, obwohl dahintreibende Wolken in unregelmäßigen Abständen die Sonne verdeckten. In der Hans Nielsen Hauges gate donnerten die Autos vorbei und zwangen sie manchmal zu einer Pause im Gespräch.

»Ich möchte dir etwas zeigen«, sagte sie plötzlich und zog Sanders aufgerollte Zeichnung aus der Tasche. »Darüber wollte ich mit dir sprechen.«

Sie schob Teller und Tassen zur Seite und legte das Bild vorsichtig vor Joachim hin. Es wollte nicht flach liegen, und sie stellte die Wassergläser auf die oberen Ecken. Joachim nahm langsam seine Sonnenbrille ab und hängte sie vorn in sein Hemd.

»Oh verdammt«, sagte er leise.

Seine Hand fuhr vorsichtig über die Zeichnung, eine Liebkosung.

»Das ist bei dir, nicht wahr?«, fragte Inger Johanne.

Er nickte.

»Klonken«, sagte er und zeigte darauf.

»Was?«

»Das Schwein. Das grüne Schwein heißt Klonken. Ich habe es vor langer Zeit in Spanien gekauft. Ich weiß nicht, wie Sander auf den Namen gekommen ist.«

»Klonken«, wiederholte Inger Johanne und lächelte.

»Wie ungeheuer detailliert«, sagte Joachim leise und beugte sich noch tiefer über die Zeichnung. »Sieh dir doch das Plakat mit dem Wasser an. Das hatte ich als Junge an der Wand hängen. Sander hat es gefunden, als wir meiner Mutter vor zwei Jahren geholfen haben, den

Keller aufzuräumen. Und er wollte es so gern haben. Er hat sich ungeheuer für Wale interessiert, Sander. Wale und Autos und Dinos.«

»Durfte er es denn nicht haben?«

»Doch, sicher.«

Joachim sah für einen Moment verwirrt aus.

»Er wollte es nur nicht mit nach Hause nehmen. Wollte es bei mir haben, über dem Bett.«

Sein Zeigefinger tippte behutsam auf das Bild.

»Er war ein sauguter Zeichner, aber das ist das Beste, was ich von ihm gesehen habe.«

Dann schwiegen sie lange. Es störte Inger Johanne nicht. Joachim konnte sich an Sanders Zeichnung nicht sattsehen, immer wieder berührte er sie mit den Fingern. Ab und zu murmelte er etwas in sich hinein. Als er am Ende wieder aufschaute, setzte er die Sonnenbrille auf und rollte die Zeichnung vorsichtig zusammen.

»Darf ich das Bild haben?«, fragte er. »Ich würde es gerne einrahmen.«

»Ja«, sagte Inger Johanne. »Unter zwei Bedingungen.«

Er schaute sie fragend über den Brillenrand hinweg an.

Sie rückte ihre Brille gerade. »Erstens brauche ich es vielleicht wieder. Und zweitens ...«

Sie reichte ihm ein Gummi, und er wickelte es zweimal um die Rolle.

»Bitte, erzähl mir von Sander«, sagte sie.

»Wie meinst du das?«

»Du hast ihn gekannt. Du hast ihn offenbar gern gehabt, und er dich. Was war mit ihm los?«

»Was mit ihm los war?«

Joachim lächelte kurz und hob mit beiden Händen die Kaffeetasse. Er holte Atem und zögerte für eine Sekunde, dann wurde sein Lächeln breit und strahlend.

»Sander war ein witziger Junge. Er war sehr lieb. Manchmal war er der Einzige, mit dem ich zusammen sein wollte. Schon seltsam, er war doch ein Kind und nicht mal mit mir verwandt. Aber, weißt du …«

Mehr als zwanzig Minuten lang erzählte Joachim Boyer über seinen zwanzig Jahre jüngeren besten Freund. Ab und zu warf Inger Johanne eine Frage ein, aber Joachim zeichnete ein Porträt von Sander, das so anders war als ihr eigenes Bild des Jungen, dass sie schließlich verstummte. Während Ellen darüber geklagt hatte, dass Sander beim Essen so wählerisch sei, erzählte Joachim von einem Jungen, der alles aß, wenn er nur beim Kochen helfen durfte. Ellen und Jon hatten darüber gejammert, dass ihr Sohn seit seiner Geburt nicht richtig geschlafen habe. Joachim dagegen lächelte, als er daran dachte, wie der Junge es immer kaum erwarten konnte, dass die Uhr halb neun zeigte, denn dann durfte er mit Klonken im Doppelbett liegen und eine Viertelstunde lang *Donald Duck* lesen, ehe das Licht ausgeknipst wurde und er sofort einschlief. Joachim erzählte von einem Jungen, der sich ewig lange konzentrieren konnte, um das zu schaffen, was er sich in den Kopf gesetzt hatte, zum Beispiel von einem Steg in Larkollen, wo Joachims Eltern einen Wohnwagen stehen hatten, eine Schwalbe ins Wasser zu machen. Ellen und Jon hatten über Sanders Unfähigkeit, sich länger als zehn Minuten mit etwas zu beschäftigen, immer verlegen gelächelt, er habe nun einmal ADHS.

»Aber dann war da die Sache mit …«

Joachim rutschte auf seinem Stuhl hin und her und sah hinüber zu einem Lastwagen, der versuchte, in die Åsengate einzubiegen, wo zwischen den parkenden Autos kaum Platz war für einen Personenwagen.

»Was denn?«, fragte Inger Johanne.

Er zögerte.

»Diese Zeichnung«, sagte er schließlich und nickte kurz zu der Rolle mit dem blauen Gummi hinüber. »Man braucht doch kein Psychologe zu sein, um auf den Rahmen zu reagieren.«

»Nein.«

»Du bist Psychologin. Ich hab dich gegoogelt.«

»Ja. Unter anderem.«

»Was meinst du dazu?«

»Das ist nicht so wichtig«, sagte Inger Johanne. »Ich möchte lieber hören, was du meinst.«

Eine Wolke glitt vor die Sonne, und Inger Johanne glaubte, winzige Regentropfen zu spüren. Die Sonnenbrille hinderte sie daran, ihm in die Augen zu schauen, aber sie wusste, dass er ihre sah.

»Ich habe nie geglaubt, dass bei Sander zu Hause etwas nicht stimmte«, sagte er. »Bis jetzt.«

»Was hat dich dazu gebracht, deine Meinung zu ändern?«

Jetzt rutschte er wieder hin und her. Zwei Frauen von vielleicht zwanzig Jahren setzten sich an den Nebentisch, leicht zögernd, während sie zum Himmel hochschauten. Joachim sah sie sich beide genau an, dann wandte er sich wieder Inger Johanne zu und sagte: »Warum wolltest du mich eigentlich treffen?«

»Vor allem, um dir die Zeichnung zu zeigen und zu hören, was du dazu sagst. Und auch, weil ich ein klareres Bild von Sander bekommen möchte.«

»Aber warum? Du bist doch nicht bei der Polizei.«

Inger Johanne beugte sich ein wenig zu ihm vor und legte beide Handflächen auf den Tisch.

»Wann hast du mich gegoogelt?«

»Was?«

Inger Johanne starrte ihr doppeltes Spiegelbild an und wiederholte mit einem kleinen Lächeln: »Du hast eben gesagt, dass du mich gegoogelt hast. Wann hast du das gemacht?«

»Ich … ich weiß nicht mehr so genau. Wieso fragst du?«

»Vorige Woche, nicht wahr?«

Joachim rührte in seinem kalten Kaffee.

»Vielleicht. Ich weiß nicht mehr genau. Spielt das eine Rolle?«

»Ich habe dich vor ziemlich genau drei Stunden angerufen. Da warst du im Büro, und wir hatten seit dem 22. Juli bei Ellen und Jon nichts mehr miteinander zu tun. Jemanden zu googeln, mit dem man verabredet ist und den man noch nicht kennt, finde ich normal. Ich mache das auch oft. Aber wenn du es heute gemacht hättest, würdest du dich wohl daran erinnern.«

Joachim gab keine Antwort.

Unter seiner sonnenbraunen Haut breitete sich eine schwache Röte aus, die er damit zu tarnen versuchte, dass er die Tasse hob und trank.

»Du hast mir die SMS geschickt«, sagte Inger Johanne ruhig. »Am Freitag. In der stand, dass ich mir Sanders Tod genauer ansehen sollte. Du hast mich nicht gegoogelt, weil wir uns heute verabredet haben. Sondern in der vorigen Woche, vermutlich, weil du vage wusstest, dass ich schon häufiger mit Kriminalfällen zu tun gehabt habe. Du hast mich gegoogelt, bevor du die SMS geschickt hast, nicht wahr?«

Er antwortete nicht. Nickte nicht. Saß ganz still da.

»Na los, Joachim.«

Sie schaute ihn mit resigniertem Lächeln an.

»Ich begreife nicht, warum du das unbedingt verheimlichen willst. Ich begreife nicht, warum du mir überhaupt diese SMS schicken musstest. Hättest du mich nicht einfach anrufen können?«

Er sog einen Moment an seinen Zähnen, dann schaute er endlich auf.

»Es kam mir so … illoyal vor.«

»Illoyal? Wem gegenüber? Jon? Wenn du jemandem Loyalität schuldest, dann doch wohl Sander! Und wieso ist es denn weniger illoyal, sich zu verstecken und eine SMS zu schicken? Also ehrlich …«

Die beiden Blondinen, beide mit minimalen Oberteilen, superkurzen Jeansröcken und Schuhen, auf denen Inger Johanne keine zehn Meter weit gekommen wäre, interessierten sich jetzt für das Gespräch. Inger Johanne senkte die Stimme: »Du vermutest, dass ich als Ermittlerin gewisse Fähigkeiten besitze. Das ist absolut korrekt. Ich habe der Polizei in so vielen Fällen geholfen, dass ich häufiger seltsame Mitteilungen erhalte, per Mail und per SMS. Und sogar per Post. Mit den Jahren habe ich mir angewöhnt, sie zu ignorieren. Ich lösche sie, und sie sind mir scheißegal. Das habe ich übrigens auch mit deiner gemacht. Aber was glaubst du wohl, wie lange ich brauchen würde, um den Absender zu ermitteln, wenn ich das will?«

Jetzt ließ die Röte sich nicht mehr verbergen. Seine Brille beschlug, und er drehte sich von den Blondinen weg.

»Nicht sehr lange«, murmelte er.

»Nein, das kann ich dir sagen. Hast du ein Auto?«

Joachim sah sie verwirrt an.

»Ja …«

»Ich meine, hier? Bist du mit dem Auto hier?«

»Ja. Steht gleich um die Ecke.«

»Dann gehen wir«, sagte sie und stand auf. »Bitte fahr mich nach Hause. Wir können unterwegs weiterreden. Da haben wir nicht so viele Zuhörerinnen.«

Sie suchten sich ihren Weg zwischen Stühlen und Tischen, überquerten die Straße und bogen schließlich in die Nordkappgate ein.

»Wow«, sagte sie und blieb stehen, als ein BMW Cabriolet kurz aufbellte und mit allen Lichtern blinkte.

Inger Johanne hatte keine Ahnung von Autos. Sie charakterisierte sie in der Regel nach Farbe und Größe, liebte den Volvo, weil er immer ansprang, und verachtete den Golf, weil er das so selten tat. Doch sogar sie konnte sehen, dass dieses Auto etwas Besonderes war. Joachim schaute kurz zum Himmel hoch, öffnete für sie die Tür und setzte sich hinter das Lenkrad. Offenbar hatte er auf irgendeinen Knopf gedrückt, denn das Dach hob sich mit einem leisen Summen und war verschwunden.

»Wo wohnst du?«

»Hauges vei in Tåsen. Fahr einfach in Richtung Nydalen.«

Inger Johanne bereute ihren Vorschlag bereits. Sie fühlte sich fremd in diesem Salon von einem Wagen, mit den tiefen Ledersitzen und dem teuren Duft. Joachim dagegen hatte zu seinem alten Ich zurückgefunden. Mit selbstsicherem Lächeln manövrierte er sich aus der engen Parklücke.

»Warum hast du die SMS geschickt?«, fragte Inger Johanne.

»Ich bin nicht ganz sicher«, sagte er leichthin. »War ein bisschen nervös. Das war blöd.«

Das Café zu verlassen war wirklich ein Fehler gewesen. Sie konnte ihm nicht mehr ins Gesicht sehen. Die brüchige Fastvertrautheit war verschwunden. Vermutlich hatten die beiden langbeinigen Mädels sich eher für Joachim interessiert als für ihr Gespräch. In wenigen Minuten würde der Wagen vor dem weißen Zweiparteienhaus im Hauges vei halten, und das Gespräch würde beendet sein.

»Du hast gesagt, du hättest nie den Verdacht gehabt, dass im Glads vei etwas nicht stimmen könnte«, sagte sie trotzdem. »Bis jetzt. Warum?«

»Ich hatte nie einen Grund dazu. Das habe ich jetzt wohl auch nicht.«

Sie hatte ihn verloren. An der Kreuzung vor der Nordpol-Schule hielten sie an einer roten Ampel.

»Du kannst natürlich mit diesem Unsinn weitermachen«, sagte Inger Johanne. »Aber das wäre dumm von dir. Unbeschreiblich dumm.«

Es wurde grün, aber er starrte sie so lange verdutzt an, dass der Wagen hinter ihnen hupte. Joachim schaltete ungeschickt in den ersten Gang und würgte den Motor ab.

»Verdammt«, flüsterte er und versuchte es erneut.

Das Auto machte einen Sprung nach vorn, dann starb der Motor wieder ab.

»Ganz neuer Wagen, wie ich sehe.« Inger Johanne lächelte und fügte hinzu: »Zu diesem Fahrstil passt er eigentlich nicht so ganz. Bist du eher Automatik gewohnt?«

»Nein«, fauchte er durch zusammengebissene Zähne und konnte den Motor endlich wieder zum Leben erwecken.

Die Reifen kreischten über den Asphalt, als sie über die Kreuzung schossen.

»Was meinst du eigentlich mit dumm?«, fragte er.

»Du vergisst, warum du mir die SMS geschickt hast. Ich habe einige Erfahrung als eine Art ... Ermittlerin. Im Netz findest du auch mehrere Artikel, in denen ziemlich klar gesagt wird, dass ich eine Vergangenheit beim FBI habe. In manchen werde ich als ›Profilerin‹ bezeichnet. Das ist eine sinnlose und unklare Bezeichnung, aber trotzdem nicht ganz falsch.«

Sie lächelte und wusste, dass er das registrierte, obwohl er die ganze Zeit nach vorn auf die Straße starrte. Dennoch wären sie fast mit einem Bus zusammengestoßen.

»Ich kann das Verhalten von anderen also ganz gut deuten«, sagte sie. »Und im Moment deute ich deins.«

Er sagte nichts, wartete aber offenbar darauf, dass sie weiterredete.

»Tatsache Nummer eins«, sagte sie und zählte an den Fingern ab. »Ich soll untersuchen, unter welchen Umständen Sander gestorben ist, aber ich sollte nicht wissen, dass die Aufforderung von dir kam. Tatsache Nummer zwei: Du hattest nichts dagegen, von mir in meine Untersuchungen hineingezogen zu werden. Im Gegenteil, als ich dich heute Morgen angerufen habe, wolltest du dich unbedingt noch heute mit mir treffen. Tatsache Nummer drei oder jedenfalls etwas, das ich bis auf Weiteres als Tatsache betrachten werde: Du hattest Sander sehr gern und hast dich ungewöhnlich gut mit ihm verstanden.«

Bei der Brücke über den Akerselv in der Kristoffer Aamots gate hatte ein Müllwagen einen Motorschaden und versperrte die Fahrbahn nach Westen. Der Gegenverkehr floss ihnen als stetiger Strom entgegen. Sie steckten fest.

»Tatsache Nummer vier«, sagte Inger Johanne und zeigte mit dem rechten Zeigefinger auf den linken Ringfinger. »Du wolltest mir eben etwas Besorgniserregendes über Sanders Leben erzählen, aber dann hast du plötzlich Angst bekommen.«

»Verdammt noch mal«, sagte Joachim wütend und drückte auf die Hupe.

Der Fahrer des Müllwagens stand nur zwei Meter von dem schwarzem BMW entfernt und schüttelte angesichts dieser Ungeduld den Kopf. Er rief etwas, das Inger Johanne nicht verstehen konnte.

»Viel mehr Tatsachen habe ich nicht«, sagte sie. »Aber soll ich dir erzählen, wie ich sie deute?«

Joachim hatte das Fenster heruntergekurbelt und lehnte sich, so weit er konnte, hinaus. Ohne zu antworten, riss er das Lenkrad herum und trat das Gaspedal durch. Der Müllmann fuhr zurück, als der BMW zur Seite und an seinem Wagen vorbeischoss. »Wankelmütigkeit«, sagte Inger Johanne, als wäre nichts passiert. »Wenn man sich so gespalten fühlt wie du, dann, weil man das Gefühl hat, dass es bei jeder Möglichkeit etwas zu verlieren und etwas zu gewinnen gibt. Du möchtest, dass ich mir genauer ansehe, unter welchen Umständen Sander gestorben ist, aber es soll nicht auf deine Initiative hin geschehen. Du willst mir von Bedenken erzählen, die dir nach Sanders Tod gekommen sind, aber am Ende traust du dich dann doch nicht. Weil du selbst etwas zu verbergen hast. Eigentlich möchtest du mit der ganzen Sache nichts zu tun haben.«

Sie näherten sich dem Maridalsvei. Zum Glück war auch hier dichter Verkehr, und sie kamen nur im Schneckentempo voran.

»Davon hast du keine Ahnung«, sagte Joachim leise.

Inger Johanne fiel auf, dass seine Fingerknöchel am Lenkrad weiß wurden.

»Doch. Ein bisschen weiß ich, wie ich eben vorgeführt habe. Aber ich weiß bei Weitem nicht genug. Deshalb wäre es nett, wenn du mir helfen könntest.«

Er gab keine Antwort. Sie sagte nichts mehr. Stattdessen musterte sie sein Gesicht, halb von hinten, ohne dass er es sehen konnte. Seine Wangenmuskeln zuckten unter der glatt rasierten Haut, und sie konnte durch das Rauschen des Windes und das gleichmäßige tiefe Dröhnen des Motors hören, dass er mit den Zähnen knirschte. Seine Augen hinter der Sonnenbrille waren schmal, und er nagte nervös an seiner trockenen Unterlippe.

Joachim Boyer hatte Angst, das sah sie.

Als er auf ihre Anweisung hin vor ihrem Gartentor hielt, blieb sie sitzen. Er sagte nichts und machte auch keine Anstalten, ihr die Tür zu öffnen. Sie konnte Jacks heiseres Gebell im Haus hören, er merkte immer, wenn sie kam, auch wenn sie von anderen gefahren wurde.

»Wir haben alle unsere Geheimnisse«, sagte sie leise. »Alle haben wir Fehler gemacht. Das macht die Ermittlungen in der Regel so schwer, Joachim. Wir haben im Grunde alle Angst, in etwas hineingezogen zu werden. Es gibt kaum ein Leben, das Flutlicht verträgt.«

»Ich habe Sander nie angefasst.«

Er sah sie noch immer nicht an. Schaltete den Motor nicht aus. Seine Hände umklammerten noch immer das mit Leder überzogene Lenkrad.

»Das glaube ich ja«, sagte sie. »Aber du hast einen anderen Fehler gemacht, stimmt's?«

Er antwortete nicht. Jack hörte nicht auf zu bellen.

»Deshalb hast du versucht, mich anzustacheln, statt zur Polizei zu gehen. Du willst Gerechtigkeit für Sander, aber diese Gerechtigkeit soll dich nicht einholen. Was immer du nun getan hast. Wenn es nichts mit Sander zu tun hat, hast du von mir jedenfalls nichts zu befürchten.«

»Sander war ein bisschen zu oft verletzt«, sagte Joachim endlich und atmete langsam die angestaute Luft aus. »Und das ist nur selten bei mir passiert, und er hat die Verletzungen oft bagatellisiert.«

Er ließ das Lenkrad los, zog die Bremse und schaltete den Motor aus.

»Erzähl«, sagte Inger Johanne und löste den Sicherheitsgurt.

Helga Mohr hatte die neuen Räumlichkeiten von Mohr und Westberg noch nicht gesehen. Unter normalen Umständen hätte sie sich über diese Gelegenheit gefreut. Größe, Inneneinrichtung und nicht zuletzt die Lage zeugten alle vom großen beruflichen Erfolg ihres einzigen Sohnes, in diesem neuen Stadtteil einer Gegend, die in ihrer Jugend Tyvholmen geheißen und aus einer wilden Ansammlung riesiger Lagerhäuser bestanden hatte. Sie hätte die dänischen Möbel in Jons Büro bewundert und hätte das seidenweiche Kalbsleder der Sitzgruppe berührt, wo sie mit einer Tasse Tee hingesetzt worden war. Unter anderen Umständen hätte Helga Mohr angesichts der Aussicht und der Technik, die es ermöglichte, mit einem Tastendruck das klare Fensterglas in eine Sonnenbrille zu verwandeln, nur stumm gestaunt.

Jetzt bemerkte sie das alles kaum.

Sie hatte nicht einmal ihren Burberry-Mantel abgelegt, und ihr war heiß. Der Teebeutel hing in der unberührten Tasse. Bald würde der Tee ungenießbar sein. Sie spielte an ihrem Trauring herum, der in der vergangenen Woche spürbar lockerer an ihrem Finger gesessen hatte.

»Kann ich denn nicht mit ihr sprechen?«, fragte sie zum dritten Mal.

»Nein«, wiederholte er resigniert. »Ich will nicht, dass Inger Johanne in diese Angelegenheit hineingezogen wird. Verstehst du das, Mutter? Jetzt hör bitte auf damit.«

Er stand auf und fing an, rastlos im Zimmer hin und her zu laufen.

»Die Beerdigung ist am Freitag. Das müssen wir noch überstehen. Nach dem Freitag ist es vorbei. Wir müssen nach vorn sehen, Mutter. Wenn nur der Freitag erst überstanden ist.«

»Ich will ja gerade nach vorn sehen«, sagte sie, in ungewollt scharfem Ton. »Aber dafür müssen wir sichergehen können, dass die Polizei nicht mehr so in unserem Leben herumstochert, wie dieser unerträgliche Grünschnabel es bereits getan hat. Du weißt doch, was dein Vater immer gesagt hat: Es geht nicht um Schuld oder Unschuld, um richtig oder falsch, sondern darum, wofür die Polizei sich entscheidet. Nichts ist so gefährlich wie …«

»Hör auf!«

Jon griff sich an den Kopf und verzog das Gesicht, als ob er plötzlich Schmerzen hätte. Er sah elend aus. Sonst war er doch sehr ansehnlich, fand sie, mit dem jungenhaften schmalen Knochenbau seines Vaters, ohne mager zu wirken, nur gesund und schlank. Jetzt wirkte er verhärmt, genau wie Ellen. Helga Mohr fragte sich, ob die beiden wohl aufgehört hatten zu essen. Am schlimmsten war es aber, in seine Augen zu schauen, wenn ihr das einmal gelang. Die waren immer das Schönste an ihm gewesen, groß und dunkelblau mit langen schwarzen

Wimpern. Jetzt waren sie dabei, in seinem Schädel zu verschwinden.

»Man kann nie vorsichtig genug sein«, sagte sie nach einer Pause, in der er sich endlich wieder gesetzt hatte. »Der Polizei zuvorkommen, sozusagen. Inger Johanne hat sehr viel Erfahrung in diesen Dingen, und sicher würde sie auf dich eher hören als auf mich. Ihr seid doch alte Freunde, und sie wird nicht Nein sagen, wenn du sie darum bittest. So ein Fall kann völlig ausufern. Du weißt ja nicht mehr, was mit deinem Vater passiert ist, du warst noch zu klein, aber ich kann dir sagen ...«

»Mutter ... Mutter!«

Jon setzte sich jählings auf, beugte sich vor und stützte die Ellbogen auf die Knie.

»Das ist kein Fall, Mutter. Sander ist bei einem Unfall ums Leben gekommen. Er wurde obduziert, wir haben ihn wieder, am Freitag ist die Beisetzung. Die Polizei hat sich nicht mehr gemeldet, und sie haben bei Gott anderes zu tun, verdammt noch mal!«

Helga saß bewegungslos da, abgesehen von den Fingern der linken Hand, die unablässig den Trauring an der rechten drehten. Jon wickelte den Teebeutel um einen kleinen Löffel, presste die fast schwarze Flüssigkeit heraus und legte Löffel und Tüte auf einen Glasteller mitten auf dem Tisch. Erst jetzt sah Helga ein großes fleischfarbenes Pflaster auf seiner Hand. Es sah schmutzig aus, und sie musste sich zusammenreißen, um keinen Kommentar abzugeben.

»In diesem Fall ist es das Beste, sich ganz still zu verhalten«, sagte er endlich. »Das Leben ist auch so schon schwer genug. Lass die Finger davon, Mutter.«

Seine Stimme klang so heiser. So elend. Am liebsten wäre sie aufgesprungen und zu ihm gegangen. Hätte die

Hand in seinen Nacken gelegt, den schmalen sehnigen Nacken, den ihre Hände so gut kannten. Sie wollte seinen Kopf an sich ziehen und die unsinnigen Worte flüstern, die ihn als Kind immer beruhigt hatten. Mehr als alles andere wollte sie Jon helfen, ihm versichern, dass alles gut werden würde. Sie wollte ihn beruhigen, mit warmen Händen und Beteuerungen, dass alles in Ordnung kommen würde, so wie sie immer alles für ihn geklärt hatte, bis er sechzehn geworden war und man nicht mehr mit ihm hatte reden können, wie mit den meisten Jungen.

Jon wusste nicht, dass sie es wusste. Das war offensichtlich.

Sie war sich ganz sicher, dass er sie nicht gesehen hatte, auf dem Balkon, als ihr am Nachmittag des 22. Juli, gleich nachdem sie das Haus verlassen hatte, eingefallen war, dass ihr Buch noch im Wohnzimmer lag, der Roman, den sie an diesem Abend gern noch zu Ende lesen wollte. Sie stand schon an ihrem Auto, als ihr das einfiel. Sie ging zurück über den Platz vor der Garage, die breite Schiefertreppe hinunter, und hielt es für einfacher, über die Außentreppe auf den Balkon zu gehen, wo sie selbst noch vor zehn Minuten die Wohnzimmertür geöffnet hatte.

Er hatte sie nicht dort draußen stehen sehen.

Er hätte es nicht verbergen können, wenn er sie gesehen hätte. Nicht Jon. Ihre Töchter hatten ihrer Mutter leichter etwas verheimlichen können, das war immer schon so gewesen, aber Jon war so nackt für sie wie bei seiner Geburt. Als Baby hatte er kaum geweint. Helga hatte seine Bedürfnisse erkannt, noch ehe sie ihm selbst bewusst wurden. Jon war ihre größte Freude gewesen. Er war Wilhelms Triumph gewesen und der größte Stolz seiner älteren Schwestern, und für Helga Mohr war der

Sohn die Verlängerung dessen, was sie selbst war und empfand.

So war es immer gewesen, und obwohl sie seit einer Ewigkeit nicht mehr der wichtigste Mensch in seinem Leben war, gab es in Helgas Leben nichts Wichtigeres als Jon. Helga war ganz sicher, dass er sie nicht gesehen hatte. Nicht einmal, als sie rückwärts getaumelt und mit dem Bein gegen einen Stuhl gestoßen war, hatte er sie bemerkt.

Das hätte sie ihm angesehen.

Als Helga Mohr, damals Axelsen, im Jahr 1950 mit zweiundzwanzig geheiratet hatte, waren ihre Eltern zutiefst skeptisch gewesen. Wilhelm war schon in Ordnung, es fehlte auch nicht an Geld, Tatkraft oder Bildung bei dem sechs Jahre Älteren, der um sie warb. Das Problem war die Politik. Während Helgas Vater 1941 mit der ganzen Familie nach Schweden geflohen und bis Kriegsende dort geblieben war, hatte der alte Trygve Mohr im besetzten Norwegen geschickt laviert. Er wurde kein Nazi, trat nicht in die Partei ein, aber es waren nicht nur haltlose Gerüchte, die von großartigen Festen in dem Haus im Dagalivei berichteten, zu einer Zeit, in der die meisten anderen sich mit mageren Rationen begnügen mussten. Als im Frühjahr 1945 der Friede kam, stellte das vervielfachte mohrsche Vermögen einen Beweis dar, der an sich zu einer Verurteilung hätte führen können. Auf eine Weise, die die wenigsten erklären konnten, kam Trygve Mohr jedoch ungeschoren davon. Der Volksmund hatte dem Barackenbaron noch nicht vergeben, als sein Sohn an einem Sommertag vier Jahre später bei Herrn und Frau Axelsen anklopfte, um sie um die Hand ihrer ältesten Tochter zu bitten.

Aber Wilhelm besaß Charme. Er war selbstständig und

tatkräftig und hatte sich auf eine ganz andere Branche verlegt als sein Vater. Die Reederei Wilhelm Mohr Transocean verfügte bereits über eine beträchtliche Tonnage, und falls Wilhelm von seinem vierschrötigen Vater überhaupt etwas geerbt hatte, dann die Fähigkeit zu lavieren. Die norwegische Schifffahrt erlebte eine Zeit unvorstellbaren Wachstums, und Wilhelm Mohr war überall dabei. Helgas Eltern wurden endlich weich, und im folgenden Jahr wurde Hochzeit gehalten. Trygve Mohr war inzwischen im Alter von neunundfünfzig Jahren verstorben, und Wilhelms ansehnliches Bankguthaben war zu einem kleinen Vermögen geworden.

Helgas Rolle im Leben war die der Bewahrerin gewesen.

Sie kümmerte sich um die Kinder und um das Haus. Und um Kleidung und Erscheinung ihres Mannes. Sie hatten natürlich Hilfe im Haus und im Garten, aber in diesem kleinen Königreich regierte Helga. Sie veranstaltete Geselligkeiten und Familienessen, sie pflegte die richtigen Verbindungen und sorgte dafür, dass ihr Mann das auch tun konnte. Geboren und aufgewachsen in der kleinen Gruppe von Menschen, die damals als Norwegens Oberklasse bezeichnet werden konnte, wusste sie, was sie tat, und sie brachte es darin zur Perfektion.

Helga kümmerte sich ganz einfach um die Werte der Familie, und der größte von allen war der gute Name der Familie Mohr. Wilhelm hatte durch wohltätiges Engagement und Kontakte bis hinein ins Königshaus den braun gefleckten Namen seines Vaters reinwaschen können. Das war ihm wichtig gewesen. Das Allerwichtigste sogar, auch für Helga. Auch, als der Großteil des Vermögens verschwand. Der Jom-Kippur-Krieg im Herbst 1973 erschien Wilhelm, wie so vielen anderen, als abenteuerliche Möglichkeit. Wilhelm Mohr Transocean investierte ausgiebig in Bulkschiffe, um den erwarteten Bedarf an Öltransporten decken zu können. Kurze Zeit später, als die gewaltigen Frachtraten abrupt zu sinken begannen, wurden die Schiffe zu unnützen Treibankern in der Ökonomie der Firma. Ungefähr zu dieser Zeit vermuteten die Behörden, Wilhelm habe in fast demselben Umfang Steuern hinterzogen wie die noch bekannteren Reeder Reksten und Jahre. In schwierigen Zeiten unter den Augen von Ermittlern Geschäfte zu machen wurde unmöglich. Nach drei Jahren war der Konkurs eine Tatsache.

Helga Mohr ließ den Kopf dennoch nicht hängen. Sie luden noch immer ein und behielten das Haus, auch wenn das Personal auf eine Putzfrau jeden zweiten Donnerstag reduziert wurde. Die Tatsache, dass die Behörden mit ihrem Verdacht auf ein beiseitegeschafftes Vermögen im Ausland zwar richtiglagen, dieses jedoch nicht finden konnten, verhinderte den totalen Ruin der Familie.

Als Helga Mohr 1978 Witwe wurde, ließen die Behörden sie endlich in Ruhe. Ihre Töchter waren fast erwachsen, und Jon und seine Mutter wohnten weiterhin in dem riesigen, wenn auch inzwischen heruntergekommenen Haus in Smestad. Es wurde immer schwieriger, im Ausland verstecktes Geld nach Hause zu bringen. Dennoch hielt die Fassade. Bis sie jetzt abermals bedroht wurde. Aber Helga Mohr hatte nicht vor, nach einundsechzig Jahren ihre Aufgabe als Hüterin der Familie zu vernachlässigen. Sie konnte noch viele Jahre leben, sie war gesund und hatte kaum andere Beschwerden als ein wenig Rheuma und ein trübes Auge, und es wäre ein Verrat an ihrem eigenen Leben gewesen, sich von den Ereignissen einholen zu lassen. Sander war tot, und sie betrauerte ihn aufrichtig. Aber nichts konnte ihn wieder zum Leben erwecken. Ihre Verpflichtungen standen ihr so deutlich vor Augen wie eh und je.

Jetzt saß die wichtigste davon im Sessel auf der anderen Seite des niedrigen Glastisches und sah aus wie tot. Obwohl er erst drei Wochen zuvor aus Italien zurückgekommen war, wirkte die Haut unter den dunklen Bartstoppeln fast milchig weiß. Seine Augen waren geschlossen und der Mund halb offen.

»Jon«, sagte Helga Mohr leise, aber entschieden. »Jetzt hör mir zu. Ich habe einen Plan.«

»Nein«, murmelte er. »Das will ich nicht.«

Helga dachte kurz nach, gerade lange genug, um es zu denken und dann zu verwerfen, ihm also nicht zu sagen, was sie wusste.

»Jon«, sagte sie noch einmal und setzte sich gerade.

Sie feuchtete sich die Lippen an und sah, dass er immerhin die Augen geöffnet hatte. Ihre scharfe Stimme hatte bei ihm einen Reflex ausgelöst, einen Funken von Gehorsam. Er setzte sich ebenfalls aufrecht und fuhr sich mit den Fingern durch die Haare, dann räusperte er sich, schluckte und starrte ihr in die Augen.

»Ja?«

»Mit Schande kann man leben«, sagte sie. »So lange es die eigene ist. Jeder kann seine Schande tragen, wenn er Würde und Stärke besitzt. Es gibt Schlimmeres. Viel Schlimmeres, und dem ist diese Familie entgangen, so lange ich auf der Welt bin.«

Sein Mund verzog sich zu einem Grinsen, zu einer schmerzhaften Grimasse, dann schlug er die Hände vors Gesicht. »Schlimmeres?«, fragte er mit halb erstickter

Stimme. »Was könnte denn schlimmer sein als das hier?«

»Gefängnis«, antwortete sie mit scharfer Stimme. »Und jetzt hör mir gefälligst zu.«

Henrik Holme hatte Oslo in den Jahren an der Polizeischule gut kennengelernt. Seine Freunde hatten in Zimmern und Wohngemeinschaften überall in der Stadt gehaust, die glücklichsten in Majorstua, wo sie zu Fuß zur Schule gehen konnten. Aber niemand hatte in Tåsen gewohnt, ging ihm auf, als er im Maridalsvei aus dem Bus stieg und nicht sicher war, welche Richtung er einschlagen sollte.

Der Tag, an dem Henrik seine erste Polizeiuniform erhalten hatte, gehörte zu den unvergesslichen Augenblicken seines Lebens. Damit die Ärmel lang genug wären, waren Hemd und Jacke am Hals zu weit, und es war unmöglich, eine Hose zu finden, die weder zu kurz war noch herunterrutschte. Dennoch war das Gefühl, eine neue und wichtige Rolle zu übernehmen, absolut überwältigend. Eine fast sexuelle Erregung hatte ihn erfasst, als er im Mädchenzimmer bei seiner Tante die Uniform ausgepackt und langsam angezogen hatte. Als er am Ende die Füße in ein Paar neue glänzend schwarze Schuhe steckte und vor dem großen Spiegel, den er vom Gang in sein Zimmer geschafft hatte, den Kragen zurechtzog, war er sich endlich erwachsen vorgekommen. Das hier war *er*. Der Mann, der er endlich geworden war.

Jetzt trug er Jeans, einen gestreiften Baumwollpullover und Turnschuhe. Als er zögernd die Straße überquerte und sich auf die Suche nach der Nygårds allé machte, versuchte er, sich davon zu überzeugen, dass er genau derselbe war wie immer. Der Unterschied war nur, dass er freihatte. Dennoch war er in einer Art Mission unterwegs, und er dachte an den Rat eines alten Professors auf der Hochschule: »Als norwegischer Polizist bist du immer Polizist. Verhalte dich in jeder Situation so, als trügest du Uniform.«

Die anderen Studierenden hatten gekichert. Henrik hatte die Sätze auswendig gelernt. Jetzt flüsterte er sie vor sich hin, wieder und wieder, bis er den Hauges vei gefunden hatte und sich dem Haus mit dem richtigen Nummernschild näherte.

Inger Johanne Vik war merklich überrascht gewesen, als er vor anderthalb Stunden bei ihr angerufen hatte. Aber sie hörte zu, zu seinem Erstaunen. Er hatte sich auf eine Abweisung gefasst gemacht, es wirkte doch wie nicht ganz gescheit, dass er als Polizist in seiner Freizeit um ein Treffen mit einer Art Zeugin in einem Fall bat, mit dem er sich nicht mehr befassen durfte.

Vorher hatte er lange nach einer Möglichkeit gesucht, seine Geschichte auszuschmücken, sie genießbarer zu machen für eine, die mit einem erfahrenen Polizisten verheiratet war und sicher stutzig werden würde, wenn er sich außerhalb der Dienstzeit an sie wendete. Am Ende hatte er es aufgegeben und sich für die Wahrheit entschieden, er war ein elender Lügner. Er musste es eben darauf ankommen lassen, dachte er, und sie ließ ihn seinen Spruch ungestört aufsagen. Er erzählte über sein Gespräch mit Elin Foss, über die Begegnung mit Sanders Lehrerin in Grorud und am Ende über Tove Byfjords strikte Weisung, einen großen Bogen um den ganzen Fall zu machen.

Sogar als Inger Johanne nach fast einer Stunde gefragt hatte, warum er sich gerade an sie wende, war er bei der Wahrheit geblieben. Er hatte sie bereits am 22. Juli im Glads vei erkannt. Zu Hause in seinem Zimmer standen acht Ordner mit Zeitungsartikeln über wichtige Kriminalfälle der vergangenen fünfzehn Jahre. Er hatte schon mit elf zu sammeln angefangen, zuerst auf Papier, dann im Computer.

Deshalb.

Inger Johanne Vik hatte nicht einmal gelacht. Sie hatte ihn nur gebeten, so schnell wie möglich zu kommen.

Jetzt stand er oben auf einer kleinen Betontreppe und drückte auf eine Klingel. Drinnen hörte er schnelle Schritte eine Treppe herunterkommen. Die Tür wurde geöffnet.

»Hallo«, sagte Inger Johanne. »Das ging aber schnell. Kommen Sie rein.«

In normaler Kleidung sah der Polizist nicht ganz so jung aus. Sie passte ihm viel besser als die Uniform, und er hatte sich etwas in die Haare gestrichen und sie zu einer Art Crewcut frisiert. Das stand ihm. Er lächelte vorsichtig und begrüßte sie höflich, dann schob er die Hand in die Tasche und folgte ihr die Treppe hinauf und ins Wohnzimmer. Er trug einen kleinen Rucksack auf der Schulter.

»Der Hund ist sehr lieb«, sagte sie beruhigend, als Jack auf den Gast zutrottete und schnuppern wollte.

Der junge Mann stand während dieser Musterung stramm, ohne sich vorzubeugen und Jack auch an seinen Händen riechen zu lassen.

»Schlafzimmer«, befahl Inger Johanne, und der Hund lief glücklich hinaus.

»Ich bin wirklich froh, dass Sie sich Zeit für mich

nehmen«, sagte er und setzte sich auf das ihm angewiesene Sofa. »Ich bin wirklich … ehrlich … richtig verzweifelt. Alle Türen scheinen vor mir zuzufallen, während ich zugleich immer mehr davon überzeugt bin, dass …«

Er schluckte und griff sich an die Nase, ehe er die Teetasse berührte, ohne sie hochzuheben. Dann griff er sich wieder an die Nase.

»Mein Nachfolger hat alle Hände voll zu tun mit dieser anderen Sache, und wenn die dann irgendwann mal abgeschlossen ist, wird er sicher Urlaub nehmen. Ich weiß, dass es mich nichts mehr angeht, aber ich habe wirklich das Gefühl, ich muss Sander …«

Endlich führte er die Tasse halb zum Mund, um sie dann so abrupt hinzustellen, dass der Tee überschwappte.

»… Gerechtigkeit verschaffen«, sagte er wütend.

»Das ist ganz richtig von Ihnen«, sagte Inger Johanne ruhig, während sie seine Bewegungen verfolgte. »Ich bin froh, dass Sie gekommen sind.«

Abermals wanderte seine rechte Hand von seiner Nase zur Tasse und zurück.

»Hätten Sie lieber Wasser?«, fragte sie.

»Ja, bitte. Ich weiß nicht so recht, wo ich anfangen soll.«

»Sie haben von Sanders Lehrerin erzählt«, sagte sie aufmunternd, während sie ein Glas für ihn holte. »Haldis Grande, hieß sie nicht so? Ich muss Sie loben für Ihre Schlussfolgerung, was Sanders Zeit in der Schule angeht. Dass er sich dort nur selten verletzt hat, meine ich, aber oft mit gebrochenem Arm und blauem Auge erschien. Gut gesehen. Gut gedacht.«

Sie lächelte, als sie ihm das gefüllte Glas reichte. Seine Hand zitterte ein bisschen, und er stellte das Glas ab und berührte wieder seine Nase, ehe er es an den Mund hob und trank.

Inger Johanne verspürte einen Stich von schlechtem Gewissen. Der Junge ist dabei, eine ganze Reihe von Regeln zu brechen, dachte sie, als sie sich setzte. Henrik Holme hatte vermutlich das Gefühl, sie auszunutzen. Tatsache war, dass sie ihn grob ausnutzte.

Als sie am Vormittag nicht mehr weitergewusst und keine Ahnung gehabt hatte, was sie jetzt tun sollte, um die Wahrheit über Sanders Tod herauszufinden, hatte dieser grüne Junge angerufen und ihr auf dem Silbertablett einen Schatz von Informationen serviert. Einige hätte sie sich so nach und nach wohl selbst beschaffen können. Andere, wie das, was er über die Krankenberichte von Volvat erzählte, hätten weit außerhalb ihrer Reichweite gelegen. Er hatte sogar erwähnt, dass möglicherweise wegen eines Insiderhandels gegen Jon Mohr ermittelt werden würde, auch wenn der Verdacht noch sehr vage war. Nicht ein Geheimnis hatte der junge Polizist für sich behalten. Yngvar wäre wütend gewesen. Tove Byfjord würde das auch sein.

Aber die waren beide nicht hier.

»Sie haben auch Elin Foss erwähnt«, sagte sie dann, als er nicht richtig in Gang zu kommen schien. »Das war das Interessanteste, finde ich. Dass sie meint …«

»Wissen Sie, wie viele Kinder in Norwegen von ihren Eltern misshandelt werden?«, unterbrach er sie so plötzlich, dass Inger Johanne die Augenbrauen hob. »Und ich meine wirklich Gewalt, keine anderen Übergriffe oder Vernachlässigung.«

»Nein.«

»Ich auch nicht. Und es scheint auch sonst niemand zu wissen. Ich habe überall gesucht. Habe sicher zehn

Stunden im Netz verbracht. Ich habe mich an Jugendämter gewandt. Niemand weiß es genau. Einige Quellen sagen, über zwanzigtausend. Andere Zahlen liegen höher, einige auch tiefer.«

»Schwierige Materie«, sagte Inger Johanne und nickte. »Hohe Dunkelziffer, nehme ich an.«

»Wissen Sie, wie viele verurteilt werden, weil sie ihre Kinder misshandelt haben?«

»Nicht viele.«

»Eine Handvoll pro Jahr. Falls überhaupt.«

Als er die Hand nach dem Wasserglas ausstreckte, brauchte sie nicht den Umweg über die Nase zu nehmen. Er zitterte nicht mehr.

»Vielleicht hat es mich deshalb besonders provoziert, dass der Rektor an Sanders Schule beide Meldungen in einer Schublade vergammeln lässt.«

»Das wissen Sie aber noch gar nicht«, sagte sie. »Er kann seine eigenen Untersuchungen angestellt haben, ohne Elin Foss darüber zu informieren.«

»Nein. Die Vorschriften verlangen in solchen Fällen, dass die Person, die Meldung erstattet hat, zum Gespräch bestellt wird. Jedenfalls, wenn sie an der Schule angestellt ist. Das habe ich überprüft.«

»Na gut«, sagte Inger Johanne skeptisch. »Aber es wird doch dauernd gegen Vorschriften verstoßen. Und dafür kann es gute Gründe geben.«

»Überlegen Sie doch mal!«, sagte er mit einem Lächeln, das ihn viel selbstsicherer aussehen ließ. »Haldis Grande hätte es gewusst, wenn die Schule sich nach Sanders Lebensumständen erkundigt hätte. Sie war seit zwei Jahren seine Klassenlehrerin. Sie hatte keine Ahnung. Im Gegenteil. Sie wollte davon, dass Sander misshandelt worden sein könnte, nichts wissen.«

»Das klingt richtig. Natürlich hätte sie es gewusst. Daran hatte ich noch gar nicht gedacht.«

Sein Lächeln wurde noch breiter.

»Hat Elin Foss Kopien ihrer Meldungen?«, fragte Inger Johanne. »Irgendeinen Beweis, dass sie die wirklich eingereicht hat?«

»Das ... danach konnte ich nicht mehr fragen. Das Gespräch wurde ... ein wenig plötzlich abgebrochen.«

Es war faszinierend, wie schnell Henrik Holmes Farbe wechseln konnte. Eben noch hatte er mit stolzem Lächeln und frischem Sommerteint vor ihr gesessen, und plötzlich war sein Gesicht tiefrot. Er schluckte, und seine Hände fuhren hektisch zwischen Wasserglas und Nase hin und her.

»Keine Angst«, sagte Inger Johanne leise. »Das finden wir schon noch raus.«

»Sie ist in Australien«, sagte er kleinlaut. »Reist da herum. Ich kann sie nicht so schnell erreichen. Aber ich habe jedenfalls ...«

Er bückte sich nach seinem Rucksack, öffnete ihn und zog eine Plastikmappe hervor. Der Inhalt wurde sorgfältig auf dem Couchtisch verteilt, in vier Stapeln. Einer enthielt Kopien der eigentlichen Fallunterlagen, wie sie sah. Bei dem nächsten schien es sich um Artikel zu handeln, die er wie ein Student gelesen hatte, mit Notizen am Rand und gelben Markierungen. Der dritte sagte ihr nichts. Er reichte ihr den vierten, einige Blätter in einer roten Mappe.

»Hier«, sagte er. »Sanders Rektor.«

»Sie halten ja bewundernswert Ordnung in Ihrem Nähkästchen«, sagte sie und schlug die Mappe auf. »Wie heißt er?«

»Ragnar Reiten, dreiundvierzig Jahre alt. Seit fast vier

Jahren Rektor, vorher war er Lehrer an derselben Schule. Auf der zweiten Seite ist eine Art Lebenslauf. Ich habe die Infos auf der Website der Schule gefunden und auf einer für … er ist Numismatiker, habe ich festgestellt. Ziemlich leidenschaftlich.«

Inger Johanne gab keine Antwort. Sie sah sich das Bild an und zeigte keinerlei Interesse an Seite 2.

»Vielleicht … vielleicht ist das mit der Münzsammlung nicht so relevant«, sagte Henrik nervös.

Noch immer schaute sie nicht auf.

»Ist vielleicht auch blöd, das Foto auszudrucken«, fügte er eilig hinzu. »Ist doch egal, wie der Typ aussieht.«

Inger Johanne schluckte hörbar.

»Mehr als sein Name war ja nicht nötig«, sagte Henrik, legte die anderen Unterlagen aufeinander und schob sie rasch in die Plastikhülle. »Ich nehme das ein bisschen zu wichtig … will irgendwie alles in ein System bringen. Tut mir leid. War immer schon so bei mir.«

Hilflos blieb er mit der Plastikmappe auf den Knien sitzen.

»Nein«, sagte Inger Johanne, ohne aufzusehen. »Der Name hätte nicht gereicht.«

»Kennen Sie ihn?«

»Nein. Ich nicht. Aber Jon Mohr kennt ihn gut. Sie waren in unserer ganzen Schulzeit eng befreundet. Ich war auch auf der Schule. Ich würde mich aber nicht an ihn erinnern ohne …«

Endlich schaute sie auf.

»Ich bin ihm später noch mal begegnet. Auf Jons und Ellens Sommerfest im vorigen oder vorvorigen Jahr. Da sind immer viele Gäste, und ich habe nicht mit ihm gesprochen. Aber er hatte ein wunderhübsches kleines Mädchen auf dem Arm. Ich glaube, seine Adoptivtochter.

Aus Äthiopien, und eins der schönsten Kinder, die ich je gesehen habe. Deshalb erinnere ich mich an ihn.«

»Aber das bedeutet doch …«

Henrik kam nicht weiter.

»Das bedeutet, dass es vielleicht kein Wunder ist, dass der Rektor wegen Sander keinen Alarm gegeben hat«, sagte Inger Johanne und holte tief Atem. »Er ist einer von Jon Mohrs besten Freunden.«

Inger Johanne hatte einmal einen Journalisten sagen hören, es sei typisch für Norwegen, dass man nie mehr als zwei Stunden brauche, um jemanden zu erreichen. Ministerpräsident, König oder Hutmacher. Sie wusste nicht, ob das zutraf, aber es war jedenfalls nicht schwer gewesen, Ragnar Reiten ausfindig zu machen. Er und seine Familie waren in einem Ferienhaus bei Fredrikstad, und sie hatte nur seine Mobilnummer anzurufen brauchen, um eine genaue Beschreibung der Lage zu erhalten. Als Freundin von Ellen war sie natürlich herzlich willkommen, auch wenn es ihn zu überraschen schien, dass Inger Johanne so dringend mit ihm sprechen wollte. Vor allem, weil sie am Telefon nichts verraten mochte. Dass Sander zu Hause bei einem tragischen Unfall ums Leben gekommen war, wusste er bereits, er hatte erst vor wenigen Tagen mit Jon telefoniert.

»Wirklich schrecklich«, sagte er. »Und das mitten in allem anderen. Kommen Sie einfach.«

Inger Johanne hatte zu höheren Mächten gebetet, dass der Golf sich anständig benahm. Vorläufig war sie erhört worden. Sogar als sie einen Weg hinabruckelte, der wohl aus der Zeit stammte, als in der Forstwirtschaft noch

Pferde eingesetzt wurden, ließ er sie nicht im Stich. Als sie ungefähr einen Kilometer nach der Abfahrt von der Landstraße um eine Kurve bog, öffnete sich vor ihr die Landschaft zu einer Idylle von der Art, von der Yngvar wohl immer nur würde träumen können. Geerbt, dachte sie sofort. So etwas könnte man vom Gehalt im öffentlichen Dienst niemals finanzieren.

Sie hielt zwischen einem moosüberwachsenen Findling und einem riesigen Ameisenhaufen und blieb einen Moment stehen, nur um sich umzuschauen.

Eine rot angestrichene Hütte lag auf einer Felskuppe vor vier schlanken Kiefern. Ein Anbau auf jeder Seite bildete mit der Hütte ein zum offenen Meer hin gelegenes Hufeisen. In der Mitte fiel ein mit Gras bewachsener Hang zum Wasser hin ab und endete mit flachen Felsen. Vom Hof bis zum steinernen Steg, neben dem ein kleines Badehaus lag, waren es kaum mehr als dreißig Meter. Es war halb acht, und über dem Horizont stand eine hohe Abendsonne und färbte das spiegelglatte Meer golden.

»Hallo«, sagte ein dunkelhäutiges kleines Mädchen atemlos. »Ich hab dein Auto gehört.«

»Hallo. Ich heiße Inger Johanne.«

Die Kleine war vielleicht sechs Jahre alt und reichte ihr eine klebrige, warme Hand.

»Kari«, sagte sie und machte einen Knicks. »Papa hat gesagt, dass du kommst. Komm mit.«

Inger Johanne folgte ihr. Sie roch den Grill und merkte, wie hungrig sie war.

»Hallo und willkommen«, rief Ragnar Reiten, als sie um die Ecke des Anbaus bog und den ganzen Hof und eine Sitzgruppe um die gut ausgerüstete Grillküche sah. »Wir kennen uns doch schon, oder? Vom Sommerfest bei Ellen und Jon vor zwei Jahren? Es gibt in ungefähr einer Dreiviertelstunde Essen. Setzen Sie sich.«

Er wischte sich die Hände an einer weißen Schürze mit dem grünen Aufdruck »SUPERPAPA« ab, dann kam er mit breitem Lächeln und ausgestreckter Hand auf sie zu.

»Schön, dass Sie hier sind. Die Umstände könnten natürlich besser sein, aber genießen wir die Tage, die wir haben, sage ich immer. Setzen Sie sich. Es gibt Entrecote.«

Inger Johanne hustete vor Angst, er könnte ihr Magenknurren hören. Sie hatte seit elf Uhr nichts mehr gegessen. Sie war auch nicht hungrig gewesen. Jetzt lief ihr das Wasser im Mund zusammen, und sie ließ seine Hand los und schaute aus zusammengekniffenen Augen aufs Meer.

»Ich kann leider nicht zum Essen bleiben«, sagte sie. »Ich will nicht viel von Ihrer Zeit vergeuden.«

Kari zog sich gerade eine Schwimmweste an.

»Ich kann aber schwimmen! Ich muss die bloß anziehen, wenn ich Krebse fange. Das ist eine Regel. Hier auf der Hütte gibt es ganz schön viele Regeln. Die haben fast alle mit Wasser zu tun. Und mit Feuer. Und mit der Felswand da hinten.«

Die Kleine zeigte nach Norden, ehe sie sich eine mit Bindfaden umwickelte Wäscheklammer schnappte und zum Strand neben dem Steg hinuntertanzte. Inger Johanne schaute ihr hinterher, als sie zwischen den Steinen nach Miesmuscheln suchte.

»Hier ist es wirklich schön«, sagte sie leise.

»Wir sind zufrieden«, sagte Ragnar Reiten grinsend. »Das Grundstück gehört meinen Eltern, aber die sind fast nie hier. Kommen so langsam in die Jahre, wissen

Sie, und es ist ja doch ein bisschen primitiv hier am Meer, trotz allen modernen Komforts.«

Er öffnete einen kleinen Kühlschrank unter dem langen Anrichtetisch, zog eine Flasche Mineralwasser heraus und warf sie ihr zu. Sie hätte sie fast nicht erwischt.

»Aber nun setzen Sie sich doch. Meine Frau kommt in einer halben Stunde, sie holt Freunde vom Bahnhof in Fredrikstad ab. Solche Orte wie den hier muss man teilen! Wir haben fast den ganzen Sommer lang Gäste.«

»Das glaube ich Ihnen gern.«

Sie setzte sich in den Schatten, halb von der Aussicht abgewandt. Als sie den Verschluss von der Flasche drehte, schäumte ein Drittel des Inhalts heraus. Ragnar Reiten schien ihr kein Glas holen zu wollen, deshalb setzte sie die Flasche an den Mund und trank.

»Schade, dass Sie nicht bleiben können«, sagte er. »Wo Sie schon den ganzen Weg aus Oslo gekommen sind …«

»So weit ist das doch nicht.«

Er biss sich konzentriert in die Lippe, als er das große Fleischstück umdrehte, ehe er sich ihr zuwandte.

»Was kann ich denn nun für Sie tun?«

»Es geht um Sander.«

»Ach?«

Sein Lächeln war verschwunden.

»Ich habe Grund zu der Annahme, dass zwei Meldungen bei Ihnen eingelaufen sind, weil sich jemand Sorgen um ihn machte.«

Er legte den Ölpinsel weg. Ein tiefes V zeichnete sich über seiner Nasenwurzel ab, und seine Stimme klang anders, als er sich ihr gegenüber auf einen Stuhl setzte, die Sonnenbrille weglegte und fragte: »Und was in aller Welt geht Sie das an?«

»Ganz offiziell?«

Sie zuckte kurz mit den Schultern.

»Nichts. Aber ich glaube, mich mit Fug und Recht dafür zu interessieren.«

»Am Telefon haben Sie gesagt, dass Sie als Freundin von Ellen kommen. Wenn das stimmte, würden Sie wohl kaum hier sitzen und mich nach Meldungen fragen, die ihren Mann der Kindesmisshandlung bezichtigen.«

»Vielleicht nicht. Aber stimmt es denn nun? Dass Sie solche Meldungen erhalten haben?«

Er griff in seine Brusttasche hinter der Schürze und zog eine Packung Marlboro heraus. Mit einem verstohlenen Blick zu seiner Tochter schob er sich die Zigarette in den Mund und steckte sie sich mit dem Grillanzünder an.

»Ich sehe ja ein, dass ich es indirekt bereits bestätigt habe«, sagte er und machte einen Lungenzug. »Aber Sie verstehen sicher, dass ich dieses Thema unter keinen Umständen mit Ihnen diskutieren kann. Schweigepflicht *and all that jazz.*«

»Papa«, rief Kari vom Strand her. »Sieh mal! Ein Seestern!«

Er versteckte die Zigarette in der einen Hand und winkte mit der anderen seiner Tochter zu.

»Wie schön, Schnuffel. Aber such doch noch mehr Miesmuscheln.«

»Dafür habe ich Verständnis«, sagte Inger Johanne freundlich. »Ich wollte Ihnen nur die Möglichkeit geben, sich zu erklären, bevor ich die Sache weiterreiche.«

»Weiterreichen? Was für eine Sache? Und was zum Teufel wollen Sie damit eigentlich sagen?«

Er zog wütend an seiner Zigarette.

»Die Einzelheiten zu Sanders Tod.«

»Das war ein Unfall.«

»Vielleicht. Vielleicht auch nicht. Das will ich ja gerade herausfinden.«

»Und wer hat Sie beauftragt?«

»Niemand. Es sei denn, mein Gewissen.«

Sie hörte sofort, wie idiotisch und dünkelhaft das klang, und sie versuchte, es durch ein Lächeln zu überspielen. Er erwiderte das Lächeln nicht. Er musterte sie unangenehm sorgfältig, schweigend, und rauchte die Zigarette fast bis zum Filter.

»Ich bin wirklich froh, dass ich nicht mit Ihnen befreundet bin«, sagte er endlich und ließ die Kippe auf den Boden fallen, trat sie aus und hob sie wieder auf. »Und in der Hoffnung, dass Sie Ellen und Jon nicht mit einem vergleichbaren Besuch quälen, werde ich Ihnen etwas sagen, das unter uns bleiben muss.«

Er ließ die Kippe in eine leere Coladose fallen.

»Diese Elin Foss«, sagte er und stand auf, um das Fleisch ein weiteres Mal umzudrehen.

Es war angebrannt, und er versuchte, es vom Grillrost zu lösen. Er griff zu einer Sprühflasche mit Wasser und dämpfte die Flammen, die das herabtropfende Öl auflodern ließ.

»Haben Sie eine Ahnung, wie viele besorgte Meldungen die im Laufe eines Jahres einreicht?«

Inger Johanne war es unangenehm warm, und sie versuchte, mit dem Stuhl noch weiter in den Schatten zu rücken, aber er war zu schwer.

»Natürlich nicht.«

»Aber ich kann es Ihnen sagen. Zwischen zehn und fünfzehn. Jedes Jahr. In all den sechs Jahren, in denen sie jetzt an unserer Schule angestellt ist. Bei einigen geht es um dieselben Kinder, aber insgesamt sind es wohl vierzig bis fünfzig Familien, die Elin Foss angeschwärzt hat.«

Inger Johanne hatte keinen Hunger mehr. Sie musste sauer aufstoßen und fing an zu husten.

»Gewalt gegen Kinder ist ein ernst zu nehmendes Problem«, sagte Ragnar Reiten und riss ein großes Stück Alufolie von einer Rolle. »Zahlenmäßig ebenso wie von der Sache her. Aber diese Vorwürfe sind doch an den Haaren herbeigezogen. Elin Foss ist eine ungelernte Unruhestifterin, aber sie liebt Kinder. Sie hat viele gute Seiten. So lange sie ihre irrsinnigen Misshandlungstheorien nicht mit den Kindern diskutiert, drücken wir deshalb ein Auge zu, wenn jeden Monat oder noch häufiger eine Meldung auf meinem Schreibtisch landet.«

Er wickelte die Alufolie mit einer Geschicklichkeit um das Entrecote, die zeigte, dass er das nicht zum ersten Mal machte, und legte es auf den Anrichtetisch.

»So«, sagte er. »Und Sie wollen bestimmt nicht zum Essen bleiben?«

Inger Johanne erhob sich.

»Bestimmt nicht. Sehen Sie sich die Meldungen denn überhaupt an?«

»Ja. Natürlich. Jede einzige verdammte Meldung wird überprüft und von mir und meinem Stellvertreter diskutiert. Bekanntlich findet ja auch ein blindes Huhn manchmal ein Korn, und ich würde niemals wagen, diese Mitteilungen einfach wegzuwerfen. Zweimal, was aber jetzt schon länger her ist, hatten wir auch Grund, der Sache nachzugehen. Beide Male erwies die Besorgnis sich als restlos unbegründet.«

Er legte die Hand an die Stirn und hielt Ausschau nach Kari.

»Kari! Kari, wo steckst du?«

Ein schwarz gelockter Kopf tauchte hinter dem Steg auf.

»Jetzt hab ich genug Muscheln, Papa!«

»Schön. Dann leg dich auf dem Steg auf den Bauch, damit du nicht ins Wasser fällst.«

Die Möwen schrien über der pittoresken Szene am Wasser. Hundert Meter weiter draußen tuckerte ein kleines Holzboot vorbei. Kari kletterte auf den Steg, setzte sich in den Schneidersitz und fing an, mit einem großen Stein Muscheln aufzuschlagen.

»Elin Foss ist fast eine Parodie auf eine Altlinke«, sagte Ragnar Reiten mit nachsichtigem Lächeln. »So eine, die diesen Unsinn nie ganz aufgegeben hat. Die deutlichste Parallele zwischen allen Kindern, um die sie sich Sorgen gemacht hat, war, dass ihre Väter alle reich und erfolgreich sind und meistens in der Wirtschaft arbeiten. Sie ist eben gegen alles, was nach ›Patriarchat und Kapitalismus‹ riecht.«

Er schaute sie halb mitleidig an.

Inger Johanne wandte sich ab.

»Tut mir leid. Das war ja wohl ein Schuss in den Ofen.«

»Nicht unbedingt.«

Es hörte sich an, als ob er lächelte. Sie starrte noch immer auf das Meer hinaus.

»Wenn das nun dazu führt, dass Sie die Angelegenheit auf sich beruhen lassen, haben wir Ellen und Jon einen großen Gefallen getan. Sie leiden beide sehr.«

»Das weiß ich. Ich möchte Sie noch einmal bitten, die Störung zu entschuldigen. Und jetzt muss ich zurück nach Oslo.«

Ragnar Reiten hob die Hand zu einem schlaffen Gruß. Er interessierte sich schon mehr für den Kartoffelsalat und öffnete ein Glas Kapern.

»Fahren Sie vorsichtig«, rief er, als sie um die Ecke bog

und einen letzten Blick auf das Mädchen unten am Wasser warf.

Kari war aufgestanden und hob triumphierend einen Arm zu ihr hin. An ihrer Hand hing eine Schnur, die fast so lang war wie sie selbst. Unten klammerte sich ein Krebs mit einer Schere an eine zerschlagene Muschel.

»Schau mal! Der ist riesengroß!«

Inger Johanne hob den Daumen und versuchte zu lächeln, ehe sie zum Auto ging und dabei in Gedanken ihr übliches Stoßgebet zum Himmel sandte: »Mach, dass der verdammte Wagen anspringt!«

7

Sander Mohr wurde bei strömendem Regen beigesetzt.

Es war Freitag, der 5. August, und der Sommer war wieder in die übliche norwegische Kühle zurückgesunken. Von den großen Trauerbirken bei der Kirche fielen schwere Tropfen auf Regenschirme und dunkle Mäntel. Die Trauergäste standen in Gruppen beieinander und redeten leise, mit zurückhaltenden Kommentaren über diesen Sommer, den keiner von ihnen wohl jemals vergessen würde. Die Kirchenglocken läuteten langsam und unregelmäßig, als ob sie bald keine Kraft mehr haben würden. Als ein Eichhörnchen einen Baumstamm heruntergelaufen kam und verängstigt durch die Schar von schwarz gekleideten Menschen huschte, reagierte niemand. Irgendwann ließen sie sich von dem strömenden Regen ins Kircheninnere treiben.

Es waren überraschend viele gekommen, in Anbetracht der Umstände und der Tatsache, dass Ferien waren. Inger Johanne hatte lange am Rand der kleinen Gruppen gestanden, dann sah sie Joachim, der vom Glads vei her über den Rasen gelaufen kam. Im selben Moment sah er sie, kam mit erleichtertem Gesicht auf sie zu und legte ihr den Arm um die Schulter.

»Bist du allein?«

»Ja. Mein Mann konnte sich nicht freinehmen.«

»Können wir zusammensitzen?«

»Ich wollte mich nach ganz hinten setzen. Aber du müsstest doch eigentlich nach vorn? Du gehörst doch fast zur Familie ...«

Joachim schaute sich eilig um, dann ließ er sie los und rieb sich die Hände, als ob ihm kalt sei.

»Lieber nicht«, murmelte er. »Verdammt, ich war doch noch nie auf einer Beerdigung ...«

Die letzten Trauergäste hatten sich bereits in die Kirche begeben. Inger Johanne ging auf die großen Türen zu, und Joachim folgte ihr. Der Organist spielte ein unglaublich trauriges Präludium, als ob der Anblick des kleinen weißen Sarges ganz vorn nicht schon bedrückend genug wäre. Ein Mann in einem schwarzen Anzug verbeugte sich kurz vor ihnen und reichte ihnen ein kleines Programmheft. Inger Johanne nahm ein Gesangbuch von einem Stapel auf einem Tisch und zeigte auf die vorletzte Bank, dann folgte sie Joachim und setzte sich neben ihn.

Die große Kirche war fast halb voll. Inger Johanne kannte einige, aber bei Weitem nicht alle. Marianne hatte ihren Elektriker mitgebracht und saß ganz vorn. Noch andere von denen, die am 22. Juli bei Ellen zum Essen eingeladen gewesen waren, hatten sich eingefunden. Inger Johanne schätzte, dass mindestens zweihundertfünfzig Menschen in der Kirche saßen. Bemerkenswert viele waren schon älter. Sicher Bekannte von Helga Mohr. Als Inger Johanne hörte, dass die Tür hinter ihr geöffnet und wieder geschlossen wurde, schaute sie sich verstohlen um.

Agnes und Torbjørn Krogh kamen hereingeschlichen und setzten sich in die letzte Bank, auf der anderen Seite des Mittelganges. Inger Johanne versuchte, ihnen zuzulächeln, aber sie zogen die Köpfe ein und starrten nach vorn. Torbjørn legte den Arm um Agnes' Schulter. Sie weinte jetzt leise. Vermutlich würden sie noch vor Beendigung der Trauerfeier wieder gehen, aus Angst vor einer offenen Konfrontation.

Lieber Gott, dachte Inger Johanne, *danke dafür, dass ich in all den Jahren mit Mama und Papa durchgehalten habe. Danke dafür, dass sie es mit mir ausgehalten haben. Ich könnte eine solche Situation nicht ertragen.*

Sie hatte nie an Gott geglaubt, aber wenn es jemals einen Grund geben könnte, sich an ihn zu wenden, dann doch wohl hier. Sie richtete den Blick auf das große Glasfenster hinter dem Altar aus sieben rechteckigen Feldern in Orange- und Blautönen, in dem sie nur mit Mühe etwas Religiöses sehen konnte.

Nordlicht, vielleicht.

Der Himmel, wo Gott wohnt.

Joachim saß unruhig neben ihr. Er spielte an dem kleinen Heft herum, auf dessen Titelblatt ein Foto von Sander zu sehen war. Es war das gleiche Foto, das auch bei Helga Mohr im Gang hing, sah Inger Johanne, und sie empfand einen seltsamen Ärger darüber, dass sie kein neueres genommen hatten. Der Junge wäre in zwei Wochen in die dritte Klasse gekommen. Dieses Bild aber war am allerersten Schultag aufgenommen worden. Es kam ihr respektlos vor, wie eine Leugnung der Tatsache, dass Sander ein Kind gewesen war, das wuchs, neue Zähne bekam, sich entwickelte und zu einem anderen wurde als der verlegene Wicht vor der Tafel, auf der »1 a« stand.

Sie schloss die Augen und versuchte zu vergessen, wo sie war.

Am Sonntag würden die Kinder nach Hause kommen. Sie waren noch nie so lange weg gewesen. Plötzlich schien sie die Sehnsucht zu überwältigen, ein physisches Ziehen im Körper, bei dem sie aufschluchzte und sich an die Brust griff. Als der Pastor zu sprechen begann, geriet sie fast in Panik. Sie konzentrierte sich darauf, zu atmen und nicht hinzuhören, sie wollte diese Stimmung nicht wahrnehmen, all diese erwachsenen Menschen, die von einem Jungen Abschied nehmen mussten, dessen Leben vorüber war, noch ehe es richtig angefangen hatte.

»Ist alles in Ordnung?«, flüsterte Joachim und legte ihr die Hand auf den Oberschenkel.

»Hat Sander keine Freunde?«, antwortete sie kaum hörbar. »Wo sind die Kinder von Jons Schwestern? Hier sind keine Kinder.«

»Die sind erwachsen. Sie sind hier. Sie sitzen da vorn.«

Ihr war schlecht geworden, und sie griff sich an den Bauch, fuhr mit der Hand über die straffe Haut unter dem schwarzen Rock, der so eng war, dass sie ihn im Rücken mit einer Sicherheitsnadel zusammenhalten musste.

Sie wollte die Kinder wieder bei sich haben. Sie wollte die Uhr zurückdrehen, oder vor, das war egal, nur wollte sie nicht hier sein und Ellens Schreie hören müssen, die ab und zu die Rede des Pastors zerrissen und das karge Kirchenschiff mit einem Schmerz füllten, der unerträglich war.

»Ich glaube, ich muss gehen«, flüsterte sie.

»Nein. Bitte nicht. Ganz ruhig atmen. Hier, nimm eine Lakritzpastille.«

Der Lakritzgeschmack war so intensiv und stark, dass ihr die Tränen kamen, sie schloss die Augen, atmete, so ruhig sie konnte, durch die Nase und griff nach Joachims trockener, warmer Hand.

Am Ende hatte sie keine Ahnung, wie lange die Feier gedauert hatte. Sie erhob sich müde, jedes Mal wenn Joachim sie anstupste, und setzte sich, wenn er an ihrer Jacke zupfte. Jetzt schien sie aus einer tiefen Bewusstlosigkeit zu erwachen. Sie drehte sich verwirrt zum Mittelgang, wo Jon und drei andere Männer, die sie nicht kannte, den Sarg hinaustrugen.

»Ich halte dich fest«, flüsterte Joachim, als sie schwankte.

Ellen ging hinter dem Sarg her. Links und rechts von ihr gingen Jons Schwestern, die Ellen fast zu tragen schienen. Sie weinte nicht mehr. Sie hatte die Augen aufgerissen, und ihr Mund stand halb offen in einem überraschten, unpassenden Ausdruck, als gehe ihr jetzt erst auf, dass Sander wirklich tot war. Als Inger Johanne zur hintersten Bank auf der anderen Seite des Mittelgangs hinüberschaute, waren Agnes und Torbjørn verschwunden.

Weder Ellen noch Jon standen vor der Kirchentür, um Beileidsbekundungen entgegenzunehmen, als Inger Johanne und Joachim als Allerletzte herauskamen. Der Sarg war bereits in den Leichenwagen gestellt worden. Ellen stand daneben wie eine Salzsäule, Jon hatte beide Arme um sie gelegt, auch er steif wie ein Soldat.

»Was machen wir jetzt?«, flüsterte Joachim so dicht an Inger Johannes Ohr, dass sie seine Lippen über ihre Haut streifen spürte. »Müssten wir nicht etwas sagen? Ich dachte, sie würden hier stehen und …«

Er unterbrach sich, als er dasselbe sah wie Inger Johanne.

Ein dunkles Auto stand ein wenig weiter unten auf

der Auffahrt. Es versperrte dem Leichenwagen den Weg, und zwei Männer stiegen aus, die offenbar nicht vorhatten, ihr Auto anderswo abzustellen. Beide waren dunkel gekleidet, wie der Rest der großen Trauergemeinde, die jetzt stumm darauf wartete, dass die Türen des Leichenwagens geschlossen würden. Statt zur Kirche zu kommen, blieben die Männer auf halber Strecke stehen.

»Polizei«, flüsterte Inger Johanne. »Das ist Zivilpolizei.«

»Was?«

Joachim griff sich an den Mund.

»Was wollen die hier?«, fragte er so laut, dass eine Frau fünf Meter vor ihnen sich umdrehte und verärgert den Finger an die Lippen legte.

»Das werden wir bald erfahren«, sagte Inger Johanne.

Sie fühlte sich seltsam wach. Nach dem Anfall in der Kirche schienen ihre Kräfte jetzt in zehnfacher Stärke zurückzukehrten. Sie registrierte alles. Noch aus fünfzig Metern Entfernung konnte sie sehen, dass der eine Polizist gerade eine Herpeswunde im Mundwinkel bekam. Der schwere Staubgeruch des regennassen Asphalts zwang sie, durch den Mund zu atmen, und sie hatte das Gefühl, den Ereignissen drei Schritte voraus zu sein, als der Leichenwagen sich langsam in Bewegung setzte. Die beiden Männer näherten sich nun, als der schwarze Mercedes, der Sander Mohrs Sarg transportierte, über den Rasen fuhr, um dem anderen Wagen auszuweichen. Als die Polizisten sich in Bewegung setzten, wusste sie, dass Ellen bald wieder schreien würde. Sie zeigten ihre Ausweise, wie das die Vorschriften verlangten, und Ellen heulte so laut auf, dass Jon sie losließ. Inger Johanne wusste, was jetzt passieren würde, sie sah schon Jons Schwestern vor sich, wie sie herbeistürzten, ehe Ellen zu Boden sank, sie sah Jon, passiv und wie gelähmt, sie hörte schon, wie der Polizist ihn höflich, aber energisch bat, mit ihnen zu kommen – das alles lange, ehe er Jon und Ellen erreicht hatte und Ellen in Ohnmacht fiel und alles seltsam still wurde.

»Henrik Holme hat sich geirrt«, sagte sie leise. »Jon kommt nicht ungeschoren davon.«

Wenn ihre Aufmerksamkeit sich nicht nur nach vorn gerichtet hätte, wenn sie in diesem Augenblick äußerster Konzentration auch den wahrgenommen hätte, der hinter ihr stand, hätte sie in seinem Gesicht eine ebenso ungeheure Angst gesehen wie jetzt in dem von Jon, als er abgeführt wurde.

Aber das tat sie nicht, und drei Minuten später, als Leichenwagen und Polizei verschwunden waren und sie sich zu Joachim umdrehte, hatte er sich wieder gefasst.

»Oh Scheiße. *Oh verdammter Mist, was für miese Schweine!*«

Es war inzwischen sechs Uhr abends, und Ellen Mohr konnte endlich wieder in ihr Haus. Die Polizei hatte zwei Stunden für die Durchsuchung gebraucht. Ellen war inzwischen bei Helga gewesen, ohne etwas anderes zu tun, als die Wand anzustarren. Ihre Schwiegermutter war fast ebenso handlungsunfähig gewesen. Schweigend hatten sie dort gesessen, auf den weißen Sofas, in dem perfekt eingerichteten Zimmer, wo der alte Wilhelm Mohr sie beide in stummer Skepsis anstarrte. Selbst, als ihnen mitgeteilt wurde, dass sie das Haus im Glads vei wieder betreten dürften, hatten sie kaum ein Wort gewechselt. Als Helga vor der Garage gehalten hatte, registrierte Ellen vage, dass die Schwiegermutter mit ins Haus kam, statt nach Vinderen zurückzufahren. Es spielte keine Rolle. Wichtig war nur, dass sie das MacBook zerstört hatte, bevor die Polizei es hatte mitnehmen können. Der große iMac in Jons Arbeitszimmer war auch beschlagnahmt worden, doch darauf gab es nichts Gefährliches.

Ein Polizist hatte im Haus auf sie gewartet. Er hatte ihnen höflich die Schlüssel überreicht, hatte jedoch, wie schon die beiden vor der Kirche, auf Helgas Frage nach dem Grund von Jons Festnahme keine Antwort geben wollen. Als ob das nötig wäre, dachte Ellen und ließ sich in der Badewanne tiefer sinken. Die Polizei glaubte, Jon habe Sander umgebracht. Das hatten sie die ganze Zeit geglaubt. So war die Polizei eben, hatte Helga gesagt, sie verbissen sich in einer Theorie wie ein Raubtier in einer saftigen Beute.

Aber es gab keine Beweise.

Alles würde ein gutes Ende nehmen, redete sich Ellen ein.

»Alles wird gut.«

Sie flüsterte diese Worte in den Dampf, der aus dem viel zu heißen Wasser aufstieg, ehe sie den Kopf untertauchte.

»Alles wird gut«, sagte sie noch einmal, als sie sich wieder aufsetzte. »Ich habe alles Schlimme gelöscht.«

Sie griff nach dem Plastikbecher auf dem Wannenrand, der Gin und Tonic zu gleichen Teilen enthielt, und trank.

Ellen hatte an all das nicht mehr gedacht, nachdem sie Jons Laptop zerstört hatte, und sie würde auch nicht wieder daran denken. Was sie an Bildern und Chatforen gesehen hatte, entsprach nicht Jons Geschmack, es musste ein Irrtum sein. Jon war nicht so. Sie lebte seit fünfzehn Jahren mit ihm zusammen. Sie kannte ihn besser als alle anderen, besser als Helga, die glaubte, alles über ihren Sohn zu wissen. Helga hatte Jon nicht gesehen, als er ganz er selbst gewesen war, als er Ellen erobert hatte, weil er fast zehn Jahre nach dem Abitur als ein ganz anderer aufgetaucht war: anders und energisch, streng und düster in der Nacht. Er war immer stark und entschieden, und er zog sie auf eine Weise an, zu der kein anderer in der ewig langen Reihe von Bewerbern imstande gewesen war, Ärzte und Segler, Adonisse und Anwälte, sie waren blond und freundlich rund um die Uhr und hatten nie begriffen, wonach Ellen sich wirklich sehnte. Sie kannte Jon, und diese schlimmen Dinge mussten ein Irrtum sein, das war nicht er.

Sie setzte sich in der Badewanne auf und fuhr mit dem Hanfhandschuh in langen schmerzhaften Zügen über ihre Haut. Die Wunde an ihrer Hand war verheilt: ein schmaler roter Streifen, umgeben von weißem Gewebe. Eine Narbe würde vielleicht bleiben, so wie alle Ereignisse der letzten beiden Wochen in ihrem und Jons Leben Spuren hinterlassen würden, aber damit konnte man leben, auf längere Sicht, es musste möglich sein, neue Wege zu gehen, wenn nur Jon nach Hause kam und die Polizei einsah, dass er Sander nie etwas angetan hätte.

Das Düstere in Jon war niemals grausam. Das Düstere in ihm war Ellens Geborgenheit. Er hatte ihr sogar vergeben können, als er ihren Betrug entdeckt hatte. Es hatte gedauert, Wochen mit Tagen voller Vorwürfe und Nächten voller Distanz, aber am Ende war er bei ihr geblieben. Er hätte es eigentlich niemals erfahren sollen, aber Sander war so anders als sie beide. Die vielen Kinderbilder von Jon, mit schmalen Schultern im Matrosenanzug, der magere Junge mit dem Gürtel seines Vaters um die Skihose und Augenwimpern, so lang wie die einer Giraffe – Sander hatte damit keinerlei Ähnlichkeit.

Jon hatte sich und den Jungen testen lassen, und damit war Ellen entlarvt.

Zuerst hatte der Zorn ihn unnahbar werden lassen. Dann hatte er sich eines Nachts im Bett aufgesetzt und eine Erklärung verlangt.

Die hatte sie ein wenig zurechtbiegen müssen.

Als sie nach der dritten Fehlgeburt die Kinderwunschklinik in Finnland aufgesucht hatten, weit weg von Freunden und Bekannten, kam rasch heraus, dass Jons Samenqualität arg zu wünschen übrig ließ. Das wurde ihnen beiden gesagt. Was Ellen unter vier Augen vom Arzt erfuhr, als sie zur Hormonbehandlung kam, war, dass ihre drei Schwangerschaften an ein Wunder grenzten. Schlechte Spermien brachten keine oder defekte Embryos, die der Körper dann in der Regel abstieß. Sie würden nie ein lebensfähiges Kind bekommen, falls sie nicht ganz andere Möglichkeiten in Betracht zögen.

Er hatte eine Samenspende vorgeschlagen.

»Ja«, hatte sie, ohne zu zögern, ohne zu zweifeln, gesagt. »Ja.«

Dann müsse sie mit ihrem Mann sprechen, war ihr gesagt worden. »Wir brauchen die Zustimmung von beiden.«

Die würden sie niemals bekommen.

Es war unmöglich, mit Jon über diese Dinge zu sprechen, er würde sich niemals bereit erklären. Er wünschte sich Kinder, seine eigenen Kinder, er wollte Nachkommen mit den Genen der Familie Mohr, und er hatte auch die Möglichkeit einer Adoption schroff zurückgewiesen, als sie die zwei Jahre zuvor erwähnt hatte.

In jener Nacht, einige Tage nach Sanders erstem Geburtstag, hatte sie lügen müssen, als sie ihm die erste Hälfte berichtet hatte. Sie behauptete, der Arzt habe ihr geholfen. Ellen sei durch einen finnischen Samenspender befruchtet worden, es sei gefahrlos und sauber gewesen, es sei diskret geschehen, niemand werde davon erfahren, und war es im Grunde nicht besser, dass sie niemals etwas gesagt hatte? Sander war doch Jons Sohn, er war ihr eigenes Kind, und wer scherte sich denn heutzutage noch um solche genetischen Details?

Die Wahrheit war, dass der Arzt sich entschieden geweigert hatte. Ohne die Zustimmung des Ehepartners kam eine Samenspende nicht infrage. Sie solle mit ihrem Mann sprechen und sei willkommen, wenn sie beide sich entschieden hätten.

Der Arzt und Jon würden beide nicht von ihrem Standpunkt abrücken. So würde Ellen niemals schwanger werden.

Die Lösung lag in einer Stippvisite in Dänemark, während Jon ein Seminar in Spanien besuchte. In einem Keller in Kopenhagen hatte eine üppige, kurz geschorene Frau Ellen im Handumdrehen geschwängert, für viertausend Kronen und eine Umarmung zum Abschied. Die Klinik wurde geleitet von einer Hebamme mit feministischen Idealen, und alles, was für die Befruchtung nötig war, war ein Telefongespräch von einer Dreiviertelstunde. Der Spender würde für immer anonym bleiben, und anders, als Ellen geglaubt hatte, gab es auch keine ausführlichen Kataloge über Eigenschaften, Aussehen und Karriere der Männer. Auf einem Fragebogen hatte sie sich blaue Augen und blonde Haare wünschen dürfen. Das war alles.

Jon und Ellen hatten beide dunkelblaue Augen. Die von Sander waren eisblau. Ellens blonde Haare wurden alle fünf Wochen für Geld wieder blond, und Jon wurde jedes Jahr dunkler. Obwohl er wie viele kleine Norweger als Kind blond gewesen war, hatte der Flaum auf seinem Babykopf keine Ähnlichkeit mit Sanders dickem weizenhellem Schopf.

Ellen hatte Jon einen Teil der Wahrheit erzählt und sie dann mit einer Unwahrheit versüßt, die sie sich nicht richtig überlegt hatte.

Als sie ihr herausrutschte, in ihrer Verzweiflung und Angst, im Schlafzimmer, im Dunkeln, mit Jon neben sich, der vor Empörung zitterte, geriet sie in Panik bei der Vorstellung, er könnte ihre Geschichte überprüfen. Aber ihr war klar gewesen, dass Jon einen Besuch bei einer großbusigen Lesbe in einer Kopenhagener Seitenstraße niemals akzeptieren würde. Die Lüge hatte sich von selbst ergeben.

Und sie hatte recht gehabt.

Jon wollte die ganze Geschichte von Sanders Entstehung vergessen. Er würde nie auf die Idee kommen, sich an die finnische Klinik zu wenden, und als die Zeit verging und Sander fast fünfzehn Monate alt war, näherte der Vater sich dem Jungen wieder an. Sonntagmorgens nahm er ihn aus dem Bett, zur gemeinsamen Kuschelstunde, in der Sander sanft und ruhig sein konnte. Nach einem stillschweigenden Übereinkommen zwischen Ellen und Jon hörte die Wahrheit auf zu existieren. Jon war ein Mohr, und ein Mohr wahrte den Schein, wenn das irgendwie möglich war. Außerdem liebte er Sander. Daran hatte sie niemals gezweifelt.

Das Wasser war abgekühlt. Das Lavendelsalz hatte sich mit Fett und Stress zu einer öligen Oberfläche verbunden. Sie wollte gerade aufstehen und ihren Körper mit der Handbrause abspülen, als an die Tür geklopft wurde.

»Ellen«, hörte sie Helga rufen.

»Ja?«

Sie leerte den Plastikbecher und füllte ihn mit Wasser.

»Die Polizei hat angerufen. Jon kommt nach Hause. Sie fahren ihn her. Ellen, er ist frei!«

»Jon!«, schrie Ellen und wäre fast gestürzt, als sie nass und seifenglatt aus der Badewanne stieg.

Inger Johanne hatte den Waldspaziergang vorgeschlagen. Jack war den ganzen Vormittag allein gewesen, und an den letzten zwei Tagen hatte er sich mit kurzen Runden durch die Nachbarschaft begnügen müssen. Henrik Holme hatte sie nach der Beerdigung angerufen, um zu fragen, wie sie verlaufen sei, er selbst habe die Eltern nicht durch sein Erscheinen provozieren wollen. Obwohl er Sanders wegen gern gekommen wäre, fügte er hinzu. Als Inger Johanne von der Festnahme erzählte, wurde Henrik stumm. Er habe keine Ahnung gehabt, konnte er schließlich stammeln, und danach hatte er so viele Fragen gehabt, dass Inger Johanne gemeint hatte, er solle sie doch zum Øyungen begleiten. Er misstraute dem Wetter zutiefst, ließ sich aber überreden, Regenkleidung anzulegen und in den Hauges vei zu kommen. Von dort aus würden sie Inger Johannes Auto nehmen.

Als sie den großen Parkplatz bei Skar verließen,

schleifte der Bauch des Himmels über die Baumwipfel. Der Regen hatte den Waldweg grau und matschig gemacht und mit Schlammwasser in unregelmäßige Felder unterteilt. Es war windstill, siebzehn Grad, und der Regen fiel lautlos und senkrecht durch leichten Nebel. Die Landschaft sah aus wie eine Bleistiftzeichnung, und sogar der gelbbraune Jack war schon nach hundert Metern grau vor Nässe.

»Also haben sie es doch noch begriffen«, sagte Henrik mindestens zum fünften Mal an diesem Tag. »Und ich hatte gedacht, die Sache würde einfach einschlafen, als ich sie hergeben musste.«

»Man sollte die Polizei nicht unterschätzen«, sagte sie und ließ Jack von der Leine. »Das habe ich inzwischen gelernt. Jetzt können wir jedenfalls davon ausgehen, dass die Sache ordentlich untersucht wird. Ob er nun schuldig ist oder nicht, es ist besser für alle Beteiligten, dass du und ich nicht mehr allein in der Materie herumstochern. Hast du heute übrigens schon wieder frei?«

»Ich habe hier aufgehört! Gestern habe ich erfahren, dass ich eine Stelle in Ålesund habe. Darum hab ich freigenommen – wozu soll ich Verkehrssünder einbestellen, wenn ich sie dann doch nicht mehr vernehmen kann.«

»Meinen Glückwunsch. Feste Stelle?«

Er lachte. »Bei dem Budget? Nein. Ein Jahr. Aber es ist ein Anfang.«

»Dieser Sommer war dein Anfang«, sagte sie. »Du hast sehr viel gelernt, möchte ich meinen.«

»Glaubst du, da wird viel zu tun sein?«

»Wo denn?«

»In Ålesund. Ich meine, das ist doch sicher ein friedlicher Winkel, und wenn ich mir noch so eine Verkehrssache ansehen muss …«

»Dussel.«

Sie versetzte ihm einen Rippenstoß. Er war so groß, dass sie ihn gleich über der Hüfte traf. Er lächelte breit und legte ihr für eine halbe Sekunde den Arm um die Schulter, dann zog er ihn rasch zurück, und sein Zeigefinger wanderte zu seiner Nase.

»Sie müssen einen Durchbruch erzielt haben«, sagte er. »Wenn es als Grundlage für eine Festnahme reicht. Etwas Neues. Irgendwas, das ich nicht gesehen habe.«

»Egal, was es war, sie hätten sich einen besseren Zeitpunkt aussuchen können«, sagte Inger Johanne. »Bei der Beerdigung seines Sohnes …« Sie schüttelte den Kopf.

»Mir tut er nicht leid«, sagte Henrik. »Wenn er sein eigenes Kind umgebracht hat, ist es mir scheißegal, wie und wo er festgenommen worden ist.«

Sein Adamsapfel hüpfte über den Rand der Regenjacke.

»Was die wohl gefunden haben?«

Inger Johanne gab keine Antwort. Henrik hatte so lange Beine, dass sie große Schritte machen musste, um nicht zurückzubleiben. Unter Rucksack und Regenjacke klebte ihr Rücken von Schweiß und Kondenswasser, und sie war schon außer Atem.

»Können wir ein wenig langsamer gehen?«, fragte sie, als ein steiler Hang abflachte und der Waldweg nach Osten abbog.

Verwirrt schaute er sich um, dann ging er mit so kleinen Schritten weiter, dass Inger Johanne laut lachte. Als sie den Damm erreichten, wo der Øyungen in den Skarselv abfließt, zeigte sie auf eine grob gezimmerte Bank am Ufer.

»Ich lad dich zum Kaffee ein«, sagte sie. »Auch wenn das Wetter besser sein könnte.«

»Ich habe vergessen, etwas mitzunehmen«, sagte er verlegen. »Ich gehe nicht so oft wandern, weißt du.«

»Genug für zwei«, sagte sie und holte Kaffee und Kekse hervor.

Auf dem Herweg waren ihnen zwei Mountainbiker begegnet, der eine hätte Jack fast überfahren und verschwand dann mit einer Schimpftirade bergab. Ansonsten war kein Mensch zu sehen. Jack lief am Wasser hin und her und trieb die schnatternden Enten in die Flucht. Die niedrige Wolkendecke wanderte jetzt nach Süden und zog einen weißen Schweif aus nicht mehr ganz so dichtem Nebel hinter sich her.

»Oslo ist eigentlich da am schönsten, wo es keine Stadt ist«, sagte Inger Johanne leise. »Wir haben den schönsten Stadtpark der Welt.«

Sie schwiegen eine Weile. Henrik Holme war es am liebsten so, das merkte sie. Seine Züge entspannten sich, und die Finger hörten auf mit diesem ewigen Tanz zwischen Kaffeebecher und Nasenflügel.

»Du erinnerst mich ein bisschen an meine Tochter.«

»Wirklich?«

»Ja. Und du hast auch nicht mehr solche Angst vor Jack.«

»Nein. Ich weiß ja, dass er lieb ist. Aber ich würde mich niemals trauen, ihn zu streicheln.«

»Hast du eine Diagnose?«

Er wunderte sich nicht einmal über diese Frage. Er war auch nicht beleidigt. Er grinste nur, dann sah er einem Vogel zu, der zwanzig Meter weiter in der Luft schwebte, unangefochten von Jacks Bellen und Fiepen angesichts der unerreichbaren Enten.

»Nein. Als ich klein war, haben sie mich auf alles Mögliche untersucht. Tourette und Asperger und was weiß ich nicht alles. Nichts traf richtig zu. Ich funktionierte eben doch zu gut, meinten sie. Die Ärzte. Sie hatten Formulare und so, aber ich habe in keins hineingepasst. Meine Mutter hat sich schreckliche Sorgen gemacht.«

Inger Johanne versteckte ihr Lächeln hinter ihrem Kaffeebecher.

»Mein Vater dagegen meinte, ich sollte so bleiben, wie ich war. So lange ich mich anständig benahm. Ihm ging es immer nur um das eine: Ich sollte ein braver Junge sein. Er hat sich so über etwas gefreut, das ein Arzt in seinem Bericht geschrieben hatte.«

Jetzt wirkte das Lächeln fast verlegen, aber er wurde nicht rot.

»›Der Patient verfügt über eine hoch entwickelte Fähigkeit zur Empathie‹«, zitierte er feierlich, dann tat er es mit einem Lachen ab. »Ich habe diesen … Tic, das ist dir sicher aufgefallen. Und dann eine verdammt lange Liste von Phobien. Hab Schiss vor allem und jedem. Aber ich komme zurecht.«

»Das stimmt.«

»Eine Frau werde ich wohl nie abkriegen, aber ich komme zurecht.«

»Klar kriegst du eine Frau.«

»Nein, bestimmt nicht. Ich hab furchtbare Angst vor Mädchen.«

»Wir sitzen doch hier, Henrik.«

Er lächelte noch breiter, ohne sie anzusehen. Sie tranken den restlichen Kaffee und verstauten Thermoskanne und Kekse wieder im Rucksack, den er verlegen zu tragen anbot. Er durfte es.

Sie folgten dem östlichen, dunkleren Waldweg nach

unten. Dabei schwiegen sie fast die ganze Zeit. Manchmal lachten sie über Jack, der offenbar unbedingt eine Maus fangen wollte, er hüpfte wie ein Welpe hin und her und drückte die ganze Zeit die Nase auf den Boden. Ab und zu stellte Henrik eine Frage nach Kristiane. Inger Johanne merkte, dass sie gern mit ihm über ihre Tochter sprach. Durch seine eigenen Bemühungen um ein möglichst normales Leben hatte er enorm viel gelernt.

»Und bei uns war es genau wie bei deinen Eltern«, sagte sie, als sie sich dem Golf näherten. »Ich habe viele Jahre mit der Suche nach einer Diagnose vergeudet, während Isak nur mit den Schultern zuckte und meinte, ich sollte das nicht so eng sehen. Aber sie hat ein ganz anderes Funktionsniveau als du, das muss ich auch sagen. Kristiane wird zum Beispiel nie allein leben können. Aber sie ist ... ein liebes Mädchen.«

Henrik setzte sich auf den Beifahrersitz. Inzwischen war es fünf vor halb acht. Inger Johanne steckte den Schlüssel ins Zündschloss und drehte ihn um.

Nichts passierte.

Sie machte sich an der Gangschaltung zu schaffen, drückte die Kupplung durch und versuchte es noch einmal. Der Motor hustete zaghaft und soff wieder ab.

»Shit«, sagte sie und hämmerte mit der Faust auf das Lenkrad. »Jetzt müssen wir diese blöde Karre aber endlich verschrotten!«

»Lass mich mal probieren.«

»Es ist ja wohl egal, wer fährt.«

Sie machte noch einen Versuch, mit demselben hoffnungslosen Ergebnis.

»Wir könnten per Anhalter fahren«, schlug er vor.

»Per Anhalter?«

Beide dampften. Es stank nach feuchtem Hund, und

Jack schnarchte schon auf der Rückbank. Die Fenster waren dicht beschlagen. Wütend wischte Inger Johanne mit der Hand die Windschutzscheibe ab.

»Wir sind ganz am Ende der Straße«, sagte sie. »Und im Wald hat nicht gerade Gedränge geherrscht.«

»Hier stehen aber noch ein paar Autos«, sagte er unverdrossen. »Oder wir können den Bus nehmen. Das ist doch kein Problem.«

Er öffnete die Tür und stand auf.

»Ich schau mir mal den Fahrplan an«, sagte er und lief zur zwischen beiden Parkplätzen gelegenen Bushaltestelle.

Inger Johanne zog das Handy aus der Jackentasche. Sie versuchte es bei Yngvar, wenn auch ohne große Hoffnung, ihn zu erreichen. Damit lag sie richtig. Für einen Moment spielte sie mit dem Gedanken, ihre Mutter anzurufen, wurde aber durch ihr klingelndes Telefon unterbrochen. Endlich hatte sie alle alten Nummern gespeichert. Und einige neue.

»Hallo, Joachim«, sagte sie.

»Hallo. Du musst mitkommen!«

Seine Stimme war ein wenig zu laut.

»Wohin denn?«

»Ellen hat gerade angerufen. Total hysterisch. Sie hat vor anderthalb Stunden erfahren, dass Jon wieder frei ist, aber er ist zu Hause noch immer nicht aufgetaucht.«

»Herrgott«, sagte Inger Johanne irritiert. »Dann ist er wohl im Büro, wie üblich.«

»Die Polizei hat ihn nach Hause gefahren.«

»Wie meinst du das?«

Sie hörte ihn schlucken.

»Also, er wurde doch vor der Kirche festgenommen. Nach Vernehmung und Hausdurchsuchung wurde er in den Glads vei zurückgefahren. Das ist über eine Stunde her. Aber er ist nicht da!«

»Hat Ellen nachgesehen, ob ein Auto fehlt?«

»Das ... das weiß ich nicht. Aber Ellen war total außer sich, und ich weigere mich ... ich weigere mich, allein zu ihr zu fahren. Ich will eigentlich überhaupt nicht, aber sie schreit und tobt ... kannst du nicht bitte, bitte mitkommen?«

»Dann musst du mich abholen.«

»Danke. Tausend Dank. Ich bin in drei Minuten bei dir.«

»Nein, bist du nicht. Ich stehe mit einem Auto, das nicht anspringt, in Maridalen. Auf dem Parkplatz bei Skar.«

»Na gut ... bin schon unterwegs. Zwanzig Minuten! Geh nicht weg!«

Er legte ohne ein weiteres Wort auf. Inger Johannes Telefon schaltete sich ganz von selbst aus. Akku leer, wie sie verärgert feststellte, während sie Henrik auf das Auto zukommen sah. Er stieg ein, nässer denn je.

»Der Bus ist vor fünf Minuten gefahren«, sagte er resigniert. »Der nächste fährt um halb neun. Fast eine Stunde. Da müssen wir eben warten.«

»Joachim holt uns ab.«

»Joachim? Was für ein Joachim?«

Henrik Holme hatte Inger Johanne alles erzählt, was er über den Fall wusste. Sogar von dem peripheren und ziemlich unklaren Insiderhandel, der Jon vielleicht zur Last gelegt werden würde oder auch nicht. Inger Johanne dagegen hatte kein Wort über ihre Unternehmungen verloren. Auch Sanders düstere Zeichnung und das darauf abgebildete Schlafzimmer hatte sie nicht erwähnt.

»Joachim Boyer«, sagte sie und stellte die Lehne ein wenig flacher. »Du wirst ihn erkennen, wenn du ihn siehst.«

Das Erste, was Yngvar Stubø empfand, als er die Haustür aufschloss, die Schuhe abstreifte, mit schweren Schritten die Treppe zur Wohnung hochstieg und dann ins Schlafzimmer ging, war Ärger. Der Anblick der Unordnung überall, die Spuren von Jacks schmutzigen Pfoten auf dem Parkett und der überfüllte Wäschekorb machten ihn noch müder, als er ohnehin schon war. Inger Johanne hatte doch nun wirklich nichts zu tun. Er ließ sich aufs Bett fallen. Eine Dusche und danach schlafen, mehr konnte er nicht denken, doch dann schämte er sich. Er hatte zu Hause seit zwei Wochen keinen Finger mehr gerührt. Eigentlich wären sie jetzt im Gebirge gewesen, aber sie hatten nicht einmal darüber gesprochen, seit sie ihre Pläne hatten ändern müssen. Er war einfach davon ausgegangen, dass Inger Johanne den Urlaub stornieren und alles andere regeln würde, und er hatte nicht einmal gesagt, dass es ihm leidtat.

Oder Danke.

Als er sich widerwillig erhob und zur Küche hinübertrottete, sah er, dass das schmutzige Geschirr vom Vorabend und vom Frühstück sich noch auf der Arbeitsfläche türmte.

Rein gar nichts hatte er zu Hause gemacht. Zwei Wochen lang.

Er warf einen Blick auf die Uhr am Backofen. 19.50 Uhr. Wenn er sich bis zehn wach hielte, würde er viel schaffen können. Mit einer Entschlusskraft, die er sich noch fünf Minuten zuvor nicht zugetraut hätte, beschloss er, sich zuerst das Schlafzimmer vorzunehmen. Er hatte keine Ahnung, wo Inger Johanne war oder wann sie nach Hause kommen würde. Wenn er Glück hätte, würde er bis dahin so viel erledigt haben, dass sie nicht die Augen verdrehen würde, wenn er erzählte, dass er am nächsten Morgen um neun wieder im Büro sein müsse.

Noch ein Samstag, an dem er nicht zu Hause wäre.

Ehe er Bett- und Kissenbezüge abzog, wollte er die Kleider im Wäschekorb sortieren. Wäschewaschen war eigentlich Inger Johannes Domäne. Aus irgendeinem Grund schaffte er es immer, ein farbiges Stück in der weißen Wäsche zu übersehen. Als Strafe zwang sie ihn dann, hellrosa Boxershorts zu tragen.

Jetzt wollte er aufpassen.

Er zog den Korb in den Gang zwischen Schlafzimmer und Bad und kippte den Inhalt auf den Boden. Einige der Sachen waren offenbar feucht im Korb gelandet, der elende Haufen vor ihm stank. Eine längliche kleine Schachtel hatte sich zwischen die Wäsche verirrt, und er hob sie auf. Das Design kam ihm feminin vor, mit der rosa Schrift auf dem blau-weißen Grund. Vielleicht waren Inger Johannes Rasiersachen in den Korb gefallen. Er wollte ins Badezimmer gehen und die Schachtel in ihre Schublade legen, blieb aber abrupt stehen.

»Clearblue Schwangerschaftstest«, stand auf der Packung.

In den folgenden Sekunden jagten seine Gedanken sich im Kreis, einer wurde begonnen, dann noch einer, während der erste noch nicht fertig war, sie bissen sich in den Schwanz und wurden immer sinnloser, dann holte er tief Luft, dachte an den Ausflug zum Gaupekollen und ließ sich langsam auf den Boden sinken.

Er öffnete die Schachtel. Darin lagen zwei längliche Plastikstäbchen. Der eine Test war unbenutzt. Bei dem anderen fehlte der blaue Verschluss, und im Display konnte er neun kleine Buchstaben, ein Plus und eine 3 lesen.

Yngvar saß mitten in dem nach schmutziger Wäsche riechenden Haufen und begriff, dass er ein weiteres Mal Vater werden würde. Ein weiteres Mal würde sein Leben sich verändern, wie damals, als ihm über dreißig Jahre zuvor seine Erstgeborene in die Arme gelegt wurde und er mit dem tiefen Ernst des jungen Mannes wusste, dass nun alles anders war. Trine hatte er verloren, zusammen mit ihrer Mutter, und Yngvar war lange in der Trauer um beide versunken. Inger Johanne war auf ihn zugekommen, als er glaubte, dass nichts jemals wieder echt und ganz sein könnte. Ragnhild wurde zu einem neuen Anfang, dem Beweis dafür, dass er durchgehalten hatte, so lange das Leben das unerbittlich verlangte. Yngvar hatte gelernt, dass alles ein Ende nahm, dass alles einen Anfang hatte.

Er stützte die Arme auf die Knie und legte den Kopf darauf, er war zu beleibt, um so zu sitzen, er bekam keine Luft, er musste abnehmen und sich zusammenreißen, er musste besser auf sich aufpassen und lange genug leben, um sich um dieses neue Kind zu kümmern, ein Junge vielleicht, der Vegard heißen könnte, nach seinem Großvater.

Er wünschte sich aber ein Mädchen, ging ihm dann auf, und nun konnte er wieder atmen.

Ein Mädchen wünschte Yngvar sich, und vielleicht könnte sie diesmal Trine heißen, ein ganz neuer Anfang für etwas, von dem er geglaubt hatte, es sei längst vorbei.

Sie hatten überall gesucht.

Obwohl Ellen und Helga beteuert hatten, dass Jon nicht unbemerkt ins Haus gekommen sein könne, durchsuchten Joachim, Henrik und Inger Johanne in dem großen Haus ein Zimmer nach dem anderen. Sie suchten auf dem Dachboden, sie suchten im Keller, sie durchkämmten den Garten. Joachim hatte gleich bei ihrer Ankunft in die Garage geschaut, ziemlich empört darüber, dass Jack seinen BMW schmutzig gemacht hatte, wo der Hund auf der Rückbank auf einer verdreckten Decke aus dem alten Golf lag, und festgestellt, dass beide Autos dort standen.

»Dann werden wir wohl nach ihm fahnden müssen«, sagte Henrik unsicher.

Ellen hatte den Polizisten fast nicht erkannt, als er hereinkam, triefnass und in Zivilkleidung. Helga dagegen wollte ihn sofort vor die Tür setzen. Inger Johanne hatte sie mit dem Hinweis zum Schweigen gebracht, dass es nur zu ihrem Besten sei, wenn ein wohlwollender Polizist zur Stelle war. Sie war zwar die Einzige, die ihn für wohlwollend hielt, aber er durfte bleiben.

»Jetzt machen Sie uns irgendwas Warmes«, sagte sie zu Helga. »Tee, Kakao, was auch immer. Setzen Sie sich in die Küche. Ich gehe noch einmal in die Garage und bin gleich wieder da. Wir müssen wohl in ganz Grefsen suchen. Er kann ja einen Spaziergang machen.«

»In dunklem Anzug und Schlips?«, rief die alte Frau. »Ohne Regenschirm oder Mantel? Bei diesem Wetter?«

»Unter diesen Umständen ist ihm seine Kleidung wohl egal«, antwortete Inger Johanne und ging zur Haustür. »Machen Sie uns etwas Warmes. Henrik und ich frieren. Und Ellen sieht auch aus, als ob sie eine Stärkung vertragen könnte.«

Dass Ellen nach Schnaps roch und sich offenbar schon ausgiebig gestärkt hatte, ließ sie unerwähnt. Sie nahm ihre triefnasse Regenjacke vom Garderobenständer bei der Tür, merkte, wie schwer die Jacke war, und überlegte sich die Sache anders. Sie war ohnehin schon nass, und so hängte sie die Jacke zurück, ehe sie in die Gummistiefel stieg. Draußen regnete es nicht mehr ganz so heftig, aber der Wind war stärker geworden. Die Temperatur war gefallen, aber es waren sicher noch zehn oder zwölf Grad. Sie lief über die steinerne Terrasse und fröstelte im Wind, als sie vorsichtig die vor Feuchtigkeit glatte Schiefertreppe hinaufstieg.

Neben dem automatischen Tor gab es eine Tür, die Joachim bei ihrer Ankunft nur kurz geöffnet hatte. Sie öffnete sie ebenfalls und ging hinein. Drinnen war es halbdunkel, und sie tastete zuerst auf der einen Seite, dann auf der anderen. Endlich flackerten zwei Leuchtröhren unter der Decke auf, nach zwei Sekunden kamen sie widerwillig zur Ruhe und tauchten die Garage in ein grelles blauweißes Licht.

»Hallo?«, fragte Inger Johanne den Mercedes, der ihr am nächsten stand, und den eleganten Porsche daneben. »Ist hier jemand?«

Niemand antwortete. Inger Johanne ging langsam an dem großen SUV entlang. Ein Jungenfahrrad wäre fast von einem Haken an der Wand gefallen, als sie dagegenstieß, und hinten in der Ecke musste sie über vier riesige Winterreifen klettern.

»Jon«, sagte sie leise und blieb stehen.

Er saß in der Ecke gegenüber, auf einem niedrigen Mechanikerhocker, zwischen einem Stapel alter Zeitungen und zwei schlaffen Säcken. Er weinte nicht. Er hatte keine Waffe, kein Messer, keine Schlinge um den Hals, wie Inger Johanne insgeheim befürchtet hatte, als sie beschlossen hatte, allein herzukommen. Joachim hatte seltsam außer sich gewirkt, gestresst und gehetzt, und Henrik Holme trug die Uniform noch nicht lange genug, dass sie ihn mit einem Selbstmord hätte konfrontieren wollen.

Jon atmete flach und schnell. Er sagte nichts, sah sie nicht an. Sie machte einige Schritte und blieb stehen.

»Du kannst hier nicht sitzen bleiben«, sagte sie. »Sie machen sich Sorgen um dich. Ellen und deine Mutter. Komm, wir gehen ins Haus.«

Noch immer gab er keine Antwort. Sah sie nicht an. Er starrte ins Auspuffrohr des Porsche, bewegungslos, abgesehen von dem keuchenden Atem. Inger Johanne stieg über ein Paar Skier, das von dem Gestell an der Wand gefallen war, und ging weiter auf ihn zu.

»Kann ich mich zu dir setzen?«, fragte sie freundlich.

Ohne auf Antwort zu warten, legte sie den einen halb leeren Brennholzsack besser auf den anderen und setzte sich darauf.

»Was ist passiert?«

Er räusperte sich fast unhörbar, öffnete den Mund, holte Luft. Atmete aus, schloss den Mund und schüttelte kurz den Kopf.

»Bald werden die anderen nach uns beiden suchen«, sagte sie und nahm die Brille ab. »Das wird dann viel Aufregung geben. Kannst du mir nicht erzählen, was passiert ist, bevor wir ins Haus gehen? So in aller Ruhe?«

Sie zog einen halb trockenen Hemdenzipfel hervor und putzte sich die Brillengläser, während sie das sagte.

»Die halten mich für verrückt«, sagte er mit gebrochener Stimme.

»Wohl kaum.« Sie setzte die Brille wieder auf.

»Doch. Die müssen mich doch für total verrückt halten.«

Er biss sich in den Daumen, in die Hand, auf der ein großes schmutziges Pflaster saß. Er roch streng und wiegte sich in kurzen, abgehackten Bewegungen hin und her.

»Sie werfen mir Besitz von Kinderpornografie vor«, sagte er tonlos. »Und sexuellen Kontakt zu Kindern unter zehn.«

Inger Johanne glaubte, sich verhört zu haben.

»Was?«

»Sie verbinden meine IP-Adresse mit einer Menge Dreck. Widerlichem, ekelhaftem Dreck. Chatforen, wo ich angeblich erzähle, dass ich …«

Er schlug die Hände vors Gesicht und schrie leise auf. Inger Johanne legte ihm vorsichtig die Hand auf den Rücken. Er beugte sich vor, bis sein Kopf auf seinen Knien lag, als wappne er sich für einen Flugzeugabsturz.

»Und dann soll ich auch noch Sander umgebracht haben«, schluchzte er. »Das glauben sie ja schon lange. Und ich weiß, dass sie wegen Insiderhandels gegen mich ermitteln, als ob ich alles, was ich habe, aufs Spiel setzen würde, für jämmerliche …«

»Ganz ruhig. Durchatmen!«

Inger Johanne beugte sich zu seinem Kopf hinab, den Arm noch immer locker um seinen schmalen Rücken gelegt.

»Jon«, sagte sie, so energisch sie nur konnte. »Steh jetzt bitte auf. Erzähl mir das alles noch einmal. Die anderen kommen bald, und ich muss das wissen, bevor …«

»Die halten mich für verrückt«, schrie er und setzte sich so jählings auf, dass Inger Johannes Hand gegen die

Wand geschleudert wurde. »Ich habe mir niemals Kinderpornos angesehen, ich habe meinen Sohn nicht umgebracht, und ich habe doch verdammt noch mal nicht meine ganze Firma für einen Insiderhandel aufs Spiel gesetzt!«

Inger Johanne sank auf die Knie. Sie kehrte dem Sportwagen den Rücken zu, packte Jon am Revers, schüttelte ihn und zwang ihn, sie anzusehen.

»Haben sie dich bei der Kirche wegen der Kinderpornos festgenommen?«

Er nickte müde. Weißer Schaum lagerte sich in seinen Mundwinkeln ab, und der Rotz strömte.

»Du hast gesagt, deine IP-Adresse sei schuld. Stimmt das?«

Ein loses Nicken, als säße sein Kopf nicht richtig fest auf dem dünnen Hals.

»Vielleicht der Laptop«, sagte er mit schwacher Stimme. »Der, der im Gang steht.«

»Die IP-Adresse hat der Router«, sagte Inger Johanne. »Aber du hast also einen Laptop?«

»Der ist zerstört. Alles ist zerstört.«

»Auf dem Gang? In der Kommode auf dem Gang?«

»Sekretär«, murmelte Jon. »Das ist ein Sekretär.«

Inger Johannes Herz setzte einen Schlag aus. Ihre Ohren rauschten, und der inzwischen vertraute Schwindel zwang sie, Jons Kragen noch fester zu packen.

Jetzt wusste sie es wieder. Jetzt wusste sie den Grund für ihre vage Unruhe wegen etwas, das ihr an dem Abend von Sanders Tod im Glads vei aufgefallen war. Erst jetzt, genau zwei Wochen später, fiel ihr ein kleines Detail ein, das sie damals vergessen und als unwichtig abgehakt hatte.

Das war es nicht.

Das war es bei Gott nicht.

Jon sank jetzt in sich zusammen. Sie stieß die schlaffe Gestalt gegen die Wand und schüttelte sie.

»Was ist das für ein Gerede über Insiderhandel?«, fragte sie mit scharfer Stimme. »Haben sie dir das auch mitgeteilt?«

»Nein. Das ist etwas … das weiß ich eben. Von einem Freund. Von einem, der mir wohlgesinnt ist, einem, der …«

Jetzt weinte er ganz offen.

Inger Johanne ließ ihn langsam los. Sie atmete schwer, mit offenem Mund, und blieb mit dem Rücken an der Garagenwand stehen, während sie versuchte, Ordnung in ihre Gedanken zu bringen. Hier gab es irgendwo eine zusammenhängende Geschichte, die noch niemand gesehen hatte, aber deren Konturen sie jetzt ahnte. Von draußen hörten sie Schritte. Inger Johanne kniff die Augen zusammen, wie bei einem plötzlichen Schmerz, zwang sich, schnell zu denken, logisch zu denken, alle Puzzlestücke, die sie schon kannte, mit denen zusammenzufügen, die Jon ihr jetzt gegeben hatte.

»Inger Johanne!«

Henrik rief nach ihr. Jemand versuchte, die Garagentür zu öffnen.

»Jon«, sagte Inger Johanne, so ruhig sie konnte. »Du musst mit mir ins Haus kommen. Ich werde die Sache in Ordnung bringen, so gut ich kann, aber du musst mit mir ins Haus kommen. Jetzt.«

»Das kann niemand in Ordnung bringen«, nuschelte er. »Die müssen mich doch für verrückt halten.«

»Jetzt kommst du mit«, fauchte sie. »Jon! Reiß dich zusammen!«

Das half. Unsicher kam er auf die Beine.

»Wir kommen«, rief sie in Richtung Tür. »Jon ist hier, und alles ist in Ordnung!«

Sie nahm seine schlaffe Hand und führte ihn wie ein Kind über Autoreifen und Skier, vorbei an Rodelbrettern und dem grünen Fahrrad eines Achtjährigen. Er folgte ihr apathisch, und er murmelte immer wieder: »Die müssen mich für verrückt halten.«

Helga hatte jedenfalls ihre Weisung befolgt. Auf dem großen Küchentisch dampfte eine Kanne Kakao. Eine Schale voll Schlagsahne stand daneben, und eine Teekanne war mit einem Wärmer in Form einer knallbunten Kuh bedeckt. Sechs Tassen auf Untertassen aus feinem Porzellan standen dort, zusammen mit einer Schüssel voll Plätzchen und Servietten. An der Bewirtung war nichts auszusetzen. Was die Gäste betraf, sah es schon schlechter aus.

Jon saß wie ein Sack vor dem Fenster, noch immer nass. Helga und Ellen hatten versucht, ihn zu überreden, sich umzuziehen, aber er hatte nur das Jackett abgelegt und einen Pullover angezogen, den Ellen geholt hatte. Inger Johanne hatte sich an das eine Ende des Tisches gesetzt, und Henrik hatte sofort den Stuhl zu ihrer Rechten genommen. Er goss Kakao in eine Tasse, legte beide Hände darum und krümmte sich zusammen, als ob er ein kleines Feuer hütete.

Joachim stand in der Türöffnung.

»Ich bin dann weg«, sagte er.

»Nein«, sagte Inger Johanne.

»Was?«

»Setz dich.«

»Nein. Ich habe Ellen versprochen, Jon zu suchen. Jon ist hier.«

Er zeigte auf seinen Freund.

»Auftrag ausgeführt. Ich hab keinen Nerv mehr. Ich gehe.«

»Setz dich!«

Inger Johanne hatte sich halb erhoben und zeigte auf den Stuhl bei der Tür.

»Du hast ja wohl verdammt noch mal nicht zu entscheiden, was ich tue«, sagte er wütend und kehrte ihr den Rücken zu.

»Setz dich«, sagte Henrik Holme laut, mit einer Stimme, die Inger Johanne nicht wiedererkannte. »Sofort.«

Er erhob sich und zog seinen Dienstausweis aus der Tasche. Joachim ließ seinen Blick von ihm zu Inger Johanne und wieder zurück wandern.

»Du hast hier keine Polizeibefugnisse«, sagte er zaghaft.

»Doch. Und jetzt sage ich es dir zum allerletzten Mal: Setzen!«

Der Befehl war ansteckend. Helga und Ellen, die bisher noch neben Jon gestanden hatten, zogen sich rasch Stühle heraus und setzten sich. Joachim zögerte noch immer.

»Und was, wenn nicht …?«

Er versuchte zu grinsen, ließ seinen Blick noch einmal von Inger Johanne zu Henrik und zurück wandern. Sein Lächeln wurde nicht erwidert.

»Fünf Minuten«, sagte er mürrisch, griff nach dem Stuhl bei der Tür und setzte sich auf die Kante.

Der Schwindel wollte sich nicht legen, und Inger Johanne bat leise um Tee. Henrik schenkte ein und schob ihr die Tasse zu. Als sie die Tasse hob, merkte sie, dass ihre Hand zitterte. Die heiße Flüssigkeit brannte auf ihren Lippen, eine willkommene Ablenkung. Sie trank und spürte die Hitze auf der Zunge, im Hals, ein glühend heißer Schmerz durch die Speiseröhre.

»Jon wurde nicht für den Mord an Sander verhaftet, wie wir alle geglaubt haben«, sagte sie.

Alle starrten sie an. Helga bewegungslos, Joachim mit widerwilliger Neugier. Ellens Augen waren blank und leer, aber sie hörte wenigstens zu.

»Willst du es selbst sagen?«

Inger Johanne sah Jon an, der fast unmerklich den Kopf schüttelte.

»Ihm wird der Besitz von Kinderpornografie vorgeworfen«, sagte sie nun, ohne Helga aus den Augen zu lassen. »Und sexueller Umgang mit Kindern.«

Die alte Frau saß noch immer bewegungslos da, aber die Farbe aus ihrem Gesicht verschwand. Für einen Moment schien sie mit Atmen aufzuhören, dann spitzte ihr Mund sich ein wenig, und die Brust hob sich, und schon hatte sie ihre Selbstbeherrschung zurückgewonnen.

»Das ist gelogen«, sagte sie. »Das kann einfach nicht stimmen.«

»Das ist eine verdammte Lüge«, nuschelte Ellen und schlug mit den Händen auf den Tisch.

»Ja«, sagte Inger Johanne, beugte sich zu Jon vor und legte ganz leicht die Hand auf seinen Unterarm. »Das ist gelogen. Ganz ruhig, Ellen.«

»Jetzt entscheide dich!«, sagte Ellen.

Joachim saß noch immer auf der Stuhlkante, aber jetzt beugte er sich über den Tisch vor.

»Wird er nun wegen Kinderpornografie angeklagt oder nicht?«, fragte Ellen.

»Es wird ihm zur Last gelegt, aber es stimmt nicht«, sagte Inger Johanne, deren Hand noch immer leicht auf Jons schwarzem Pulloverärmel lag. »Du musst mir helfen, Jon.«

Er sah sie an, mit einem Ausdruck, den sie bisher nur bei Kristiane gesehen hatte. In seltenen Fällen, wenn die Welt zu unbegreiflich war, bekam sie diese Miene totaler Verwirrung, ehe sie sich mental in einen Raum zurückzog, in dem sie für niemanden zu erreichen war.

»Du musst mir helfen«, sagte sie noch einmal leise. »Hörst du?«

»Ja.«

»Sie hatten also deine IP-Adresse?«

»Ja.«

»Wer hatte sie darauf aufmerksam gemacht?«

»So ein … Programm. International. So ein …«

Die Wörter wollten nicht in seinen Mund. Er schnalzte mit der Zunge, öffnete die Lippen.

Es war ganz still.

»Die norwegische Polizei, Interpol und Europol haben Programme, um die Ausbreitung von Kinderpornografie zu stoppen«, sagte Henrik leise. »Programme, die IP-Adressen auffangen. Danach müssen sie von den Telefongesellschaften Einblick verlangen …«

Inger Johanne hob die Hand, um ihn zum Schweigen zu bringen, und ließ Jon dabei nicht aus den Augen.

»Wann soll das passiert sein?«

»An dem Freitag. Dem Freitag, als alles … Freitag.«

»22. Juli?«

Er nickte und schluckte.

»Um welche Tageszeit?«

»Vormittags. Oder … früher Nachmittag.«

»Wo warst du zu diesem Zeitpunkt?«

»Hier. Hier zu Hause. Wir hatten doch das Essen, du wolltest …«

Er wirkte nicht mehr ganz so verwirrt. Sein Blick wurde klarer, sie glaubte zu sehen, wie die Muskeln in seinen Augen sich zusammenzogen, seine Pupillen wurden ein wenig kleiner.

Inger Johanne setzte sich auf ihrem Stuhl gerade und legte beide Hände flach auf den Tisch.

»Ich bin ganz deiner Meinung«, sagte sie in den Raum hinein. »Die Polizei muss dich für verrückt halten, wenn sie glauben, dass du Sander umgebracht hast, Insiderhandel betrieben und dich in deinem eigenen Haus mit illegalen Sexualpraktiken amüsiert hast. Nach über vierzig Jahren als gesetzestreuer Bürger, meine ich. So ein Cocktail aus verbrecherischen Ambitionen ist unwahrscheinlich. Ich glaube keinen Augenblick, dass etwas davon stimmt.«

»Insiderhandel«, wiederholte Helga. »Was soll das denn bedeuten?«

»Das ist wohl noch gar kein richtiger Fall …«

Henrik beugte sich zu Inger Johanne vor und versuchte, ihr etwas zuzuflüstern. Es war so still in der Küche, dass alle hörten, was er sagte.

»Nein«, antwortete sie. »Und wenn Joachim die Geduld aufgebracht hätte, zu warten, bis die Polizei beschlossen hätte, wie sie vorgehen wollte, wäre uns viel Elend erspart geblieben.«

Sie fing für einen Moment Joachims Blick ein. Er machte eine vage Handbewegung und schaute zur Decke hoch.

»Zieh mich hier bitte nicht rein. Jetzt gehe ich.«

»Nein. Das tust du nicht. Weißt du, wie viele Fälle die Wirtschaftssektion der Osloer Polizei einstellt?«

Joachim war aufgestanden. Henrik ging zur Tür, schloss sie und blieb stehen, eine nasse stramme Schildwache.

»Viele«, sagte Inger Johanne irritiert, als Joachim keine Antwort gab. »Vermutlich viel zu viele. Schwierige Fälle sind das. Ich an deiner Stelle hätte lieber abgewartet. Aufs Beste gehofft. Die Sache ausgesessen.«

»Ich habe keine Ahnung, wovon du redest.«

»Du bist eigentlich ein netter Junge«, sagte sie resigniert. »Ich mag dich. Habe dich gemocht. Du hast Sander viel bedeutet. Ich glaube, du hast ihn geliebt. Er hat dich auf jeden Fall geliebt. Aber du liebst auch das Geld, Joachim. Man sollte ja meinen, du hättest genug, aber Geld hat die seltsame Eigenschaft, dass es …«

Sie seufzte und fing an, sich die Stirn zu massieren.

»Wenn man viel hat, scheint es doch nicht genug zu sein. Du hast außerdem gern viele Kontakte. Redest den Leuten nach dem Mund. Besorgst ihnen Vorteile und Aufmerksamkeit. Davon lebt ihr ja wohl, oder, ihr in der PR-Branche? Netzwerke? Große, gute Netzwerke? Und ohne deine unvorstellbare Blödheit …«

»Wovon redet ihr hier eigentlich?«, schaltete sich Ellen ein.

»Klappe halten«, fauchte Helga.

»Du hattest unangebracht große Angst«, sagte Inger Johanne und starrte Joachim fast überrascht an. »Auf irgendeine Weise hattest du offenbar erfahren, dass die Behörden in irgendwelchen finanziellen Transaktionen herumschnüffelten, und …«

»Ich hab es ihm gesagt«, sagte Jon heiser.

»Wann?«, fragte Inger Johanne.

»Am Dienstag. Am Dienstag vor dem 22. Juli. Wir haben die ganze Woche gearbeitet, um der Sache auf den Grund zu gehen. Die ganze Woche, und …«

Er schaute sich verwundert um, als merke er erst jetzt, wo er war.

»Das weiß ich noch, Jon«, sagte Inger Johanne. »Ich konnte nicht verstehen, warum du um jeden Preis sofort nach Sanders Tod wieder arbeiten wolltest. Ihr wart außer euch vor Angst, alle beide, aber aus unterschiedlichen Gründen. Du …«

Wieder berührte sie Jons Arm.

»… weil du wusstest, dass du unschuldig warst, und Angst hattest, deine Firma wegen etwas zu verlieren, was du nicht getan hattest.«

Sie hob ihre Tasse ein wenig und nickte zu Joachim hinüber.

»Und du, weil du Angst hattest, erwischt zu werden. Von allen Dingen auf der großen weiten Welt hattest du davor die allergrößte Angst: erwischt zu werden.«

»Weshalb denn? Weshalb hätte ich denn erwischt werden sollen? Wir wissen ja nicht einmal, ob die Polizei einen Fall hat, und du sagst selbst, dass jede Menge von diesen Ermittlungen eingestellt wird. Wieso zum Teufel kannst du hier einfach behaupten, ich …«

»Du«, sagte Jon. »Warst du das? Hast du mein Vertrauen missbraucht, mein …«

»Ich brauch etwas zu trinken«, jammerte Ellen. »Das halte ich nicht aus.«

Niemand versuchte, sie aufzuhalten, als sie sich erhob, den Kühlschrank öffnete und sich einen großen Gin mit wenig Tonic mixte. Es sagte auch niemand etwas, bis sie wieder saß, zwischen Helga Mohr, düster und streng, und Jon.

»Ich könnte überhaupt nichts behaupten«, sagte Inger Johanne. »Ohne deinen unbeschreiblich törichten Versuch, die Aufmerksamkeit der Polizei auf Jon zu lenken.«

»Was?«, fragte Jon.

»Bullshit«, sagte Joachim.

»Ganz ruhig«, sagte Inger Johanne mit einem müden Lächeln. »Ich erwarte nicht, dass du zusammenbrichst und gestehst. Das passiert nur im Film. Ich will nur den anderen hier erzählen …«

Sie beschrieb mit der Hand eine Kreisbewegung.

»… dass du so furchtbare Angst davor hattest, wegen Insiderhandels festgenommen zu werden, dass du beschlossen hast, ihnen Jon in den Rachen zu werfen, wegen Besitz von Kinderpornografie.«

»Was?«, fragte Jon abermals, und nun zeigte sein graubleiches Gesicht wieder nur Verwirrung.

»Glaubst du wirklich, dass die Polizei«, fragte Inger Johanne, offenbar ehrlich empört, ehe sie einen Schluck Tee trank und noch einmal anfing. »Glaubst du wirklich, dass die norwegische Polizei nach der These operiert, einmal Schurke, immer Schurke? Hast du wirklich geglaubt, wenn Jon wegen Kinderpornografie festgenommen würde, dass die Polizei dann automatisch glauben würde, dass er auch hinter dem Insiderhandel steckt? Du bist auf so viele Weise so sympathisch, aber du bist auch der absolute Idiot. Angst kann so viel mit den Menschen machen.«

Joachim verzog keine Miene.

»Aber woher weißt du das alles?«, fragte Henrik jetzt von seinem Posten an der Tür.

»Setz dich, Henrik. Joachim haut nicht ab. Oder, Joachim?«

Noch immer keine Reaktion.

Henrik kehrte zögernd an seinen Platz zurück.

»Als ich am Freitag, dem 22. Juli, um kurz nach drei in dieses Haus hier gekommen bin«, begann Inger Johanne,

»stand die Haustür offen. Die Klingel war defekt, wie ihr sicher noch wisst. Ist defekt. Noch immer. Als niemand antwortete, bin ich ins Haus gegangen. Habe gerufen, bekam aber keine Antwort, außer deinem Weinen, Ellen, und etwas von Jon, das ich nicht verstehen konnte. Ich ging die Treppe hoch. Sander war tot und lag auf Ellens Schoß. Das Interessante hier ist ein kleines Detail, das mir aufgefallen war, bevor ich nach oben gegangen bin. Im Gang steht eine Kommode ...«

»Ein Sekretär«, korrigierte Helga streng.

»Und die eine der Türen unten hatte sich ein wenig verzogen. Sie stand offen, als ich kam. Einen Spaltbreit.«

Inger Johanne maß mit Daumen und Zeigefinger vier bis fünf Zentimeter ab.

»Der Schrank war leer. Jedenfalls war durch diesen Spalt nichts zu sehen. Das habe ich bemerkt, als ich meinen Regenschirm an die Kommode gelehnt habe. Als ich gehen wollte, später am Abend, blieb ich vor der Kommode stehen, um meinen Regenschirm mitzunehmen. Die Tür war immer noch offen, aber nun stand etwas im Schrank. Ein Laptop. Das Licht der Fenster wurde vom matten Metall reflektiert. Ich kann mich deutlich daran erinnern, weil ich die Tür dann geschlossen habe. Sie sperrte ein bisschen, und ich musste drücken. Mir ist sogar das Apple-Logo aufgefallen. Dass ich all das bis heute vergessen habe, liegt wohl an zwei Dingen. Erstens, dass ich mit Kalle Hovet gesprochen habe, als ich ging, und mich auf ihn konzentrierte. Zweitens sind wir uns wohl alle einig ...«

Sie holte tief Luft und ließ sie langsam entweichen.

»... dass es ein durch und durch grauenhafter Tag war.«

Niemand sagte etwas. Jon saß mit offenem Mund und feuchten Lippen da. Ab und zu schüttelte er sich, wie im

Fieber. Ellen hielt das Glas mit der Ginmischung in der Hand, trank aber nicht. Joachim hatte seine Haltung geändert, er saß jetzt zurückgelehnt auf dem Stuhl, die Beine gespreizt und die Arme vor der Brust verschränkt.

»Erst als Jon mir in der Garage von dem Laptop erzählt hat, der meistens in der Kommode steht, war meine Erinnerung wieder da.«

Henrik schenkte ihr Tee nach.

»Fünf Personen sind nach mir in dieses Haus gekommen«, sagte Inger Johanne jetzt. »Fünf Personen können den Laptop zurückgestellt haben. Zwei Männer vom Bestattungsunternehmen, der Polizeijurist, Henrik Holme und Joachim.«

Sie sah den Polizisten mit demonstrativ fragendem Gesicht an.

»Henrik war es nicht?«

Er schüttelte energisch den Kopf.

»Und auch nicht Kalle Hovet«, sagte Inger Johanne und zupfte an ihrem Baumwollpullover, der wegen der Feuchtigkeit an ihrer Haut klebte. »Und auch nicht die beiden Herren vom Bestattungsunternehmen.«

»Das kannst du nicht wissen«, sagte Joachim.

»Doch. Die waren nämlich früher an dem Tag nicht hier gewesen. Der Rechner gehört ja hier ins Haus. Er musste entfernt werden, ehe er zurückgestellt werden konnte. Logisch, oder?«

»Joachim war hier«, sagte Jon mit lauter Stimme. »Du warst morgens hier, dann wolltest du zum Training und …«

»Das ist Schwachsinn«, sagte Joachim und schnaubte. »Ein verdammter Unsinn.«

»Du warst vielleicht in der Garage, um den Dreck runterzuladen«, sagte Inger Johanne, ohne auf seinen Ausbruch zu reagieren. »Das Hausnetzwerk reicht jedenfalls bis dahin. Oder im Garten.«

Sie stützte sich auf die Ellbogen und schaute zu Boden.

»Das kannst du nicht beweisen«, sagte Joachim. »Nie im Leben!«

»Das muss ich auch nicht«, sagte Inger Johanne. »Ich bin fertig mit diesem Fall. Die Polizei wird erfahren, was ich glaube. Dann machen sie weiter damit. Wenn du nur nicht …«

Sie schaute plötzlich auf und sah Joachim mit einer Mischung aus Verwunderung und Verachtung an.

»Wenn du nicht eigentlich ein anständiger Mensch wärst«, sagte sie und schüttelte den Kopf, »dann wärst du damit vielleicht durchgekommen. Vermutlich hast du alles bereut. Als Sander tot war und dir der Verdacht kam, dass in diesem Haus nicht alles so gewesen war, wie es hätte sein sollen, hattest du einen echten und viel besseren Fall, um Jon fertigzumachen. Jeder andere mit einem solchen Verdacht wäre entweder wie die meisten anderen feige gewesen und hätte die Klappe gehalten, oder er wäre zur Polizei gegangen. Vor der hast du aber eine Heidenangst. Also hast du versucht, mich zu angeln, mit dieser …«

Sie kniff die Augen zusammen, griff sich an die Schläfen und erhob sich mühsam vom Stuhl.

»… dieser lächerlichen SMS«, sagte sie dann.

Ihr Rücken schmerzte. Sie hatte eiskalte Füße, trotz der Fußbodenheizung.

»Und als wir uns im Café getroffen haben …«

Sie lächelte müde, legte sich beide Hände ins Kreuz und streckte sich.

»… da konntest du nicht einmal verbergen, dass du etwas zu verbergen hattest. Dein schlechtes Gewissen war meilenweit zu sehen. Du hast fast zugegeben, dass du etwas verbrochen hattest. Wie gesagt, eigentlich bist du ein ziemlich anständiger junger Mann, Joachim. Im tiefsten Herzen. Ich fand dich sympathisch. Überaus unsympathisch finde ich es allerdings, dass du versucht hast, auf ungesetzliche Weise zu Geld zu kommen, und dass du die Schuld auf Jon schieben wolltest.«

Sie ging zum Spülbecken und drehte den Wasserhahn weit auf. Als das Wasser warm wurde, ließ sie es über ihre Hände laufen und über die Handgelenke.

Aus dem Augenwinkel sah sie, wie Jon Ellens Glas außer Reichweite schob.

»Ich passe auf«, murmelte er.

»Aber wer ... wer hat Sander umgebracht?«, fragte Henrik Holme mit zu lauter Stimme.

»Jon«, sagte Inger Johanne, ohne sich umzudrehen. »Jon hat Sander umgebracht. Ich glaube, Jon hat Sander totgeschlagen, so, wie er ihn viele Jahre lang misshandelt hat. Aber das kann die Polizei klären. Ich will nach Hause. Das ist nicht mehr mein Fall. Das war er eigentlich nie.«

»Nein«, sagte Helga. »Das stimmt so nicht.«

»Mutter«, sagte Jon.

»Du hast Sander nicht umgebracht«, sagte die alte Frau, ihre Stimme schnarrte ein wenig, als sei eine Seite der Stimmbänder gerissen.

»Nein«, sagte er. »Ich habe Sander nicht umgebracht. Es war ein Unfall.«

»Ich will hier ja nun nicht ...«, begann Helga.

»Mutter!«, fiel Jon ihr ins Wort, schärfer jetzt, eher wieder sein altes Ich.

»Jetzt gehe ich«, sagte Joachim. »Das muss ich jetzt wirklich nicht auch noch haben.«

Inger Johanne hörte vier Stuhlbeine über den Boden schrappen. Noch immer lief das warme Wasser über ihre Hände, sie drehte die Unterarme nach oben und lehnte den Kopf an den Schrank über dem Spülbecken.

»Lass ihn laufen, Henrik. Er wird ja nicht von der Erdoberfläche verschwinden. Binde Jack an der Garage an. Am besten unter dem Vordach. Ich komme gleich. Geh du nur.«

Wütende Schritte hinter ihrem Rücken, Türenknallen, zuerst die Küchentür, dann, gedämpfter, die Haustür. Das Geräusch von Henrik, der sich zögernd wieder hinsetzte. Inger Johanne schloss die Augen und merkte, wie ihre Gedanken davonglitten. Sie konnte sich nicht erinnern, jemals so erschöpft gewesen zu sein. Der Schmerz im Kreuz wollte nicht aufhören, und ein unbehaglicher Druck im Zwerchfell ließ sie den Wasserhahn auf kalt stellen und die Schranktür öffnen, um sich ein Glas zu nehmen.

Ein Gedanke ließ sie mitten in der Bewegung erstarren.

Viel zu lange hatte sie nicht einsehen wollen, dass Jon seinen Sohn misshandelt haben konnte, trotz ihrer Ausbildung, Erfahrung und Einsicht hatte sie sich verhalten wie alle anderen. Es nicht sehen wollen. Nicht glauben wollen. Das tun wir doch alle, dachte sie und schloss die Hand um ein Glas aus dem Fach über dem Kühlschrank. So wie sie es jetzt fast wieder getan hätte, ging es ihr endlich auf, und sie wurde schamrot.

»Was hast du gesagt, Jon?«

»Was?«

Sie sah ihn nicht an. Noch immer krümmte ihre rechte Hand sich um das Glas. Das Wasser lief in einem nervtötenden gleichmäßigen Rauschen.

»Was hast du gesagt, als du Ellens Glas weggeschoben hast?«

»Er passt auf«, sagte Ellen mit jämmerlicher Stimme. »Und er hat Sander nicht umgebracht.«

Jon passt auf.

Endlich konnte sie das Glas nehmen. Sie füllte es bis an den Rand mit eiskaltem Wasser und ging, so ruhig sie konnte, zur Tür.

Sie drehte sich um und sah sie an.

Die drei, die von der Familie Mohr noch übrig waren.

Helga, grau und verkniffen und entsetzlich alt. Ellen mit ihren feuchten Augen und schmalen, unruhigen Händen, sie konnten an nichts herumspielen, jetzt, wo ihr das Glas genommen worden war. Neben ihr saß Jon, ein Schatten seines früheren Selbst, von damals, als er noch keine dreißig gewesen war und eine Karriere und die Trophäenfrau hatte, die alle begehrten.

Nur Kinder hatte er nicht gehabt.

Jon passt auf. Er hat nicht aufgepasst.

So hatte der Vorwurf gelautet, vor genau zwei Wochen, nur wenige Stunden früher. Ellen beschuldigte Jon, nicht aufgepasst zu haben. Jon hasste sich aus demselben Grund. Inger Johanne hörte die Stimmen der beiden. Als ob alles in ihrem Kopf auf Band aufgenommen wäre und wieder abgespielt werden könnte, immer wieder.

Du hast nicht aufgepasst, jammerte Ellen. *Ich habe nicht aufgepasst,* weinte Jon.

Inger Johanne lehnte sich an die Wand und trank. Sie hatten nicht darüber gesprochen, dass sie auf Sander hätten aufpassen müssen, wie Inger Johanne gedacht hatte. Es war um Ellen gegangen. Es war Ellen, auf die Jon nicht aufgepasst hatte, es war Ellen, der er immer wieder versicherte, dass er die Verantwortung trug, wie vorhin, als er das Glas weggeschoben hatte, mit genau demselben Satz: *Ich passe auf.*

Aber er hatte nicht aufgepasst, als Ellen ihren Sohn getötet hatte.

Und auch nicht, wenn sie ihn misshandelt hatte.

Jon war nicht mit Sander zum Arzt gegangen, um sich selbst zu schützen. Er begleitete ihn, um Ellen vor den Konsequenzen ihrer Tat zu beschützen. Sander war am Tag nach der Gehirnerschütterung nicht deshalb von seinem Vater in die Schule gebracht worden, weil dem Vater die Verletzung egal war. Jon versuchte, Sander zu beschützen. Deshalb wollte er nachmittags und abends immer zu Hause sein, auch wenn er arbeiten musste, auch wenn Joachim dabei war.

Jon Mohr hatte in all den Jahren versucht, Sander vor seiner Mama zu beschützen und Ellen vor der Entdeckung. Jon hatte sich an seine kleine Familie geklammert, eine Familie, aufgebaut auf Lügen, die sich immer weiter vermehrten, bis es so viele Unwahrheiten waren, dass Ellen und Jon sich darin verirrten.

»Du hast Sander umgebracht«, sagte Inger Johanne, so ruhig sie konnte, als sie endlich Ellens Blick einfing.

Jon sprang auf.

»Es war ein Unfall«, rief er und fing an zu husten. »Ich habe doch …«

»Ich war es nicht«, weinte Ellen. »Wie kannst du nur … Inger Johanne! Es war Jon, er hat nicht aufgepasst, und es war ein Unfall, und *er hat nicht aufgepasst!*«

»Nein!«, schrie jetzt Helga, während Jon und Ellen beide laut weinten.

Henrik war aufgestanden. Er schlug mit der Faust auf den Tisch. »Fresse halten!«, brüllte er. »Jetzt haltet ihr allesamt die Fresse!«

Es wurde sofort still, als hätte jemand den Ton abgedreht.

Inger Johanne drehte den Kopf. Auf der Arbeitsfläche neben ihr lag die Zeitung des Tages. Ihr Blick fiel auf das Bild auf der ersten Seite. Noch eine Beerdigung. Eine weitere in der endlosen Reihe. Noch ein Kind. Noch ein Vater, der einen Sarg trug, den kein Vater hätte tragen dürfen.

Sie erkannte ihn.

Der Vater, der seine Tochter zu Grabe trug, war Kalle Hovet, der Polizeijurist, der ihr zu Hilfe gekommen war, als Sander tot war und sie nicht gewusst hatte, was sie jetzt machen sollte.

Inger Johanne fing an zu weinen. Sie stellte das Glas auf die Arbeitsfläche, holte Atem und brachte mühsam heraus: »Warum sollte ich Jons Unschuld beweisen?«

Ihre Stimme war kaum zu hören.

»Ich wollte ...«

Ellen keuchte auf, als Inger Johanne die Hand wie zum Schlag hob, obwohl sie drei Meter entfernt stand und unmöglich jemanden treffen konnte.

»Ich frage nicht dich«, fauchte Inger Johanne. »Ich frage Helga.«

Die alte Dame war nicht mehr blass. Sie war aschgrau.

»Wenn die Polizei zu einem falschen Schluss gekommen wäre«, sagte sie heiser, »dann wollte ich, dass Sie es besser wissen. Ich wollte doch, dass die Ermittlungen eingestellt würden. Nichts konnte Sander wieder zum Leben erwecken. Damit Jon damit leben könnte, dass seine Frau ... dass sein Kind ... damit leben, dass er sie in all den Jahren beschützt hat, die Hand gehalten hat über eine, die ... Ich hatte gehofft, der Fall würde eingestellt werden. Wenn nicht, sollte es jemand wissen. Dass es nicht Jon gewesen war. Sondern Ellen.«

Sie schaute zum ersten Mal zu Boden. Zum allerersten Mal sah Inger Johanne Helga Mohr mit gesenktem Kopf.

»Sie haben versucht, mich als eine Art ... Rückversicherung anzuheuern? Warum haben Sie mir nicht gesagt, was Sie wussten? Oder ahnten? Oder annahmen? Weil die verdammte ... Fassade wichtiger war als alles andere? Weil Kindesmisshandlung in den besten Familien nicht vorkommt, schon gar nicht bei Familie Mohr?«

»Ich war das, Mutter«, schluchzte Jon. »Ich habe nicht aufgepasst, als Sander ...«

»Nein. Ich habe euch gesehen, Jon. Ich wollte mein Buch holen, den Roman, den ich vergessen hatte, ich kam über die Außentreppe, und ich sah, dass Sander an der Decke malen wollte. Ich sah Ellen. Ich sah, wie Sander von der Trittleiter gerissen wurde, sah die Taschenlampe, die Schläge, die tödlichen Schläge, ich sah ...«

Sie schlug die Hand vor die Augen und schluchzte.

»... ich habe dich gesehen. Wie du angestürzt kamst.«

Stille.

»Ich wollte dich nur beschützen, mein Junge. Wollte die Familie beschützen. Die Tragödie brauchte doch nicht noch größer zu werden, als sie ohnehin schon war. Schließlich bin ich doch für dich verantwortlich!«

Jon weinte nicht mehr. Er rang ungläubig um Atem. Ellen lehnte sich über den Tisch und griff nach dem Glas. Sie wirkte halb bewusstlos, als sie es an den Mund hob und trank.

»Warum?«, fragte Inger Johanne. Sie wollte nach Hause, jetzt, sofort, aber das musste sie noch wissen: »Wie konntest du nur *dein eigenes Kind misshandeln?*«

Ellen schaute auf. Erst sah sie Inger Johanne an, dann die Decke über der Tür, wie auf der Suche nach göttlichem Beistand. Ihre Schultern, ohnehin so schmal, verschwanden fast, als sie in sich zusammenkroch, als sie sich über das leere Schnapsglas krümmte und flüsterte: »Weil es hilft.«

»Was?«, fragte Henrik.

»Es hat angefangen, weil sonst nichts geholfen hat.«

Wieder diese Stille, unerträgliche Stille.

»Er war so unmöglich«, flüsterte Ellen kaum hörbar. »Das Einzige, was ihn dazu bringen konnte ... aufzuhören. Er war immer so laut, so ... einfach nur ein Klaps, dann hörte er auf. Ein Klaps. Und noch einer, und es half. Ein Klaps.«

Sie hielt den Mund so dicht an das leere Glas, dass ihre Stimme ein wenig verzerrt wurde.

»Ich hatte alles so schön gemacht. Ich hatte mich auf das Fest gefreut. Er saß oben auf der Leiter und hätte mit seinen Buntstiften alles ruiniert. Er hat alles ruiniert, so oft. Nur ein Klaps, das hat geholfen.«

»Weil es geholfen hat? *Weil es geholfen hat?*«

Inger Johanne machte auf dem Absatz kehrt. Sie riss die Tür auf. In der Diele, der viel zu großen Diele, schnappte sie sich ihre Regenjacke und schob die Füße in die Stiefel, ehe sie sich mit der Haustür anlegte, die nicht aufgehen wollte, sie riss sie auf, stürzte hinaus und ließ den Regen auf ihr Gesicht fallen. Auf den glatten Schieferplatten wäre sie fast ausgerutscht, sie fand das Gleichgewicht wieder und lief weiter, die Treppe hoch, dann sah sie Jack, der vor der Garage an ein Fallrohr angebunden war und seine kleine dreckige Decke neben sich liegen hatte. Plötzlich wurde sie von den Scheinwerfern eines Autos geblendet, das ist Joachim, dachte sie,

Joachim sitzt noch immer im Auto. Sie wollte stehen bleiben, aber ihr Körper schoss nach vorn, als ihr Fuß auf der letzten Stufe ein Spielzeugauto traf, ein rotes Feuerwehrauto, halb versteckt unter den Rhododendronblättern, ein Auto, das genauso aussah wie Kristianes Sulamit, und sie rutschte aus.

Es war der Winkel, in dem sie fiel.

Es war, weil sie spürte, dass ihr Unterleib weiter nach vorn schoss, mit dem Feuerwehrwagen wie einem Rollschuh unter dem rechten Fuß, während der restliche Körper eine andere Richtung nahm. Das wird schlimm, konnte sie noch denken, als ihr Kopf zuerst nach vorn gerissen wurde, dann nach hinten und dann nach unten, wo es nur Treppe und Steilhang und Stein gab.

Als sie hörte, wie ihr Schädel zerbrach, sah sie nicht Kristianes zaghaftes Abschiedslächeln vor sich. Sie spürte nicht Ragnhilds feuchten Abschiedskuss auf der Wange. Sie würde niemals Tarjei sehen, er würde niemals geboren werden, aber im Blitz aus Zeit und Sonne, zwischen dem Moment, als die scharfe Schieferkante der vorletzten Stufe ihren Hinterkopf traf, bis zu dem, in dem ihr Bewusstsein erlosch, dachte sie nicht an ihre eigenen Kinder.

Wir lassen Sander geschehen, dachte Inger Johanne und starb.

Nachwort

Im Frühsommer 2010 brachte die Tageszeitung *VG* eine Artikelserie zum Thema Gewalt gegen Kinder, eine hervorragende Arbeit der Journalistinnen Anne Vinding und Tanja Irén Berg. Diese Serie brachte mich zu dem Entschluss, das Problem endlich in einem Roman aufzugreifen, was ich seit vielen Jahren wollte, aber nicht über mich brachte.

Es ist schwer, klare Zahlen dafür zu finden, wie viele Kinder Gewalt bei sich zu Hause erleben. Das liegt einerseits daran, dass die Dunkelziffer begreiflicherweise hoch ist. Die vielen Quellen, die ich herangezogen habe (wenn hier auch keine erwähnt wird, habe ich doch keine vergessen), geben jedoch Grund zu der Annahme, dass es sich allein in Norwegen um Tausende von Kindern handelt, manche meinen, um über 20 000. Einige dieser Kinder sterben an den Verletzungen, die ihnen von Menschen zugefügt werden, die das Sorgerecht für sie haben. Wenige Täter oder Täterinnen werden verurteilt, wie die oben erwähnte Artikelserie belegt.

Obwohl die Vorarbeiten zu diesem Roman vor allem im Internet stattgefunden haben, möchte ich doch die Dokumentation *»Jeg tenker nok du skjønner det sjøl«* (»Das verstehst du ja wohl selbst«) von Jon Gangdal erwähnen, erschienen 2010 im Kagge Verlag, Oslo. Das Buch handelt von dem acht Jahre alten Christoffer Gjerstad Kihle, der 2005 ermordet wurde, und ist eine erschütternde Dokumentation darüber, wie das System auf vielen Stufen versagt. Ich betrachte das Buch auch als überaus angebrachten Zeigefinger, der sich auf jede und jeden von uns richtet: Kinder werden misshandelt, weil wir das geschehen lassen. Weil wir es nicht glauben wollen. Weil es einfacher ist, sich abzuwenden. Dieses Buch gehört zu den wichtigsten, die ich in meinem Leben gelesen habe, und ich danke dem Autor dafür, dass er es geschrieben hat.

Sander Mohr ist, wie aus diesem Roman deutlich hervorgeht, nicht Christoffer Gjerstad Kihle. Sander ist eine Gestalt, die meiner Phantasie entsprungen ist, eine Fiktion, wie alle meine literarischen Figuren.

Bei der Arbeit an diesem Buch habe ich zum ersten Mal auch Twitter zu Hilfe genommen, wenn es um korrekte Details ging. Ich danke allen, ich erwähne nur einen: @aslak_gatas (Aslak Borgersrud, Musiker und Computerexperte), der mich am letzten Tag der Arbeit am Manuskript vor einem Patzer in Bezug auf IP-Adressen bewahrt hat. Sicher gibt es weiterhin hier und da Fehler, die Verantwortung dafür liegt bei mir – bis zum nächsten Mal muss ich besser darin werden, Wechsel auf meine Twitter-Bekanntschaften zu ziehen!

Iohanne und Tine haben wie immer unbegreiflich und unverdient viel Geduld gehabt, während sie eine übellaunige Autorin im Haus hatten. Ab und zu bin ich nach Larvik entflohen, um sie zu schonen.

Danke, meine lieben Mädchen.

Anne Holt, Larvik, 11. Juni 2012